ALISON GOODMAN

EL CLUB DE LAS DAMAS MALEDUCADAS

Traducción de
Xavier Beltrán

Rocaeditorial

Título original: *The Benevolent Society of Ill-Mannered Ladies*

Primera edición: junio de 2024

Publicado originalmente por Berkley, un sello de Penguin Random House
Derechos de traducción acordados con Jill Grinberg Literary Management LLC
y Sandra Bruna Agencia Literaria, S. L.

Travessera de Gràcia, 47-49. 08021 Barcelona

Printed in Spain – Impreso en España

ISBN: 978-84-19965-61-5
Depósito legal: B-7121-2024

Compuesto en Mirakel Studio, S. L. U.

Impreso en Unigraf
Móstoles (Madrid)

RE65615

Este libro está dedicado a todas las mujeres
que ya no tienen paciencia ni ganas
para aguantar tonterías

Caso 1

Hasta que la muerte nos separe

1

Sábado, 6 de junio de 1812

Estaba previsto que nos encontráramos con él en el Paseo Oscuro. No era la situación más ideal: dos mujeres sin carabina que iban a enfrentarse al hombre que las chantajeaba en la zona más desierta y menos iluminada de los jardines Vauxhall. Aun así, yo había ido preparada…, más o menos. Lo único que debíamos hacer era aguardar a que llegara la hora acordada.

Moví el reloj que llevaba al cuello para que capturase la luz de las lámparas de aceite colgadas de la rama del árbol que quedaba encima de mí, pero fui incapaz de distinguir la elegante esfera. El célebre espectáculo de luces estaba a punto de terminar; las lámparas coloridas —debía de haber unas mil y pendían de festones alrededor de los árboles y de los pabellones— habían comenzado a apagarse. Por una vez, mi altura —impropia para una dama— supondría una ventaja. Me puse de puntillas y levanté el reloj hasta el destello casi extinguido de la lámpara que estaba más cerca de mí. Por fin discerní las manecillas doradas: faltaba un cuarto de hora para la medianoche.

Toqué el brazo de mi hermana. Se giró y dejó de observar a los bailarines, cuyas siluetas se recortaban contra la torre de la orquesta.

—¿Ya? —me preguntó por encima de la estruendosa música de Händel.

—Hay por lo menos diez minutos hasta el Paseo Oscuro.

—¿Estás segura de que debemos hacerlo, Gussie? —Se arrebujó con fuerza el chal lila sobre los hombros—. No podemos fiarnos de que él cumpla con su palabra, sobre todo en un lugar tan solitario. Podría atacarnos.

Mi hermana estaba en lo cierto. El señor Harley ya había demostrado ser deshonroso, y, si bien el Paseo Oscuro era famoso por tratarse de un enclave ilícito donde se daban cita los amantes, también contaba con una lúgubre historia de ataques a mujeres, y a veces incluso a hombres. De todos modos, le había prometido a Charlotte, lady Davenport, que íbamos a recuperar sus cartas con la mayor discreción posible. Ella nos había defendido después de la escandalosa muerte de nuestro padre, así que ni que decir tiene que pensábamos ayudarla a cambio. A pesar de lo que solía creer la gente, el honor no era propiedad exclusiva de los hombres.

Levanté el bolso entre nosotras; la piedra que contenía lo despojaba de la forma habitual de piña. En realidad se trataba de una de mis creaciones de costura menos conseguidas, pero por lo menos hacía las veces de arma sólida.

—Al final nos enviarán a las colonias. —Mi hermana observó mi bolso con recelo.

—Sandeces. Dudo que necesite usarlo. Él quiere el dinero; nosotras, las cartas. Será un intercambio bastante sencillo. —Mejor dicho, esperaba no tener que usarlo. La idea del arma improvisada se me había ocurrido tarde, menos de una hora antes de que saliéramos rumbo a los jardines, así que tan solo había dispuesto de veinte minutos para practicar la puntería en los establos. Acerté en el blanco dos veces de diez intentos, una puntuación poco alentadora.

Julia soltó una resignada exhalación, cuya intensidad hizo que las plumas moradas que llevaba en el pelo se agitaran. Chal lila, plumas moradas, vestido gris: los tonos del luto. Junio, con el triste aniversario de la muerte de su prometido, siempre era un mes complicado para mi querida hermana.

—¿Tienes el colgante? —le pregunté.

Levantó su bolso con el cordón y el accesorio negro se balanceó entre ambas como si fuese un péndulo.

—Lo he contemplado veinte veces desde que hemos llegado. ¿Lord Davenport no reparará en la desaparición de unos diamantes tan bonitos?

—Según Charlotte, no repara más que en el vino de Burdeos, las cartas y los caballos. —Dicho lo cual, se parecía a cualquier otro esposo de Londres.

—¡Lady Augusta! ¿Es lady Julia su acompañante? —exclamó una voz aguda—. Por supuesto que sí. Qué alegría verlas a ambas.

—Ay, Dios. No tenemos tiempo para ella.

En efecto, no lo teníamos. Pero, a diferencia de Julia, yo ya me había girado hacia la propietaria de la voz y me vi obligada a sonreír para saludarla cuando se nos aproximó.

—Lady Kellmore, ¿cómo está? —le contesté. Miré hacia mi hermana. «Deberíamos echar a correr».

Julia torció los labios. «Ojalá pudiéramos». A veces no necesitábamos verbalizar nuestros pensamientos. Éramos capaces de leerlos en la expresión de la otra. Nuestro padre lo había denominado nuestra «lengua de mellizas».

A regañadientes, mi hermana se giró para saludar a la mujer y soltó un débil gruñido con un fastidio que sin duda alguna se debía al vestido de rayas verdes, naranjas y borgoñas que se acercaba.

—¡Estoy congelada hasta el tuétano! —aseveró lady Kellmore—. Este verano bien podría afirmar ser invierno y terminar de una vez. —Se inclinó en una reverencia para responder a la nuestra esbozando una mueca de tristeza con su boca de finos labios—. He venido con su hermano, pero se me ha ocurrido acercarme a darle mi pésame, lady Julia, ya que es el segundo aniversario del accidente de lord Robert. Siempre dije que la suya sería la boda del año. Todos habíamos esperado muchísimo tiempo para ver a una de las mellizas Colebrook contrayendo nupcias. —Miró hacia mí y me incluyó en el espanto que suponía nuestra larga soltería—. Qué lástima que no llegara a suceder, ¿verdad? Como bien saben, mi querido Kellmore es primo tercero de parte de los Hays y fue un duro golpe para la familia. —Observó con mayor atención la rígida sonrisa de Julia—. Y para usted, por supuesto. Veo que sigue de luto.

Mi hermana consiguió asentir con la cabeza.

Santo cielo, si la mujer seguía por esa senda iba a sumergir a Julia en un océano de desesperación. La excursión a Vauxhall debía distraer a mi hermana de su pena, no recrudecerla. La cogí del brazo para disponernos a partir, pero lady Kellmore se iba adentrando en aguas más profundas.

—Qué mala suerte desnucarse durante una cacería, y sobre todo con una valla tan baja. —Sus dedos con guantes verdes recorrieron durante unos segundos los pliegues claros de su cuello—. Kellmore me comentó que lord Robert siempre se caía de la montura, y que no era el mejor de los jinetes, pero esa vez... —juntó las manos en una palmada amortiguada que hizo que mi hermana se encogiera— la caída fue fatídica. Para mí la culpa es de lord Brandale y de su condenado caballo. Fue muy triste.

—Sí que fue triste —tercié antes de que Julia pudiera responder—. Es una pena, pero ya nos marchábamos a casa. Ha sido un placer volver a verla.

Asentí para despedirme y tiré del brazo de mi hermana para conducirla cuesta abajo hacia la torre de la orquesta. Su cuerpo estaba tenso como la cuerda de un arpa y la suave curva de su mandíbula, tan apretada que por una vez lucía los mismos rasgos angulares que yo.

—Quítatela de la cabeza, querida —le dije por encima de los primeros compases de un último baile—. Tiene buena intención, pero la misma delicadeza que un rocín.

—Se equivoca de todo punto con la pericia de Robert a caballo... Era muy buen jinete —siseó Julia en tanto esquivábamos a los bailarines y salíamos a la hierba aplanada en dirección a la gravilla del Gran Paseo.

Me abstuve de responder —había visto cómo montaba lord Robert—, pero la rabia de Julia era esperanzadora. Cualquier cosa era mejor que la honda melancolía de las dos últimas semanas.

Ante nosotras, numerosos festones azules y lámparas rojas colgaban entre los sicomoros y los olmos que flanqueaban el amplio paseo, cuyas reconfortantes luces seguían centelleando. El Gran Paseo era el centro mismo de los jardines de recreo, pero allí casi nunca solía haber nadie. La mayoría de los reservados que daban al paseo y donde la gente a menudo cenaba estaban vacíos, solo quedaban unos cuantos grupos bebiendo vino y picoteando de los platos que tenían ante sí. Pasamos por delante del reservado que habíamos alquilado; la pared del fondo estaba decorada con el cuadro de Francis Hayman dedicado a los bailarines del palo de mayo, cuya belleza quedaba oscurecida por los dos camareros que se apresuraban a recoger los platos que habíamos dejado. En el aire seguía flotando el olor a pollo asado y a jamón, que me recordaron que había estado demasiado distraída como para comerme la cena que habíamos pedido. Era evidente que el espectáculo de la velada casi había llegado a su fin: los jardines iban a cerrar las puertas al poco. Muy probablemente, el Paseo Oscuro estaría desierto a esas alturas; una idea un tanto siniestra. Aunque, bien pensado, no queríamos que nadie fuera testigo de nuestro despreciable intercambio.

Enlacé mi brazo con el de Julia, en busca más de calidez que de solidaridad, y empezamos a recorrer el ancho bulevar.

—Deberíamos habernos puesto botines —comenté—. Con las zapatillas noto todas y cada una de las piedras del camino.

—No podemos ponernos botines con un vestido de noche —aseguró Julia con rotundidad—. Ni siquiera cuando las circunstancias apremian.

Reprimí una sonrisa. El sentido del estilo y de la propiedad de mi hermana siempre era impecable, y un blanco muy fácil para las bromas.

—Ah, muy graciosa. —Julia me miró de reojo—. Lo siguiente será que sugieras que nos pongamos ropa masculina.

—Ojalá pudiéramos —dije—. Los bombachos serían muchísimo más convenientes que los vestidos de seda.

—¿Tú cómo lo sabes? —me preguntó Julia—. Por Dios, Gus, no te habrás puesto las ropas de padre, ¿verdad?

Mi hermana sabía que me había hecho con algunas prendas de mi padre tras su muerte; él y yo teníamos la misma altura y la misma complexión nervuda. La ropa pertenecía de pleno derecho a mi hermano al ser el heredero del título —así como de cada una de las propiedades de nuestro padre—, pero me las quedé de todos modos. Era un vínculo con él y una especie de recuerdo.

—Por supuesto que no. Solo era una conjetura.

Julia se apoyó en mi brazo.

—El mero hecho de probártelas sería morboso. —Me dio un suave golpecito y me dedicó una de sus dulces sonrisas—. De todas formas, estarías espléndida con, por ejemplo, un uniforme de húsar. Tienes una altura imponente para ello, y los adornos dorados irían a juego con tu pelo.

Me reí. Como siempre, Julia estaba siendo muy leal. Mi pelo castaño oscuro ni siquiera se acercaba a un tono dorado —de hecho, ya lucía mechones plateados—, y hasta el momento mi metro setenta y cinco había resultado más incómodo que imponente. Ella, en cambio, había recibido la bendición de la melena castaña clara de los Colebrook, en la que no parecía pasar el tiempo, y su metro cincuenta y cinco resultaba más refinado.

Cuando éramos pequeñas, un día me eché a llorar porque no éramos idénticas. Mi padre me llevó aparte y me dijo que las copias se le antojaban perturbadoras y que estaba muy satisfecho con sus dos hijas diferentes. Había sido un buen padre y un mejor hombre. Pero para la sociedad su sórdida muerte, acaecida cinco años antes encima de una ramera de un barrio cualquiera, había sido el colmo.

Casi nos había manchado también a mi hermana y a mí, pues fui tan imprudente como para ir a aquella casucha a recuperar el cuerpo de mi padre; no soportaba la idea de que la gente lo observara embobada ni que fuese una fuente de diversión para ellos. El destino quiso que me dejara ver en un burdel. Una mujer soltera de buena cuna no debería conocer siquiera la existencia de aquellos lugares, y mucho menos entrar en uno y hablar con quienes lo habitaban. Me convertí en la nueva protagonista de los rumores, y los chismes solamente se atajaron y volvimos a aparecer en las listas de invitadas gracias al firme apoyo de nuestros amigos más influyentes.

Unas cuantas personas normales y corrientes —las mujeres con chales sobre los vestidos de algodón y los hombres con pañuelos estampados y austeros trajes de lana— estaban apiñadas alrededor de una cantante en la linde del camino. La balada lastimera de la mujer hizo que Julia girara la cabeza cuando pasamos por delante de ella.

—*La canción de las hadas* —dijo—. Una de las preferidas de Robert.

Aceleré el paso para dejar atrás el recuerdo. El destino parecía conspirar en mi contra.

Atrajimos varias miradas al encaminarnos hacia la sombría entrada del Paseo Oscuro, sobre todo por parte de las mujeres que iban con sus esposos y que fruncían los labios para dejar claro lo que pensaban.

—Quizá deberíamos haber venido con Samuel y con Albert —susurró Julia. Mi hermana también se había fijado en la reprobación femenina que nos rodeaba.

—Charlotte no quiere que nuestros criados se enteren de sus asuntos —dije—. Además, no somos temblorosas muchachas en nuestra primera temporada. No es necesario que nos acompañen en todo momento.

—¿Te acuerdas del código que nos inventamos para advertirnos la una a la otra con respecto a los hombres de nuestro círculo? —me preguntó Julia—. El código que se basaba en estos jardines.

—A duras penas. —Rebusqué en mi memoria—. Vamos a ver: un Paseo Ancho era un tipo aburrido y pomposo, un Reservado era un cazafortunas…

—Y un Paseo Oscuro era la línea más roja de todas —dijo Julia—. Un hombre en absoluto de fiar, con el que nunca debíamos quedarnos a solas. El apodo se basaba en los espantosos ataques que tuvieron lugar por aquel entonces en el Paseo Oscuro. ¿Los recuerdas?

Sí los recordaba: muchachas respetables a las que habían sacado del camino y atacado de la peor de las maneras.

—Eso fue hace más de veinte años, querida. Ahora somos mujeres de cuarenta y dos, muy capaces de cuidar de nosotras mismas.

—No es lo que diría Duffy.

Ciertamente, a nuestro hermano, el conde de Duffield, lo horrorizaría saber que habíamos ido a los jardines Vauxhall por nuestra cuenta, y más aún que nos habíamos atrevido a adentrarnos en la indecente reputación del Paseo Oscuro.

—Duffy nos obligaría a pasar la vida cosiendo o tomando té con cualquier madre que viese a su propia hija como la nueva lady Duffield.

—En efecto —asintió Julia—, pero solo te pones tan vehemente porque sabes que esto pasa de castaño oscuro. Por no decir que es peligroso.

No la miré a los ojos. Mi hermana me conocía demasiado bien.

—Bueno, sea como fuere, ya hemos llegado —dije señalando al Paseo Oscuro, que quedaba a nuestra derecha.

A ambos lados del camino se alzaban enormes robles nudosos, cuyas altas ramas casi se encontraban en el centro para crear un sombrío túnel de follaje. Una lámpara iluminaba la entrada, pero en el sendero no vi ninguna otra luz. Ni a ninguna otra persona.

—Está a la altura del nombre que tiene —murmuró Julia.

Las dos nos quedamos observando la impenetrable profundidad del camino.

—¿Deberíamos hacer lo que querría Duffy y dar media vuelta? —le pregunté.

—Antes preferiría ir a la ópera vestida de algodón —respondió Julia tirando de mí hacia delante.

Conocía a mi hermana tanto como ella a mí.

Por encima de nosotras, el dosel de hojas lograba que el aire pareciera aún más frío, y solo proporcionaban cierta luz los destellos de la media luna que se colaban entre las ramas. Los ruidos fuertes de los jardines de recreo —la música, las voces y los lejanos chasquidos de las vajillas— se volvieron más y más amortiguados conforme avanzamos por el camino.

—Charlotte nos indicó que debíamos dirigirnos hacia el mural del artista, y que el señor Harley nos detendría en algún punto —susurré. Al parecer el mural era una broma para el espectador: mostraba a un artista con escalera, botes y brochas que pintaba el mural en el que estaba situado. Entorné los ojos en la penumbra y encontré la débil silueta de un rectángulo enorme en el extremo más alejado del largo sendero. La luz de la luna incidía en él de forma extraña y plana—. Creo que se encuentra por allí.

—¿Por qué no ha venido la propia Charlotte? —quiso saber Julia—. ¿Por qué dijiste que lo haríamos nosotras?

—Porque después de que padre muriera nos invitó a todas sus fiestas y cenas, y no permitió que nadie nos diera la espalda.

Charlotte había sido una de las amistades que había usado su posición y su influencia en mi favor sin esperar nada a cambio. De hecho, ni siquiera nos había pedido que le hiciéramos el favor de recuperar las cartas del amante que le estaba haciendo chantaje. Más bien me ofrecí yo cuando me contó la triste historia. Me pareció la manera perfecta de retribuirle su generosidad y, al mismo tiempo, de distraer a mi hermana.

—Estás exagerando de nuevo —protestó Julia—. Recuerdo que nadie nos dio la espalda.

Metí un poco la barbilla. Mi hermana tenía tendencia a reescribir la historia. No, eso resultaba excesivo. Ella veía un mundo más amable y piadoso que el que veía yo, una predisposición feliz que me propuse que debía mantener. Sabía por experiencia propia que la alternativa era demasiado desoladora.

—Deberíamos haber cogido una lámpara. —Julia me permitió incrementar el ritmo.

—¿De dónde? ¿De la tienda de lámparas que tan convenientemente deberían haber instalado detrás de la orquesta? —Mi pregunta sonó con una pizca de brusquedad de más.

—No adoptes el papel de la señorita Ironía —me dijo.

Le di un apretón en el brazo para disculparme. La incertidumbre y los planes mal concebidos siempre me volvían sarcástica.

—Ah. —Señaló hacia delante—. ¿Lo ves?

En efecto, lo veía: un débil destello en el extremo del camino. Una lámpara. La luz se movió hacia delante cuando nos aproximamos, y la silueta de un hombre con un alto sombrero de castor y gabán se colocó en el sendero.

—¿Señor Harley? —pregunté.

El hombre hizo una reverencia. Por lo que vi gracias a la luz de su lámpara, era un hombre fuerte, con una cintura estrecha y unos hombros anchos que resultaban más impresionantes todavía por la extravagancia de capas de su abrigo. Fallaba un poco, tal vez, en la altura: era un dedo o así más bajo que yo, si bien contaba con la ventaja del peso y de los miembros largos. Olí el agua de lavanda de Price and Gosnell, la misma colonia que usaba nuestro hermano. Era la opción preferida de los tipos que iban a la moda o, más probable en ese caso, de los que lo intentaban con todas sus fuerzas. Tenía un rostro atractivo también, algo que me sorprendió. No era singular en demasía, sino en su justa medida, con una frente amplia, una barbilla afilada y una boca grande que esbozaba una sonrisa encantadora. La verdad del señor Harley, sin embargo, recalaba en sus ojos, de un azul pálido y entornados para mostrar una expresión de irritado cálculo. ¿Por qué diantres Charlotte se había puesto en tan serio peligro por él?

—¿Ella os envía? —nos soltó—. Por supuesto que sí. No es de las que se enfrenta a las consecuencias.

—Si se refiere a la condesa de Davenport, en ese caso sí, somos sus emisarias. —Sus modales ofensivos me llevaron a verbalizar mis pensamientos—. Pero no sé qué es lo que vio en usted.

—La condesa estaba más que satisfecha con nuestra relación. —Su sonrisa se ensanchó—. Tanto, de hecho, que apenas conseguía alejarse de la cama.

Mis mejillas empezaron a arder. A mi lado, Julia se quedó sin aliento y me aferró el brazo para no perder el equilibrio ante tamaña vulgaridad.

—Ahora vayamos al asunto que nos ocupa —añadió Harley, cuya voz pasó de ladina e insinuante a apremiante y decidida—. Seguidme.

Dio media vuelta y se alejó entre los matojos en los que su lámpara iluminaba un camino irregular. Por el modo en que crujían las ramas y la hierba al pisotearlas, quedaba claro que era un sendero muy reciente.

—Gus, no podemos ir por allí. —Julia tiró de mi manga.

—Señor Harley, haremos el intercambio aquí —exclamé en alto hacia su espalda, que se iba alejando.

Se detuvo y se giró, y la luz amarilla de su lámpara iluminó su ceño fruncido.

—No, lady Augusta. Haremos el intercambio donde yo lo diga.

Así que sabía quiénes éramos. Debí habérmelo imaginado. Un hombre como él tenía en su haber una copia del libro *Debrett's*, el compendio de las familias aristocráticas inglesas, por supuesto.

—No lo creo —dije procurando hablar con voz calma—. O hacemos el intercambio aquí o no lo hacemos en absoluto.

El señor Harley se quedó quieto unos segundos, por lo menos durante cinco de mis acelerados latidos, y lentamente desanduvo varios pasos. A mi lado, Julia soltó un débil suspiro de alivio.

La miré y ladeé la cabeza: «Ponte detrás de mí, querida».

Mi hermana apretó los labios: «Me quedaré a tu lado».

Muy valiente, pero yo sabía que no estaba hecha para enfrentarse a nadie. Abrí los ojos como platos: «Por favor».

A regañadientes, dio un paso atrás. A fin de cuentas, yo era la mayor por quince minutos y varios dedos más alta. Además llevaba la piedra. Moví el bolso y noté el reconfortante balanceo que daba.

El hombre se detuvo delante de mí y miró a ambos lados por el camino. A lo lejos, delante del mural, se veía la sombría silueta de un hombre que, al parecer, examinaba la pintura con intensidad. Por lo demás, el Paseo Oscuro estaba vacío y las hojas de los árboles, plateadas bajo la luz de la luna, nos susurraban gracias a la fría brisa nocturna.

—Enséñame el colgante —dijo.

—Enséñeme usted las cartas —salté imitando su tono cortante.

Nos medimos con la mirada, ninguno de los dos cedía terreno, y lo vi asentir ligeramente. Me giré para coger el bolso de Julia en el mismo momento en que el señor Harley metía una mano en el interior de su abrigo.

—Creo que podremos hacer un… —Me callé al darme cuenta de que estaba observando el cañón de una pistola. De calibre dieciséis, me pareció advertir. El muy canalla había sacado una pistola para apuntarnos.

—Dámelo, lady Augusta —me exigió.

Tanto la rabia como el temor impulsaron mi mano hacia atrás. Balanceé el bolso con todas mis fuerzas, y la piedra cubierta de seda lo golpeó en sus partes bajas. Él soltó un grito ensordecedor y, durante unos segundos, vi el pánico que le demudaba el rostro. ¡Había dado en el blanco! Cayó de rodillas y soltó la lámpara y la pistola, que volaron hacia la maleza. Me abalancé hacia delante y cogí la pistola. Harley ya se estaba incorporando con la cara roja y expresión asesina. Tuvo que sentarse en el suelo. Le di un buen golpe en la sien con la culata del arma, lo bastante fuerte como para dejarlo inconsciente. Por lo menos eso era lo que esperaba yo, pero siempre había margen para el error.

Se desplomó de lado como si de un fardo se tratara.

Julia y yo nos quedamos mirando unos instantes su cuerpo boca abajo.

—Ay, Gus, ¿qué has hecho? —dijo mi hermana al fin con voz baja por el terror.

—No está muerto. —Mis palabras estaban teñidas de más esperanza que certeza.

—¡Podría haberte disparado! ¡Podría haberme disparado a mí!

—No. La pistola no estaba amartillada.

Había una cosa de lo que sí estaba segura: de si un arma estaba amartillada o no. Era la ventaja de haber tenido un padre al que salir de caza lo volvía loco y un guardabosques muy meticuloso que no había dudado en enseñarle a disparar a una joven dama. Si lo supe antes o después de golpearlo, esa era una cuestión totalmente distinta… que más valía dejar de lado.

—Toma, cógela. —Le di la pistola a Julia, solo con un ligero temblor de manos, y recuperé la lámpara, que seguía encendida. Observé el rostro de Harley, de una palidez alarmante. Me quité el guante y con los dedos desnudos le tapé la nariz y la boca.

Ah, una breve expulsión de aire me rozó la piel. No lo había matado. Di gracias por ello. Dejé la lámpara en el suelo y metí una mano en el bolsillo de su gabán. Estaba vacío.

—Date prisa —me apremió Julia, sujetando la pistola como si fuera una rata muerta—. ¡Se acerca alguien!

Por el sonido de sus pasos, el tipo que había estado analizando el mural se dirigía hacia nosotros a gran velocidad. Tiré del otro lado del abrigo del señor Harley para que su cuerpo dejara de aplastarlo e introduje una mano en el bolsillo liberado. Rodeé con los dedos un atajo de papeles atado con una cinta.

—Disculpen, ¿se encuentran bien? —nos dijo el hombre.

Julia se guardó la pistola en el bolso mientras yo sacaba el fajo de hojas. Un montón de cartas, todas ellas con una dirección escrita por la letra de Charlotte.

El señor Harley se removió, y sus párpados se movieron hasta abrirse.

Me incliné y me puse a pocos dedos de su expresión de hondo desconcierto.

—Márchese de Londres, señor Harley —le dije lenta y claramente— o airearé lo sinvergüenza que es. ¿Le ha quedado claro?

El significado de mis palabras quedó apresado en sus ojos. Asintió.

—¿Es usted, lady Julia? ¿Está lady Augusta con usted? —Reconocí la voz: era Bertie Helden. No era el hombre más astuto del mundo, pero sí un caballero hasta la médula—. ¿Se encuentran bien? Debo decirles que no creo que Duffield quisiera verlas por aquí.

Me levanté del suelo y envolví las cartas con los guantes para ocultar el paquete entre los pliegues de mis faldas de muselina.

—Lord Cholton, qué alegría —exclamó Julia con voz animada cuando Bertie apareció junto a nosotros con el rostro redondo de color rojo por el esfuerzo—. Estamos bien, pero al pasar por aquí nos hemos encontrado a este pobre hombre. Al parecer, se ha desmayado.

Bertie se quedó mirando la silueta de Harley y negó con la cabeza.

—Me apuesto a que el tipo está confundido. Siento mucho que hayan tenido que presenciar este espectáculo. No se preocupen, iré a avisar a los guardias de los jardines.

—Muchas gracias, lord Cholton —dije antes de hacerle una reverencia.

Al verme, mi hermana me imitó y las dos nos marchamos por el camino mientras Bertie iba a ayudar al detestable y aturdido señor Harley.

2

Iglesia de St. George's,
Hanover Square, Londres

La sagrada comunión solía darme consuelo, pero ese día me pareció un acto vacío. Me santigüé y apreté los labios al notar el sabor agrio del vino. El reverendo Cartwright hizo la señal divina, limpió el extremo del cáliz con su tela blanca y pasó al siguiente suplicante que estaba arrodillado junto a la barandilla del altar.

Todavía no se había percatado de la cabra que vivía en su rebaño de corderos; un pastor un tanto ciego.

Me puse en pie, recogí el dobladillo de mi vestido para evitar el peligro de los tacones de mis botas y seguí a Julia por el pasillo de la iglesia hasta nuestros asientos. Unos cuantos meses atrás, ese breve trayecto me habría pasado del todo desapercibido. Ese día me dio la sensación de que todos los ojos me perforaban el pecho en busca de la mancha negra de dudas que me emborronaba el corazón. Una idea absurda, pero la idea de que me descubrieran resultaba insoportable. Ser apóstata era mucho más detestable que ser católico.

Y lo que era peor: si Julia descubría que yo ya no creía en Dios, sus temores por mi alma eterna serían más dolorosos que la duda en sí misma. Habría sido demasiado cruel hacer tambalear su fe cuando más la necesitaba.

Seis meses atrás, nuestro médico había encontrado un pequeño bulto en su seno. Dijo que era probable que fuese cáncer de mama, pero no podía estar seguro. En esa escasa incertidumbre, Julia me había prometido que no se obcecaría con ello ni en su cabeza ni en el momento de conversar. Según ella, era la voluntad de Dios, así que soportaría cuanto fuese a ocurrir. Ya entonces algo en mi interior se opuso a esa afirmación. ¿Qué clase de dios permitía tanto sufrimiento —el fallecimiento de un prometido y un padre amados, y después cáncer— en una de sus devotas más fieles? Sin lugar a duda, no uno que a mí me apeteciese venerar.

Abrí la puerta de roble de nuestro reservado y me senté en el banco acojinado junto a mi hermana. Nuestro padre lo había comprado muchos años antes, en parte porque la iglesia de St. George's le resultaba conveniente para sus dos casas de Londres, pero sobre todo porque se trataba de la iglesia más a la moda de la ciudad. Quizá el dios cuya existencia yo cuestionaba me aniquilaría por sentarme en una de sus casas. Qué disparate filosófico: si no existía, no podría aniquilarme. En el último mes aproximadamente había descubierto que suponía mucha más filosofía el mero hecho de dudar que el de creer.

Charlotte se encontraba sentada en la localidad opuesta, con los ojos bajos como si estuviera rezando, pero vi su expresión, que se debatía entre el aburrimiento y la impaciencia. Yo llevaba sus cartas y su colgante de diamantes envueltos discretamente en un pañuelo de lino en el interior de mi bolso, dispuestos para devolvérselos de manera triunfal. Debió de darse cuenta de que la miraba, pues levantó la vista y me sonrió. Miré hacia las puertas de la iglesia y ladeé la cabeza: «¿Nos vemos después del oficio?». Asintió.

Todavía me costaba creer que se hubiera involucrado con el señor Harley. Supongo que en lo que a deseo carnal se refiere no hay nada escrito. Yo hacía bastante tiempo que no sentía esa clase de pulsión y tal vez había olvidado el poder que entrañaba. ¿Qué hacía que una persona se muriese por las caricias de otra, sobre todo si había un poco de amor en la ecuación? Esa pregunta ocupó mi mente hasta que por fin nos permitieron salir a una mañana atípicamente húmeda.

—Ha sido un sermón bastante largo —comentó Charlotte cuando me encontré con ella frente al pórtico de la iglesia. Se hallaba detrás de la última columna de piedra, abanicándose y manteniendo a raya a sus conocidos con un arrogante ladeo de barbilla.

—Quizá espera arrancarnos el pecado del cuerpo a base de aburrimiento —opiné.

—En ese caso, pues, estoy libre de todo pecado. —Charlotte abanicó su elegante perfil.

—Lo dudo, querida —dije secamente, con lo cual me gané una sincera carcajada de mi amiga—. Aun así, ahora por lo menos estás libre de los pecados de los demás. —Extraje las cartas y el colgante, envueltos en un discreto pedazo de lino, de mi bolso. Observé la puerta de la iglesia y comprobé que ningún miembro de la congregación que salía del edificio reparaba en nosotras—. No solo recuperamos tus cartas, sino que al final también pudimos retener el colgante.

—Gracias, Augusta. —Charlotte cerró el abanico y aceptó el paquete. Me aferró la mano durante un segundo, un gesto que resultaba muy revelador, pues no era dada a demostraciones de aprecio. Se guardó el paquete en su bolso—. Pero ¿cómo conseguisteis quedaros los diamantes? El Edward Harley al que conozco no habría renunciado con facilidad a esa recompensa.

Le relaté un breve resumen de la aventura de la noche anterior.

—Santo Dios, ¿te apuntó con una pistola? Sabía que era un tanto misterioso, pero no esperaba que fuese un completo canalla. Me alegro de que se marche de Londres, pero siento mucho haberos puesto a las dos en peligro.

—Ha servido para distraer a Julia de su melancolía, sin duda. —Resté importancia a sus disculpas.

Charlotte miró por el pórtico hacia mi hermana, que estaba manteniendo una conversación con el vicario.

—¿Estás segura? Perdóname, pero todavía la veo un tanto pálida.

—Es por el calor repentino —le expliqué—. Te aseguro que ir a Vauxhall le levantó el ánimo en gran medida.

Charlotte parpadeó al percibir el matiz de falsedad de mi voz, pero yo no podía contarle mi auténtica preocupación. Julia no solo me había prohibido obsesionarme con su diagnóstico, sino que también me había hecho prometer que lo mantendría en secreto. La verdad se había instalado en mi interior como una dura piedra, siempre dispuesta a estropear mi estado de ánimo, pero de vez en cuando adoptaba una afilada punzada de temor.

El anciano señor Pontworth pasó por delante de nosotras con su bastón y asintió en nuestra dirección para despedirse. Le devolvimos el saludo con sendas sonrisas. Charlotte esperó a que el anciano se hubiera alejado lo suficiente antes de decir:

—Si de veras crees que ayudó, puede que tenga otra aventura con la que distraer a Julia.

Me la quedé mirando, perpleja. ¿Acaso mi amiga no había aprendido nada?

Charlotte se rio y tapó el gesto poco refinado con una mano enguantada en cabritilla.

—No me tengas en tan poca estima, querida. No, se trata de un asunto totalmente distinto, y no es mío. Entenderé, sin embargo, que no queráis enredaros, sobre todo después de la violencia del señor Harley.

—El señor Harley no me asustó lo más mínimo. ¿De qué aventura se trata?

Asintió hacia un pequeño grupo de personas que esperaban que su carruaje avanzase en la cola de coches.

—¿Ves a esa muchacha con la pelliza azul?

La vi. No estaba girada hacia mí, pero se movía de la misma forma que Charlotte, con la sencilla gracia de su belleza natural. A diferencia de Charlotte, no obstante, también irradiaba cierta fragilidad, enfatizada quizá por el corte de su pelliza de inspiración militar y el alto sombrero chacó que llevaba sobre los rizos rubios.

—Se trata de Millicent Defray —añadió Charlotte.

Defray. El apellido me resultaba familiar, pero fui incapaz de descifrar la conexión. Necesitaba la memoria de Julia.

Charlotte advirtió mi incomodidad.

—Millicent se casó con Henry Defray hace tres años y es una de las hijas de Georgina Randall.

—Ah, sí. —Georgina Randall era una de las viejas amigas del seminario de Charlotte, y, si no me fallaba la memoria, sus tres hijas habían conseguido buenos enlaces en sus primeras temporadas. Un triunfo maternal—. ¿Millicent está en alguna clase de apuro?

—No. Se trata de su hermana mayor, Caroline. Soy la madrina de las dos, y mi querida Millicent me ha pedido que la ayude, pero no se me ocurre cómo. ¿Quizá Julia y tú podríais hablar con ella?

—Si tú no la puedes ayudar, no veo qué le podemos ofrecer nosotras.

—¿No lo ves, amiga mía? —Charlotte arqueó las cejas y clavó los ojos en los míos—. Yo veo una gran valentía e inteligencia y, francamente, una necesidad desesperada por aceptar una meta mayor que esta. —Señaló hacia la educada sociedad que se reunía delante de la puerta de la iglesia.

—Yo ya tengo una meta —dije rechazando así el doble sentido y su amable preocupación—. Distraer a mi hermana de su melancolía. Pero tienes razón en que Julia parece bastante más contenta cuando tiene un objetivo en mente. En fin, cuéntame el problema de Caroline.

—Creo que sería mejor que Millicent te contara la historia por sí misma. ¿Te importaría hablar con ella, Augusta? Si deseas distraer a Julia, esta empresa lo lograría con creces. Y así ayudaríais a una chica encantadora. A dos, de hecho.

—Charlotte, estás siendo exageradamente esquiva. ¿De qué apuro se trata?

Mi amiga, sin embargo, se limitó a negar con la cabeza.

—Le diré a Millicent que os haga una visita mañana mismo.

3

Hanover Square, Londres

La puerta de la sala se abrió. Un profundo y educado carraspeo hizo que levantara la vista de *The Times* y de la noticia de que lord Liverpool acababa de ser nombrado nuestro primer ministro sustituto después del impactante asesinato de Perceval, acaecido un mes antes.

Nuestro mayordomo se encontraba en el umbral con los ojos ligeramente entornados.

En la mesa, Julia dejó de ordenar sus bobinas de hilo de algodón para los bordados.

—Ay, no, ¿qué ocurre, Weatherly?

Un observador cualquiera tan solo habría visto el rostro impasible de un experimentado mayordomo, pero tanto Julia como yo sabíamos que nos traía noticias desagradables. Weatherly había trabajado para nuestra familia desde que teníamos dieciocho años, y en los últimos veinticuatro habíamos llegado a comprender todas sus expresiones. Como él había llegado a comprender las nuestras, por supuesto. Arribó a la casa de nuestro padre como un hombre de libertad recién conseguida y se esforzó en subir desde criado hasta submayordomo. Diez años más tarde, cuando padre nos permitió a Julia y a mí organizar nuestro propio hogar en su segunda casa de Londres, Weatherly vino con nosotras como nuestro mayordomo. De ahí que se considerara el principal protector de nuestro bienestar y que dirigiera a todo el mundo, desde los sirvientes de la cocina hasta las hijas del conde, con una férrea eficiencia, acompañada de un ocasional toque de humor seco.

—Lord Duffield está de camino desde las caballerizas, señoras. Al parecer, lo han visto un tanto... —hizo una pausa para enfatizar— agitado.

Julia me miró. «Vauxhall».

Asentí. Nuestro hermano solo nos visitaba o para reprendernos o para pedirnos que hiciéramos de anfitrionas de algún concierto o de alguna fiesta teatral que él había organizado. Alguien debía de haberle informado de que habíamos visitado los jardines por nuestra cuenta. Quizá nuestro querido Bertie se lo había comentado. Era incapaz de guardar cualquier tipo de información.

—Pues tráenos té, Weatherly. —Solté un suspiro de resignación.

—Sí, señora. La cocinera ha preparado una horneada de sus galletas con praliné de almendras. ¿Me permiten sugerir que prepare un plato? Tengo entendido que son las favoritas de lord Duffield.

—Buena idea. Gracias.

Weatherly hizo una reverencia y se retiró.

—Me pregunto cuánto sabrá de la historia Duffy —dijo Julia.

—Espero que solo esté al corriente de que fuimos a los jardines y de nada más.

Dejé el periódico en la mesita lateral y me levanté del sillón con la sensación de que debía caminar para despejar una parte de mi irritación. Esas misiones de corrección fraternal siempre me erizaban el vello; a fin de cuentas, nosotras le llevábamos cinco años. También debía admitir, sin embargo, que los acontecimientos que se produjeron en Vauxhall me habían dejado un tanto turbada conmigo misma: golpear al señor Harley tal vez pudiera justificarse como defensa propia, pero no era un comportamiento civilizado. Y sin civismo no quedaba más que el caos.

Frente a la ventana, levanté el reloj hacia la luz y me fijé en la hora: casi las nueve en punto. Era pronto para que Duffy hubiera salido. Solté el reloj, que recobró su lugar en el extremo de la cadena que llevaba al cuello; era pequeño y de oro, un espléndido ejemplo de la maestría de Edward Prior que había sido un regalo de mi padre. Por lo general, cualquier regalo que me diese a mí tendría un duplicado para mi melliza, pero no fue el caso. Al entregarme el reloj, mi padre me dijo que mi mente era de las que buscaban el orden, como los hombres, y que tenía la sensación de que me gustarían los nuevos artilugios que podían calcular el tiempo con precisión. Llevaba razón: sí que encontré cierto extraño consuelo en el exacto movimiento de las manecillas, así como una ligera sensación de control al saber cómo pasaba el tiempo. En esos momentos, no obstante, ese conocimiento solo acrecentaba mi malhumor.

Observé Hanover Square en busca de entretenimiento. El mundo exterior estaba enardecido. Un mercader anunciaba sus productos a voz en grito y detuvo su parloteo cuando uno de los ayudantes del cocinero de la casa de al lado salió a verlo. Al otro lado del jardín vallado, la criada de los Kempsey barría los escalones de la entrada, y un vendedor de ostras sacaba un pequeño barril de su carro y se lo subía a su fornido hombro. El carruaje de lord Alvaney pasó por la calle con sus dos alazanes —qué criaturas tan encantadoras— y una dama con un tocado azul espantoso decorado con ardillas deambulaba por la acera hacia Bond Street, seguida por una dama de compañía de vestido apagado.

Nada de eso me entretuvo ni disminuyó mi resentimiento.

—No estoy de humor para uno de los sermones de Duffy —mascullé.

—Ya lo sé. —Julia había dejado las bobinas de hilo y se puso a mi lado, junto a la ventana, colocándome una mano en el hombro en un gesto de empatía—. Lo hace porque cree que tú no lo respetas, igual que padre. Además, como cabeza de familia, ahora tiene derecho a sermonearnos.

Entorné los ojos con rabia al oír su último comentario, lo que provocó una carcajada de mi hermana.

—Veamos, ¿seguimos con la historia de que visitamos los jardines para oír la nueva música del señor Händel? —me preguntó.

—Tendrá que bastar.

Julia cogió uno de los pétalos amarillos curvados de una de las rosas dispuestas sobre la mesita lateral.

—Me pregunto si disponemos de suficiente tiempo para cambiar las flores.

—Dudo de que Duffy se dé cuenta.

—No se trata de eso. Las flores recién cortadas son muy tranquilizadoras y siempre dan luz a una estancia.

Como mi hermana tenía diez veces más interés en el estilo de nuestra casa que yo, no añadí nada más. Asimismo, la decoración había sido su proyecto personal desde el comienzo, y lo último que deseaba, sobre todo en esos instantes, era evitarle alguna alegría o distracción. Julia negó con la cabeza y abandonó la idea a ojos vista.

—Me temo que llegará mientras las cambiamos y no habrá servido de nada.

Su profecía resultó correcta. Al cabo de menos de un minuto, Duffy caminaba con una velocidad impropia en él para doblar la esquina y subir los escalones hasta nuestra puerta principal. Regresé a mi asiento y a mi periódico, y Julia retomó la labor con sus hilos. La viva imagen de felicidad doméstica.

La puerta se abrió de nuevo y apareció Weatherly, que anunció:

—El conde de Duffield.

Duffy irrumpió en la estancia cuando nos levantamos para hacerle una reverencia.

—Hermanas —dijo inclinando la cabeza.

Como de costumbre, nuestro hermano vestía un elegante abrigo Weston con la corbata con un nudo de complicado estilo matemático y su melena clara de los Colebrook peinada con pomada para parecerse bastante a Brutus. En definitiva, la personificación de un caballero londinense a la moda. Aunque, a diferencia del abominable señor Harley, tenía una estatura más bien escasa. Duffy era un par de dedos más bajo que yo, algo que de joven lo enfurecía y que seguía enojándolo de adulto.

—Hermano —lo saludé con demasiada aspereza. Julia me lanzó una mirada—. Cuánto me alegro de verte —añadí para que se quedara tranquila.

—Toma asiento, por favor —terció Julia. Sus modales siempre eran ejemplares, aun en medio de una discusión familiar—. Acabamos de pedir que nos traigan té.

—Excelente. —Duffy se sentó en el sofá mientras Julia ocupaba el otro sillón a mi lado. Nuestro hermano barrió la estancia con la mirada y golpeó la alfombra con el pie. No era su habitual manifestación de rabia; él era más dado a recorrer una habitación de lado a lado.

—Hoy no esperábamos una visita por tu parte —empecé.

—No. Estaba por la zona.

Y eso, al parecer, era el fin de esa conversación. Después de unos cuantos segundos de golpecitos con el pie, de inspeccionar la sala y de guardar silencio, decidí tomar la palabra nuevamente.

—¿Has leído las disposiciones de Liverpool? Es imposible que esté satisfecho siendo la quinta elección del regente, pero por lo menos debería ser capaz de formar gobierno y mantener unido al gabinete.

—De veras, Augusta —Duffy negó con la cabeza—, que no haces más que ponerte en ridículo con esas opiniones tan poco propias en una mujer.

—¿Qué noticias nos traes, hermano? —se apresuró a preguntarle Julia para interceptar mi indignación. Volvió a mirarme y a suplicarme armonía. Me mordí la lengua para reprimir la réplica.

—¿A qué te refieres? —Duffy se sentó más erguido en el sofá—. ¿Qué habéis oído?

—Nada. ¿Deberíamos haber oído algo? —preguntó Julia.

—No. —Se reclinó de nuevo en el respaldo—. Es decir, sí que traigo noticias...

La puerta se abrió y dio paso a Samuel, nuestro criado, con la bandeja de té y, como observé, una generosa ración de galletas de almendras. Dejó la bandeja en la mesita que estaba entre Julia y yo.

—Gracias, Samuel. Puedes retirarte —le dije.

—¿El té se encuentra ya en la tetera? —preguntó Duffy, claramente consternado—. ¿Os fiais de que lo midan vuestros sirvientes?

—En efecto —respondió Julia. Cogió la tetera y empezó a servir el té.

—Os robarán, recordad mis palabras.

—Todavía no lo han hecho —tercié en un tono que me pareció admirablemente contenido.

—¿Qué noticias nos traes? —se interesó Julia. Le dio una taza a Duffy, que la aceptó con un asentimiento de agradecimiento—. ¿Una galleta de praliné?

—No, gracias. —Bebió un sorbo del té y nos miró por encima de la taza.

Por lo visto, reprendernos por la salida a Vauxhall no era el objetivo de su visita, después de todo. Era un alivio saber que nuestro hermano no estaba al corriente de nuestra aventura en el Paseo Oscuro, sobre todo desde que la ahijada de Charlotte, la señorita Defray, había dispuesto visitarnos esa tarde para hablar de la situación de su hermana. Otra posible aventura. De todos modos, la extraña reticencia de Duffy era inquietante. Acepté mi taza y cogí una galleta; ya no me contenía más para resultar elegante, y menos aún en mi propia casa.

Duffy dejó la taza en la mesita lateral.

—¿Conocéis a sir Henry Woolcroft y a su hija, la señorita Harriet Woolcroft?

Yo no había oído hablar de ellos. Me giré hacia Julia; mi hermana conocía las conexiones de todo el mundo, a menudo se remontaba incluso tres generaciones. También era capaz de recordar lo que vestía toda la gente —por lo menos el estilo de las damas y de los caballeros a quienes había conocido— en cada fiesta y baile al que habíamos asistido, hasta las joyas que portaban. Julia admitía que era una habilidad inútil por completo, pero, como su conocimiento de la sociedad, resultaba del todo fiable.

—No los conocemos directamente —removió el té, pensativa—, pero tengo entendido que sir Henry es un baronet de rancio abolengo con una gran finca en Yorkshire. —Dejó de remover el té, y en su frente se formó un leve fruncimiento durante un segundo—. Ah, sí. El único hijo de sir Henry murió hace poco por una enfermedad. Ahora la señorita Woolcroft es su única heredera.

—Estás en lo cierto, Julia, como siempre —asintió Duffy—. He decidido que ha llegado el momento de que me case y he decidido que la señorita Woolcroft sea mi esposa.

—Santo Dios. —Me quedé mirando a mi hermano. Tenía treinta y siete años y todos habíamos perdido la esperanza de que abandonara su vida de soltero—. ¿Se lo has pedido? ¿Ha aceptado?

—Todavía no, pero confío en que lo hará.

—Por supuesto que sí —dijo Julia, leal—. ¿Es agradable?

—Es una heredera —intervine para intentar comprender tan repentina decisión—. ¿Necesitas dinero, Duffy? —La pregunta fue más abrupta de lo que había pretendido yo.

—¡Gussie! —protestó Julia.

—No necesito fondos, Augusta. Sin embargo, ya es hora de que cumpla con mi deber. La señorita Woolcroft es una muchacha encantadora conocida por su piedad, y tengo entendido que está más que dispuesta a preservar su estirpe.

—Un enlace romántico, ya veo —dije.

—¿Romántico? —Mi hermano frunció los labios—. Augusta, se trata de una decisión importante. Si crees que el amor es vital en unas buenas nupcias, entonces no me extraña que sigas soltera.

—Duffy, ese comentario es hiriente —dijo Julia.

Mi hermano negó con la cabeza al darse cuenta de que también había insultado a su preferida.

—Te pido disculpas, Julia, no pretendía ofenderte.

—No, pretendías ofenderme a mí. —Le dediqué a Duffy mi mejor sonrisa impostada—. ¿Una chica piadosa? No pensé que fuera uno de tus requisitos previos.

—Las mujeres sois la encarnación de la piedad —aseveró Duffy—. Las guardianas de la moralidad. Cuando una mujer fracasa en su piedad, fracasa en su feminidad esencial.

—Por el amor de Dios —mascullé notando cómo por dentro me subía el calor. ¿Acaso Duffy había conseguido descubrir mi secreto? Busqué malicia en su rostro, pero tan solo vi certidumbre para con sus propias palabras—. Las mujeres no solo somos…

—¿Cuándo se lo vas a pedir, Duffy? —me interrumpió Julia de nuevo. Estaba demasiado atenta a la dignidad y a los sentimientos de él.

—Esta misma semana visitaré Yorkshire y espero poder anunciar la feliz noticia el viernes.

—En ese caso, esperamos con ganas enterarnos del feliz desenlace y de conocer a la señorita Woolcroft, ¿verdad, Gussie?

Cogí mi galleta y mordisqueé su crujiente dulzura. No había mejor manera de callar que degustar un praliné de almendras.

4

Dos horas más tarde, Duffy se había marchado y la señorita Millicent Defray estaba sentaba en el sofá de nuestro salón con las manos enfundadas en guantes verdes, que se sujetaba en el regazo, y con cierto dolor en sus enormes ojos azules. Una taza de té se enfriaba a su lado sobre la mesita lateral y el plato repuesto de galletas de praliné seguía intacto. Yo había ocupado un lugar junto a la repisa de la chimenea —siempre me pareció mejor estar de pie—, mientras que Julia se encontraba sentada justo delante de la muchacha.

—Muchas gracias por recibirme —nos dijo—. He intentado todas las vías que se me han ocurrido, incluso las leyes, y nadie está dispuesto a ayudarme. —Hablaba con voz tan suave y amable que me vi obligada a tomar asiento más cerca para oír sus palabras.

—¿De qué problema se trata? —le pregunté—. Lady Davenport no entró en detalles, tan solo nos dijo que tenía que ver con su hermana.

—Ya veo. —Millicent hizo una pausa como si sopesara la reticencia de su madrina—. Creo que Caroline es prisionera de su esposo, sir Reginald Thorne.

Le lancé una mirada a Julia. «Su esposo». No me extrañaba que Charlotte se hubiera negado a contarnos más detalles del brete. Nadie podía interponerse entre un esposo y su mujer.

—Señorita Defray, me temo que el esposo tiene derecho a ello por ley, si es cuanto desea hacer —dije.

—Pero no tiene derecho a matarla, ¿verdad que no? —contestó Millicent con cierta brusquedad.

Pasó la vista de mí a Julia, y sus bonitos labios de muchacha joven se apretaron para formar una fina línea. Mostrar un carácter fuerte le sentaba bien, pues la dotaba de una aspereza que contrastaba con un exceso de suavidad tanto en su rostro como en sus ropas. Su pelliza de seda de color melocotón estaba adornada con un racimo de rosas verdes de gasa alrededor del cuello, y su moderno sombrero, decorado con más sucesión de seda verde oscuro y con una cascada ondeante de plumas de avestruz amarillas y marrones. Reparé en que Julia analizaba su aspecto con ojo crítico. Mi hermana estrenaba un vestido de seda con rayas verdes y rosas, y me había pedido que me pusiera mi ancho vestido turquesa. Al parecer, resaltaba el azul de mis ojos.

—Que yo sepa, la ley británica todavía no consiente el asesinato de la esposa de uno —dije. Julia frunció el ceño al oír mi tono. Mi hermana estaba en lo cierto, por supuesto; no era momento para frivolidades—. ¿Qué le hace pensar que el esposo de su hermana desea matarla?

—Al parecer, mi pobre Caroline es estéril —respondió Millicent—. Sir Reginald y ella llevan cinco años casados, y no han tenido descendencia. Ni un amago de descendencia. Sir Reginald está desesperado por engendrar a un heredero.

—Es el último de los Thorne —me explicó Julia. Ella sabía que yo no tendría la más remota idea de la familia de ese hombre—. Su hermano menor murió hace tres años en la campaña en España y no tiene ningún primo que comparta su apellido.

—¿Cómo lo sabe? —Millicent observaba a Julia con los ojos como platos.

—Mi hermana conoce a todo el mundo —dije—. Continúe, por favor.

—Desde que su hermano murió, sir Reginald se ha obsesionado con la necesidad de tener un heredero. Y ahora creo que quiere… —Se limpió los labios con un pañuelo de seda.

—¿Poner fin a la vida de Caroline y pasar página? —le sugerí. No estaba subestimando el peligro que corría el bienestar de Caroline. Tal como estaban las leyes, el divorcio era un asunto costoso y largo que requería un infrecuente decreto del Parlamento que arruinaba a ambas partes, tanto social como económicamente. Solo los más desesperados y los más ricos llegaban a valorar esa opción. La desafortunada muerte de una esposa en un accidente o por una enfermedad era mucho más económica y socialmente segura.

La señorita Defray asintió.

—La última carta que recibí de Caroline me lo confirmó. Teme por su vida. —Metió una mano en el bolso y extrajo una carta arrugada llena de tachones, y me la tendió—. Léala. Ya lo verá.

Era, en efecto, una misiva desesperada que recopilaba actos de crueldad: un perro amado al que habían matado de un disparo, amigos que se habían alejado, medicamentos prescritos por un médico de dudoso honor y una directa mención al encarcelamiento. Empecé a detestar a sir Reginald.

—¿Cómo ha conseguido mandarle esta carta? —le pregunté mientras se la entregaba a Julia.

—Una criada compasiva la llevó hasta el pueblo y la mandó por correo. —Millicent entrelazó los dedos.

Julia emitió un gemido de horror al leer el folio.

—Parece un monstruo —comentó al devolverle la carta a Millicent—, pero ¿de qué forma cree que podemos ayudarla?

—Espero que puedan sacar a Caroline de allí. Sir Reginald no permite que yo entre en la casa, y tampoco mi marido ni ninguno de nuestros conocidos. Tenemos la intención de enviar a Caroline a Irlanda, donde vive la familia de mi esposo.

—¿Sacarla de allí? —repetí.

¿Cómo íbamos a llegar hasta la casa de sir Reginald, por no hablar de sacar a la muchacha? Me crucé de brazos por encima del corpiño. ¿En qué diantre estaba pensando Charlotte? Sí, yo buscaba distraer a Julia de la preocupación y de la pena, pero no poniéndola —ni poniéndome a mí, para el caso— al margen de la ley.

—Mi madrina me ha dicho que son muy valientes y que han decidido dedicarse a ayudar a los demás —dijo Millicent con los ojos azules más abiertos aún por la súplica.

¿Que habíamos decidido dedicarnos a ayudar a los demás? Charlotte había dejado que su ahijada pensase que formábamos una especie de sociedad bondadosa.

—Me temo que lady Davenport está exagerando nuestra experiencia y nuestras habilidades —dije.

Con total sinceridad, nuestra victoria sobre el señor Harley se había debido más a la suerte que a la pericia. Y no me apetecía poner a prueba esa suerte más de la cuenta.

—Lady Augusta, no tengo a quién recurrir y me aterra que se esté acabando el tiempo. —Millicent sacudió la carta y el papel crujió apremiante—. Me la envió hace una semana.

Miré hacia Julia: «Debemos decir que no, es imposible».

Ella arqueó las cejas: «Pero pobre muchacha la de esa casa... ¿De verdad nos podemos negar?».

Fruncí el ceño: «Es bastante ilegal. Además está tu salud».

Mi hermana inclinó la barbilla: «Estoy bastante recuperada. ¿Podríamos vivir con la conciencia tranquila si Caroline termina muerta?».

Agaché la cabeza: «Por supuesto que no. Sería demasiado horrible».

Julia asintió: «Creo que debemos intentarlo».

Solté un largo suspiro: «Supongo que sí».

—Señorita Defray, mi hermana y yo la ayudaremos —concluí—. No podemos prometerle nada, pero intentaremos sacar a Caroline de la casa de su esposo.

—Lo intentaremos esta misma semana —añadió Julia. Y me miró a los ojos: «Debemos ponernos a ello ya, Gussie... Tal vez lleguemos tarde». Se tocó la cruz de oro que llevaba al cuello. Era una rápida oración por la seguridad de la muchacha.

Por lo menos una de nosotras seguía creyendo. Quizá era suficiente.

Esa noche, horas más tarde, me encontraba sentada a solas en el salón, viendo cómo el brillo de las ascuas del fuego iba apagándose. Julia ya había subido a su habitación con la certeza de que quería estar descansada para la aventura que se nos avecinaba, pero el cansancio que percibí en sus ojos parecía más acusado que de costumbre. Durante la cena apenas había comido, para desesperación de la cocinera, que le había preparado especialmente una deliciosa tarta de queso. ¿Acertaba yo al llevarla conmigo en aquella alocada empresa? Habíamos repasado nuestro plan —que a duras penas era tal— y Julia había enumerado, no sin razón, la cantidad de incógnitas que se abría ante nosotras. Íbamos a tener que improvisar, le dije yo, que no era sino otra forma de puntualizar que me encargaría de tener ideas a medida que avanzara nuestra labor. Aun así me pregunté si las fuerzas de mi hermana soportarían esa misión.

Unos golpes en la puerta me sacaron de mi ensimismamiento. Había apretado la mano, en la que sujetaba gran parte de un chal estampado; debía de haber formado una pelota con la tela. Tres rápidas caricias alisaron el extremo arrugado del tejido.

—¿Sí? Adelante.

—Milady —me saludó Weatherly al entrar—, ¿puedo hablar con usted?

Su expresión lucía una mezcla de resolución e incomodidad poco habitual en él.

—¿Qué sucede? ¿La cocinera vuelve a amenazar con abandonarnos?

No me respondió con una sonrisa. Se limitó a cerrar la puerta y a quedarse frente al umbral con las manos a la espalda. Iba a ser una conversación solemne, pues.

—Milady, estoy al corriente de sus planes para el día de mañana —dijo.

No me sorprendía. Nuestro mayordomo sabía todo lo que ocurría en la casa.

—¿Percibo una objeción?

—¿La persuadiría si objetara? —me preguntó con solo una pizca de su sequedad habitual—. Pero no, no me opongo al plan en general. Comprendo por qué se embarca en un caso de esas características. He venido a sugerirle que no se lleve a Samuel.

—¿Por qué no? Es nuestro criado y sería un tanto extraño que viajáramos sin él. —Intenté averiguar el motivo por el cual Weatherly se tomaba esas molestias—. ¿Crees que lo vamos a poner en peligro sin su conocimiento? Te aseguro que sabe lo que pretendemos hacer y que ha aceptado acompañarnos.

—No me ha entendido, milady. Creo que deberían llevarme a mí con ustedes.

Me lo quedé mirando, atónita.

—No como su mayordomo, sino como su criado —añadió—. Samuel es buen hombre, pero es joven y tiene poca experiencia en el mundo. —Hizo una pausa como si estuviera debatiendo qué decir a continuación—. Conozco, y quizá demasiado bien, la brutalidad de los hombres cuando tienen poder sobre otros, milady. He visto mujeres y niños azotados hasta la muerte por el antojo de un hombre. Y... cosas peores. No sería capaz de soportarlo si no hiciera todo lo que estuviese en mi mano para ayudar a lady Thorne y para lograr que lady Julia y usted estén a salvo.

Me quedé paralizada unos instantes, en silencio ante aquel relato de su pasado y de su lealtad. Yo conocía su historia solo a grandes rasgos: un niño apartado de su familia, esclavizado y por fin libre en suelo inglés como un joven muchacho. Mi padre estaba al corriente de toda su historia y un día me dijo que yo no debía oírla, ni ninguna otra de la misma índole, si deseaba seguir confiando en la humanidad. Ignoré su consejo, por supuesto, y busqué informes de tráfico de personas en panfletos y en libros, incluida la enormemente famosa autobiografía del escritor Olaudah Equiano. Baste decir que mi padre tenía razón. Me sumé de inmediato a las filas abolicionistas del señor Wilberforce, a pesar de que este creía que las mujeres no eran dignas de albergar pensamiento político. Y fue así como cinco años antes brindé con Weatherly para celebrar el fin del Acta del Comercio de Esclavos. Aunque, la verdad sea dicha, la resolución no había conseguido el objetivo que esperábamos y no había erradicado la vil práctica.

—¿Quieres acompañarnos como nuestro criado? ¿Estás seguro? —le pregunté al fin.

¿Acaso podría hacerse pasar por un criado? Tan solo era unos pocos años más joven que nosotras, y un criado por lo general tenía unos veinte años. Aun así, Weatherly medía casi un metro ochenta —la altura que se pedía a los criados modernos— y se había mantenido en buena forma. No era infrecuente ver a un hombre adulto de color ocupando todavía el cargo de sirviente; por injusto que fuese, no demasiados libertos conseguían ascender en el personal de servicio de una casa. Quizá funcionaría. Y debía admitir que la idea de que nos acompañara la eficiencia de Weatherly gustó a mis crecientes recelos.

—Estoy seguro, milady.

—Samuel se llevará una decepción. Tenía ganas de que llegara el día de salir. Más vale que le des medio día libre como compensación.

—Como desee, milady.

—Pero, Weatherly, ¿te das cuenta de que tendrás que volver a llamarnos por nuestro apellido?

—Estoy convencido de que seré capaz de sobrevivir a tamaño calvario. —Su singular sonrisa hizo acto de presencia.

—Yo no estoy convencida de que nosotras seamos capaces —le respondí bromeando solo a medias—. En ese caso, mañana volverás a ponerte la librea de criado.

Hizo una reverencia y dio media vuelta para marcharse.

—Weatherly —lo llamé.

Se giró frunciendo ligeramente el ceño. Había oído el matiz de urgencia de mi voz.

—¿Te has dado cuenta...? ¿Crees que lady Julia ha recuperado la alegría?

Los ojos del mayordomo se clavaron en los míos, y la preocupación que irradiaban era idéntica a la mía.

—No sé qué decirle, milady.

Por supuesto. Weatherly jamás hablaría de una de nosotras con la otra a sus espaldas.

—Sin embargo —dijo lentamente—, creo que la señorita Leonard tiene la intención de visitar mañana al boticario para hacerse con una nueva prescripción del doctor. ¿Desea que añada algo al pedido de lady Julia?

¿Una nueva prescripción del doctor? ¿Cuándo había visitado a Julia? El único día en que no estuvimos juntas fue dos días antes, cuando salió a dar un paseo con Leonard, su doncella. Debía de haber sido entonces.

—No, pero… gracias —dije.

Weatherly inclinó la cabeza y se marchó cerrando la puerta con suavidad tras de sí.

De pronto, la estancia se sumió en un silencio excesivo. Volví a alisar el extremo de mi chal y encontré un ligero consuelo en la sensación de notar la suave tela sobre los dedos. Que yo supiera, Julia jamás había ido a ver a un médico sin mí. ¿Por qué no me lo había contado? La respuesta me desgarraba el corazón. Algo debía de haber cambiado, y mi hermana no quería que yo me preocupara.

5

De camino a Brighton

De veras, Gus, ¿es necesario que llevemos pistolas en el carruaje? —me preguntó Julia desde el asiento opuesto al mío.

Curiosamente había preferido viajar de espaldas al conductor, en el asiento estrecho. A mí, en cambio, me entraban náuseas si no iba de cara al sentido en el que nos movíamos.

—Es mediodía —añadió—. No creo probable que un bandolero nos asalte a plena luz del día.

Di un golpecito a la caja de caoba con las dos pistolas, colocada con cuidado y abierta a mi lado.

—Si no recuerdas mal, al señor James Barrett y a su señora los detuvo una banda de desesperados cerca de aquí hace solo un mes. Les robaron todas las joyas y dispararon a su cochero. El hombre perdió el brazo.

Julia miró por la ventanilla como si esperase ver de pronto a un bandolero junto al carruaje. Llevaba un nuevo tocado plateado de seda cuyos extremos se proyectaban tanto hacia abajo que el gesto la obligó a girarse por completo en el asiento.

—Creía que había ocurrido en el camino de Bath.

—No. Fue en este camino.

El carruaje dio un brinco en un surco y nos mecimos hacia la izquierda. Me enderecé apoyando una mano en la pared forrada de seda.

—Pero a los Barrett los detuvieron de noche, ¿no es así?

Incliné la cabeza, obligada a darle la razón.

Satisfecha, mi hermana se recostó contra los cojines y se alisó la falda lavanda de su vestido de viaje.

—¿Has pensado ya en alguna artimaña para que nos dejen ver a Caroline?

—No se me ocurre nada que tenga sentido. ¿Y a ti?

—Solo me convence lo de una rueda rota, que no resultaría inverosímil en este camino. Podríamos presentarnos frente a la puerta y pedir refugio mientras arreglan nuestro carruaje en el pueblo más cercano.

Arrugué la nariz, una expresión que siempre había irritado a Julia.

—Ya lo había pensado y descartado. No dispondríamos de acceso directo al carruaje para marcharnos.

—Pues perdóname si voy dos pasos por detrás de ti, como de costumbre. —Julia apretó los labios.

Se esforzó para girarse y volver a mirar por la ventanilla. El tocado le ocultaba el rostro, pero por cómo encorvaba los hombros supe que no era solo la rabia lo que la había llevado a responderme así. Estaba nerviosa, y no le faltaban motivos. Sir Reginald iba a ser un duro obstáculo que salvar.

—Aun así es probable que sea nuestra mejor opción —concedí.

Movió un hombro como respuesta, pero no me miró ni me contestó de viva voz.

Permanecimos en silencio a medida que el momento de desunión poco a poco se suavizaba hasta convertirse en nuestra habitual calma amistosa. El camino detrás de nosotras también estaba tranquilo. El carruaje que llevaba a la señorita Millicent Defray y a su respetable esposo ya no nos seguía. Se habían adelantado para detenerse en la posada de Hickstead y aguardar allí nuestro regreso con Caroline. El plan era llevársela en otra calesa en el caso de que sir Reginald quisiera perseguirnos. Si conseguíamos sacar a Caroline de su casa, por supuesto.

Me aparté la manta de angora del regazo y la dejé en el asiento a mi lado. Hacía demasiado calor como para taparse tanto. Me recoloqué y me quedé observando las hileras de avellanos que pasaban veloces por la ventana, con la espesa frondosidad típica del verano, sin podar y abarrotada de pájaros. El suave calor y el movimiento del carruaje había adormecido a Julia, con la barbilla apoyada sobre la seda rosada de su alto jubón abotonado y la boca abierta con la que emitía algún que otro suave ronquido. Ya había dejado atrás las telas moradas para acoger los colores más alegres de su luto. Charlotte había tenido razón en lo que a organizar otro entretenimiento para Julia se refería y también en cuanto a su aspecto; mi hermana estaba pálida, con un trazo de oscuridad debajo de cada ojo. Todavía no me había hablado de su visita al doctor. Era tan atípico de ella que me ocultase algo así que me dio la impresión de que no podía presionarla al respecto. Si quería contármelo, lo haría. Solo esperaba que no se tratase de más malas noticias.

Nuestra madre había muerto de cáncer de mama cuando teníamos trece años. Su hermana —nuestra querida tía Eliza, que nos había cuidado durante la ausencia de nuestra madre— había padecido el mismo destino. ¿Quizá ese mal era una de las características de nuestra familia? Se comentaba que los Colebrook éramos proclives a la melancolía y a los trastornos que esta provocaba, si bien mi padre a menudo había bromeado que yo estaba más hecha de mal genio que de tristeza. De todos modos, ¿era mi destino seguir a Julia? ¿Yo también encontraría un duro bulto malvado en mi pecho? Me llevé una mano al seno izquierdo y noté el latido fuerte y firme bajo la palma de la mano. Si me ocurría, dudaba de que pudiera enfrentarme a ello con la misma valentía y serenidad que mi hermana.

El calor de un rayo de sol, más caliente todavía gracias a la gruesa ventana de cristal, empezaba a penetrar en la tela de la falda de mi vestido. Me aparté un palmo y me llevé la caja de las pistolas conmigo. El carruaje se mecía y se tambaleaba, y me permití ensimismarme en lo que podría haber sido, en una historia alternativa en que Julia no estaba enferma y Robert no había caído de un caballo y muerto en una zanja. Una historia en la que él se quedaba en casa durante aquella funesta cacería, se casaba con mi hermana y se instalaban en Hanover Square para organizar cenas y visitas matutinas. ¿Habrían tenido una familia? Sonreí por la idea de ser tía. Dos hijos, quizá: un niño para el deber y una niña para la compañía. No más que eso; no quería poner en peligro a mi hermana, ni siquiera en una fantasía. Iríamos al Exeter Exchange a contemplar a los animales y al Museo Bullock para admirar los tesoros egipcios.

Enfrente de mí, Julia soltó un profundo suspiro en pleno sueño. Seguramente estaba soñando con Robert, sucedía muy a menudo. Mi hermana tenía tanta memoria que era capaz de recordar con todo lujo de detalles cuanto había vivido. Aunque una memoria tan espléndida también contaba con una desventaja: todas las conversaciones, todos los instantes pasados junto a Robert estaban escritos con tinta indeleble en su cabeza. Para ella era imposible que el tiempo emborronase o suavizara los recuerdos. Lo había amado con fervor y seguía haciéndolo dos años después de su fallecimiento.

Yo todavía no había experimentado una atracción tan profunda hacia un hombre y tenía la impresión de que me encontraba al otro lado de una hoja de cristal, incapaz de entender por completo su dolor. Era una de las pocas cosas que no compartíamos. Si bien había disfrutado de los típicos encaprichamientos de adolescente y de bailes maravillosos —e incluso de unos cuantos besos apasionados con un joven que iba a alistarse en el ejército y que era absolutamente inapropiado—, a veces me preocupaba que, en una edad tan adulta, nunca hubiera sentido una atracción intensa. Quizá era incapaz de experimentarla, quizá era de piedra. Julia aseguraba que se debía a que jamás había conocido a un hombre que me igualara en astucia o en espíritu aventurero. Probablemente fuera cierto; todos los hombres a los que conocíamos eran tan aburridos como los sermones de Fordyce y tenían el mismo espíritu aventurero que una tostada de pan con mantequilla. También era cierto que, después de haberme informado leyendo sobre *couverture*, me volví más y más reacia a entregar la mitad de la fortuna que habíamos heredado y todos mis derechos legales y propiedades —incluidos los derechos de mi propio cuerpo— a un esposo. Tendría que ser un amor majestuoso para que estuviera tan dispuesta a unirme del todo con un hombre como para desaparecer ante la ley, sin duda.

La mayoría de las mujeres no gozaban de la posibilidad de decir que no, pero yo sí.

Julia se despertó con un sobresalto cuando traqueteamos sobre otro surco del camino. A escondidas, se enjugó la comisura de la boca con la punta de un dedo enguantado.

—¿Dónde estamos?

—Creo que a menos de media hora de la finca de sir Reginald.

Mi hermana parpadeó y se incorporó en el asiento para observar, tocado mediante, el bosque que dejábamos atrás, que rebosaba de avellanos, hayas y setos bajos y frondosos.

—Perdona que me haya quedado dormida.

—No me sorprende. Aquí hace mucho calor. —Supe que estaba empezando a insistir en el tema, pero me vi obligada a preguntarle—: ¿Seguro que estás bien para la aventura, querida?

—No me incordies —me dijo desde debajo de la curva de su tocado—. Además, el doctor Thorgood ya me lo ha medido dos veces y no cree que esté en peligro inminente.

Ah, por fin lo sacaba a colación.

—¿Has ido a verlo de nuevo?

Se giró para que viese su sonrisa tranquilizadora.

—Sí, hace un par de días. No te enfades conmigo, Gussie. Me dolía un poco y no quería molestarte con eso.

¿Le dolía? Era la primera vez que se refería a dolor físico.

—Quizá sería interesante recabar otra opinión. El doctor Thorgood nos ha tratado con gran pericia desde que somos jóvenes, pero está a punto de poner fin a su ejercicio como profesional.

—No soporto imaginarme a otro doctor tocándome y examinándome en esos lugares. No, tengo un nuevo brebaje que tomar además de las píldoras azules, y no hay nada más que hacer. Es este calor el que me agota tanto. Es extenuante.

Ciertamente, en el interior del carruaje la temperatura había subido hasta alcanzar una incómoda falta de ventilación y aire. Me tentaba la idea de desatarme los broches dorados en forma de rana de mi pelliza de terciopelo y abrírmela. Al final descorrí el pestillo de la ventanilla y la bajé, y cerré los ojos cuando la ráfaga de viento fresco me proporcionó unos instantes de alivio. El doctor Thorgood no creía que mi hermana corriera peligro inminente, era una noticia muy buena. Aun así era la primera vez que Julia admitía haber padecido dolor y también la primera vez que decidía no molestarme con una cuestión tan importante.

—¡Mira todo el polvo que está entrando por tu culpa! —protestó mi hermana.

El ritmo del carruaje se redujo de pronto, y oí un grito afuera. Abrí los ojos. Todo el camino estaba envuelto en una nube de polvo, demasiado como para que solo fuera consecuencia de nuestro coche. Asomé la cabeza por la ventana cuando nos detuvimos con un bamboleo, mientras los caballos relinchaban de aflicción por verse frenados. Entre la nube de polvo, vi la silueta de dos jinetes. Uno de ellos apuntaba a nuestro conductor y a nuestro criado con un trabuco; el otro se acercaba a caballo hacia nuestra ventana.

—¡Baja el arma o te reventaré la cabeza! —exclamó el del trabuco.

Me senté en el carruaje y cogí una de las pistolas de la caja, que tapé con el extremo de la manta.

—¡Gus, no! —Mi hermana estaba boquiabierta.

—Guarda silencio, querida. No te muevas.

Rodeé la culata de la pistola con la mano, en tanto el rápido latido de mi corazón llegaba hasta la punta de mis dedos. ¿Qué diantres tenía pensado hacer?

Un hombre con un pañuelo azul atado en la parte inferior de la cara se acercó a la ventana abierta; su caballo resoplaba irritado ante la estrechez del espacio. Unos ojos grises e inteligentes nos observaron. Durante unos segundos me dio la impresión de que nos reconocían.

El hombre no había empuñado su arma.

—Señoras, sus objetos de valor, por favor. —Hablaba con voz agradable de barítono, educada y sin acento de la zona.

Amartillé la pistola y coloqué un dedo en el gatillo.

—No llevamos ningún objeto de valor que pudiera interesarle, señor —respondí—. Deberían marcharse antes de que resulten heridos.

—¿Heridos? —Los ojos grises se entornaron por la sorpresa y la diversión.

Aparté la manta y levanté la pistola a no más de un palmo de su frente.

—Ya veo. —Sus ojos se clavaron en el cañón—. Tiene usted una mano muy firme, milady.

—En efecto, y un coraje igual de firme. Pídale a su acompañante que se aleje de nuestro cochero y permítanos seguir nuestro camino.

—No creo que vaya a disparar con esa pistola, así que dejemos atrás este número de bravuconería. —Enarcó las cejas.

En ese preciso instante, un trabuco estalló en el exterior. La cabina se tambaleó y me lanzó hacia atrás, y mi dedo apretó el gatillo en un acto reflejo. El disparo de la pistola me retumbó en los oídos y el culatazo me dio un golpe en el pecho y me arrancó todo el aire de los pulmones. El hombre de la ventana se inclinó y se dobló, y al poco desapareció de la vista. Su caballo chilló y retrocedió, un borrón de ojos saltones y cuello alargado, y los cascos delanteros se estamparon contra la puerta del carruaje. Oí gritos de nuestros cochero y criado, y luego otro disparo.

Cogí aire mientras la cabina se teñía de gris. Lo único que conseguí introducir en mis pulmones fue el hedor punzante de la pólvora.

—Gussie, ¿estás herida?

Noté la suave caricia de las manos enguantadas de mi hermana sobre la cara. Finalmente pude respirar hondo, y el aire suavizó el ardor de mi pecho y me despejó la vista.

—Sin aire —logré mascullar mientras me apartaba de sus frenéticos movimientos. Me froté el pecho. La carne magullada me dolía, pero no detecté mayores problemas. Mi corsé debía de haberme protegido de una parte del golpe.

—Señoras, ¿se encuentran bien? —Weatherly abrió la puerta.

—Estamos enteras. —Julia se dejó caer en su asiento—. ¿Estáis ilesos John y tú?

—Sí, milady. El bandolero nos ha disparado, pero ha errado el tiro. —Weatherly se pasó una mano por el pelo. Había perdido su sombrero—. John ha intentado contener a los caballos, pero uno ha huido al galope y el hombre ha escapado a toda prisa. Le he disparado, pero también he fallado. Se ha marchado. —Miró hacia el suelo, fuera del carruaje, y torció los labios—. Veo que ha ganado puntería, milady. Creo que está muerto.

Ay, no, ¿de verdad lo había matado? Me incorporé.

—No ha sido intencionado. —Guardé la pistola en la caja y me desplomé en el asiento—. Rápido, déjame ver.

Bajé el escalón del carruaje y me apoyé en el brazo de Weatherly más de lo que tenía por costumbre. En el aire seguía habiendo mucho polvo, y las motas daban círculos bajo los veteados rayos de sol. Unos matojos aplastados mostraban el camino que había tomado el caballo del bandolero en dirección al bosque. El hombre estaba tumbado de costado en el camino, y la sangre manaba brillante por su frente, apelmazándole el pelo castaño oscuro y cayendo sobre la tierra. El pañuelo se había bajado y mostraba más partes de su cara: una piel bronceada que ya lucía una intensa palidez y una nariz de puente alto que tan solo cabía describir como romana.

—¿Está muerto? —susurró Julia detrás de mí. Weatherly la había ayudado a bajar, y mi hermana se encontraba apoyada en el carruaje.

Con cuidado, di un paso hacia el cuerpo con una espantosa sensación de *déjà vu*. Me recordaba al señor Harley, pero esa vez con muchísima más sangre. ¿Respiraba? Di otro paso.

Su pecho se movió.

—Ah, ¡está vivo!

—Dios bendito, gracias —dijo Julia santiguándose.

Por lo que vi, la bala tan solo le había rozado la frente. Un tajo horrible le iba de la ceja a la oreja y seguía sangrando, pero no tenía ningún agujero en la cabeza, así que la bala no le había entrado en el cerebro.

—Gus, conozco a ese hombre. —Julia me aferró el brazo.

—¿Cómo?

Puso expresión de concentración al hurgar en su esplendorosa memoria.

—Por todos los santos, es lord Evan Belford.

A mí me estaba costando apartar la mirada de la herida cruenta que yo misma había infligido; si la bala hubiera volado medio dedo más hacia arriba, el bandolero estaría muy muerto, sin duda. Me obligué a observar más allá de la sangre que le manchaba el rostro. Ahora que Julia lo mencionaba, sí que me resultaba familiar. Pero no tenía ningún sentido.

—Es imposible que sea lord Evan. Hace veinte años lo enviaron a las colonias.

En la época fue un verdadero escándalo. Lord Evan, el primero de los dos hijos alocados engendrados por el marqués de Deele, había aceptado el reto de un duelo y había matado a su contrincante. En esos casos, al superviviente le quedaba confiar en la laxitud de las cortes para que archivara el crimen o huir al continente: en esos momentos no estábamos en guerra con Francia. Sin embargo, lord Evan fue detenido, encarcelado y juzgado. Si no recordaba mal, no dejó de afirmar que apenas le había hecho un corte a su rival en el pecho. El contrincante, no obstante, había muerto en el acto, y los testigos declararon que lord Evan lo había golpeado con intenciones siniestras y sellaron su culpabilidad. Lo sentenciaron a la horca, pero conmutaron la sentencia para trasladarlo a la nueva cárcel colonial de Nueva Gales del Sur. La familia lo había desheredado, por supuesto, pero jamás se había recuperado.

—Mira su anillo, Gus.

Desplacé mi atención a su mano, extendida sobre la tierra. En un dedo largo llevaba un pesado anillo de oro con un rubí enorme. Para ser un bandolero, lucía unas uñas asombrosamente limpias y bien cuidadas.

—Es el sello de la familia de lord Evan —añadió Julia—. Recuerdo haberme fijado en él cuando bailamos en la fiesta de los Nash en nuestra primera temporada. ¿Te acuerdas? Yo llevaba un vestido de muselina verde pálido de París, y tú, aquel vestido tan bonito de seda crema con cuentas de cristal.

Negué con la cabeza. De aquello hacía más de veinte años; yo ni siquiera me acordaba de lo que me había puesto dos días antes.

—Bien podría haberlo robado. Es un bandolero.

—Es verdad —asintió Julia—, pero no puedes negar que tiene la nariz de los Belford. Gussie, estoy segura de que se trata de lord Evan.

Si mi hermana estaba en lo cierto, ese hombre era lord Evan Belford, en efecto. Dios, acababa de dispararle al hijo de un marqués. Y lo que era peor: había disparado a un conocido.

—En ese caso, debemos cuidar de él. —Miré alrededor en busca de algo para taparle la herida, y mis ojos se clavaron en nuestro mayordomo—. Weatherly, dame tu pañuelo.

Me quité los guantes y se los pasé a Julia mientras Weatherly se desataba el nudo de muselina del cuello y me lo entregaba.

—¿Hay algún tipo de alcohol en el botiquín? —le pregunté a mi hermana.

—Solo un poco de brandi para recobrar la consciencia.

—Servirá. Weatherly, ¿podrías traerle el botiquín de medicinas a lady Julia, por favor?

Nuestro mayordomo entró en el carruaje y regresó con un cofre grande de latón que contenía todas las mezcolanzas que Julia utilizaba para atender a los de nuestra casa, así como un cojín de terciopelo. Colocó ambas cosas junto al hombre caído.

—No puede arrodillarse en el camino, milady.

Reprimí una carcajada. Obviamente era una reacción a la conmoción, aunque una parte de ella tal vez fuera producto de haber visto el cojín de terciopelo sobre la tierra manchada de sangre. Dejando a un lado el júbilo inapropiado, me arrodillé y observé el rostro pálido de lord Evan. Inspeccionarlo de cerca confirmó mi diagnóstico previo.

—No es más que un rasguño, y el polvo también le ha quemado un poco la piel.

—¿Cómo es posible que mantengas la calma? —quiso saber Julia.

—Concentrarme en los hechos objetivos es lo único que me impide ponerme a gritar, corazón. —Me puso una mano en el hombro cuando abrí la caja y encontré un frasco plateado lleno de brandi. Nuestro guardabosques me había dejado muy claro que una herida de bala siempre debía limpiarse con alcohol. El hombre había luchado en el continente y lo había aprendido de un cirujano del frente de batalla que le había salvado la pierna y le había evitado una amputación. Destapé el frasco y vertí el brandi sobre el pedazo de tela, mientras en la tierra goteaban la sangre y el alcohol. Era positivo que lord Evan estuviera inconsciente, pues me imaginé el dolor que causaba el procedimiento. Apreté la muselina contra la herida. La tela blanca se enrojeció enseguida. Había muchísima sangre. El olor metálico, que era más fuerte que el hedor afrutado del brandi, me mareó—. Weatherly, ve a por el pañuelo de John, por favor. Debemos atarle la herida a lord Evan.

Nuestro mayordomo se dirigió hacia la parte delantera del carruaje.

—No podemos dejarlo en el camino —terció Julia—. Por más pecados que haya cometido, es el hermano mayor del marqués de Deele, y Deele es uno de los compinches de nuestro propio hermano. —Me apretó un poco más fuerte—. Gussie, si a lord Evan no lo hubieran condenado, ahora sería él el marqués, en lugar de su hermano menor.

—Pero lo condenaron, así que no puede reclamar el título. Aun así, en honor al vínculo que nos une a él, debemos llevárnoslo y encontrar una casa cercana que nos pueda proporcionar auxilio.

Un pensamiento muy inadecuado me cruzó la mente y me impulsó a incorporarme. No, era demasiado sórdido verbalizarlo. Pero...

—Seguro que la casa más próxima es la de sir Reginald. —Levanté la vista hacia Julia.

Como siempre, mi hermana me entendió al instante.

—Gussie, ¡no creerás que vaya a funcionar! ¿Qué le diríamos?

—Sir Reginald no nos conoce a nosotras ni a nuestra familia, pondría la mano en el fuego. La historia podría ser que nuestro hermano nos estaba escoltando hasta —agité la mano que tenía libre— Brighton o donde sea, cuando de repente nos han atacado unos rufianes. A nuestro pobre hermano le han disparado y necesitamos ayuda. Sir Reginald no nos la va a negar, sería una afrenta al civismo. Después de todo, no es más que un baronet.

—Y ¿qué me dices de sus ropas? —Julia no estaba convencida—. Está muy sucio.

Me quedé observando el cuerpo boca abajo de lord Evan.

—Su chaqueta y sus bombachos están un poco polvorientos, de acuerdo, pero parecen de buena calidad. —De hecho, tras inspeccionarlos más de cerca me quedó claro que lord Evan había elegido gastar el dinero ganado de forma ilícita con un buen sastre; no con Weston, por supuesto, sino probablemente con uno de los mejores proveedores militares—. Creo que saldrá bien, querida. Podremos conseguir ayuda médica para lord Evan y encontrar una forma de sacar a Caroline.

—¿Y si se despierta?

—Dudo de que desee que se conozca su verdadera identidad. Creo que nos seguirá la corriente si le prometemos su libertad y una buena bolsa de dinero.

«Si sobrevive», pensé. Fue casi una oración, pero la hipocresía de dirigirme a un dios cuya existencia no me creía hizo que me levantara. Aun así, una parte de mí ansiaba la intercesión de algo que no fuera solo mi propia e inadecuada persona.

—No estoy segura, Gussie —murmuró Julia—. No me parece correcto. En la caja también tengo sales que huelen a amoniaco. Podríamos intentar despertarlo.

—No creo que el olor a amoniaco y una herida en la cabeza hagan muy buena pareja. Además, para nosotras es mucho más útil inconsciente que despierto. ¿Qué me dices? ¿Adoptamos a lord Evan como nuestro hermano?

—Estás loca, ¿lo sabías? —me dijo.

—Tú saliste del mismo sitio que yo, querida.

—Cierto es. —Me sonrió.

6

Thornecrest

La casa de campo de sir Reginald Thorne se encontraba en el final de un largo camino de entrada, flanqueado de hayas, que anunciaba al mundo que allí moraba una «familia de importancia». El camino serpenteante y el dosel de verdes árboles tan solo permitían entrever la casa hasta que, *voilà*, el carruaje llegaba a un patio de gravilla delante de una preciosa casa de piedra ambarina.

En mi opinión, la casa de Thornecrest claramente había nacido como una cabaña en la que alojarse durante las cacerías —la estructura de la construcción inferior todavía era visible—, pero le habían añadido generosas alas. Sin duda, en sintonía con la fortuna de Thorne. Cuando nuestro carruaje se detuvo, reparé en que solo había dos ventanas tapiadas; sir Reginald no era un hombre de los que permitían que el impuesto a las ventanas ensombreciera su vida. Una ventana de la segunda planta lucía barrotes de hierro decorados y pesadas cortinas, cerradas con fuerza. Tal vez fuera un cuarto del bebé; los barrotes no eran infrecuentes en esas habitaciones. ¿O acaso se trataba de algo mucho más siniestro? Thornecrest no parecía una cárcel, pero ¿cuántas casas bonitas de toda Inglaterra encarcelaban a las mujeres en su interior?

—¿Estás preparada? —le susurré a Julia, que se encontraba sentada a mi lado.

—Eso creo. —Se acarició el tocado—. Por lo menos, lord Evan no ha despertado.

Las dos observamos al hombre tumbado en el rincón de la cabina, delante de nosotras. Habíamos tardado veinte minutos en llegar a Thornecrest, y en ese tiempo la herida de lord Evan había dejado de sangrar y el color de su semblante había mejorado, pero no había mostrado amago alguno de recobrar la consciencia. En reposo, las señales de viejos padecimientos resultaban evidentes en su rostro: surcos profundos de la nariz a la boca, un nudo de dolor entre las espesas cejas y la línea de una cicatriz que le reseguía el camino del pómulo. Por fin me había venido a la memoria la única vez que bailé con él, veinte años antes, y era casi capaz de sustituir el recuerdo de su cara más joven por esa versión más adulta, con rasgos mucho más marcados. Fue en la época en que los hombres llevaban abrigos bordados y pelucas empolvadas, y las mujeres lucíamos enormes vestidos de seda que pesaban mucho por culpa de los miriñaques laterales y los rígidos petillos. Tal como lo recuerdo, lord Evan había estado muy apuesto con un traje de seda bordada y había aspirado a pedirle un baile a Charlotte, la beldad de nuestra temporada. No consiguió que le reservara una danza y terminó bailando conmigo, aunque en sus modales no hubo nada que indicara decepción. Al contrario, fue el compañero perfecto: ocurrente, elegante y atento. Y, lo más importante, casi un palmo más alto que yo. Había sido una media hora encantadora en medio de una noche de aburridos *reels* y bailes rurales.

Resultaba evidente que lord Evan ya no era ese hombre, pues había quedado reducido a un violento ladrón cualquiera. De todos modos, si despertaba, yo albergaba la esperanza de que aflorara su antigua persona para permitirnos llevar a cabo nuestro rescate. Principalmente, sin embargo, confiaba en su ansia por ganar dinero. Señor, menudo embrollo.

—Ha cambiado mucho —dijo Julia dando voz a mis pensamientos—. Está desfigurado y muy envejecido. Una dura demostración del transcurso de los años, que pasan para todos.

Levantó los hombros y los bajó, como si quisiera expulsar de su cuerpo el recordatorio de nuestra mortalidad. O, como me pareció más bien a mí, de su mortalidad. Desde nuestro nacimiento habíamos caminado juntas por la vida, mano a mano.

Y de pronto era posible que ella se adelantara, llegando a la vida eterna que le prometía su fe. Esa promesa ya no servía para mí, no obstante. Si renunciaba a Dios y a la vida eterna, también renunciaba a ir al cielo. Después de morir no habría ningún lugar en que pudiéramos reunirnos. Desde el momento en que me contó el diagnóstico del doctor, me había imaginado esa brutal separación —sin Dios y sin la esperanza de ir al cielo— una y otra vez, y siempre me asombraba ver que seguía en pie, que seguía respirando, cuando aquella idea abandonaba mi cabeza. La duda, creo, demanda tanta valentía como la fe.

—¿Has cambiado de opinión? —me preguntó.

—Varias veces —respondí.

—Ya es demasiado tarde. —Un movimiento de su cabeza redirigió mi atención hacia un robusto mayordomo que bajaba las escaleras de piedra con suma grandiosidad. Dos criados con librea apagada lo flanqueaban a ambos lados. Julia levantó el parasol como si fuera el estandarte de una batalla—. Allá vamos.

Cogió una bocanada de aire y, acto seguido, soltó un sollozante aullido que habría competido con las mejores cantantes de la ópera. Fue tan estruendoso que incluso los párpados de lord Evan se agitaron. Me incliné hacia delante, con el corazón acelerado y los ojos clavados en su rostro, pero tenía la cabeza hacia atrás y parecía sumirse más en la inconsciencia. Qué afortunado era.

Weatherly abrió la puerta del carruaje; incluso su impasividad se tambaleó ligeramente por el ensordecedor gemido de Julia. Acepté la mano que me tendía y me quedé unos instantes de pie en el escalón del carruaje para supervisar el campo de batalla que se tendía ante mí, y a continuación compuse una expresión que esperaba que se pareciera a la honda preocupación de una hermana por su amado hermano.

—Oiga —le dije al mayordomo que se acercaba—, ¿de quién es esta casa?

El hombre encorvó levemente los hombros cuando los lamentos de Julia fueron en aumento.

—Se encuentran en Thornecrest, señora, el hogar de sir Reginald Thorne. —Me hizo una reverencia—. ¿A quién tengo el honor de anunciar?

Alcé la voz por encima del estrépito de Julia y empecé la ofensiva.

—Soy lady Augusta Colebrook. Mi hermano, el conde de Duffield, está dentro y ha recibido un disparo de un bandolero. Necesitamos cobijo y ver a un médico. ¡Cuanto antes! —Di varios pasos decididos hacia la entrada—. ¿Está su señor en casa?

—Sí —retumbó una voz desde la puerta principal.

Sir Reginald Thorne emergió de la penumbra de su hogar. Ya el mero aspecto físico de ese hombre me erizó los vellos de la nuca. Era un verdadero bravucón: pecho echado hacia delante, hombros fornidos hacia atrás y grueso cuello que daban a entender que tenía la intransigencia propia de un carnero. A medida que se dirigía a los escalones de la entrada, pasó por mi mente la idea de que era bastante improbable que una esposa grácil influyese en un tipo de esas dimensiones.

Se detuvo en el primer escalón —la diferencia de altura le ofrecía una ventaja táctica— e inclinó la cabeza con rigidez mientras me observaba con los ojos entornados.

—A su hermano lo atenderían mejor si fueran al pueblo, lady Augusta. —Sus labios un tanto húmedos se fruncieron, irritados—. Allí hay un médico.

Santo cielo, iba a negarnos el socorro.

—Los rufianes que le han disparado siguen desaparecidos, sir Reginald. —Me erguí cuan alta era—. Además, como ve, mi hermana, lady Julia, está bastante afectada.

—Me consta. —Lanzó una mirada de desdén hacia los ruidos que emitía Julia—. Sin embargo, encontrarán antes al médico tanto para su hermano como para su hermana si reemprenden la marcha. En estos momentos, mi esposa se encuentra indispuesta, y estoy convencido de que usted no querrá exponer a su propia familia a tanto peligro.

Maldición, echaba mano de la argucia de una enfermedad. Intentaba por todos los medios impedirnos la entrada en su casa. Le hice señas a Weatherly para que ayudara a Julia a bajar del carruaje. Cuantos más hubiéramos abandonado el vehículo y nos dirigiéramos hacia la puerta, mejor.

—Lo comprendo, sir Reginald. —Di varios pasos en dirección a la entrada de la casa y contraataqué con el obstáculo de la muerte inminente—. Aun siendo así, mi hermano está sangrando de una herida en la cabeza y no hay ninguna duda de que para él supondrá un mayor peligro seguir viajando. Insisto en que mande a uno de sus hombres al pueblo en busca del médico.

Julia bajó a la gravilla, aferrando todavía su parasol como si fuera un estandarte. Sus sollozos ascendieron hasta ser otro agudo lamento y fingió un desmayo momentáneo que Weatherly no tuvo problemas en evitar. Sir Reginald bajó la barbilla sobre el pecho; el carnero se ponía firme. Mientras Weatherly me colocaba a Julia en los brazos, vi la desesperación de los ojos de mi hermana antes de que me apoyara la cabeza en el hombro. «Estamos perdiendo la batalla».

No mientras aún quedase aliento en mi cuerpo.

—Debemos llevar a mi hermano adentro —dije por encima de sus sollozos, y acto seguido señalé a uno de los criados que estaban junto al mayordomo de Thorne—. Tú, ayuda a mis hombres a trasladar a lord Duffield hasta la casa. —Guie a Julia hacia los escalones y llevé a cabo la ofensiva definitiva—. ¿O preferiría que el conde de Duffield cayera muerto en la puerta de su casa, sir Reginald?

Por fin, ese comentario lo detuvo: un conde muerto en una propiedad sin duda llamaría la atención de un magistrado. Por no hablar de los boletines de chismes y escándalos. Era la clase de miradas indiscretas que un posible asesino de esposas querría evitar.

Sir Reginald se apoyó sobre los talones.

—Bryden las llevará a su hermana y a usted hasta el salón, lady Augusta. —Se giró y se adentró en su casa.

Bryden, el mayordomo, dio suaves órdenes a los dos criados. Un joven se dirigió enseguida hacia un arco que seguramente conducía a los establos. El otro se fue con Weatherly junto al carruaje.

El mayordomo hizo una reverencia con el rostro de mejillas caídas demudado en un obligado gesto de bienvenida.

—Señoras.

Lo seguimos y subimos las escaleras de piedra, Julia muy cerca de mí. Le di un breve apretón en el brazo: «Por poco». Abrió los ojos para mostrarse de acuerdo en tanto cogía aire para soltar otro penetrante aullido. Bryden encogió un rollizo hombro al oír el estruendo. Mi hermana lo estaba haciendo a las mil maravillas.

Entramos en la casa y nos detuvimos unos instantes cuando Bryden despojó a Julia del parasol y lo colocó encima de una mesa de ébano del recibidor. Para mi sorpresa, el gran vestíbulo estaba iluminado y bien amueblado, con una elegante escalera de hierro que serpenteaba hasta la primera planta. ¿Qué había esperado encontrar?, ¿una casa lóbrega y húmeda que hiciera las veces de cárcel? Creo que sí; eran los peligros de haber leído mucho y tener una gran imaginación. Aun así prefiero de lejos una mente propensa a tales fantasías que una presa del anodino azote de la ignorancia femenina.

Bryden abrió una puerta doble que quedaba a nuestra izquierda y retrocedió.

—Si hacen el favor de esperar aquí, señoras —dijo por encima de los sollozos más apagados de Julia.

Entramos en el salón de los Thorne. Bryden hizo una reverencia y cerró las puertas tras de sí con un clic que significaba claramente que era la estancia donde debíamos quedarnos.

Sumidas en nuestra representación de angustia, aguardamos a dejar de oír sus pasos, y entonces Julia se despegó de mi hombro. Como estábamos a solas, suspiró y se alejó de mi consuelo sororal.

—Vaya, Bryden no nos ha cogido los tocados.

—Sir Reginald pretende que nuestra visita sea muy breve, sin duda. —Me quité los guantes de las manos y luego me desaté las cintas del sombrero para quitármelo de la cabeza—. Caramba, ahora sí que nos vamos a quedar un rato.

—Ojalá fuera tan fácil —comentó Julia. Miró alrededor—. Es una sala más bonita de lo que esperaba.

Las paredes estaban cubiertas de sedas de damasco carmesíes, cuyo opulento color se veía interrumpido por enormes espejos dorados y retratos de hombres por la pared, todos con el mismo rubor y la misma frente de bruto que sir Reginald. Era poco habitual que los retratos de los antepasados se colgasen en el salón y no en la escalera, pero quizá el gusto de sir Reginald no obedecía al aspecto habitual de los salones, con cuadros de paisajes y pastorales. Tampoco había ningún retrato de las mujeres Thorne; quizá no eran dignas de un cuadro, o ¿acaso el miedo abyecto no quedaba bien en un lienzo? Un piano precioso estaba situado en un rincón, justo delante de un sofá de terciopelo verde con butacas a juego. Conté tres mesitas de inspiración egipcia, una con una urna Wedgwood de porcelana azul. Un año antes, Julia había estado a punto de comprar el mismo diseño en una sala de muestras londinense, pero había decidido que las dimensiones eran demasiado grandes para ser la mesa del recibidor. O sir Reginald estaba al corriente de las últimas tendencias de moda o, más probablemente, se trataba de la estilosa influencia de Caroline antes de haber caído en desgracia.

Al otro lado de la hilera de altos ventanales, Weatherly y los otros criados por fin habían sacado al inconsciente lord Evan del carruaje y lo trasladaban a la casa sujetándolo por las axilas; la cabeza del bandolero caía inerte hacia un lado y las puntas de sus botas trazaban surcos en la gravilla de la entrada. Nuestro carruaje, sin embargo, no se dirigió a los establos. Dejé mis guantes y mi tocado en una mesita lateral y me quedé observando cómo un mozo de cuadra enjuto se acercaba a nuestro cochero John. La conversación hizo que John bajara del asiento. Aunque a través del cristal no pude oír la discusión, era acalorada, acompañada de grandes gesticulaciones. John al final dio media vuelta y se dirigió hacia los caballos con el rostro sucio por el polvo y el sudor, y el ceño fruncido.

—Por lo visto, sir Reginald ha ordenado que nuestro carruaje se quede frente a la puerta —dije.

Julia dejó de observar la sala y se fijó en el lugar que ocupaba nuestra inmóvil calesa.

—Será diez veces más complicado llevarnos a Caroline delante de todos los miembros de la casa. Si es que está aquí. ¿Seguimos adelante con nuestro plan?

—Sí. —Reprimí mi propia desazón—. Tendremos que lidiar con la ubicación del carruaje cuando llegue el momento.

—En ese caso, más vale que me atenga a mi papel. —Julia se sentó en una de las butacas de terciopelo verde, se tapó la cara con las manos y cogió aire para prepararse. Me tensé, lista para oír sus lamentos, pero mi hermana bajó las manos y volvió a levantar la vista hacia mí—. No me cabe ninguna duda de que me llevarán a una habitación para que descanse solo para así evitar el estrépito, pero ¿qué pasará si una criada se queda conmigo, Gussie, o monta guardia junto a la puerta? ¿Cómo lograré entonces ir a buscar a Caroline?

—Improvisa, querida.

Me lanzó una mirada, sin duda poco convencida con mi sugerencia, y a continuación cogió aire de nuevo y empezó a aullar. Justo a tiempo, pues la puerta se abrió de repente y entró Bryden, seguido por una criada con mucha ropa de cama en los brazos. Detrás de ellos, Weatherly y el otro criado irrumpieron en la estancia llevando a rastras su inerte e inconsciente carga. La muchacha hizo una reverencia —con los ojos abiertos por la curiosidad al ver a Weatherly— antes de dirigirse hacia el sofá, donde, con gran maestría, desdobló una sábana y la dispuso encima de los asientos con cojines y de los reposabrazos.

Por supuesto, había que evitar manchar el terciopelo de sangre.

—Dejadlo ahí —ordenó Bryden a los criados.

No fue la más agradable de las empresas, pero Weatherly y el otro lacayo al final consiguieron colocar a lord Evan en el sofá, con la cabeza apoyada en uno de los reposabrazos protegidos por la sábana y las botas colgando por encima del otro. El trayecto no le había hecho ningún bien: su palidez había adquirido un siniestro tono grisáceo y las vendas improvisadas se estaban manchando de sangre reciente. Gracias a Dios que un criado había ido a buscar al médico. Si bien lord Evan nos era mucho más útil inconsciente, yo no quería que muriese.

En la butaca a mi lado, Julia prosiguió con su cacofonía. Todos los ojos se clavaron en mí. Por supuesto, yo era la hermana que estaba serena. Corrí al lado de lord Evan y me desplomé en la butaca junto al sofá para cogerle la mano. Estaba caliente, era cuando menos una buena señal.

—El médico llegará en breve, lady Augusta —dijo sir Reginald asomando la cabeza en la estancia, pero con el cuerpo medio girado hacia el pasillo. Era evidente que no tenía ninguna intención de quedarse con nosotros, un afortunado giro de los acontecimientos.

—Gracias —le dije por encima de los sollozos de Julia—. ¿Sería tan amable de dejar que mi hermana descanse en una habitación a oscuras? Si se tumba un poco, se calmará. —Añadí bastante énfasis en «calmará».

Sir Reginald asintió brevemente hacia su mayordomo.

—Lleva a lady Julia hasta la habitación Aciano.

—Espero que la aflicción de mi hermana no moleste a lady Thorne —añadí cuando Julia se levantó del sillón.

—La habitación Aciano no se encuentra cerca de los aposentos de mi esposa. No la molestará.

—Muchas gracias por su amabilidad, sir Reginald —consiguió mascullar Julia entre sollozos. Por cómo ladeaba la cabeza me di cuenta de que ella también había reparado en la pista que indicaba el paradero de Caroline, pero no me atreví a mirarla a los ojos. Siguió a Bryden y salió de la sala, y sus lamentos se fueron adentrando en las profundidades de la casa.

Sir Reginald se la quedó mirando con el ceño fruncido —¿ya se arrepentía de haberle ofrecido una estancia o se alegraba por dejar de oírla?— y luego se giró hacia mí.

—Si necesita algo más, lady Augusta, mis criados se lo proveerán. —Inclinó la cabeza y se marchó, relajando así la tensión del salón. No solo para mí: tanto su criada como su lacayo soltaron breves suspiros de alivio.

Me giré hacia Weatherly.

—Ve a buscar la caja de las medicinas de lady Julia y llévasela, por favor. —Incluí a los dos otros criados en la petición—. ¿Le pueden enseñar el camino?

Los dos asintieron con la cabeza. Weatherly inclinó la suya, y sus ojos se clavaron en los míos durante un segundo para dar fe de que comprendía su verdadero objetivo: preguntar al servicio de sir Reginald acerca de su señora. Los tres salieron de la sala y el criado de Thorne cerró la puerta suavemente tras de sí.

Nuestro plan estaba en marcha.

7

Esperé, atenta por si oía ruidos de alguien que se acercaba, pero la casa permanecía en silencio. Estaba sola. Bueno, más o menos. Miré hacia lord Evan. La curva de pestañas negras sobre su mejilla y una barba incipiente sobre la mandíbula acentuaban su palidez.

—Ahora solo estamos usted y yo. —Le puse su propia mano encima del pecho y le di una suave palmada—. Intente no morir, señor.

La mano se cerró sobre la mía.

—Esa ha sido siempre mi intención. —Me quedé mirando sus ojos grises y perplejos. Di un paso atrás, pero no sirvió de nada, pues me aferraba la mano—. ¿Qué diantres es lo que pretende hacer, lady Augusta?

—¡Está despierto! —Una absurda obviedad que decir. Intenté liberarme de su impertinente agarre—. ¡Suélteme!

Me soltó de inmediato, pero la fuerza de su mano quedó impresa sobre mis huesos y mi carne.

—¿Cuánto hace que está despierto? —quise saber mientras intentaba ocultar la conmoción que sentía.

—Me he despertado en el carruaje. —Se tocó con cuidado el vendaje improvisado y puso una mueca—. Gracias por vendarme la herida. —Olisqueó el aire—. ¿Brandi?

—Nuestro guardabosques me aconsejó limpiar siempre las heridas con alcohol —dije.

Asintió para mostrarse de acuerdo con la medida.

—Me alegro de que la apruebe —añadí con toda la frialdad que fui capaz de reunir—. ¿Dice que se ha despertado en el carruaje? —Rebusqué en mi memoria. Julia y yo habíamos comentado nuestros planes con gran detalle en el breve trayecto hasta allí—. En ese caso, creo que ya sabe qué es lo que pretendemos hacer, lord Evan.

—Sí, pero no puedo dar crédito. —Cerró un ojo para mirarme de forma reprobadora—. Pretenden arrebatarle una esposa a su marido. Es un secuestro, lady Augusta. No es el comportamiento habitual de las sensatas hermanas mellizas de lord Duffield, creo recordar.

Con que se acordaba de nosotras. Si era así, no me había equivocado al percibir cierto reconocimiento en sus ojos grises.

—En ese caso, también debe de recordar que, como mujeres sensatas que somos, no solemos exagerar las situaciones, lord Evan —dije, bajando la voz hasta un acalorado suspiro—. Lady Thorne corre el peligro inminente de que la asesine su esposo.

—¿Inminente?

Asentí.

—No estamos seguras de si sigue viva o de si está en la casa siquiera, pero creo que sí por la reacción de sir Reginald a nuestra llegada. Como sin duda habrá oído usted, no estaba dispuesto a dejarnos entrar y arde en deseos de que nos marchemos.

—¿Por qué diablos quieren llevársela?

—Su hermana Millicent recibió una carta, un ruego de socorro, que envió una compasiva criada. La familia no tiene permitido entrar en esta casa, así que Millicent nos pidió que interviniéramos.

—Una petición bastante extraordinaria. —Lord Evan apoyó los codos en el sofá e intentó incorporarse—. ¡Por la sangre de Cristo! —Se desplomó de nuevo sobre los cojines.

Pasé por alto la blasfemia —a fin de cuentas, el hombre estaba al borde de la muerte— y agarré un cojín de terciopelo de detrás de mí.

—Tenga, apóyese en esto. Debe levantar la cabeza lentamente. Ha perdido una gran cantidad de sangre.

Aceptó el ofrecimiento y se colocó el cojín debajo de la cabeza con mirada fulminante.

—Si no recuerdo mal, es culpa suya que haya perdido una gran cantidad de sangre.

Era innegable, pero, la verdad sea dicha, no fui yo quien inició el encuentro.

—Si no recuerdo mal, intentó robarnos.

—*Touché*. —Sus labios se curvaron en una sonrisa.

—Y su acompañante intentó disparar a mi cochero.

—Sí. —Asintió con solemnidad—. No fue acertado. Reciba mis disculpas. Le dije que no debíamos disparar bajo ninguna circunstancia. —Las comisuras de su boca se alzaron de nuevo—. Debo añadir, sin embargo, que usted se ha aprovechado de mi cuerpo inconsciente para hacerlo pasar por el de su hermano.

—Cierto. —Me senté. Era un tipo muy perspicaz—. Tal vez podríamos considerar que estamos en tablas.

—Me gusta su idea de juego limpio, lady Augusta. —Esbozó una sonrisa radiante.

—Pero ahora hemos llegado a la cuestión que nos atañe —dije—. Está despierto, lord Evan.

—Debe dejar de llamarme lord Evan. —Apartó la mirada sin ningún rastro de diversión en el rostro—. He adoptado el nombre de Hargate, de Jonathan Hargate.

—Para mí es lord Evan. —No quise olvidar que pertenecía a la nobleza, por más que se hiciera llamar distinto—. Además lleva el anillo con el sello de los Belford —añadí asintiendo hacia el rubí que portaba en el dedo—. Eso debe de significar alguna cosa.

—¿Cómo diantres sabe que es el anillo de mi familia? —Movió la mano como si quisiera ocultarlo.

—Mi hermana lo ha reconocido. Se acuerda de todo, incluido cuanto ocurrió hace veinte años.

—No significa nada —contestó mirándome con incredulidad—. Lo dejé en Inglaterra con un amigo para que me lo custodiara en el caso de que regresase y necesitara dinero.

Y, sin embargo, ahí estaba él, robando para vivir con el anillo en el dedo, claramente sin haberlo vendido.

—Pero, entonces, ¿por qué…?

—Bien sabe que podría contárselo todo a Thorne y poner fin a su peligrosa farsa —dijo, un modo un tanto abrupto de interrumpir mi pregunta que nos devolvía a la delicada situación a la que nos enfrentábamos.

—Cierto es. —Ladeé la cabeza—. Y yo podría hacer que lo detuvieran a usted y que lo llevasen hasta el magistrado local. Creo que tiene más que perder usted que nosotras; todavía no hemos cometido ningún delito, pero si lo apresan lo colgarán. Sin embargo… —Hice una pausa en busca de efecto, con los ojos clavados en los suyos—. Podría ofrecerle una recompensa para proseguir con el engaño. —Mi voz sonó tranquila, pero mi corazón latía desbocado. ¿Y si lord Evan se negaba? ¿Y si se levantaba y se marchaba?

Algo destelló en sus ojos. ¿Avaricia? ¿Ofensa? No supe descifrarlo.

—Una guinea —añadí—. Y atención médica. Lo único que debe hacer es fingir estar inconsciente, y, cuando hayamos escapado con lady Thorne, se va por su propio camino.

Volvió a clavar los codos en el sofá y esa vez consiguió incorporarse un poco.

—No frecuento buenas compañías, lady Augusta, pero incluso en mi sociedad de delincuentes sir Reginald es conocido como un hombre despiadado. ¿Cree que me quedaré yaciendo en el sofá mientras su hermana y usted coquetean con ese peligro? Tal vez ya no sea lord Evan, pero no he caído tan bajo como para ignorar a las mujeres que están en un aprieto ni para aceptar pagos por protegerlas.

«Pero ¿sí estaba dispuesto a quitarles el dinero a las mujeres a la fuerza?».

Obviamente vio ese pensamiento reflejado en mi rostro, pues levantó la mano para responder.

—Veamos, sí, intenté robarles, pero eso queda ya en el pasado y ahora debemos enfrentarnos a la situación en la que usted nos ha puesto a todos. Insisto en ofrecerles protección a su hermana y a usted, y en ayudarlas a conseguir la libertad de lady Thorne.

—Apenas puede mantenerse en pie, y mucho menos proporcionar protección alguna.

—En ocasiones anteriores he estado en peor estado y he cargado piedras durante todo el día. Le aseguro que soy lo suficientemente capaz.

Cargar piedras. La labor de un convicto. Algo había leído yo acerca de las condiciones de la nueva colonia, y en mi mente parpadeó la idea de «en peor estado». ¿Lo habrían azotado? Qué idea tan abominable.

—¿Su familia sabe que ha regresado a Inglaterra?

Frunció el ceño ante el cambio de tema, y el movimiento en la herida lo llevó a encogerse de dolor.

—Ya no se me considera un Belford, así que no hay razón alguna para que estén al corriente de mi regreso. Como ya le he dicho, ahora soy Hargate.

En ese caso, ¿por qué había vuelto a Inglaterra? Pero no le formulé esa pregunta, pues en su rostro detecté cierta cerrazón que me advertía de que debía evitar esos derroteros.

—¿Qué me dice? —Ladeó la cabeza para responder a mi silencio—. ¿Estamos juntos en esto?

Quería colaborar y no aceptaba que le pagara por ello; el trato parecía muy ventajoso para mí. ¿Era el sentido de la nobleza que yo había esperado despertar en él o algo más sospechoso?

—Estamos juntos, siempre y cuando comprenda que mi hermana y yo vamos a rescatar a lady Thorne y que usted solo está aquí para auxiliar. Si es necesario.

—Por supuesto. Soy muy consciente de la posición que ocupo en el mundo, lady Augusta —me espetó con sequedad. Barrió la estancia con la mirada y encontró algo detrás de mi hombro—. Ah, excelente, Thorne nos ha traído vino. ¿Le parece que brindemos para celebrar nuestro acuerdo? Estoy sediento.

En cuanto me levanté, vi un decantador dispuesto en un secreter cercano. Lo cierto era que yo también sentía la necesidad de beber una buena copa.

—Si encuentran a lady Thorne, ¿cómo tienen pensado sacarla de la casa? —me preguntó lord Evan cuando levanté el tapón plateado y olisqueé el líquido, un vino de Burdeos con un ligero aroma a higos.

—Julia iba a esconderla en la parte trasera de nuestro carruaje en los establos mientras yo distraía a sir Reginald. Después nos marcharíamos con ella oculta en nuestra cabina y la llevaríamos hasta su hermana y cuñado, que viven en Hickstead. —Serví el vino.

Lord Evan se fijó en nuestro carruaje, que se encontraba justo delante de los ventanales.

—El plan va viento en popa, pues.

—A toda vela —contesté con una sonrisa burlona. Le entregué una copa y regresé a mi sillón.

—Salud —dijo.

Levanté mi propia copa y bebí un sorbo mientras él apuraba la suya de un solo trago. En general, el brebaje era delicado, pero un poco intenso para mi gusto.

Se quedó mirando su copa vacía sin emoción.

—Tengo la sensación de que debo decir que su rescate es simple hasta el punto de resultar ingenuo. ¿Tiene un plan en caso de que Thorne ofrezca resistencia? Por lo que me cuenta, él ya ha demostrado su profunda falta de respeto hacia el sexo opuesto, y puede que su estatus y el de su hermano no basten para protegerlas.

Pasó la atención de la copa a mí. Si existía otra persona que hubiera experimentado el fracaso del estatus, esa era lord Evan. Para ser sincera, yo apenas había visualizado resistencia alguna. En mi mente, rescataríamos a Caroline de manera encubierta y sin violencia. Y, de repente, debía admitir que me estaba fiando ciegamente de nuestro rango.

—Es evidente que no lo ha valorado —añadió—. ¿En qué diantres está pensando?

El hecho de que, en efecto, no hubiese analizado nuestra aventura con todo detalle me dolió tanto como el tono que había empleado él.

—Admito que no cuento con la ventaja de su experiencia delictiva. Quizá pueda sugerirnos un plan más violento. —Aquellas palabras salieron de mí antes de que pudiera evitarlas. El ardor me subió hasta las mejillas—. Lo siento, no debería haber dicho eso.

Se me quedó mirando durante unos segundos antes de encogerse de hombros.

—Sí que cuento con más práctica, pero no sugiero usar la violencia. —Me devolvió la copa con una sonrisa anhelante que pedía que se la llenase de nuevo—. Bueno, a no ser que la violencia se emplee contra mí —me advirtió.

Dejé su copa y la mía con firmeza sobre la mesa lateral.

—Demasiado vino puede provocar fiebre después de recibir una herida de bala. —Más sabiduría transmitida por nuestro guardabosques. Además, lord Evan consiguió irritarme al llevar razón. Una reacción injusta, de acuerdo, pero me expulsó de mi complacencia para llegar a un lugar incómodo. Ignoré su expresión alicaída y le pregunté—: Entonces ¿qué propone que hagamos?

—El problema es cómo llevar a lady Thorne hasta el carruaje.

—Estoy de acuerdo. Se me había ocurrido cómo conseguir que trasladasen el carruaje hasta los establos, pero Thorne ha ordenado que lo dejen frente a la entrada.

Lord Evan ladeó la cabeza y clavó la mirada en mí.

—Se me ocurre otra idea, pero es un poco extravagante y requeriría una ingente dosis de valentía.

—Le aseguro que tengo más valentía de la necesaria. —Me enfurecí.

—Parece una mujer de grandes recursos, sin duda.

Lo contemplé para detectar la ironía de su afirmación, pero sus ojos y esos labios móviles tan solo irradiaban sinceridad. Me ardían las mejillas. Durante toda mi vida, nadie que no fuera mi hermana, mi padre o mi querida Charlotte había elogiado mi valentía. Por lo general, la gente la despreciaba como poco femenina, sobre todo mi hermano.

—¿Qué idea es esa, pues? —me interesé.

—Como por lo visto tiene talento para hacer pasar a una persona por otra —dijo con un deje de humor en la voz—, ¿qué le parece si lady Thorne intercambiase su lugar con usted o con lady Julia? ¿Sabe si su silueta es similar a la suya o a la de su hermana?

Era una buena idea, lo cual volvió a fastidiarme. Sin embargo, por el bien de Caroline debía dejar atrás mi propio resentimiento.

—La conocí hace años, antes de que se casara. —Cerré los ojos durante unos segundos para intentar viajar al pasado—. Creo que yo era más alta que ella, así que tal vez tenga la misma estatura que mi hermana. —Aquella idea fue ganando terreno—. Julia ha traído un vestido para Caroline por si acaso... Verá, es que no sabemos en qué estado se encuentra. Julia podría ponérselo y Caroline podría vestir las ropas de Julia y salir conmigo como si fuera mi hermana. Por supuesto, Julia también tendría que llegar hasta el carruaje. Sería difícil, pero podría resultar, sí.

—He visto a alguien huir de una cárcel con ese mismo método —asintió—. Pero no solo es preciso que tenga agallas usted. ¿Qué me dice de lady Thorne y de su hermana?

Supe que podía contar con Julia, pero ¿lady Thorne sería capaz de participar en la farsa? ¿Estaba despierta siquiera?

Un alboroto en el exterior llamó mi atención. Una calesa conducida por un hombre delgado vestido de negro se detuvo junto a nuestro carruaje. Cuando el criado de Thorne corrió en dirección hacia el caballo, el hombre extrajo un maletín oscuro del asiento que tenía al lado y contempló con ojos inquietos la casa por debajo del ala ancha de su sombrero clerical.

—Creo que acaba de llegar el doctor —anuncié—. Lord Evan, debe fingir que está inconsciente. Es usted la única razón por la que seguimos aquí.

—No deje que ese condenado médico me haga una sangría —protestó mientras se recostaba de nuevo sobre los cojines—. Perder más sangre es lo último que necesito.

—No podría estar más de acuerdo —dije con fervor, pues no había encontrado a demasiada gente que compartiese la sospecha que me despertaba esa práctica. ¿Qué beneficio provocaría infligir una nueva herida en un cuerpo ya enfermo o quitarle más sangre valiosa? Seguramente el hecho de que la gente muriese por la pérdida de sangre desautorizaba el método—. No se preocupe. No lo permitiré.

Con un asentimiento, lord Evan cerró los ojos. Me quedé mirando su rostro, demudado por el dolor, un poco asombrada por la confianza que me demostraba y por la promesa de protección que acababa de hacerle yo. Mi padre solía decir que «las circunstancias extrañas dan lugar a alianzas extrañas», sobre todo en respuesta a la interminable guerra que se libraba en el continente. ¿Qué habría pensado de esa alianza con un exconvicto? Creo que habría disfrutado del espectáculo. Señor, cómo lo echaba de menos.

8

Al parecer, el doctor se tomó una eternidad para llegar hasta el salón, aunque fuera corta la distancia que separaba la calesa de la puerta principal. Quizá sir Reginald o Bryden lo habían retrasado con instrucciones para deshacerse de nosotros. Me erguí en el asiento y luego volví a encorvar la espalda para intentar simular una actitud ansiosa, pero lo cierto es que no tenía por qué simular nada: mi ansiedad era lo suficientemente real. Si se trataba del mismo doctor que atendía a Caroline, tal vez pudiera averiguar más detalles de su situación. O, mejor dicho, su estado de existencia. Pero ¿lograría que el doctor hablase conmigo?

Al final llamaron a las puertas, que se abrieron para dar paso a Bryden y al hombre de la calesa, que llevaba su maletín.

—El doctor Haymer —lo anunció el mayordomo.

El médico hizo una inclinación de cabeza y corrió hacia el sofá, dejando tras de sí cierto aroma a hierbas medicinales y a sudor. Su rostro no estaba desprovisto de inteligencia, pero por desgracia tenía una nariz y una barbilla un tanto zorrunos que sugerían una personalidad nerviosa.

—Tengo entendido que a su hermano le han disparado, milady.

—Por suerte, es una herida superficial —dije cuando el doctor dejó el maletín encima de la mesa lateral. De reojo, vi que Bryden se marchaba y cerraba las puertas tras de sí. No hacía amago de quedarse ni de vigilar nuestra conversación. Nuestra treta seguía en pie, por lo visto.

El doctor Haymer me observó con ojos profesionales, sin duda sospechando que en cualquier momento pudiera abandonarme a un ataque de histeria femenina. Era evidente que me vio lo bastante tranquila, pues su atención se concentró de nuevo en lord Evan.

—Veo que se han ocupado de la herida.

—Solo de modo temporal. He debido usar los pañuelos de mis sirvientes.

—Sí, bien, ha sido muy... muy pragmático. —Me contempló de nuevo, esa vez boquiabierto por que una mujer tuviera estómago para tales actividades—. Voy a retirar las vendas y hacerle una sangría para evitar que contraiga fiebres. ¿Quizá preferiría salir de la estancia, milady?

—No. No puedo permitirle que le haga una sangría —protesté—. Mi hermano no lo querría.

—Comprendo su delicada sensibilidad, milady, pero es el procedimiento adecuado.

—No. Mi hermano no desea que le hagan sangrías. Se lo aseguro.

—Milady, debe dar su brazo a torcer. —El doctor se incorporó—. De lo contrario, ¡va a poner a su hermano en un serio peligro!

—He dicho que no. —Me incliné hacia delante.

—No está pensando de forma racional, milady. Es absolutamente comprensible, pero...

—¡Ya basta, señor mío! Lady Augusta es la mujer más racional del mundo —intervino lord Evan abriendo los ojos.

El doctor se echó hacia atrás, sobresaltado.

—Ah, está consciente, milord. Es una buena señal, sin duda. ¿Siente algún dolor?

—Un dolor de cabeza espantoso. Aun así no me hará ninguna sangría. —Lord Evan se incorporó y apoyó los pies en el suelo en un gesto firme y decidido. Por lo menos parecía firme y decidido, pero hundió los dedos en los cojines en busca de apoyo. Me lanzó una mirada de disculpa; menos mal que iba a seguir la corriente de la farsa...

—Pero, milord, sangrar es necesario para reequilibrar los...

—Véndala. Nada más.

Los labios del doctor formaron un pequeño círculo de desaprobación.

—Como desee, milord. —Abrió el maletín y me dedicó una mirada de enojo; tal vez no estuviera histérica, pero sí era claramente incontrolable.

Me levanté con la necesidad de echar mano de mi altura para lo que se avecinaba.

—Tengo una pregunta de otro asunto que hacerle, doctor Haymer.

El médico empezó a hurgar entre su colección de instrumentos y medicamentos.

—Se la responderé si puedo, milady —dijo sin levantar la vista. Contuve la irritación. El doctor Haymer era de los que menospreciaban la valía de una mujer concentrándose en otra cosa mientras la oía hablar.

—¿Está a cargo de la salud de lady Thorne?

Ese comentario lo detuvo, vaya. Se irguió y cierto recelo se instaló en sus rasgos afilados.

—No tengo por costumbre hablar de la salud de mis pacientes salvo con sus parientes, milady.

—Pero creo que va a responder a la pregunta de lady Augusta —terció lord Evan. A pesar de que estaba sentado y tenía una venda improvisada en la cabeza, consiguió imprimir cierta amenaza a la orden.

—No estoy obligado a hacerlo, milord —repuso Haymer.

Estaba mostrando más lealtad de la que me había imaginado.

—Si desea proseguir con la práctica de la medicina, me va a responder —dije mientras miraba a lord Evan a los ojos para intentar avisarlo de lo que iba a suceder—. Mi hermano, aquí presente, es magistrado y no trata con amabilidad a aquellos que se interponen en el camino de sus pesquisas. —No era del todo mentira: mi hermano real sí era magistrado.

El juez acabado de investir fue fiel a sus deberes con gran maestría.

—En efecto, así es. De hecho, diría que cualquier obstrucción a mis pesquisas daría lugar a una nueva investigación centrada en por qué ha tenido lugar esa obstrucción. —Miró al doctor con ojos adustos, pero yo detecté en ellos un destello de diversión—. ¡Responda a mi hermana, señor!

—Lo hago aun en contra de mi voluntad, lord Duffield. —El doctor se humedeció los labios—. Sí, he visitado a lady Thorne.

Por lo tanto, se trataba del dudoso médico que mencionaba la carta de Caroline.

—¿Está en esta casa? ¿Dónde? —le exigí.

—Arriba, en la segunda planta.

De forma involuntaria, todos miramos hacia el techo, como si así fuéramos a ver a la pobre mujer.

—¿Cuál es su dolencia? —preguntó lord Evan.

—Tendencia nerviosa. Alucinaciones. A menudo recurre a la violencia.

El escepticismo que mostraba el rostro de lord Evan era idéntico al que sentía yo.

—¿Cuál es el tratamiento? ¿Qué le prescribe? —insistió.

—Láudano.

Me resultaba familiar ese medicamento, un opiáceo de gran fuerza. Mi propio doctor me lo había prescrito un año antes para tratar la tos y una sola dosis me había sumido en un estupor. Había oído decir que solo tres cucharadas de láudano bastaban para matar a un hombre.

—¿Cuánto le ha prescrito? —le pregunté.

—He dispuesto una botella a la semana —dijo tras aclararse la garganta.

—¡Una a la semana! —repitió lord Evan—. Santo Dios, seguro que se da cuenta de qué está haciendo Thorne, hombre.

—No sé a qué se refiere, milord. —La fina mandíbula del doctor se removió.

—¿Cuánto le está pagando?

—No estoy seguro de entenderle —afirmó el médico.

—¿Cuánto tiempo hace que le proporciona tanto láudano? —pregunté intentando despojar mi propia voz de la rabia.

—Hace solo unas pocas semanas.

Vi cómo se extendía ante mí el vil plan urdido por Thorne: primero, unas cuantas semanas obligando a su esposa a tomarse la droga hasta que ella experimentara una dependencia, y luego un día se tomaría más cantidad de la debida. Un accidente trágico y mortal.

—¿Cuándo fue la última vez que visitó a lady Thorne?

—Hace dos días.

—Y ¿cómo se encontraba? —Apreté los puños a ambos lados.

—Estaba inconsciente —admitió el doctor—. Pero sir Reginald me contó que había tenido otro episodio de violencia y que le habían administrado una dosis de láudano por su propia seguridad. No vi motivos para no creer a sir Reginald. La he visto atacar a su esposo y a Bryden con mis propios ojos.

Luchando por su vida, sin duda.

—Doctor, por favor, vende la herida de su señoría. Y, una vez que haya terminado, márchese y no vuelva nunca ni envíe más medicamentos —le ordené con mi voz más implacable.

—No acepto que me den órdenes de ese modo, ni siquiera usted, lady Augusta. —Haymer frunció el ceño—. Esta casa no es suya.

—No piense que mis palabras carecen de veracidad, doctor Haymer. Si llega a nuestros oídos que ha vuelto a tratar a lady Thorne, mi hermano dispondrá que le revoquen la licencia. Tiene amigos en el Colegio Real, ¿sabe?

Era una intimidación innoble por mi parte, pero ese hombre había contribuido al encarcelamiento y a la administración de drogas a una mujer, probablemente hasta provocar su fallecimiento.

—No puede hacer eso. No he cometido ninguna falta —protestó el doctor.

—Pero tampoco ha cometido ninguna acción que pudiera considerarse sin falta, ¿verdad? —repliqué.

El hombre tuvo la decencia de bajar la vista.

—Haga su trabajo, Haymer, y luego váyase —le mandó lord Evan—. No hable con nadie de nuestra conversación, menos todavía con sir Reginald o con Bryden, o yo mismo me encargaré de que la ley le caiga encima de todas las maneras posibles. ¿Me ha comprendido?

El doctor asintió a regañadientes y se apresuró a vendar la herida en silencio. Lo observé con atención por si se le ocurría vengarse, pero fue una labor llevada a cabo bastante bien teniendo en cuenta que le temblaban un poco las manos. Al final guardó sus cosas en el maletín y, tras dedicarnos una rígida inclinación de cabeza, corrió hacia su calesa.

—Ahora estoy convencido —dijo lord Evan en tanto observábamos al doctor Haymer desde la ventana. El hombrecillo nos miró con rencor durante unos segundos antes de subirse al carruaje y pasar por delante del nuestro, arriando a su poni para que echara a trotar aprisa por el camino de entrada de la casa—. Debemos encontrar a lady Thorne y ver en qué estado se encuentra.

—Si está inconsciente, no seremos capaces de sacarla disfrazada de mi hermana.

—De nuestra hermana —me corrigió lord Evan con una seria sonrisa.

—Iré a buscar a Julia. Quizá haya descubierto algo más.

—No puedo permitir que deambule por su cuenta por la casa de un posible asesino. La acompañaré. —Hizo acopio de sus fuerzas para levantarse del sofá.

Le puse una mano en el hombro, una grave violación de las reglas del decoro.

—No. Quédese aquí. Si lo ven merodeando por la casa, pensarán que se encuentra bien como para marcharse y perderemos todo motivo de quedarnos aquí.

Su cuerpo se tensó bajo mi inapropiado roce, pero se limitó a asentir y a instalarse de nuevo en el sofá. ¿Por qué diantres me había tomado tantas libertades? Era más o menos un desconocido para mí, pero lo estaba tratando con aspereza y confiaba en su sentido del honor.

—Le diré a sir Reginald que usted debe descansar aquí hasta la noche —añadí—. Así dispondremos de tiempo para encontrarla y decidir qué hacer. Si se ve capaz de distraerlo, hágalo, por favor. Cuanto menos se pasee él por su propia casa, tanto mejor.

Me dirigí hacia la puerta y por el camino recuperé mi tocado y mis guantes.

—Si me necesita, tan solo grite —me indicó.

—Las damas no gritan —respondí por encima de mi hombro.

—Las apóstatas sí.

Vi un destello de mi reflejo en uno de los espejos por los que pasé. Estaba sonrojada y tenía un remanente de sonrisa en los labios. Era innegable la vergonzosa verdad: por más que corriésemos mucho peligro, estaba disfrutando de aquella aventura.

9

Bryden debió de haber estado vigilando la puerta del salón, pues, en cuanto salí al pasillo, emergió de la antesala.

—Veo que el doctor Haymer se ha marchado, milady —dijo.

—Sí. —No le di más información, aunque vi la inquietud que experimentaba a consecuencia de la abrupta partida del doctor—. ¿Dónde está su señor? Me gustaría hablar con él.

—Estoy aquí, lady Augusta. —Sir Reginald salió de la estancia de enfrente con los brazos cruzados. ¿Él también había estado vigilando y esperando?—. Confío en que Haymer haya podido atender a su hermano. No se ha quedado el suficiente tiempo como para que yo pudiese hablar con él. —Miró a Bryden con el ceño fruncido, a todas luces un gesto de reprimenda. Aunque tal vez me afanaba demasiado en ser testigo de una siniestra confabulación.

—No, creo que tenía otros asuntos médicos urgentes de los que ocuparse —comenté con alegría—. La buena noticia es que mi hermano ha recuperado la consciencia. Haymer ha dicho que debe descansar hasta esta noche antes de que podamos trasladarlo a algún sitio. Espero que no sea demasiado inconveniente.

—Sí, de acuerdo. Lo que debe ser debe ser —dijo sir Reginald con su habitual falta de gracia.

—Ahora estoy más preocupada por mi hermana. —Levanté la vista hacia las escaleras y me esforcé por componer una expresión turbada. Medité acerca de mis próximas palabras; más valía sembrar las semillas de nuestro plan si teníamos la intención de llevarlo a cabo—. En cuanto se sume en uno de sus arrebatos, a veces le duran días.

—¿Días? —repitió sir Reginald.

—Tal vez la mejor opción sea que la mande a Brighton enseguida con nuestro carruaje, para que puedan avisar a su médico y descanse en su propia cama, y que luego el vehículo vuelva hasta aquí. —No pude evitar añadir—: Es una suerte que siga delante de la puerta de entrada.

Thorne no reaccionó a la indirecta.

—Bryden, acompaña a lady Augusta hasta su hermana.

—¿Su tocado y sus guantes, milady? —se ofreció Bryden con las manos tendidas para cogerlos.

No deseaba separarme de mis pertenencias en esa casa —no sabía si sería necesaria una huida precipitada—, pero se las entregué. Negarse habría sido extraño. Las colocó encima de la mesita, junto al parasol de Julia, y luego me guio para subir las escaleras. Conforme las subía, noté los ojos de sir Reginald clavados en mí. ¿Había despertado sus sospechas? No vi motivo alguno para ello; la herida de lord Evan era real a ojos vista, y no me había vuelto a interesar por su esposa. Sir Reginald no tenía razones para pensar que yo estuviera en cierto modo relacionada con la familia de lady Thorne. Además había pocos hombres en el mundo capaces de pensar que dos mujeres pudieran urdir un plan tan osado, y mucho menos dos mujeres de cierta edad. Que constantemente la subestimaran a una a veces resultaba incluso ventajoso.

Mientras seguía a Bryden por el pasillo de la primera planta, saqué mi reloj de bolsillo y reparé en la hora: casi las tres en punto. Según mis cálculos, tan solo disponíamos de treinta minutos de educada soledad como mucho, antes de que se esperase que mi hermana bajara las escaleras y se fuese. Más tiempo conseguiría que la gente comenzara a sospechar. Treinta minutos para encontrar a lady Thorne, representar una arriesgada farsa y sacarla de allí con el carruaje. ¿Era acaso factible? Solté el reloj, que volvió a colgar del cordón que me rodeaba el cuello, y su pequeña estructura golpeteó mi corpiño al caminar. Era un recordatorio de que los segundos iban pasando sin cesar.

A diferencia de los retratos del salón, los cuadros que decoraban esa zona menos visible de la casa eran sin lugar a duda de segundo nivel, principalmente pinturas de naturaleza muerta y cuencos con frutas. Las estancias de la planta superior, donde según el doctor estaba apresada lady Thorne, habían quedado fuera de mi vista en tanto subíamos las escaleras, así que no tuve mayores indicios de su paradero. Tampoco deseaba sonsacarle información a Bryden. Por las palabras del médico, parecía probable que Bryden estuviera compinchado con su señor, o por lo menos que siguiese sus órdenes sin alzar ninguna protesta moral.

Debía admitir que la advertencia de lord Evan acerca del peligro de nuestra empresa había arraigado en mi mente. La ley indicaba que nuestro intento de sacar a lady Thorne se consideraría un secuestro o un rapto, y que era de todo punto ilegal. Sin embargo, el hecho de que sir Reginald maltratase a su esposa no era ilegal y no lo sería hasta que esta terminase muerta a manos de su marido o por un plan de este. Según las leyes de Inglaterra, y también las de Dios, era su esclava y sir Reginald podía hacer cuanto se le antojase hasta casi llegar a matarla. ¿Acaso era de extrañar que yo no pudiese reconciliarme con Dios por mi propio sentido de la moralidad? O, mejor dicho, por mi propio sentido de existencia como ser humano con mis propios derechos y no tan solo como un complemento de mi padre, mi hermano o mi esposo. Pero sin la guía de Dios o de las leyes, ¿cómo sabía una persona si sus acciones eran correctas? ¿Y si Julia y yo estábamos equivocadas?

A medio camino por el pasillo, Bryden se detuvo delante de una puerta.

—La habitación Aciano, milady.

—Gracias. Puede retirarse.

Inclinó la cabeza en mi dirección y se alejó por el corredor por el que habíamos llegado. Esperé unos instantes, el suficiente para que el mayordomo se alejara por si Julia no se hallaba en el interior, y llamé a la puerta.

—Adelante.

Las cortinas azules de terciopelo estaban corridas para cubrir la ventana, pero el candelabro que había encima de la blanca repisa de la chimenea iluminaba una escena de sufrimiento muy conseguida: Julia estaba recostada en un diván azul junto a la ventana, con la mano en la frente y gimiendo suavemente.

—Soy yo, querida. —Cerré la puerta.

—Dios bendito. —Se incorporó de inmediato—. Creía que no vendrías nunca.

Nos encontramos en el centro de la estancia, a los pies de una cama enorme y mullida con mantas y cojines. Agarré las manos de Julia, y su contacto me proporcionó el consuelo habitual.

—¡Sabes dónde está! —exclamé al observar su rostro.

—Eso creo. Por lo menos he encontrado una habitación cerrada en la planta superior. ¡Con un pestillo por fuera! —Me miró con perspicacia—. ¿Qué ha ocurrido?

—Lord Evan se ha despertado.

Un golpe en la puerta hizo que las dos nos girásemos hacia allí. Julia volvió a tumbarse en el diván y se colocó de nuevo la mano en la frente.

—¿Quién es? —pregunté.

—William, milady. He traído la caja de las medicinas de lady Julia. —Ah, era Weatherly.

—Bien pensado —me felicitó Julia.

—Adelante —le pedí. Weatherly entró con los suministros médicos de Julia—. ¿Hay alguien más ahí fuera? —susurré.

Asomó la cabeza en el pasillo y cerró la puerta.

—No hay nadie, milady.

—Espléndido. —Le hice señas para que dejara la cajita sobre la cama.

Julia se había levantado nuevamente.

—¿Qué ha dicho lord Evan? Debe de estar dispuesto a guardar silencio si has venido hasta aquí.

—¿Lord Evan se ha despertado, milady? —me preguntó Weatherly.

—Sí, pero no nos va a delatar. De hecho… desea ayudarnos.

—¿Ayudarnos? ¿Además de guardar silencio? —Julia levantó la vista del cofre que estaba abriendo—. ¡No! No podemos confiar en él.

—Discúlpeme, lady Augusta, pero debo estar de acuerdo con su hermana —dijo Weatherly—. Intentó robarles.

—Ya lo sé, pero vosotros no habéis hablado con él —dije—. Por dentro sigue siendo un caballero. Un tanto áspero por fuera, quizá, pero su sentido de la nobleza permanece intacto. Estoy convencida. Asimismo, ha tenido una buena idea sobre cómo sacar a Caroline de la casa, y es muy astuto. Me ha seguido la corriente sin problemas cuando ha llegado el médico.

—Que Dios nos ampare. —Julia entornó los ojos y me observó fijamente—. Te gusta.

—¿Por qué dices eso?

—Te lo noto en la voz, Gussie, y lo estás defendiendo como si yo lo hubiera sentado en el banquillo de los acusados. —Ladeó la cabeza—. ¿Por qué crees que es de fiar?

—Tiene sentido del humor —respondí, y acto seguido añadí la prueba definitiva—: Y mis comentarios también le han parecido divertidos.

—Ah. —Julia asintió.

Era un hecho que muchos de los hombres a los que conocíamos no creían que una mujer fuera capaz de esgrimir un verdadero sentido del humor o creían que, si una fémina hacía gala de algo parecido al sentido del humor, era un rasgo peculiar y poco femenino. De ahí que mi hermana y yo pensásemos que, si un hombre aceptaba y disfrutaba el humor de una mujer, era una prueba tanto de inteligencia como de valía. Tal vez una creencia singular en sí misma, pero hasta el momento nos había resultado infalible. El Robert de Julia había considerado que su agudo ingenio era sumamente gracioso, y había sido uno de los hombres más inteligentes y honorables a los que he conocido jamás. Por el contrario, Duffy siempre había pensado que mi sentido del humor era la razón misma por la que seguía soltera; en su opinión, ningún hombre soportaría una lengua tan afilada.

—Ahora que se ha despertado, no estoy segura de que podamos rechazar la ayuda que nos ofrece —añadí—. Además, me siento un tanto responsable de él. A fin de cuentas, he sido yo quien le ha disparado y lo ha traído hasta aquí.

Julia abrió la tapa de la caja y echó un vistazo a lo que contenía.

—No creo que debas hacerte responsable de él, pero sí creo que llevas razón... Tendremos que aceptar su ayuda porque no podemos volver a sumirlo en la inconsciencia. ¿Has descubierto algo gracias al doctor?

Le relaté mi conversación con el doctor Haymer.

—¡Será canalla! Demasiado láudano. Me alegro de que lord Evan lo haya amenazado —anunció Julia con vehemencia.

—También significa que, cuando encontremos a Caroline, es posible que no esté despierta.

—Yo he pensado lo mismo. —Julia hurgó en su caja y extrajo un pequeño frasco—. Amoniaco —dijo blandiéndolo con orgullo—. Si no está demasiado inconsciente, la despertará; pobre muchacha.

Se giró hacia Weatherly, que hacía guardia junto a la puerta.

—¿Has descubierto algo de las plantas inferiores?

—La mayoría de los criados no están dispuestos a hablar, milady. Creo que le tienen miedo a Bryden. Una de las criadas mayores, Agatha, era amiga de Curran, la doncella personal de lady Thorne, y se ha abierto un poco. Me ha contado que Curran se fue hace unas pocas semanas al pueblo a pie y que no ha regresado. La caja con sus cosas también ha desaparecido, así que tenía la intención de huir.

—¿Quizá sea la criada compasiva que mandó la carta? —le sugerí a Julia—. Debemos ir a ayudarla cuando hayamos acabado aquí. Sacrificó su posición para ayudar a su señora. ¿Algo más, Weatherly?

—William, milady —me corrigió con amabilidad. Asentí y le hice señas para que prosiguiera—. Agatha también me ha dicho que a todos los criados les han informado de que su señora está loca y que, si la ven fuera de su habitación, deben ir a buscar a sir Reginald o a Bryden. Por el bien de ella.

—¿Agatha te ha contado en qué habitación? ¿Es la que está cerrada con pestillo arriba? —preguntó Julia a toda prisa.

—No me lo ha confirmado directamente, milady, pero al decirlo ha mirado hacia arriba, así que imagino que será esa.

—Excelente, Weather…, William —dije.
—¿Cuál es el plan que te ha propuesto lord Evan, el hombre al que diviertes y que te divierte a su vez? —me preguntó Julia.
Ignoré la leve provocación y le hablé de la farsa que lord Evan y yo habíamos urdido. De casi toda la farsa, en fin; como le acababa de explicar, me había dado cuenta de que no habíamos abordado un problema bastante importante. Casi de inmediato se me ocurrió una evidente solución, pero supuse que ni a mi hermana ni a lord Evan les haría gracia el peligro que entrañaba. Por no hablar de Weatherly.
—Es un ardid que podría funcionar, supongo —dijo Julia lentamente—. Si Caroline va a ponerse mis ropas, entonces tendré que cambiarme y lucir el vestido que he traído para ella. Tan solo cabe esperar que Caroline sea más o menos como yo para que resulte convincente. —Se dirigió hacia Weatherly—. William, ve hacia el carruaje. Encontrarás un vestido de algodón de rayas azules y un par de zapatillas planas envueltas en tela.
—Y cuando vayas a buscarlo todo pon al corriente a John del cambio de planes —añadí.
Weatherly inclinó la cabeza, abrió la puerta con cuidado y se asomó. Tras asentir de forma conspiratoria, salió y cerró la puerta con una lentitud exagerada. Al parecer, él también se lo estaba pasando en grande.
—Me parece irrespetuoso volver a llamarlo William —dijo Julia. Cerró la tapa de la caja y se la quedó mirando durante unos segundos antes de levantar la vista con el ceño fruncido—. Querida, si lord Evan y tú vais a distraer a sir Reginald mientras nosotras vamos hacia el carruaje, ¿cómo vais a encontrar la manera de llegar hasta el vehículo para que podamos huir juntos?
Caramba, Julia había reparado en el problema. Modulé la voz hasta adoptar mi mejor tono de hermana mayor.
—En mi opinión, vas a necesitar el mayor tiempo posible para sacar a Caroline, así que lord Evan y yo no nos iremos con vosotras. Nos quedaremos aquí y evitaremos que sir Reginald os persiga.
—¿Te has vuelto loca? —Julia se cruzó de brazos—. No hay nada en este mundo que me convenza para que te deje en com-

pañía de un encolerizado esposo y un bandolero que en tus fantasías es una especie de caballero no practicante.

Puesto así, sí que sonaba un tanto descabellado.

—¿Tienes una mejor idea?

—Sí, ¡que subas al carruaje con nosotras y dejes que lord Evan lidie con sir Reginald!

Era posible, en efecto, pero en mi interior había algo que se resistía a aceptar esa huida. En primer lugar, por excelentes motivos estratégicos, pero también porque debía admitir que me parecía un tanto mezquino abandonar a lord Evan para que se enfrentase solo al arrebato de la cólera de sir Reginald. Sospecho que él habría estado de acuerdo con el plan de Julia, pero como no se encontraba allí con nosotras su voto iba para mí.

—Todo eso está muy bien, pero como habrás podido deducir, no podemos fiarnos por completo del sentido del deber de lord Evan. ¿Y si no intenta impedir que sir Reginald nos siga? —Estaba describiéndolo de esa forma para que mi hermana lo tuviera en peor estima aún, pero era un argumento razonable si alguien no lo hubiera conocido—. Si sir Reginald nos persigue y trae a Caroline a rastras hasta aquí, no nos quedaría ningún recurso legal al que acudir, y nos enfrentaríamos a cargos de secuestro. No, debo quedarme para conducir la farsa y asegurarme de que tenéis tiempo de llegar hasta Hickstead.

—Y ¿luego qué? —Julia levantó la barbilla, testaruda—. ¿Cómo crees que vais a lograr huir de aquí? ¿Por arte de magia?

—Sir Reginald esperará que regrese nuestro carruaje, así que deja que regrese. Envía a Weatherly a por nosotros. Lord Evan y yo nos marcharemos y nos aseguraremos de que sir Reginald crea que seguimos dirigiéndonos a Brighton. Te recogeremos en Hickstead y volveremos a casa.

Después de unos instantes de larga consideración, Julia agachó la barbilla.

—Supongo.

—Es un buen plan, Julia, con todas las probabilidades de éxito —le aseguré con firmeza.

—Es lo más descabellado del mundo —dijo con la misma firmeza que yo—. Pero ahora ya estamos inmersas en él y no se me ocurre otra forma de proceder sin abandonar a Caroline, y eso no podemos hacerlo. Debemos confiar en Dios.

«Y en tener mucha suerte», pensé, pero no lo verbalicé.

Mi hermana se sentó en el diván.

—Pero debes prometerme algo, Gussie. No confíes en lord Evan como si fuese un amigo.

—Por supuesto que no. A mí no me va a engañar un rostro apuesto —dije.

—¿Cuándo se ha convertido lord Evan en un hombre apuesto? —me preguntó mirándome muy fijamente.

A eso no supe qué responder, así que me giré hacia la puerta y me mantuve ocupada aguardando el regreso de Weatherly.

10

Diez minutos más tarde, Julia y yo salimos con precaución de la habitación Aciano. Mi hermana, que se había apresurado a ponerse el traje de algodón, cerró la puerta detrás de nosotras con suma suavidad. Weatherly había regresado con el vestido y con los zapatos en cuestión de unos pocos minutos —debía de haber hecho el trayecto corriendo— y se hallaba montando guardia junto a la puerta mientras se llevaba a cabo el cambio de atuendo. Las ropas originales de Julia se encontraban sobre la cama, preparadas para acoger a la nueva persona que las vestiría. Estábamos listas, pues, para encargarnos de la parte más importante de la cuestión: rescatar a lady Thorne.

Le señalé a Weatherly las escaleras que conducían a la segunda planta: una sucesión de peldaños de madera bastante más prosaica que la ostentosa subida de hierro y dorados que presidía el recibidor de la casa.

—Vigila —le susurré.

Mi mayordomo asintió y se encaminó hacia su posición.

—¿Llevas el amoniaco? —le pregunté a mi hermana.

Julia me mostró la botellita marrón.

—Rezo por que esté despierta. ¿Cómo la traeremos hasta aquí y le pondremos mi vestido de viaje si está inconsciente?

—Cada cosa a su debido tiempo, querida.

Mi hermana asintió mientras se mordía el labio, una costumbre nerviosa que tenía desde que era pequeña. Eché a caminar y pasé por delante de Weatherly para subir las escaleras, pegada a la pared y casi de puntillas. A medio camino, un tablón del suelo crujió bajo mis pies, un ruido que sonó inmenso en el silencio que nos rodeaba. Me paré y contuve la respiración. Julia se quedó paralizada tras de mí. Las dos miramos atrás, hacia Weatherly. Él se asomó por la barandilla y dio una ojeada a la planta baja. Al final levantó la vista y negó con la cabeza. Solté el aire que retenía y seguimos subiendo. Precavidas, nos detuvimos en el descansillo sin moqueta del segundo piso.

Julia me indicó una puerta que quedaba a nuestra derecha.

—Allí.

No hacía falta que me lo dijera. La robusta puerta de roble estaba protegida por tres pestillos gigantescos y una cerradura con una enorme llave de hierro que sobresalía de la madera. Muchos cerrojos para una joven enfermiza.

Apoyé la oreja en la madera y presté atención.

Julia arqueó una ceja: «¿Oyes algo?».

Negué con la cabeza. Quizá Caroline no estaba allí o, peor aún, ya estaba muerta. Levanté una mano y descorrí el pestillo superior para abrirlo, y el movimiento estuvo acompañado de un chirrido. Mi hermana cerró los ojos. El segundo cerrojo se deslizó con demasiada facilidad y se quedó inmóvil con un débil chasquido. Julia abrió los ojos con una aprensión que era idéntica a la mía. Las dos miramos hacia las escaleras, pero nada se movió. Respiré hondo y me ocupé del tercer pestillo, apretando los dientes hasta que lo descorrí del todo. Finalmente giré la llave dentro de la cerradura en sentido de las agujas del reloj.

—Ya está —susurré.

Giré el pomo. La puerta se abrió y reveló la penumbra de la estancia y una oleada de hedor a vómito y a heces con un fuerte aroma subyacente a medicamentos. Di un paso atrás con náuseas por culpa de la pestilencia.

—Santo Dios —masculló Julia mientras se llevaba una mano a la nariz.

Reprimí una nueva arcada y entré en la habitación. La ventana tapada con esmero por las cortinas permitía la entrada de una rendija de sol, y mi visión se adaptó a la tenue iluminación. Las sombras grises adoptaron forma de muebles: una cama estrecha arrimada a la pared más alejada con una colcha de damasco roja y descolorida, y un fardo con el tamaño de un ser humano en el medio. Un fardo que no se movió al oír nuestra entrada en el cuarto. Junto a la cama se alzaba una mesita, en cuya superficie había una colección de botellas de cristal marrón.

—Fíjate en la cantidad de láudano —le susurré a Julia, más para desahogarme de la conmoción que por la necesidad de señalárselo. No se trataba de la habitación de una mujer enferma. Era una cárcel—. Cierra la puerta.

Cuando mi hermana la hubo cerrado para evitar que nadie nos sorprendiera allí, nos acercamos a Caroline, pues la persona de la cama no podría ser nadie más. Estaba tumbada de costado, con la manta por encima de la cabeza de tal modo que solamente era visible una breve porción de su perfil: los labios amoratados y la punta de la nariz. Una pálida mano estaba recostada sobre la manchada almohada. ¿Tenía los labios amoratados porque la habían obligado a tragarse la droga o por el perverso tratamiento? Ambas opciones me hicieron apretar los puños. Cuántas ganas me entraron de obligar a sir Reginald a tragar una botella de láudano, a poder ser sin sacar el líquido del envase.

—Lady Thorne —la llamé en voz baja.

Ningún movimiento. Ningún sonido.

A mi lado, la mano de Julia agarró con fuerza la cruz dorada que le rodeaba el cuello.

—¿Hemos llegado demasiado tarde?

Me incliné para intentar averiguar si la muchacha respiraba, pero la luz era demasiado escasa. Alargué una mano y puse un dedo debajo de su nariz. Nada. Al poco, una débil exhalación me acarició la piel.

—Está viva.

—¡Gracias, Dios bendito! —Julia le dio un beso a la cruz.

Toqué el hombro de Caroline, o por lo menos lo que me pareció que era su hombro debajo de la manta. Quizá respondiese a un acercamiento más íntimo.

—Caroline, despierta. Hemos venido a ayudarte.

Tampoco obtuve respuesta.

—¿Nos oye? —Julia levantó un poco la voz—. Caroline.

Miré hacia la puerta, pero no se movió, y no percibí ningún ruido al otro lado.

—Baja la voz, querida.

—No podemos descender las escaleras llevándola en brazos —susurró Julia.

—Ya lo sé. Ha llegado el momento de probar tu amoniaco.

Julia abrió el tapón del frasquito, y las dos apartamos la cabeza para evitar el olor a amoniaco que emergió de la botella.

—Santo Dios, es muy fuerte —dije.

—He comprado el mejor, el del doctor Palmers. —Julia se agachó junto a Caroline y se lo colocó justo debajo de la nariz.

Tan solo fue necesario un segundo. Caroline soltó el aire de forma abrupta y abrió unos ojos como platos. Se incorporó entre la maraña de camisón y ropa de cama. Julia se echó hacia atrás cuando Caroline se abalanzó hacia nosotras y me rodeó las muñecas con sus huesudas manos. Moví los brazos hacia atrás y arrastré conmigo a la muchacha.

—No pasa nada, hemos venido a ayudarte —le siseó Julia.

Me tambaleé e intenté zafarme del agarre de Caroline, pero la joven aprovechó mi impulso para levantarse de la cama y estampar su delgado cuerpo contra el mío. Di un traspié y me golpeé con la pared, con Caroline encima de mí.

Solté un jadeo por el impacto.

—¡Basta! —conseguí pronunciar—. ¡Hemos venido a ayudarte!

Julia se precipitó para entrar en la refriega y agarró a Caroline por los hombros para suavizar su agarre. Se alejaron las dos de mí como si estuvieran danzando ebrias hasta que Julia le dio la vuelta de nuevo. Cogí de los brazos a Caroline y la aparté de mi hermana.

—¡Nos ha enviado Millicent! —le siseé a pocos dedos de su rostro aterrorizado—. ¿Lo entiendes? Millicent nos envía. ¡Estamos aquí para rescatarte!

—¿Millicent? —Caroline se esforzó para mirar hacia atrás,

rumbo a la puerta—. ¿Millicent? ¿Dónde está? —Sus palabras desembocaron en un sollozo.

—No está aquí. —Julia agarró los raquíticos hombros de la muchacha—. Tu esposo no permite que te visiten tus parientes, y por eso hemos venido a llevarte a casa.

Caroline procuró abrirse paso entre la niebla del láudano para fijarse en nosotras.

—¿A casa? Pero ¿quiénes son ustedes?

—Soy lady Augusta Colebrook y ella es mi hermana, lady Julia Colebrook.

Sin lugar a duda, Georgina Randall le había enseñado unos modales excelentes a su hija, pues Caroline, medio muerta y cubierta de sus propios excrementos, inclinó la cabeza.

—Es un placer. Soy lady Thorne. —Vaciló—. Soy Caroline.

—¿Eres capaz de sentarte por tu cuenta? —le pregunté.

Asintió, así que le solté los brazos con cuidado, preparada para volver a sujetarla si hacía falta. Caroline se tambaleó, pero no perdió el equilibrio, con la mandíbula apretada por el esfuerzo requerido. Cuánta valentía.

—¿Y mi esposo?

—Está abajo, así que debemos movernos deprisa.

—Ha difundido que estoy loca, ¿saben?, pero no estoy loca —dijo con voz un tanto ronca—. Durante cinco años he gestionado esta casa por él, y lo hice bien. Pero no fui capaz de quedar encinta. Lo deseé, lo deseé muchísimo, pero no pude. Me habría vuelto loca, ¿saben?, de no haber sido por Curran. Ella sabía lo que estaba pasando. Siempre que podía, diluía el láudano. La echaron, ¿verdad? ¿Logró enviar mi carta? —Las palabras salían de su boca en una tromba horrorizada.

—Sí, la envió.

—¿Está a salvo? —Me cogió del brazo—. No soportaría saber que está herida.

—No está aquí y, que nosotras sepamos, está a salvo. —No pude darle más información para consolarla, pero Caroline asintió, claramente aliviada por que al menos su doncella hubiera huido de la casa. Miré hacia mi hermana, agachada junto a la cama—. ¿Qué estás haciendo, Julia? Debemos irnos.

—He perdido el… —Barrió la alfombra con los dedos formando un amplio arco—. ¡Ah, ya lo tengo! —Se levantó con el frasco de amoniaco en la mano y echó un vistazo a su contenido—. Está medio lleno todavía.

—Vámonos ya —dije guiando a Caroline hasta la puerta con una mano en su húmeda espalda. Noté que se resistía, un tanto insegura aún. O quizá tan solo aterrorizada—. Cuanto más tiempo nos quedemos, querida, mayor es el riesgo de que tu esposo piense que sucede algo extraño.

—Si me ve fuera de la habitación… —Un escalofrío le hizo alzar los hombros—. ¿Por qué me están ayudando? Ni siquiera me conocen.

—Tu madrina es una buena amiga —le contesté.

—¿Mi tía Charlotte? ¿Ella las ha enviado también?

—En efecto, la condesa y toda tu familia desean verte libre al fin.

—Te van a mandar con tus parientes que viven en Irlanda —añadió Julia—. Tu familia te va a proteger.

Al oír tales declaraciones de apoyo, Caroline avanzó con más determinación hacia la puerta. Otro pensamiento hizo que se detuviera de nuevo. Me miró con los ojos apagados bajo la tenue iluminación.

—¿Cómo vamos a salir? ¿Cómo vamos a dejar atrás a mi esposo y a los criados?

—No será una labor sencilla —admití.

Empecé a contarle nuestro plan. En tanto le hablaba del cambio de ropa, de hacerla pasar por mi hermana y de un tranquilo paseo hasta nuestro carruaje, fui consciente de la simple locura de nuestro empeño. La percibí también en la creciente tensión que se apoderaba de los hombros de Caroline bajo mi brazo.

—Pero ¿solo son ustedes dos y un criado y un cochero? —preguntó con voz hueca—. ¿No hay nadie más?

—Estamos capacitados para la misión —respondí. No era necesario que supiera la complicación que suponía el papel de lord Evan.

Me aferró el antebrazo con poca fuerza, pero me clavó las uñas, desesperada.

—No podemos fracasar. Si me vuelven a meter en esta habitación, no sobreviviré.

—No fracasaremos —le aseguré con rotundidad.

Delante de nosotras, en la penumbra, vi la mano pálida de Julia, que se alzaba hasta su frente para santiguarse.

11

Julia abrió un tanto la puerta de la celda y asomó la cabeza.
—Despejado —susurró, y abrió más la puerta.

Llegamos al vacío descansillo, y nuestro peso provocó un crujido de los tablones del suelo. Caroline podía caminar con la ayuda de Julia, pero cada paso que daba le suponía un gran esfuerzo. Cerré la puerta y volví a correr los pestillos —en un proceso gratificantemente silencioso ahora que sabía cómo se accionaban los mecanismos— antes de dirigirme hacia lo alto de las escaleras.

Poco a poco empezamos a descender los peldaños; yo a la vanguardia, Julia en la retaguardia y Caroline entre ambas por si trastabillaba hacia delante o hacia atrás.

En la planta inferior, Weatherly seguía montando guardia fielmente. Nos miró con los ojos teñidos de alivio. De pronto desplazó la atención hasta la planta inferior. Un ruido. Nosotras también lo oímos. Alguien se acercaba. Weatherly levantó una mano: «Quietas». Extendí un brazo en las escaleras para detener el avance de Julia y Caroline.

En ese momento oímos las voces. Dos jóvenes que reían y hablaban entre susurros en el recibidor de la casa.

Dos criadas.

Weatherly levantó la vista con cierta advertencia en los ojos.

Era imposible que Caroline pudiese subir las escaleras a tiempo. Le hice señas a mi mayordomo para que se encaminara hacia las muchachas que se aproximaban. «Detenlas», le pedí articulando con los labios. Me dedicó un breve asentimiento y, con una arrogancia admirable, bajó las escaleras silbando una melodía alegre.

—Qué pagado de sí mismo —dijo una de las jóvenes, cuya áspera voz era amplificada por el vacío vestíbulo—. Como el señor Bryden lo oiga, hará ligas con sus entrañas.

—Pero no está aquí, así que silbaré tanto como guste.

Un mensaje claro: Bryden no estaba en su sala. ¿Estaba en otro lugar de la planta baja? Me asomé por el pasillo cuanto pude desde el lugar que ocupaba. No había rastro de nadie.

—Tenga cuidado con él. No le gusta la gente como usted —exclamó una segunda voz, pero esa vez una con cierta empatía en el tono.

—En ese caso, ¿por qué no me indican dónde puedo ir a buscar una jofaina de agua caliente para mi señora? Así podré evitar al mayordomo —dijo Weatherly.

—Por supuesto, yo lo acompaño. —La segunda voz sumó una risita a su valentía.

—Las dos lo acompañaremos —añadió la voz áspera con firmeza.

—¿De dónde es usted? —le preguntó la segunda criada en tanto los pasos de los tres se iban alejando. La respuesta de Weatherly sonó ya lejos, amortiguada por las paredes y por la distancia, hasta que las escaleras se sumieron al fin en un nuevo silencio.

Gracias a los cielos que contábamos con Weatherly. Estaba demostrando que era muy ducho con los subterfugios. Esperé de corazón que consiguiera la jofaina con agua; Caroline necesitaba darse un buen baño, o de lo contrario su hedor nos delataría. Esperé unos instantes más, a la escucha, pero todo permaneció en silencio.

Les indiqué a Julia y a Caroline que avanzaran. Pareció llevarnos una eternidad llegar hasta el final de las escaleras, y más todavía recorrer con paso lento el pasillo con Julia a un lado de Caroline y yo al otro, las dos sosteniendo sendos brazos. A duras penas respiré un par de veces en todo el camino con el oído aguzado para detectar pasos.

Finalmente conseguimos entrar en la habitación Aciano. Cerré la puerta tras de mí y me recosté en ella.

Por el momento estábamos a salvo.

Miré mi reloj. Como mucho, disponíamos de no más de diez minutos.

—Gussie, querida, creo que Caroline se ha desmayado —me dijo Julia delante de mí. Estaba rodeando a la muchacha con los brazos en un intento por sujetarla. Para mi alarma, la vi igual de pálida que a Caroline.

—¡Ya la cojo yo, querida! —Me abalancé hacia delante y agarré a Caroline por un brazo para sostener casi todo su peso. En parte la arrastramos y en parte la llevamos en volandas hasta el diván, donde la dejamos tumbada sin miramientos, con la cabeza inerte sobre los cojines de terciopelo azul. Julia dejó la botella de amoniaco en la mesita lateral—. Julia, ¿te encuentras bien? Tienes peor aspecto que Caroline.

—Lo dudo —replicó mi hermana. Había imprimido un matiz de «no me incordies» a sus palabras y no me miró a los ojos, claros indicios de que me estaba ocultando algo. Se inclinó para examinar el rostro pálido y magullado de la muchacha—. Pobrecita. Me pregunto cuándo fue la última vez que probó bocado. Quizá eso responde a una parte de su debilidad.

—Buena idea. ¿Llevas algo en tu caja?

Julia se giró hacia el botiquín y hurgó entre sus provisiones.

—El brandi la ayudará, y creo que tengo unas cuantas galletas. No es un ágape tentador, pero debe comer algo que le dé fuerzas para mantenerse en pie. —De repente se llevó las manos a la cara—. Ay, Gus, ¿cómo ha podido Thorne hacer tal cosa? Debe de estar loco.

«Ni está loco ni está solo en su brutal demencia», pero no verbalicé mi pensamiento. Cogí las manos de mi hermana para apartárselas de la cara y se las sujeté con fuerza.

—¿Estás segura de que puedes seguir? Temo que no te encuentres tan bien como aseguras.

Se zafó de mí y se giró hacia la caja.

—Se nos acaba el tiempo. Despierta a Caroline con el amoniaco mientras yo busco el brandi y las galletas.

El tema de su propia salud, al parecer, quedaba descartado. Al menos por el momento.

Weatherly sí que nos subió el agua caliente. Había visto el estado de Caroline cuando esta bajó las escaleras y anticipado la necesidad, bendecido con su buen olfato de mayordomo. Quedó claro, sin embargo, que el pequeño cántaro que había sido capaz de encontrar no era adecuado para la labor. Caroline debía darse un baño completo, quizá dos. A pesar de eso, con Weatherly apostado en el pasillo, lavamos a Caroline, le quitamos el pestilente camisón, le dimos una galleta y empezamos a retirar semanas de maltrato.

Nunca se me había ocurrido lo difícil que resultaba bañar y vestir a otra persona. En tanto le limpiaba el rostro y los brazos, empecé a experimentar un nuevo respeto por los esfuerzos diarios de mi criada Tully. Además de la reticencia que debía de provocar el tocar a otro de una forma tan íntima, era complicado gestionar la ubicación de los miembros o deducir cuánta presión había que aplicar, sobre todo cuando no siempre podía distinguir qué era suciedad y qué era carne magullada. Pero fue en el momento en que me ocupé de la espalda de Caroline cuando un problema inquietante y bastante obvio salió a la luz: se podían adivinar todos los huesos de la columna y la caja torácica de la muchacha. Aunque tenía la misma altura que Julia, el vestido de viaje de mi hermana le quedaría holgado como si fuera una niña que pretendía lucir las ropas de su madre.

—Relleno —dije en voz alta al darme cuenta de ese detalle.

—¿Cómo? —me preguntó Julia.

Barrí la estancia con la mirada y me concentré en la cama grande.

—Debemos rellenar tu cuerpo con la ropa de cama, Caroline.

La joven se afanó en tragar un bocado de galleta seca y asintió.

—No me atrevía a comer lo que me daban —susurró. Su voz todavía no había recuperado volumen alguno.

—No, con los rellenos perderemos demasiado tiempo —musitó Julia.

—Pesa la mitad que tú. Thorne o Bryden se percatarán.

—Lady Augusta lleva razón —añadió Caroline—. Bryden se percata de todo y es el esclavo de mi esposo.

Julia tardó solo un minuto en coger una sábana de las capas de ropa de cama, pero tardamos bastante más en cortarla y envolver a Caroline con la tela para crear un parecido de la silueta de Julia y abrochar encima el vestido de viaje. Minutos valiosísimos que se marcharon implacables. Caroline no llevaba ropa interior ni corsé, así que la silueta se alejaba de la perfección, así como el método de ceñirla; tuvimos que usar una serie de nudos y sacrificar unos cuantos de nuestros propios alfileres del vestido. Para cuando hube atado la cinta del tocado por debajo de la barbilla de Caroline, temí que volviese a desmayarse por el esfuerzo de estar en pie. ¿Sería capaz de salir caminando de la casa como habíamos planeado?

—Creo que lady Julia sigue indispuesta, señor Bryden —dijo Weatherly desde el otro lado de la puerta.

Maldición, nos quedábamos sin tiempo. Julia me lanzó una mirada alarmada. Le señalé debajo de la cama y llevé a Caroline hasta el diván; le pedí que se tumbase y se quedara quieta.

Inevitablemente, el mayordomo llamó a la puerta. Esperé a que Julia se hubiera ocultado debajo de la cama antes de dirigirme hacia la puerta con el corazón acelerado.

—¿Quién es?

—Soy Bryden, lady Augusta. ¿Lady Julia o usted necesitan alguna cosa?

Si se daba cuenta de que había algo extraño, se acabó la farsa. Respiré hondo y abrí la puerta.

El mayordomo de Thorne se quedó junto al umbral de la puerta. Weatherly había ocupado la posición que le pertenecía detrás de él, aunque se cernía sobre el otro, que era más bajo. De reojo lo vi con la mandíbula apretada con fuerza. Tampoco estaba tan tranquilo como aparentaba.

Los ojos de Bryden se clavaron en los míos durante un tenso segundo antes de centrar la atención en la porción de estancia tenuemente iluminada que se alzaba tras de mí. Si Caroline no se movía, lo único que vería el mayordomo por encima de mi hombro sería una silueta con tocado recostada en el diván. Por lo menos eso era cuanto esperaba yo. Contuve las ganas de dar media vuelta y comprobarlo.

—Lady Julia partirá dentro de unos pocos minutos —le dije. Su mirada regresó hasta mí y su rostro de cachetes caídos no dio a entender nada—. Por favor, dígale a nuestro cochero que prepare el carruaje.

—Por supuesto, milady. —Inclinó la cabeza.

—William, recoge la caja de las medicinas de lady Julia y llévala abajo.

—Sí, milady. —Con una deferente inclinación de cabeza, Weatherly se puso entre Bryden y la puerta para obligarlo a dar un paso atrás. Un sagaz gesto que le permitió cerrar la puerta entre el mayordomo y nosotras. Me encaminé hacia el diván en tanto Weatherly aguardaba para escuchar cómo el lacayo se retiraba y bajaba las escaleras. Me habría apostado el brazo izquierdo a que Bryden seguía junto a la puerta.

—Julia, ¿estás preparada? —pregunté alzando un poco la voz.

—Sí, querida —respondió mi hermana mientras se levantaba de debajo de la cama, emulando mi volumen, pero añadiéndole un temblor de enferma—. Estoy segura de que ahora ya puedo ir caminando hasta el carruaje.

Todos oímos el crujido de los tablones del pasillo. Bryden por fin iba a bajar las escaleras. Weatherly levantó una mano para frenarnos: «Un momento». Todas nos quedamos paralizadas donde estábamos, la personificación misma de la escucha atenta. Al final entornó ligeramente la puerta.

—Despejado. —Asintió.

Le tendí las manos a Caroline y la levanté del diván.

Sus dedos temblaron entre los míos.

—No puedo hacerlo —susurró—. Sabrá que soy yo.

—Caroline, estás a unos pocos minutos de la libertad y de la seguridad. —Le apreté las manos—. Has sido muy valiente. No te rindas ahora. Sabes qué hay que hacer. Deja que lady Julia y yo nos ocupemos del resto.

—Sí. —Cogió una profunda y temblorosa bocanada de aire—. Por supuesto. Por supuesto.

Julia contempló el rostro pálido de Caroline y me entregó el frasco de amoniaco.

—Por si acaso —murmuró.

No le faltaba razón. Envolví la botellita con la mano enguantada y apreté a Caroline contra mí.

—No olvides apoyar la cabeza en mi hombro y pegarte el pañuelo a los labios. Vamos a salir caminando de la casa y te meteré en el carruaje. Y luego Julia y tú os alejaréis.

—Pero ¿cómo va a llegar usted hasta el carruaje? —le preguntó a mi hermana—. La verán, sin duda.

—Me voy a dirigir a la parte trasera de la casa y la rodearé para llegar al coche.

—Debería coger las escaleras que bajan en el otro extremo del pasillo —la informó Caroline—. En la planta baja encontrará la galería. Hay una puerta que da al jardín, y desde allí se extiende un camino hasta la puerta principal.

—Ese plan es mejor que el que tenía en mente. —Julia apretó con la mano enguantada los dedos temblorosos de Caroline—. Gracias.

—¿Estás preparada, Caroline? —le pregunté.

—Sí. —La palabra no fue más que una exhalación.

—¿Julia?

—Lo más preparada que estaré nunca —respondió mi hermana.

Asentí en dirección a Weatherly, que abrió la puerta. Al otro lado se encontraban el descansillo, la escalera y el recibidor de la casa. Tranquilo y anodino, seguramente el trayecto era de poco más de cincuenta yardas en total, pero no dejaba de ser uno de los más espeluznantes a los que había tenido que enfrentarme jamás.

12

Guie a Caroline hacia el descansillo, con su cabeza apoyada en el hombro y el extravagante tocado de mi hermana y el pañuelo de lino tapándole la cara. Arrastramos un poco los pies hasta que encontramos un ritmo que nos permitió avanzar tan juntas. Al final le apreté fuerte el brazo derecho y la cintura rellenada, y enderezamos los andares. A pesar de las pesadas capas de tela, mis manos notaban los temblores que le recorrían el cuerpo. De reojo vi a Julia cerrar con cuidado la puerta de la habitación Aciano y después dirigirse hacia las escaleras de la otra punta del pasillo. Se enfrentaba sola al futuro. No pude hacer más que confiar en que encontrase la forma de atravesar la casa y llegar hasta el carruaje sin que la vieran.

Caroline y yo empezamos a bajar lentamente la escalera principal. Weatherly nos seguía dos pasos por detrás con la caja de las medicinas sobre el pecho. Formábamos una procesión silenciosa y tensa.

Demasiado silenciosa. Demasiado tensa.

—Pronto llegarás a Brighton, hermana —dije, obligándome a hablar con el tono suave que se solía reservar para las personas enfermas e irritables.

En el recibidor no había ni rastro de Bryden todavía, pero pronto haría acto de presencia.

—No te olvides de pedirle a William que vaya a buscar al médico en cuanto lleguéis —proseguí—. No el doctor Henry. No creo que él vaya a entender tu situación. Llamad al doctor Garden. Lady Melbourne nos lo ha recomendado encarecidamente. Duffield y yo nos reuniremos contigo en cuanto él esté en condiciones de viajar. Seguro que será pronto, pues ya está despierto y el doctor Haymer dijo que era muy buena señal, así que no tienes de qué preocuparte.

Mi parloteo nos había llevado hasta el último de los escalones y a la inevitable aparición de Bryden. El mayordomo salió de su antesala, el ejemplo mismo de eficiencia servicial, nos dedicó una inclinación de cabeza y recogió el parasol de Julia de la mesa lateral.

Maldita sea. Me había olvidado del parasol. No me quedaba ninguna mano libre para cogerlo, y, si intentaba dárselo a Caroline, ella tendría que mirarlo a la cara. Sería un acto reflejo. Si de alguna manera conseguía controlar el impulso, resultaría sospechoso por sí mismo: una mujer no cogía un accesorio a ciegas. O peor aún, una interacción con uno de sus carceleros tal vez hiciese que Caroline perdiera el poco control de que hacía gala. En ese momento tembló contra mí y me hundió los dedos en la cintura con la presión propia del pánico.

Vi cómo Bryden se aproximaba, acercándonos la catástrofe con cada tranquilo paso. ¿Qué debíamos hacer? El consejo de mi padre sería: «Cuando tengas dudas, ataca». No siempre le salía bien, pero en ese caso…

—¡Por el amor de Dios, Bryden! —dije con aspereza—. ¿Está ciego? Lady Julia no está en condiciones de llevar ese peso. Déselo a William.

—Por supuesto, milady. —Hizo una reverencia y se apartó cuando pasamos por delante de él. De reojo lo vi entregándole el parasol a Weatherly.

El criado de Thorne abrió la puerta principal. Ya casi estábamos. Poco más de diez yardas hasta llegar el pórtico, y luego nos quedaría la escalera de piedra y el breve camino hasta el carruaje. John el cochero lo había girado y se encontraba a los pies de la escalinata.

A mi derecha, la puerta del salón estaba cerrada; no tuve oportunidad de ver a lord Evan. ¿Seguía lo bastante repuesto como para representar su papel? ¿Seguía dispuesto?

—Ya casi estamos, querida —le dije a Caroline. Se estaba recostando mucho en mí con la respiración acelerada y superficial. «Dios santo, no te desmayes, muchacha». Puse un dedo debajo del tapón del frasco de amoniaco y lo retiré antes de evitar, con el pulgar, que el amoniaco se esparciese.

Fuera de la puerta principal, mis ojos se clavaron en el criado. ¿Vería algo extraño? Pero no, sus ojos estaban fijos en la pared opuesta. Salimos al cálido ambiente exterior, dejando detrás de nosotras a Bryden y la casa.

—Veo que está preparada para marcharse, lady Julia —exclamó sir Reginald junto al carruaje—. La ayudaré a subir.

¡Dios bendito! Sin querer, apreté a Caroline más contra mí y noté cómo respiraba entre temblores. Su esposo se encontraba detrás de la balaustrada de piedra, oculto a la vista. ¿Su nueva hospitalidad se debía a la sospecha o al alivio por que al fin se libraría por lo menos de una de nosotras?

—Qué amable por su parte, sir Reginald —le respondí con toda la calma que pude reunir.

Un destello blanco cerca de los pies de Caroline llamó mi atención. Ay, no, una parte de la sábana de relleno se había soltado y se arrastraba por el suelo. ¿Su marido lo vería? Ya no había nada que pudiera hacer yo al respecto.

—Valentía —murmuré al oído de Caroline—. Está todo controlado.

No lo estaba en absoluto, pero guie a Caroline hasta bajar las escaleras. En realidad, la llevé casi en volandas, con el cuerpo contra el mío, sus extremidades rígidas y su respiración tan liviana que sin duda alguna se desmayaría. Si empezaba a perder el conocimiento, yo tendría que recurrir al amoniaco. Un problema en sí mismo, pues ella echaría la cabeza hacia atrás y se descubriría el plan.

Miré a los ojos de nuestro preocupado cochero, sentado tenso en su asiento. ¿Había visto entrar a Julia en el carruaje como estaba previsto? Negó con la cabeza de forma apenas perceptible. Maldición, Caroline no podía marcharse en el carruaje sin Julia. La pobre no conseguiría reponerse sin la mente clara y el apoyo de mi hermana.

Con la excusa de un breve ataque de tos, barrí el patio con la mirada en busca de Julia. ¿Seguía dentro de la casa? Quizá se había encontrado con algún obstáculo. No había ni rastro de mi hermana.

Otros dos pasos nos llevaron hasta la gravilla de la entrada y hasta sir Reginald.

—Confío en que su hermana esté lo bastante bien como para viajar —dijo Thorne observando el cuerpo tembloroso de Caroline, que seguía con la cabeza apoyada en mi hombro.

—Creo que, cuanto antes llegue a casa, mejor —dije en lo que Weatherly se dirigía al carruaje para abrir la puerta. Thorne seguía contemplando a Caroline. Desesperada por que apartase la vista, añadí—: ¿Este es el camino más rápido para llegar a Brighton? ¿Debería pedirle a mi cochero que tomara otra dirección?

—Es el más rápido —respondió él.

En los confines de mi visión, percibí un destello de algodón azul en la esquina más alejada de la casa: Julia, paralizada sin duda por la aparición de sir Reginald, y con medio patio que cruzar antes de llegar al carruaje. A la vista de todos.

—No, William, mete la caja dentro —exclamé con impaciencia para crear más alboroto que distrajera a Thorne—. Lady Julia querrá poder acceder a las medicinas durante el trayecto.

Weatherly inclinó la cabeza y colocó la caja y el parasol en el interior del carruaje antes de bajar el escalón y ocupar el lugar que le pertenecía junto a la puerta abierta. Para todo aquel que lo observara, era la viva imagen de la servidumbre, pero yo reparé en la tensión que le embargaba el cuerpo y en sus puños, que estaban ya apretados y dispuestos.

Bajo mis manos, Caroline temblaba de forma compulsiva, y cada vez que cogía aire terminaba soltando un jadeo de terror. Su reacción era demasiado exagerada como para ignorarla, ni siquiera un hombre como sir Reginald la pasaría por alto. Este dio un paso hacia nosotras y su atención se desplazó a la sábana blanca e impoluta que sobresalía por debajo del dobladillo de Caroline. Frunció el ceño; no le veía ningún sentido. Pero no era estúpido y en cualquier momento lo entendería.

«Cuando tengas dudas, ataca».

Le lancé el amoniaco a la cara, y el líquido le empapó la boca, la barbilla y el pañuelo. Sir Reginald echó la cabeza hacia atrás y se tambaleó con un grito que se detuvo de pronto cuando intentó coger aire entre el amoniaco.

Lancé a Caroline a los brazos de Weatherly.

—¡Métela en el carruaje!

Me di la vuelta, preparada para llamar a gritos a mi hermana, pero la vi corriendo ya hacia nosotros, con el vestido levantado y una mueca de dolor cuando las piedrecitas se le clavaron en las suelas de las zapatillas.

Thorne cayó de rodillas sin dejar de esforzarse por coger aire, y con el rostro morado por la falta de aire o por la rabia. Probablemente por ambas razones. Me preparé para asestarle un puntapié, pero en ese instante cayó de lado, o desmayado o muerto; no me importó cuál de las dos opciones siempre y cuando se quedase en el suelo. Weatherly subió a Caroline al carruaje, y el cuerpo inerte de ella se desplomó encima del asiento. A través de la puerta abierta vi que Julia abría la otra y subía, con el pecho hinchado y los ojos muy abiertos.

—Entra, Gus —me suplicó—. ¡Ven con nosotros ya! Por favor.

—¡Idos! —Cerré la puerta de golpe y empujé a Weatherly hacia el cochero—. Ponlas a salvo.

Mi mayordomo se colocó junto al conductor.

—Milady…

—Seguid adelante con el plan. —Le hice señas a John con los brazos—. ¡Marchaos ya!

Nuestro criado agitó las riendas. Los caballos tiraron de los arneses y se precipitaron hacia delante, haciendo crujir la gravilla bajo los cascos y las ruedas. El carruaje traqueteó por el camino de entrada y se meció con un socavón, dejando tras de sí una nube de polvo. Miré hacia atrás. Desde la ventana más alejada del salón, lord Evan estaba observando el fracaso del plan. Su rostro era un borrón pálido, que inmediatamente después desapareció. ¿Acudiría en mi ayuda o sabía cuándo debía huir?

Respiré hondo y aullé:

—¡Ayuda! ¡Ayuda!

Bryden salió de la puerta principal con una indecorosa velocidad, seguido por un criado. Lord Evan iba tras ellos con un paso un poco inestable, pero con el rostro lleno de determinación. En realidad, debería haberse quedado dentro de la casa para poder continuar con nuestra historia, pero nunca me había agradado tanto que alguien desobedeciera mi autoridad.

—¿Qué ocurre, milady? —El mayordomo se quedó mirando a Thorne—. ¿Qué ha sucedido?

—Ha sufrido una especie de convulsión —respondí—. Se ha desplomado al poco de que se alejara el carruaje.

—Sí, lo he visto desde la ventana —terció lord Evan, uniéndose así a nuestra dramática representación. Su pecho subía y bajaba demasiado deprisa después de haber recorrido una distancia muy corta; no era una buena señal.

Bryden se agachó y le puso un dedo debajo de la nariz a su señor, de un rojo intenso por el ardor provocado por el líquido.

—Respira —anunció—. ¿Qué le ha pasado en la nariz? —Arrugó el ceño—. Y ¿qué es ese olor?

—Debe de ser una apoplejía —intervino lord Evan—. He visto casos parecidos. Rápido, llévenlo dentro de casa.

¿Nariz quemada y hedor a amoniaco por una apoplejía? Miré a los ojos de mi compinche por encima de la coronilla calva del mayordomo. Se encogió de hombros, pero su habitual gesto divertido se había esfumado. A pesar de la absurdidad de la situación, los dos sabíamos que acababa de adoptar un cariz muchísimo más peligroso.

13

Sir Reginald estaba tumbado en el sofá, inconsciente, con una protectora sábana blanca amontonada alrededor de las caderas. Yo le había quitado el pañuelo del cuello, que seguía húmedo por el amoniaco, y con él la mayor parte del hedor que anegaba los ojos y la prueba fehaciente de lo que le había hecho. Lo metí en el interior de la urna Wedgwood. Bryden había ido a organizar el regreso del doctor Haymer en lo que yo esperaba que fuese una misión fútil si al médico lo había intimidado de verdad nuestra advertencia.

Lord Evan estaba sentado en la butaca junto a mí sorbiendo una copa de vino de Burdeos.

—Si cuando despierte se acuerda de lo que ha pasado, estará furioso.

—Sin duda. —Le di la vuelta a mi reloj y miré la hora—. Solo han pasado quince minutos. Debemos darles a Julia y a Caroline por lo menos treinta. Más, si es posible. —Me incliné hacia delante para comprobar la respiración de sir Reginald. Era regular y fuerte—. Quizá deberíamos atarlo.

—¿En su propia casa con testigos alrededor?

—Él no ha tenido problemas en dar dosis de más a su esposa en su hogar. No tengo reparo alguno en atarlo.

Lord Evan ladeó la cabeza y aceptó mi argumento.

—De todos modos, deberíamos fingir que es una apoplejía durante todo el tiempo posible. Hasta el momento, cuanto ha hecho usted sigue dentro de la ley. —Se levantó para estirar, no sin cierto dolor, su largo cuerpo, y a continuación extendió los dedos y los flexionó para apretar los puños. Repitió el mismo ejercicio unas cuantas veces antes de añadir—: Además, resultaría extraño hacerlo en tanto está inconsciente.

—Son las palabras propias de un caballero —tercié.

Ignoró mi comentario y cogió la urna Wedgwood para calcular cuánto pesaba.

—Pesa bastante —observó. La volvió a dejar encima de la mesa y se dirigió hacia la repisa de la chimenea. El reloj de mesa dorado que la presidía recibió la misma atención—. Esto pesa aún más.

—¿Se le ha ocurrido buscar algún arma? ¿Espera que sir Reginald haga gala de violencia? —le pregunté.

—Más vale estar preparados. —Se encaminó hacia unos candelabros plateados de una mesita lateral, pero los rechazó en favor de una pequeña estatua de bronce de Diana y sus sabuesos—. Si cuando despierte recuerda todo lo que ha sucedido, usted debería marcharse de la casa, querida. Corra por el camino de entrada tanto como le permitan las piernas y espere a que regrese su criado. Yo me encargo de entretener a Thorne. —Un movimiento rápido sentenció la utilidad de Diana.

De forma un tanto ridícula, en lo único en lo que pude concentrarme fue en cómo había usado él la palabra «querida». Totalmente inapropiado. Fruncí el ceño y expulsé de mí la absurda sensación de calidez y seguridad que me suscitaba aquel hombre.

—No pienso hacer tal cosa. Es evidente que el disparo y la caída de su caballo lo han dejado más afectado de lo que se permite admitir.

—Tal vez, pero sir Reginald tampoco estará en su mejor disposición. —Volvió a dejar la estatuilla en la mesa y regresó junto a la butaca, pero no se sentó. Se limitó a quedarse de pie y a mirarme desde arriba, ya sin sonrisa alguna en los ojos y con ademán serio—. Lady Augusta, váyase de la casa, por favor. No estoy seguro de que pueda entretener a Thorne y mantenerla a usted a salvo al mismo tiempo. No soportaría que terminase herida.

¿No lo soportaría? Qué declaración tan rotunda, y quizá no era sino su preocupación de caballero, que salía a la luz. Aun así, puestos a ser sincera conmigo misma, esas palabras también respondían a lo que pensaba yo. Sin que me hubiese dado cuenta, la seguridad de lord Evan había adquirido una gran importancia, más allá de la simple conveniencia de su ayuda.

No podía responder con una réplica tan irracional y directa, por supuesto, así que dije:

—No voy a marcharme. Y si llega la oportunidad, no crea que me quedaré de brazos cruzados mientras usted lidia con Thorne. Puedo coger un reloj de mesa igual de bien que usted.

—Me lo creo —asintió—. Es digna de una verdadera admiración.

Entrelacé las manos sobre mi regazo intentando tranquilizar el acelerado latido de mi corazón.

—Está decidido, pues.

Lord Evan hizo una breve reverencia.

Retomamos la observación de sir Reginald. El silencio que nos envolvía hacía las veces de conversación como si hubiéramos tomado la palabra. «No voy a marcharme». «Es digna de una verdadera admiración».

Finalmente, sir Reginald se removió.

—Empieza la diversión —murmuró lord Evan. Ocupó una posición junto a mi sillón, nuestras fuerzas alineadas.

El cuerpo de sir Reginald se sacudió como si hubiera recibido una descarga. Abrió los ojos, y su mirada borrosa barrió la estancia hasta encontrarnos a nosotros.

—Santo Dios, me duele la cabeza. —Cerró los ojos de nuevo y los abrió para intentar enfocarlos.

—Lo que necesita es un poco de vino —dijo lord Evan con entusiasmo.

El volumen de su voz provocó que sir Reginald cerrara los ojos nuevamente.

—No. Nada de vino.

—Ha sufrido una especie de convulsión —lo informé—. Bryden ha ido a buscar al doctor Haymer. Yo le he pedido que le preparen sopa.

—¿Sopa? —Sir Reginald se incorporó no sin dificultad, apoyando los codos sobre los cojines—. No quiero un maldito plato de sopa. —Olisqueó con fuerza y puso una mueca al notar la nariz roja e irritada—. ¡Amoniaco!

—Sí, lo hemos usado para intentar que recuperara la consciencia. —Intenté esbozar una sonrisa preocupada—. Por desgracia, no ha funcionado.

Sir Reginald negó con la cabeza, creo que tanto para despejársela como para rechazar mis palabras.

—No ha sido por eso. —Se me quedó mirando, y su aturdimiento poco a poco se esfumó para dar paso a los recuerdos.

—Se ha desmayado, señor mío —le aseguró lord Evan con firmeza—. Siéntese hasta que el matasanos pueda visitarlo.

Pero no, sir Reginald se acordaba. Su rostro pálido compuso una mueca furibunda, con los ojos casi fuera de sus órbitas al rememorar la verdad.

—¡Usted me lo ha lanzado a la cara!

Se levantó de pronto del sofá. Yo me incorporé y salté de la butaca en cuestión de un segundo, con los reflejos pulidos tras haber pasado una infancia con un hermano menor. Lord Evan dio un paso adelante con los puños apretados, pero nosotros no fuimos el objetivo de sir Reginald. Se tambaleó hasta la mesita lateral, la volcó sobre la alfombra y se aferró en el respaldo del sofá durante un segundo para estabilizarse, y acto seguido se abalanzó sobre la puerta.

—¡Bryden! —chilló—. ¿Está ella en su habitación? —Abrió la puerta, cuyo pomo golpeó la pared con tanta fuerza que hizo saltar un poco de yeso y de papel con una explosión de polvo—. ¡Bryden, maldita sea, ve a comprobarlo ahora mismo!

Vi de lejos cómo el mayordomo subía las escaleras como alma que llevaba el diablo. Sir Reginald avanzó con paso vacilante por el pasillo y se dispuso a seguirlo aferrándose a la barandilla con las manos. La criada que había traído la sábana asomó la cabeza por la puerta del salón y desapareció.

—Al parecer, Thorne se ha dado cuenta de lo que ha pasado —dijo lord Evan—. Supongo que no tendrá usted otra pistola por aquí.

—Por desgracia, está en el carruaje. —Me permití unos instantes de arrepentimiento (pero ¿de verdad sería capaz de disparar a un hombre a sangre fría?) y volví a mirar mi reloj—. Ya deberían estar cerca de Hickstead, pero habría que proporcionarles un poco más de tiempo. Para asegurarnos de que llegan.

—En ese caso, lo entretendremos —comentó lord Evan. Apoyó una mano en el respaldo de la butaca como si tal cosa, pero era obvio que se le estaban acabando las fuerzas.

—Sí. Creo que su rabia nos lo traerá de vuelta aquí. Además, no sabe qué dirección ha tomado el carruaje. Debemos confundirlo tanto como nos sea posible.

Oímos un chasquido en la planta de arriba cuando la puerta de la celda se abrió de golpe y, justo después, un rugido de rabia y pasos que bajaban las escaleras a toda prisa.

—¡Preparad mi caballo, maldición! —El volumen de la orden de sir Reginald lo ubicó en el pasillo.

Lord Evan me dedicó una rápida y reconfortante sonrisa.

—Manténgase alejada. —Lo dijo con firme resolución, aunque se tambaleó ligeramente. Lo cogí del brazo y lo sostuve durante unos segundos. Nos miramos a los ojos, conscientes de la realidad: tendría que ser una batalla muy corta, en efecto. Con suavidad apartó el brazo.

Sir Reginald irrumpió en el salón, ya sin rastro alguno de aturdimiento y con el semblante más morado todavía.

—¿Dónde diantres está? ¿Adónde os la habéis llevado?

Adopté una actitud de incredulidad, si bien en mi interior todo estaba preparado ya.

—¿De qué está hablando, sir Reginald?

—No me vengas con sandeces, mujer. Os habéis llevado a mi esposa. ¿Hacia dónde se dirige vuestro carruaje? ¡Dímelo ahora mismo! —Avanzó hacia nosotros.

—Te sugiero que te quedes donde estás, Thorne —le dijo lord Evan mientras se erguía cuan alto y fornido era. ¿Cuánto le habría costado ponerse así?

—¿Está insinuando que lady Thorne viaja de polizón en nuestro carruaje? —pregunté, agradecida por que el sofá se alzase entre su cólera chisporroteante y yo.

—¿De polizón? ¡Ja! Habéis secuestrado a mi esposa, y juro por Dios que me vais a decir hacia dónde se dirigen.

Corrió hacia nosotros con una vena azul hinchada en su frente colorada y los enormes puños levantados.

Lord Evan saltó hacia el sofá y por encima del respaldo antes de que yo me hubiera movido. Aterrizó justo delante de sir Reginald y aprovechó el impulso para abalanzarse sobre él. El impacto obligó a sir Reginald a dar un paso atrás, pero estaba preparado para el ataque de lord Evan. Chocaron y se tambalearon, esforzándose por no perder el equilibrio y aferrando las ropas del otro, pero era una pelea desigual. Sir Reginald pertenecía a una categoría superior que lord Evan y había recuperado mucha más energía que este.

Se enfrentaron de nuevo, pero esta vez sir Reginald liberó un brazo y golpeó con los nudillos el vendaje de la cabeza de lord Evan para arrancárselo. El golpe del muy canalla reabrió la herida. Lord Evan se aferró al respaldo del sofá para estabilizarse y se apartó de los ojos la sangre que se los empañaba. Al ser consciente de su ventaja, sir Reginald se precipitó hacia delante y le rodeó el cuello con un brazo. Pretendía asfixiarlo. Lord Evan clavó las uñas en el robusto antebrazo y forcejeó contra el cuerpo de sir Reginald una, dos veces; en vano.

Había llegado el momento de que interviniera yo. Me giré y busqué un arma. ¿Diana? Demasiado pesada; no me apetecía matar a ese hombre. Ah. Di tres pasos y agarré la urna Wedgwood. Me recogí las faldas con la otra mano y me subí al sofá de un salto. El asiento mullido se hundió bajo mis pies. Trastabillé y me apoyé en una rodilla con la urna y mi vestido en las manos. Tras volver a incorporarme, clavé los talones en los cojines del sofá y recosté las rodillas sobre el respaldo.

—¡Gírelo! —grité mientras levantaba la urna con las dos manos.

Lord Evan soltó un grave rugido de esfuerzo y volteó a sir Reginald en un semicírculo que lo acercó al respaldo del sofá. Posicioné la urna encima de la cabeza de nuestro adversario, pero antes de que pudiera bajarla, sir Reginald giró de nuevo a lord Evan. Los dos se encontraban delante de mí, removiéndose mientras intentaban liberarse del agarre del otro.

—¡Otra vez! —le pedí.

—¡Lo estoy intentando! —mascullό lord Evan. Le dio un codazo a sir Reginald en la barriga. Sir Reginald cedió ligeramente, lo suficiente como para que lord Evan lo voltease de nuevo y lo colocase justo debajo de la urna.

Con todas mis fuerzas bajé la Wedgwood, que se estampó en la coronilla de sir Reginald en una explosión azul de elegante porcelana y pañuelo húmedo. Lord Evan dio un salto hacia atrás cuando sir Reginald cayó de rodillas, se agarró al respaldo del sofá y, finalmente, se desplomó de costado.

14

Bajé la vista hacia el cuerpo inerte de sir Reginald. Su rostro no mostraba vivacidad, pero su pecho subía y bajaba con un ritmo constante.

—Buena puntería —me felicitó lord Evan. Cogió del suelo lo que quedaba de su venda y se la puso sobre la herida reabierta para contener la sangre que manaba.

—¿Está inconsciente de verdad? ¿Cómo podemos asegurarnos? —De pronto me di cuenta de que en las últimas horas había comprobado las constantes vitales de una persona con demasiada asiduidad.

Lord Evan se recompuso con una mano sobre el sofá y se agachó para examinar al hombre caído.

—Está fuera de combate, pero solo Dios sabe durante cuánto tiempo.

Me recogí el vestido de nuevo y bajé de mi inestable posición; me temblaban las piernas por el exceso de emociones.

—Debemos irnos.

—Creo que sé cómo. —Un asentimiento dirigió mi atención hacia la ventana. Desde allí pude distinguir a un criado de sir Reginald que se encontraba frente a la casa sujetando las riendas del caballo que su señor había pedido. Lord Evan lanzó el vendaje ensangrentado sobre el sofá y me tendió un brazo—. Después de todo, tanto da que me cuelguen por ladrón de caballos como por bandolero.

—Preferiría que no lo colgaran en absoluto, señor —respondí poniendo una mano sobre su antebrazo.

Una breve maldición hizo que los dos nos girásemos hacia la puerta. El estallido de la porcelana había suscitado la aparición de público: Bryden, uno de los criados y la sirvienta curiosa estaban observando a su señor boca abajo.

—¿Qué ha pasado aquí? —quiso saber Bryden. Ocupó el umbral de la puerta para bloquear nuestra partida.

—Creo que sabe qué ha pasado —contestó lord Evan con serenidad.

—Ha sido cómplice de un delito, Bryden —añadí a medida que caminábamos hacia la puerta—. Mi hermano es magistrado. Déjenos pasar por su propio bien.

Nos aproximamos a un ritmo constante con una actitud que exigía obediencia, pero contuve la respiración; ¿era Bryden tan leal a su señor que intentaría detenernos? Apreté los puños. Si decidía hacerlo, yo no dudaría en asestarle un puñetazo. Y también aunque no lo intentase, pues el muy rufián se lo merecía por lo que le había hecho a Caroline.

El mayordomo no se movió del umbral, con una mueca beligerante en el rostro.

—Apártese —le ordenó lord Evan— o de lo contrario voy a...

Estaba harta ya. Me abalancé hacia delante y lo golpeé. Mis nudillos se estamparon en los dientes y la mandíbula de Bryden, y me provocaron oleadas de dolor que me recorrieron los huesos. Solté un grito y negué con la cabeza cuando el hombre se tambaleó con las manos sobre la cara y se chocó con la pobre criada.

Lord Evan me cogió el brazo y me guio por el pasillo. El criado, que obviamente no era un admirador de Bryden, dejó solo a su ofendido superior y se apresuró a abrirnos la puerta principal y a entregarme el tocado y los guantes. Vi de reojo su expresión cuando salimos al pórtico, con la cabeza inclinada y los labios apretados en un vano intento por reprimir una sonrisa.

Bajamos las escaleras con mucha dignidad, si bien todas las partes de mi cuerpo querían echar a correr hacia el caballo, arrebatarle las riendas al tipo enjuto que las sujetaba y huir de la casa a toda velocidad.

—Un puñetazo muy aceptable —me felicitó lord Evan cuando salimos a la luz del sol—. ¿Se ha lastimado la mano?

—No, pero me joroba muchísimo el dolor —dije, y me permití echar mano de la vulgaridad. Me había magullado un nudillo, del que me salía sangre, y enseguida noté cómo se me empezaban a hinchar los otros—. Debería haber apretado los dedos con más fuerza.

—Cierto, si bien los ha acompañado de un buen impulso.

Me sonrió, pero con empatía. Una mosca revoloteó sobre su rostro, atraída por la sangre. Menuda pareja elegante formábamos. Ahuyenté al insistente insecto conforme nos acercábamos al ruano, que medía por lo menos dieciocho palmos y era ancho de pecho para sostener el peso de sir Reginald. El caballo nos miró mientras agitaba las orejas.

Lord Evan extendió una mano y dejó que el corcel le olisqueara la palma. Hechas las presentaciones, le acarició el hocico.

—Veo que sir Reginald lo ha montado hasta la saciedad, pero tú lo has cuidado a las mil maravillas. ¿Cómo se llama?

El joven criado, en parte receloso y en parte satisfecho con el elogio, pasó una gruesa mano por el hombro del caballo.

—Platón.

—¿Y tú? —le preguntó lord Evan.

—Yo me llamo Jack, milord.

—Jack, seré franco contigo. Lady Augusta y yo nos vamos a llevar a Platón.

Tras guardar unos instantes de silencio, Jack respondió:

—De acuerdo. —Se me quedó mirando con los ojos entornados, sin duda alguna sopesando si debía verbalizar su siguiente comentario—. Disculpe la intrusión, milady, pero he visto lo ocurrido desde la ventana. El ataque del jarrón. Platón y yo nos hemos reído bastante.

Llegados a un entendimiento, lord Evan cogió las riendas de Platón y le mostró una moneda. Una corona, que fácilmente equivaldría al sueldo del criado durante una semana.

—Si te lo preguntan, difunde la información de que nos dirigimos hacia Brighton. Al atardecer dejaré a Platón en la posada que se encuentra delante del castillo de Hickstead. ¿La conoces? —Jack asintió—. Pregúntale al propietario. Él te entregará el caballo a ti y a nadie más. Te doy mi palabra.

Jack aceptó la moneda y se la metió en el bolsillo.

—Tiene un gran corazón, mi querido Platón. Los llevará a ambos, pero no más de cinco millas al galope. Quizá diez si van paseando.

—Entendido —dijo lord Evan—. Suba usted primero, lady Augusta, y yo montaré detrás.

Con un asentimiento, me puse el tocado y me guardé los guantes en mi pelliza. Jack se agachó y entrelazó los dedos.

—¿Milady?

Tras recogerme el dobladillo, apoyé un pie en las manos de Jack. Un impulso hacia arriba y caí con bastante poca gracia sobre la silla de montar, que por supuesto estaba hecha para un hombre y, por tanto, no contaba con un borrén delantero para mi pierna. El corto borrén trasero tendría que bastar. Después de conseguir cierta estabilidad, me recoloqué la pelliza de terciopelo, el vestido de muselina y las enaguas para lucir algo parecido a la respetabilidad y cogí las riendas. Lord Evan montó detrás de mí, y el caballo dio un paso al costado por el peso duplicado.

—Tendré que sujetarla, lady Augusta —me dijo.

Asentí e ignoré la voz sibilante de la sociedad que me murmuraba al oído: «Qué posición tan comprometida». Me rodeó la cintura con los brazos, y la cálida solidez de su cuerpo se apretó contra mi espalda. El instinto me pedía que me pusiera rígida ante aquella intimidad para la que estaba desacostumbrada, pero entonces el trayecto a caballo sería más incómodo incluso. Respiré hondo y me relajé en su abrazo. Estando tan cerca, percibí su aroma a vino de Burdeos, a pólvora y a otro matiz innombrable que parecía golpearme en lo más profundo de mi ser. Sentí una repentina tentación de inclinarme y poner la nariz sobre su cuello para aspirar aquel olor terroso. Santo Dios, qué reacción tan básica. Estoy segura de que no experimenté una respuesta tan violenta al joven con el que me besé tantísimos años atrás. Expulsé de mí aquel absurdo impulso y me erguí un poco más; por mi culpa íbamos a caernos los dos del caballo. Me agarré al borrén delantero cuando lord Evan me sujetó la parte trasera de la pelliza para detener mi inclinación.

—Tendrá que recostarse contra mí —me soltó con brusquedad.

Era sin duda lo último que debería hacer. Si alguien me viese en aquella posición, estaría totalmente arruinada. Aun así, la practicidad debía ganar la batalla a la falta de decoro. Sin atreverme a mirarlo a los ojos, me apoyé en su pecho, y sus brazos me rodearon nuevamente la cintura. Tosí —otra excusa para seguir evitando su mirada— y esperé que en mis mejillas no se reflejara el calor que había empezado a embargarme todo el cuerpo.

Jack retrocedió unos cuantos pasos, y nos marchamos con un trote tranquilo. Que dos personas montaran juntas era tan difícil para el caballo como para los jinetes, algo a lo que solo había que recurrir en casos de emergencia, y sin ir demasiado rápido. Avanzamos por el camino de entrada, en mi caso en una situación dolorosa y precaria. Supuse que lord Evan estaría igual que yo, a horcajadas sobre la espalda del caballo y exhausto por completo.

Pasamos entre las hayas separadas por intervalos regulares que flanqueaban ambos lados del camino de entrada, en tanto la luz del sol iluminaba las columnas de polvo que provocaban los cascos de Platón. Una brisa vespertina sacudió los árboles frondosos hasta formar un suave murmullo y proporcionó cierto alivio a la pegajosa incomodidad del trayecto. Una pelliza de terciopelo y un vestido de muselina jamás habrían sido mi elección para dar un paseo ecuestre en un día tan cálido como aquel.

—Se ha preocupado enormemente por el criado —dije para romper el tenso silencio—. Le ha dado una corona y le ha prometido recuperar el caballo.

Al final reuní el valor suficiente para mirarlo: estaba pálido y agotado, pero seguía desprendiendo cierto brillo de sentido del humor.

—Yo también me encargué de los animales de un hombre despreciable —respondió—. Tiempo atrás fui Jack.

—Ah. —Una respuesta inadecuada a la historia que se leía entre líneas en su comentario. Una historia de otra época, quizá, cuando su voz no estaba teñida por el cansancio—. ¿Qué me dice de su propio caballo? ¿Será capaz de recuperarlo? —Perder una montura era un desastre, no solo por la inversión económica irreparable y por la inconveniencia, sino también por la conexión que uno tenía con su propio animal. Yo estaría devastada si perdiese a Leonardo, el caballo de caza que mi padre me dio pocos años antes de morir.

—Sospecho que mi supuesto compañero lo encontrará —replicó lord Evan—. De lo contrario, Holbrook no habrá llegado lejos.

—¿Holbrook?

—Fue allí donde lo adquirí. —Lord Evan sonrió.

Decidí no escarbar demasiado en el concepto de «adquirir».

—¿Cree que sir Reginald sobrevivirá? Es ciertamente detestable, pero no quiero que su muerte caiga sobre mi conciencia.

—Seguía respirando y no ha sido más que urna de porcelana. A mí me han golpeado en la cabeza con cosas peores. —Se tocó la herida coagulada y con una mirada de reojo le restó resentimiento a la mofa—. Además, si muere, la culpa será mía. No en vano soy ya un asesino condenado.

—¿Otra muerte no tendría ninguna importancia? —Convenientemente me había olvidado de su condena, por supuesto. De todos modos, me costaba vincular ese delito con el hombre que me aferraba la cintura. Julia estaría espantada si fuera testigo de mi imprudente rendición al dudoso encanto de él.

—Otra muerte no tendría ninguna importancia.

—¿Habría sido una ganga, pues?

—Una ayuda positiva para mi reputación. —Su cuerpo inestable se deslizó un poco de más hacia la derecha, y en ese instante se me ocurrió que yo lo sujetaba a él tanto como él a mí. Me aferró el brazo para erguirse—. Dejando a un lado las bromas, lady Augusta, cuando sir Reginald se recupere, hará lo imposible por crearles problemas a su hermana y a usted. Sabe quiénes son.

—Es cierto, pero ahora mismo mi hermano está viajando con un carruaje de cuatro caballos y la condesa de Davenport está sentada en nuestra casa tomando el té y dispuesta a jurar ante Dios que mi hermana y yo hemos pasado toda la tarde en nuestra casa. Igual que nuestros criados.

Habíamos llegado a la puerta de la entrada a la finca, que seguía abierta, y al vacío camino que se extendía al otro lado. Solo se oían los ruidos de los cascos de nuestro caballo y los trinos de los pájaros. Ningún escándalo nos perseguía. Por lo menos, todavía no. Viré a Platón hacia Londres y lo urgí a que mantuviese su incomodísimo trote por el camino polvoriento.

—¿Cómo han conseguido reclutar a la condesa? —preguntó lord Evan.

—Llevamos a cabo un pequeño recado en su nombre, y está más que agradecida.

—Así pues, ¿esta escapada no es un incidente aislado?

No contesté; no lo había pensado en esos términos hasta entonces, pero llevaba razón. Era la segunda misión que aceptábamos para salvar a una mujer en apuros. Y, a pesar de toda la violencia y del caos y de los aprietos del momento, no me arrepentía en absoluto.

Doblamos el recodo del sendero, para mi gran alivio. Si sir Reginald se recuperaba lo suficiente como para perseguirnos, ya no nos vería en el instante en que saliese de su casa. Tranquilicé a Platón para que fuese más lento, y el paso más pausado se ganó un suspiro de lord Evan. No sería capaz de seguir demasiado tiempo encima de la silla de montar, tanto por el caballo como por sí mismo.

—Más adelante hay un lugar que nos proporcionará buenas vistas del camino, pero que también nos ocultará —me informó—. Podremos esperar allí a que regrese su carruaje.

Una vez más, nuestros pensamientos coincidían por completo.

15

Tardamos unos buenos diez minutos en alcanzar el lugar privilegiado que me había comentado, y la mayor parte de ellos transcurrieron en silencio. No porque no estuviéramos dispuestos a conversar, sino más bien porque yo estaba concentrada en buscar algún ruido o alguna señal de que nos perseguían, y él, exhausto. En dos ocasiones tuve que despertarlo para que no nos cayéramos del caballo, y durante la última media milla le agarré con la mano libre el brazo con que me rodeaba la cintura para que no perdiera la posición.

Finalmente señaló hacia un claro que se abría entre la arboleda y unos matojos, junto al camino.

—Allí. Podremos esperar allí.

Dirigí a Platón hacia el claro que se encontraba junto a los matojos, con perifollos verdes que lucían florecillas blancas y una sucesión de abedules que nos ocultarían a los viajantes. Lord Evan el bandolero obviamente conocía bien la zona: era un lugar excelente para aguardar la llegada de vehículos procedentes de Londres. Como me indicó, llevé a Platón hacia los árboles, y el ruido de las ramitas que crujían bajo sus cascos hizo que unos cuantos reyezuelos parduzcos echaran a volar.

—Desde el camino no se nos verá —me aseguró lord Evan.

Desmontó con bastante poca elegancia, más bien en una especie de caída controlada del caballo. Antes de que pudiese bajar por mis propios medios, me agarró por la cintura y me llevó hasta el suelo. Un movimiento estúpido en su estado, pero no protesté ni me aparté de sus manos. Debería haberlo hecho, por supuesto, pero acabábamos de pasar veinte minutos más o menos pegados el uno al otro, y esgrimir recato en ese momento habría resultado insincero.

Me miró y me sonrió, y en sus ojos vi iluminarse el deleite puro de la aventura, que emulaba la emoción que también sentía yo. ¡Habíamos vencido a sir Reginald! ¡Habíamos salido victoriosos! Fue un loco instante de afinidad, y en un impulso le acaricié la mejilla: áspera por la barba incipiente, con una rugosa cicatriz y sus constantes vitales calientes bajo mi palma. Lord Evan cogió aire, y la luz de sus ojos chispeó hasta convertirse en otra cosa bastante distinta.

Su respuesta fue tan inesperada, tan alejada de los días prístinos de mi vida, que aparté la mano enseguida. Aunque mi propio cuerpo ardía con el mismo calor, una verdadera llamarada comparada con el fuego inocente de mis devaneos juveniles.

Él dio un paso atrás.

—Según mis cálculos, su carruaje debería estar ya de vuelta. —Se giró y miró entre los árboles antes de apoyar una mano en el tronco de un grueso abedul—. No habrá que esperar demasiado.

—No me importa esperar. —Cogí las riendas del caballo.

Asintió con el semblante surcado por líneas serias. Estaba evitando mi mirada, era obvio.

—Me preocupa que usted todavía no se haya recuperado lo suficiente como para regresar a la vida que lleva ahora —me atreví a decir—. A fin de cuentas, la culpable soy yo. Quizá debería acompañarnos hasta Londres. Podría quedarse con nosotras hasta que su herida se haya curado del todo.

Al oírme, dio media vuelta, pero sin dejar de lucir una expresión adusta.

—Le agradezco la preocupación, pero no es la culpable, y no puedo acompañarlas hasta Londres. Ya no formo parte de su mundo, lady Augusta. Ya no soy lord Evan Belford.

—Pero…

—No, querida. Tal vez esté equivocado, pero tengo el presentimiento de que pretende rehabilitarme a los ojos de la sociedad. Y no puede ser. He caído demasiado bajo y no pienso arrastrarlas a usted y a su hermana conmigo.

No le faltaba razón; en efecto, se me había ocurrido que quizá Julia y yo pudiéramos devolverlo a la alta sociedad. Tampoco le faltaba razón al sugerir el posible resultado de tal ambición. Aun así seguía siendo incapaz de relacionar al hombre que tenía ante mí con un crimen tan deshonroso. No encajaba con él.

Los dos oímos el traqueteo de un vehículo que se aproximaba a gran velocidad. Lord Evan se agachó detrás de unos espesos matojos. Desde mi posición, atisbé una nube de polvo en el camino procedente de Londres. ¿Se trataría ya de Weatherly?

—Es su carruaje —me anunció lord Evan, y recorrió a toda prisa la breve distancia que nos separaba del sendero, con los brazos extendidos para detener el vehículo.

Una parte de mí suspiró, aliviada; otra parte, más pequeña, sintió cierto arrepentimiento.

El retumbo de los cascos se redujo y, con él, llegaron una buena polvareda, los chasquidos de los arreos y los rechinos de los resortes y de las riendas de cuero. Nuestro cochero John había visto a lord Evan y frenaba a los caballos. Dejé que Platón saliera de entre los matojos, y el caballo se metió un puñado de perifollos en la boca de camino al sendero.

—¡Milady! —Weatherly me miró desde el asiento del conductor, tan cubierto de polvo como el propio John, a su lado—. Creíamos que seguirían en Thornecrest. ¿Ha salido todo bien?

—Sí, por supuesto —respondí.

—¡Gussie! —Era la voz de Julia, llena de alivio. Lord Evan me arrebató las riendas de Platón cuando la puerta del carruaje se abrió de pronto y mi hermana, con las faldas de algodón recogidas sobre los tobillos y sin tocado ni chaquetilla, bajó—. Ay, gracias a Dios que estás a salvo y de una pieza.

Corrió hacia mí, y su impulso me echó hacia atrás sobre los tobillos cuando me estrechó en un abrazo. Por la fuerza con que me rodeaba con los brazos, supe que había estado muy preocupada. Le devolví el abrazo y olí la mezcla de polvo, inquietud y bálsamo de rosa de su pelo.

—¿Caroline se ha ido con el señor y la señora Defray?

—Sí. Todo ha salido según estaba previsto.

La abracé con más energía. ¡Lo habíamos logrado! Habíamos salvado a Caroline.

—Pero ¿qué haces en el carruaje? —le pregunté—. Deberías estar a salvo en Hickstead.

Se apartó para mirarme a los ojos con expresión exasperada.

—¿De verdad pensabas que no regresaría a por ti? Deduzco que habéis tenido que salir huyendo de Thornecrest, ¿no? ¿Cabe esperar que nos persigan?

—Lady Julia. —Lord Evan se aclaró la garganta—. Es un placer conocerla por fin estando consciente. —Le hizo una reverencia y me lanzó una sonrisa radiante. Intenté no reírme—. En efecto, cabe esperar que nos persigan. Lady Augusta y usted deberían subir al carruaje y ponerse en marcha. No queremos que sir Reginald nos encuentre conversando en el camino.

Julia inclinó la cabeza al presenciar la reverencia, pero había reparado en la sonrisa de él. Por cómo apretaba los labios, supe que el gesto no entraba en su sentido de la propiedad.

—No le falta razón, señor. Gracias por su ayuda, pero ya no necesitamos la asistencia de un bandolero. Ha llegado el momento de que usted también regrese a sus propios asuntos.

—¡Julia! —protesté.

Lord Evan, como siempre un caballero, no tomó en cuenta el rechazo de mi hermana. Se limitó a dirigirse hacia nuestro cochero John.

—¿Puedes dar la vuelta aquí? No hay zanja en ninguno de los dos lados.

Nuestro conductor analizó el terreno y asintió secamente. Con un tenso «Vamos» hacia los caballos, empezó a mover el carruaje para llevar a cabo la complicada maniobra. La experiencia me decía que tardaría unos cuantos minutos en conseguir cambiar de dirección. Unos cuantos minutos para despedirme de lord Evan. Me resultaba demasiado abrupto.

—Gracias por esta interesantísima tarde, lady Augusta. —Me hizo una reverencia—. He disfrutado enormemente de nuestra aventura.

¿Y ya estaba? No pude conformarme con un «gracias» y un «adiós». No después de todo lo que habíamos vivido.

—¿Cómo le podría escribir, lord Evan? ¿Tiene alguna dirección?

—Los dos sabemos que sería mejor que no lo hiciese —respondió, a pesar de que detecté el arrepentimiento que le brillaba en los ojos.

—Lord Evan tiene razón, Gussie —intervino Julia—. Deja que siga su camino.

Ignoré a mi hermana.

—¿Y si volvemos a necesitar su ayuda? —De acuerdo, era una forma falaz de apelar a sus modales de caballero—. Tal vez aceptemos otra misión.

—Indomable —murmuró. Miró a Julia casi como si quisiera disculparse, y acto seguido me dio su dirección—. Si manda una carta dirigida a Jonathan Hargate a El Ciervo Blanco de Reading, llegará hasta mí.

—Hargate. El Ciervo Blanco, Reading —repetí para grabármelo en la memoria. No tenía intención de perder el único modo de ponerme en contacto con él.

John y Weatherly habían conseguido dar la vuelta al carruaje, aunque los matojos y la hierba que crecían junto al camino no habían sobrevivido a la maniobra. Weatherly abandonó su posición junto al primero de los caballos y se apresuró a abrirnos la puerta del carruaje. Por sus ademanes rígidos, supe que a él tampoco le agradaba esa despedida.

—Venga, Gussie, debemos irnos —dijo Julia mientras me cogía la mano—. Adiós, lord Evan.

Él hizo una reverencia.

—Cuídese la herida —le dije—. ¡No se arriesgue por sandeces! —¿Vería en mis ojos la promesa de escribirle?

—Intente no golpear a nadie más con una urna. —Sonrió, pero me pareció que era un adiós definitivo.

Julia me tiró del brazo y le permití que me llevase hasta la puerta del carruaje. Lord Evan cogió las riendas de Platón, apoyó el pie en uno de los estribos y saltó para subirse a la silla de montar. Levantó una mano para despedirse y, acto seguido, giró el caballo y echó a trotar por entre los árboles.

Julia ascendió los escalones del carruaje y se dejó caer en su asiento habitual, pero yo me volví y observé a lord Evan hasta que ya no pude ver su silueta ni el caballo moviéndose entre el follaje y los escasos rayos de sol del atardecer.

—Gussie, entra. ¡Por favor! ¡Debemos marcharnos ya! —me imploró Julia.

Me recogí el vestido, subí al carruaje y me desplomé en el asiento. A través de la ventanilla abierta escruté el paisaje, pero no había más que calma, y el único movimiento que se percibía eran los aleteos de los pájaros.

Lord Evan se había marchado. Quizá para siempre. Aun así, al cerrar la ventana, fue como si un hilo nos uniera todavía, alargándose más y más, tan fuerte como la seda. ¿Él también lo sentiría? Tal vez estaba alucinando, siendo víctima de una parte de mí que acababa de despertarse y que daba vueltas acerca de la esperanzadora mentira formada por la soledad, la afinidad y —para mi vergüenza— el llamamiento de su cuerpo hacia el mío.

16

Hanover Square, Londres
Dos semanas más tarde

Julia se encontraba frente a la puerta del salón e inspeccionaba sus preparativos con ojo crítico.

—¿Crees que deberíamos sentar a la señorita Woolcroft en el sofá o en una butaca? La idea de sentarse en un sofá resulta más agradable, pues desde allí se ve la aguja de la iglesia, pero la butaca es más cómoda.

Por el bien de mi hermana, decidí alejarme de la ventana y abandonar la vigilancia a la espera de la llegada del cartero, e intenté concentrarme en la tarea que teníamos entre manos. Duffy, su futura esposa y el padre de esta estaban a punto de llegar; nuestro hermano deseaba presentarnos a la señorita Woolcroft. O quizá nosotras éramos las que íbamos a ser presentadas, ya que en breve ella sería la mujer de rango más alto de la familia.

—En la butaca —dije.

—No, creo que mejor en el sofá —repuso Julia.

Me contuve y no le pregunté por qué, entonces, había pedido mi opinión. Me coloqué el reloj en la mano: las dos y veinte. La segunda entrega no solía hacerse antes de las tres.

—Han pasado semanas desde que le escribiste —comentó Julia. Se acercó hacia mí, y su vestido de seda gris, encargado para la ocasión, brilló bajo los rayos de sol que atravesaban la ventana. Vestía de gris nuevamente, volvía a sumirse en la melancolía. Me dio una palmada en el brazo—. No me gusta verte tan alicaída.

La ironía de su comentario casi me hizo sonreír. Casi.

—Quizá todavía no ha cogido la carta de la posada —dije. O quizá la misiva no había arribado a su destino o a él lo habían arrestado o su herida se había podrido y había muerto. Rodeé el reloj con los dedos para intentar poner fin a aquella inútil sucesión de catástrofes.

—También es posible que haya elegido no responder —añadió Julia con precaución.

—¿Es lo que a ti te gustaría? —le pregunté. Era injusto, pero la decepción me ponía virulenta.

—Dices que es un caballero —Julia apartó la mano—, y un caballero sabría que tener correspondencia con una mujer soltera es inapropiada, y en este caso es completamente fútil. Él mismo te lo dijo en el camino.

—No se trata de eso —protesté, lo cual no era verdad por completo, ya que en cierto sentido sí que se trataba de eso. Aun así, yo sabía que esa unión sería imposible—. Es que no me creo que sea un asesino. Pienso que en su historia hay algo más.

—Lo condenaron y cumplió su sentencia, querida, y ahora subsiste gracias a los robos. Si cuenta con las sensibilidades de un caballero, como insistes en asegurarme, no querría arrastrarte a su bajo nivel. Y lo elogio por ello.

Mi hermana no lo comprendía en absoluto. Había algo extraño en su sentencia, y yo estaba decidida a descubrir qué era.

—Pero...

—No, querida Gus. Debes dejarlo correr. No tiene nada más que ofrecerte que degradación, y lo sabe. Creo que estás confundiendo las fuertes emociones de nuestra aventura con otra cosa. Debes recuperar el sentido común por tu propio bien, así como por el de lord Evan. —Julia no solía ponerse así de firme a menudo. Me dio otra palmada en el brazo, en parte un gesto empático y en parte la decisión de que ese era el final de la conversación, y a continuación se inclinó y ahuecó uno de los cojines para que luciera una forma más adecuada—. Duffy y los Woolcroft estarán pronto aquí. ¿Por qué no vas a cambiarte ese camafeo por tu aderezo de ámbar?

Bajé la vista hacia el camafeo medio oculto por el encaje.

—¿Qué problema hay con este adorno?

—El ámbar hará que el color carmesí de tu vestido resalte mejor. Además es un complemento mucho más bonito.

—Cielo santo, ¡qué nerviosa estás! —Miré a mi hermana.

—Estamos a punto de conocer a nuestra cuñada —terció Julia—. ¿Y si no le caemos en gracia?

Lo más importante era si ella no nos caía en gracia a nosotras; sin embargo, no verbalicé mi terquedad. Me había pasado la última semana a la defensiva, y mi hermana no se merecía mi malhumor.

—Eres sumamente encantadora. —Le planté un beso en la frente para dejar atrás nuestra desunión—. La conquistarás, igual que a todo el mundo.

—Pero ¿me prometes que harás un esfuerzo por comportarte de la mejor manera posible? ¿No discutirás con Duffy?

—Te lo prometo —le dije mientras me dirigía hacia la puerta. Siempre y cuando Duffy no iniciara una discusión conmigo.

Tully, mi doncella, albergaba la férrea convicción de que mi camafeo resultaba perfecto con los tonos dorados de mi vestido —a fin de cuentas, ella me había sugerido el conjunto—, pero como yo casi nunca me enfrentaba a la autoridad de Julia en lo que a la vestimenta se refería, mi criada me quitó el colgante y los pendientes a juego, y se encaminó hacia mi vestidor para ir a buscar el aderezo que le había pedido.

¿Estaría mi hermana en lo cierto? ¿Me había equivocado y había confundido la emoción de rescatar a Caroline con una afinidad con lord Evan que en realidad no existía? Era posible —ella tenía más experiencia que yo en cuestiones de atracción y amor—, y lord Evan y yo tan solo nos habíamos acompañado durante unas pocas horas. De todos modos, la sensación de confianza y conexión que nos envolvía a ambos me había parecido real. Me daba miedo haber traspasado los límites del sentido común y haberme precipitado de cabeza hacia un mundo de sentimientos nuevo y aterrador.

Me acerqué a mi escritorio y levanté la carta de Caroline que había recibido dos días antes. Absurdamente, cogerla hizo que se me antojara más probable la posibilidad de recibir una misiva de lord Evan. Una idea estúpida de todo punto, ya que no podía haber ningún vínculo entre ambas circunstancias, pero el corazón a menudo se volvía estúpido, como estaba aprendiendo.

Desdoblé el folio y releí la parte más importante de las novedades de Caroline:

> Estoy en Irlanda y recuperándome bien con mi querida Curran como doncella y acompañante. He iniciado el divorcio de mi esposo, que supondrá varios años y muchísimos gastos, por supuesto, pero nuestra familia cree que es la mejor de las opciones, a pesar de las consecuencias sociales. Como sin duda alguna sabrán gracias a las cartas de mi hermana, sir Reginald intentó arrastrarnos a todos a una escandalosa situación de secuestro, pero sus abogados lo disuadieron en cuanto quedó demostrado que usted, su hermana y su hermano habían estado en Londres durante el tiempo en cuestión. Desconozco cómo fueron capaces de urdir esa argucia, pero les doy las gracias por ello. Y, como sé que lord Duffield no formó parte del plan, confío en que le dará las gracias de mi parte al hombre misterioso que también me ayudó. Aunque mi futuro es incierto y nunca podré volver a casarme, cuento con una familia que me quiere y que no permitirá que languidezca ni física ni mentalmente. De hecho, quizá quepa decir que el futuro es por sí mismo incierto y, por tanto, contiene la posibilidad de felicidad para todos nosotros.
>
> Les deseo lo mejor, de corazón, y espero que algún día sea capaz de recompensar su amabilidad.

Doblé la carta. «El futuro es por sí mismo incierto y, por tanto, contiene la posibilidad de felicidad para todos nosotros»; ansié creer en ese optimismo feroz. No obstante, la propia Caroline admitía que la aguardaba una vida en solitario —un hombre o una mujer divorciado no podía volver a contraer nupcias— y que, en caso de encontrar a un hombre resuelto a desafiar la ley por ella, sería una vida al margen de la sociedad. Sería un amor muy valiente, sin lugar a duda.

Deposité otra vez la carta en el escritorio. ¿Por qué no me había escrito lord Evan? Me había dado su nuevo nombre y la dirección de El Ciervo Blanco, así que eso debía de significar algo, ¿verdad? Quizá nunca había tenido la intención de escribirme. Quizá yo debería dejar de esperar y permitir que ese fuera el final de nuestra relación.

Me acaricié la pequeña cicatriz junto a los nudillos, ya del todo curada. Por supuesto, era posible que una carta se desviara con facilidad. Sobre todo, una enviada a una posada. Una nueva carta resultaría definitiva, y podría añadir en el texto el agradecimiento de Caroline. Si a este envío tampoco me contestaba, ahí tendría mi respuesta.

—¿Quiere los pendientes grandes, milady, o los pequeños? —me preguntó Tully desde la puerta del vestidor. En cada mano sostenía un pendiente de cada tipo.

Señalé los pequeños. En cuanto la visita de Duffy hubiera terminado, escribiría otra carta.

17

Acababa de regresar al salón cuando oímos el traqueteo de un carruaje que se detenía delante de nuestra puerta. Julia me señaló la butaca que me había asignado y tomó asiento a su vez. Me pasó mi labor de costura y cogió la suya.

—¿De veras? —dije, con la tela bordada a medias sobre las manos—. No es que la visita nos coja por sorpresa.

—Tienes razón. Me estoy comportando como una boba. —Devolvió su labor a la cesta y me arrebató la mía, que también depositó con un rápido movimiento. Sus nervios al fin hacían acto de presencia ante mí, y me recoloqué el aderezo de ámbar mientras lanzaba una mirada al reloj. Las dos y media.

Ambas nos quedamos en silencio, escuchando los ruidos de la entrada, cómo los visitantes se despojaban del sombrero y del abrigo, y los crujidos de pasos en las escaleras. Julia juntó las manos y las entrelazó con fuerza sobre su regazo. Un golpe y la puerta se abrió. Weatherly condujo a Duffy, a su futura esposa y al padre de esta hasta el interior de la habitación.

—El conde de Duffield, sir Henry Woolcroft y la señorita Woolcroft —anunció con tono al parecer normal y corriente, pero Julia me miró a los ojos; ella también había detectado la reprobación de Weatherly, que no debería haber expresado en una cita tan temprana. Me pregunté qué habría ocurrido en la planta inferior para provocar esa censura.

Mi hermana y yo nos levantamos. En mi primera impresión, la señorita Woolcroft era una muchacha bajita y esbelta que llevaba un vestido fruncido de seda verde; tenía el rostro alargado y pálido, y el pelo claro y peinado con el moño lateral que por aquel entonces estaba tan de moda. Su padre, un hombre achaparrado con el mismo color de pelo, vestía un traje que a todas luces era de su talla, pero se lo veía incómodo con ese atuendo. Inclinó la cabeza en nuestra dirección y su hija hizo una reverencia a su lado.

—¿Cómo están, sir Henry y señorita Woolcroft? —dije mientras hacía una reverencia junto a mi hermana—. Lady Julia y yo estamos encantadas de conocerlos por fin.

Los ojos de Harriet Woolcroft eran bondadosos, grandes y brillantes, pero estaban demasiado juntos como para considerarlos bonitos. La nariz la había heredado de su padre, obviamente, y hacía juego con su semblante alargado, mientras que sus labios, carnosos por la juventud, parecían tener la costumbre de fruncirse a menudo. No era una belleza —cuando menos teníamos eso en común—, pero vestía como tal, y sin lugar a dudas era muy consciente de cómo era. Su mirada no se había dirigido ni una sola vez hacia nosotras. Se limitó a barrer el salón con la vista, y su atención se detuvo en la bonita repisa de la chimenea y en el paisaje al que daban las ventanas, antes de asentir con energía hacia Duffy en un gesto que denotaba aprobación.

—Lo mismo digo —respondió en tanto se fijaba por fin en nosotras—. Es un placer.

—En efecto —añadió sir Henry.

Como su hija, era un tipo bajito, pero tenía la piel rubicunda —un color que yo siempre asocié con la caza y con el hecho de bregar con arrendatarios— y un aura de firmeza tanto física como espiritual.

—Por favor, tomen asiento. —Julia les señaló el sofá con una mano—. Hemos pedido que traigan té.

Padre e hija se sentaron en el sofá, mientras que Duffy ocupó una posición un poco forzada junto a la chimenea.

Al principio, nuestra conversación se limitó a los detalles de la boda, que tendría lugar en la finca campestre de mi hermano,

Duffield House. A continuación hablamos de la luna de miel —irían a Cornwall y, después, al Distrito de los Lagos—, y expresaron una y otra vez la decepción de no viajar al continente. Bonaparte era el culpable de ello y también de la interrupción del placer de la señorita Woolcroft.

El té llegó a la hora acordada, y lo serví consciente de la callada reprobación de la señorita Woolcroft por que el té ya estuviera en la tetera. ¿Se debía a la influencia de Duffy o era justo al revés?

Con el refrigerio en las manos, en la estancia se instaló un largo silencio. Miré hacia Julia. Mi hermana arqueó una ceja; ella también había reparado en el cambio de atmósfera.

—Hay algo que me gustaría hablar con las dos —intervino Duffy mientras dejaba la taza y el platillo sobre la repisa de la chimenea.

Ah, conque había otro motivo para aquella visita.

—A la señorita Woolcroft y a mí nos gustaría, una vez casados, mudarnos a esta casa y no a la de Henrietta Street.

Me quedé sentada, muy rígida. ¿Quería ocupar nuestro hogar?

—Esta dirección ahora es mucho más popular —prosiguió—, y vosotras más o menos ya os habéis retirado de la buena sociedad, así que me parece más adecuado que nos quedemos nosotros con Hanover Square. Y vosotras podréis iros a Henrietta Street, por supuesto.

¿Cómo que nos habíamos retirado? Recibíamos una invitación casi todas las noches durante la temporada, a veces incluso dos o tres. No tuve que mirar a Julia para detectar su aflicción, que emanaba de ella como si hubiera tocado el acorde de un arpa.

Antes de que yo pudiera oponerme a las palabras de Duffy, mi hermano se movió para colocarse detrás de su prometida y añadió:

—Y lo más importante es que la señorita Woolcroft va a misa todas las mañanas, y, como St. George's está a la vuelta de la esquina, esta casa resulta mucho más apropiada para su fe.

—En efecto —terció la señorita Woolcroft con una sonrisa radiante. Dejó con delicadeza la taza y el platillo sobre la mesa que tenía al lado—. Me llevé una gran alegría cuando Duffield me aseguró que, como regalo de bodas, estarían dispuestas a un intercambio de casas.

Miré hacia mi hermano, quien tuvo la decencia de apartar los ojos. Era su casa, por supuesto. Como heredero, todas las propiedades de nuestra familia eran suyas, así que tenía todo el derecho legal de insistir en el intercambio. Aun así, apenas pude concentrarme por la rabia que me inundaba.

—Propongo que empecemos la mudanza justo después de la boda; de este modo, todo quedará resuelto antes de que regresemos de Cornwall —le dijo a Julia con voz extremadamente cordial, sin atreverse a mirar hacia mí.

Julia también dejó la taza y el platito en la mesa; le temblaba tanto la mano que las dos piezas de porcelana tintinearon una con otra.

—Bueno —intervino el señor Woolcroft levantándose de forma repentina—, creo que ha llegado la hora de que regresemos al hotel, hija.

—Acabamos de llegar, padre. Y todavía estamos hablando de…

—Ha llegado la hora de que nos marchemos, Harriet.

—No, deseo quedarme.

El señor Woolcroft obligó a su hija a levantarse del sofá e inclinó la cabeza en nuestra dirección.

—Lady Augusta, lady Julia, ha sido un placer. Duffield, nos veremos luego en el hotel para la cena.

Tras una apresurada reverencia por parte de la señorita Woolcroft, salieron del salón, y nuestro criado cerró la puerta tras de sí.

—Samuel, puedes retirarte —dije con voz entrecortada por el esfuerzo que me suponía retener el arrebato de cólera.

En cuanto la puerta se hubo cerrado, me puse en pie con los puños apretados para así evitar golpear a nuestro hermano.

—Serás cobarde. Lo has dado por hecho y nos lo cuentas delante de desconocidos. ¿Tienes alguna idea de cuánto afectará el cambio a Julia ahora que…?

Mi hermana se levantó de pronto y me cogió del brazo.

—Augusta, no —dijo para poner fin a mi ataque. Nunca la había visto con los ojos tan decididos—. Debemos hablarlo de manera amistosa.

Me tragué las palabras, si bien no se me ocurría qué nos beneficiaría ocultar la verdad a nuestro hermano. Sobre todo en ese momento.

—Sí, escucha a tu hermana —terció Duffy—. Además, los Woolcroft no son unos desconocidos. Son más o menos parte de nuestra familia ya. No veo por qué hay para tanto, Augusta. Tampoco es que os esté dejando en la calle.

—Pero es nuestra casa, Duffy —dijo Julia.

Irritado, mi hermano rechazó ese comentario en voz baja con un gesto.

—Podéis dejar lista otra casa... Lo único que habéis necesitado siempre es la una a la otra. Esta casa tiene mejores vistas, y el jardín será espléndido para los niños cuando los tengamos. Seguro que no estáis dispuestas a arrebatarles a vuestros sobrinos o sobrinas la bendición de estar en contacto con la naturaleza.

—Por el amor de Dios, Duffy, no utilices el bienestar de niños que no existen para justificar tu egoísmo —protesté.

—No te permito que uses el nombre del Señor en vano, Augusta —me regañó con afectación.

—¿Es la señorita Woolcroft la que habla a través de ti? —le pregunté. Mi furia y mi repulsa añadieron—: Ya está sacando lo peor de ti, Duffield: tu mezquindad.

—¡Augusta, ya basta! —exclamó Julia, conmocionada—. Calmémonos todos. ¡Por favor! La verdad es que nos lo podrías haber comentado en privado, Duffy. Así nos habrías dejado que nos acostumbráramos a la idea. Anunciárnoslo así ha sido innecesariamente cruel.

—Es demasiado cobarde para ello —dije, ignorando la mano suplicante de mi hermana sobre mi brazo.

—Y tú te estás convirtiendo muy deprisa en una anciana amargada —me espetó Duffy—. ¿Acaso te sorprende que haya optado por este proceder? ¿Acaso te sorprende que ningún hombre haya deseado tu compañía? Siempre insistes demasiado en tu propia importancia. Has tomado una decisión vital y has optado por ignorar los deberes y las bendiciones de la feminidad. —Miró hacia Julia e inclinó un tanto la cabeza para dar a entender que mi hermana por lo menos había intentado convertirse en una mujer como era debido—. Os he ofrecido Henrietta Street. Es más de lo que muchos habrían hecho. Por una vez, muéstrate agradecida y conténtate.

Dicho esto, asintió apenas con la cabeza y se marchó del salón.

18

Julia y yo nos quedamos por lo menos un minuto en silencio después de que mi hermano se fuese. A mí me costaba respirar, la cólera era una roca que me atoraba la garganta. Desde la distancia nos llegaron los ruidos de Duffy al bajar las escaleras, al pedir que le devolvieran el sombrero y el abrigo, y al salir de la casa.

De su casa.

Julia se volvió a dejar caer en su asiento.

—Estoy convencida de que no quería decir lo que ha dicho. —Entrelazó los dedos con los míos, como solía hacer cuando nos reprendían de niñas.

—Ja. Yo estoy convencida de que sí. —Le di una palmada en la mano, pero me aparté para recorrer el largo de la repisa de la chimenea—. Me temo que es el inicio de nuestra insignificancia. O quizá me estoy engañando y ya somos irrelevantes.

—Estás siendo demasiado dramática —dijo Julia—. Al fin y al cabo podemos ir a Henrietta Street, y todo saldrá bien.

—La casa de Henrietta Street es demasiado pequeña y demasiado oscura. Además, a ti te encanta vivir aquí. Te has esforzado mucho con la decoración.

—Y tarde o temprano me encantará vivir en Henrietta Street. Y a ti también. Duffy tiene razón en una cosa: si estamos juntas, estaremos en casa donde sea.

—Cierto, querida, pero no se trata de eso. —Me giré y anduve de lado a lado de nuevo—. ¿No lo ves? Es la actitud que yace detrás de su altivez. Ahora no somos más que una carga. No somos esposas ni madres ni abuelas. No hemos alcanzado nuestro único objetivo. Nos puede apartar sin problema.

Julia apretó los labios con fuerza. Se negaba a aceptar mis palabras.

—No somos una carga. Tenemos nuestros propios ingresos.

—No lo decía en ese sentido. En el mundo nadie nos ve como personas de valor. Ya no.

—Salvamos a Caroline. Eso tiene valor, ¿verdad? —insistió Julia, tenaz.

—Estás en lo cierto, corazón. —Dejé de caminar. Una idea me embargó; no era del todo reciente, pues el germen afloró en la casa de sir Reginald—. La verdad es que pudimos salvar a Caroline solo porque sir Reginald nos consideró unas solteronas, mujeres viejas sin ningún tipo de juicio.

—Te pediría que no utilizaras esa expresión. —Julia puso una mueca.

Iba a preguntarle a qué expresión se refería cuando alguien llamó a la puerta.

—¿Sí? —pregunté.

Weatherly entró con una bandeja de plata.

—El correo de la tarde, señoras. —Se dirigió directamente hacia mí con su expresión más propia de mayordomo. ¿Qué era lo que merecía su reprobación, el correo o la partida de Duffy? Encima de la bandeja había un sobre, cuya dirección estaba escrita con una letra firme sin apenas florituras. Una letra que no reconocí. Lo cogí.

—¿Es de él? —Julia se levantó del asiento.

—Gracias, Weatherly. —Esperé, con los dientes apretados por la impaciencia, a que me dedicara una inclinación de cabeza. Como Julia, él tampoco aprobaba mis intentos de contactar con lord Evan y lo dejaba claro con la rigidez de su expresión. Tan pronto como la puerta se cerró tras él, metí un dedo debajo del sello de cera, lo abrí y desdoblé el sobre.

La nota era breve.

El Ciervo Blanco, Reading
Lunes, 22 de junio de 1812

Querida lady Augusta:

Muchas gracias por su carta. Mi corazón se aligera al saber que no cree que yo cometiese el delito por el que me condenaron y que desea limpiar mi nombre. Sin embargo, insisto en que no hurgue en los hechos que acontecieron hace veinte años. Mi pasado no se puede cambiar y mi futuro, por desgracia, tampoco. Cualquier tipo de investigación sería peligrosa, y no soportaría que usted sufriera por mi culpa. Si desea hacer algo por mí, querida indomable, olvide que nos conocimos y viva una vida larga y feliz.

Su amigo apóstata,

EVAN BELFORD

Había utilizado su nombre de verdad, si bien yo le había escrito a Jonathan Hargate. Acaricié su firma garabateada como si en cierto modo pudiera hacer que renaciera mi fe en él.

—Así que es de él —dijo Julia—. Lo veo por la expresión de boba que has puesto. ¿Qué te dice?

Levanté la vista y entorné los ojos al oír cómo describía mi hermana mi rostro. ¿Boba?

—Dice que no debería solo olvidar lo que ocurrió hace veinte años, sino también a él. —Releí la carta. ¿Por qué iba a ser peligrosa la investigación? Seguro que solo sería así si hubiera algo sospechoso que descubrir.

—Tiene razón. —Julia me miró con serenidad—. Pero creo que no vas a hacerlo.

Doblé la carta y me la guardé en el interior de la camisola, cerca de mi estúpido corazón.

—¿Cómo te sentiste cuando salvábamos a Caroline?

—La mayor parte del tiempo tuve miedo —respondió Julia, pero curvó los labios en un asomo de malicia que yo no había visto desde la muerte de Robert—. Pero debo admitir que me sentí emocionada al mismo tiempo, así como capaz e inteligente. ¿Sueno presuntuosa?

—No, yo sentí lo mismo. Y, si te digo la verdad, no deseo regresar a la costura, a tomar el té y a desperdiciar la vida yendo de compras. ¿Qué me dices?

—¿Qué me estás preguntando exactamente? ¿Quieres que te ayude a salvar a lord Evan?

—No solo a él. A cualquiera que necesite nuestra ayuda. —Le agarré las manos con la esperanza de convencerla en esa alocada idea—. Sobre todo a mujeres como Caroline, que no tienen otros recursos. Nadie debe saber que somos nosotras. De hecho, dudo de que alguien creyese que dos solteronas se han atrevido a hacer tal cosa.

—Solteronas. Detesto enormemente esa palabra —rezongó Julia.

—Pues seamos otra cosa.

—Útiles —añadió Julia—. Me gustaría tener algún objetivo en la vida. Nuestro Padre celestial puede que me llame pronto a su lado, pero no deseo quedarme esperando a que suceda lo inevitable.

Le apreté las manos. Yo no podía quedarme tranquila ante lo inevitable ni quería que mi hermana regresara al mundo de seda gris del luto y de los recuerdos. En mi caso, ya no creía que este mundo sirviera como preparación para el siguiente. Esa era la única vida de que disponía, y debía hacer con ella tanto como me fuera posible.

—Está decidido, pues. Seremos útiles. Pero lo más importante es que deberemos ser rebeldes, en ocasiones maleducadas y totalmente indomables.

—Seguro que no hace falta que seamos maleducadas —observó Julia.

—Eso, querida hermana, está por ver. —Le sonreí.

Caso 2

Una cura indecorosa

19

Davenport House, Londres

Había asistido al baile para bailar con un asesino.

Cierto era que no disponía de ningún dato concreto del hombre ni del asesinato en sí, pero sí había urdido una teoría factible: veinte años antes, el hermano menor de lord Evan, el actual marqués de Deele, orquestó la muerte del oponente del duelo de lord Evan para así incriminar a su hermano. Que yo supiera, Deele fue el único que se había beneficiado del exilio de lord Evan de la sociedad y de la línea de sucesión de la familia. Por supuesto, lord Evan se quedaría horrorizado si se enteraba de que yo pensaba acercarme a su hermano, pero por el momento estaba en algún lugar de Sussex robándole a la gente, así que no tenía voz ni voto en el asunto.

—Augusta, me alegro mucho de que Julia y tú hayáis podido venir —dijo Charlotte en cuanto avanzamos en la cola de los asistentes. La fila de invitados serpenteaba por el recibidor de mármol y llegaba hasta el comedor, que habían transformado en la estancia donde se retiraban las mujeres. Mi querida amiga siempre organizaba un baile al final de cada temporada londinense, y era una de las invitaciones anuales más buscadas. Ese año le había pedido el favor de invitar a Deele.

Su saludo había sido extraño, sin embargo. «Hayáis podido venir». Quizá se había dado cuenta de que hacía poco que Julia había pedido disculpas tras no poder asistir a varios bailes y cenas.

—Te veo excepcionalmente bien —le dije. Y no era un mero halago; su ligereza de espíritu había regresado.

Se inclinó un poco hacia delante, y el aroma a lilas de su perfume endulzó el aire que nos separaba.

—Es un alivio que Caroline esté a salvo y que cierta persona haya desaparecido de Londres. Tengo entendido que ahora está en Bath.

Así que el señor Harley había encajado mi advertencia y se había marchado de Londres y de la vida de Charlotte. Un resultado positivo, si bien esperé que las mujeres de Bath fueran capaces de resistir sus dudosos encantos.

Charlotte observó mi pelo, decorado con perlas en lugar de con mi habitual cofia de encaje.

—Dime, ¿piensas bailar esta noche?

—Si de mí depende, sí. ¿Ha llegado Deele ya?

Negó con la cabeza, y los pendientes de diamantes que llevaba resplandecieron bajo la luz de las velas.

—Todavía no. Te lo presentaré cuando esté aquí. ¿Qué es lo que esperas hacer?

Una pregunta excelente.

—Quiero verlo. Evaluarlo.

Era una lástima que no pudiera informar al marqués de que su hermano había vuelto a Inglaterra. Sería interesante ver su reacción. Pero resultaría demasiado osado; lord Evan había dejado claro que su presencia no debía llegar a los oídos de ninguno de sus parientes.

Julia, que estaba junto a mí, chasqueó la lengua en un gesto de censura sororal.

—Quien ya sabes te pidió expresamente que no indagaras, Gus.

Mi hermana melliza me había leído la mente de nuevo. O tal vez era más bien que ella misma no deseaba que yo ahondara en aquella cuestión. La miré a los ojos; había decidido ponerse un vestido gris perla con encaje plateado en el escote y la cofia a juego. No pude evitar pensar que el color enfatizaba las sombras de cansancio de su semblante. Se había despertado con uno de sus espantosos dolores de cabeza, pero había asegurado que estaba lo bastante recuperada como para asistir al baile.

—Aun así sabes que ayudarlo es lo correcto —le dije.

Charlotte, que sabía la historia de cómo habíamos conocido a lord Evan, se cubrió una mirada cómplice con el abanico.

—Está decidida por completo, Julia. No hay nada que podamos hacer al respecto.

—Lo intento, pero es en vano. —Mi hermana negó con la cabeza, resignada.

De reojo detecté la impaciencia de las personas que esperaban en la fila detrás de nosotras.

—¿Irás a buscarme?

Con un gesto de muñeca, Charlotte cerró el abanico.

—Cuando haya terminado aquí. Hay otra persona a la que me gustaría presentarte. Es una sorpresa.

Durante un alocado segundo que me aceleró el corazón, pensé que tal vez hubiera invitado a lord Evan. Pero era imposible.

—Una sorpresa agradable, espero.

—Quizá, pero más bien informativa, creo. —No me devolvió la sonrisa.

Tras oír aquel misterioso comentario, Julia y yo hicimos una reverencia y nos dirigimos hacia la escalera principal de Davenport House, que estaba abarrotada.

En la entrada al salón de baile había otra cola, que avanzaba lentamente conforme el mayordomo de los Davenport iba anunciando a los invitados. Oí que los músicos ya empezaban a tocar una melodía folk que se dejaba oír bajo los acordes del bajo y los gritos de la soprano. Miré alrededor en busca de conocidos: lady Jersey me devolvió el saludo, e intercambié una sonrisa con William Lamb, que estaba solo y sin duda debía hacer frente a los chismes que protagonizaban su esposa Caroline y lord Byron. Acto seguido divisé a George Brummell y nos saludamos con un asentimiento. George iba vestido con su uniforme sobrio, como siempre, formado por un chaleco crema y una chaqueta para la noche negra entallada a las mil maravillas. Como éramos viejos amigos, me lanzó una sonrisa sincera, poco frecuente en él, y se acercó hacia donde Julia y yo aguardábamos a que nos anunciaran.

—Lady Augusta y lady Julia, qué alegría veros. ¿Este año la buena sociedad disfrutará de vuestras veladas literarias en Brighton?

—Por desgracia no, iremos a Duffield House para la boda de nuestro hermano, y después regresaremos a Londres para mudarnos a nuestro nuevo hogar —le contesté.

Julia, consciente de que George y yo compartíamos una amistad basada en puntos de vista políticos y asuntos confidenciales, se apartó con gran educación para saludar a lady Beecroft, que estaba detrás de nosotros.

—¿A vuestro nuevo hogar? —me preguntó George.

—En cuanto se haya casado, nuestro hermano desea vivir en la casa de la familia de Hanover Square, así que mi hermana y yo hemos adquirido un nuevo hogar en Grosvenor Square.

—¿Detecto cierto matiz triunfal en tu voz? —George sonrió.

Apreté los labios para contenerme y no sonreír —Grosvenor Square era un lugar más popular y moderno incluso que Hanover—, y añadí:

—Debes venir a visitarnos cuando vuelvas a la ciudad.

George se inclinó hacia delante y susurró solo para mis oídos:

—Resulta que nos quedaremos en Londres… todo el verano. Que Dios nos asista.

Yo también bajé la voz.

—¿Su Alteza no irá a Brighton? —Era el destino de verano preferido del príncipe regente, y rara vez dejaba escapar la oportunidad de visitarlo en compañía de sus amigos más íntimos y sus amantes más recientes.

—Cuestiones de Estado. —George negó muy ligeramente con la cabeza.

Me eché hacia atrás un tanto y observé sus astutos ojos. Sin duda se debía a la situación con los Estados Unidos. Habían declarado la guerra, aunque el gobierno provisional había iniciado el proceso de apaciguamiento. O quizá había novedades de España; Wellington había avanzado sobre los franceses en Madrid.

—¿En el continente o en las colonias?

George, sin embargo, no me contó nada más. Comprensible,

pues había demasiada gente a nuestro alrededor. Escrutó el atestado salón de baile.

—Todavía no conozco a la prometida de tu hermano.

Si bien era una afirmación, a todos los efectos se trataba de una pregunta, y de una bastante peligrosa, de hecho. Como uno de los árbitros de la moda más importantes, George «Beau» Brummell podía arruinar la posición social de una mujer con un solo arqueo de perplejidad de una de sus cejas, y en esos instantes me estaba preguntando si la señorita Woolcroft debía padecer tal destino. A mí la muchacha todavía no me había ganado, pero eso no significaba que debiese ser desterrada a la jungla de la sociedad.

—Creo que Duffield y ella estarán aquí esta noche. Sé amable con ellos, George. Me harás un favor si aceptas conocerla.

—Casi nunca soy amable, Augusta. Además tengo entendido que es del norte.

—Cierto. Pero bien que te gusta tener bajo la manga los favores de la gente.

Me sonrió y me tendió una de sus perfectas mangas a medida para que la observara.

—La tengo llena de favores.

—¿Hay espacio para uno más?

—Para ti, siempre. —Inclinó la cabeza en mi dirección.

Observé cómo se alejaba.

—¿Aprobará el enlace? —Julia regresó a mi lado.

—Eso parece.

—Duffy debería besar el suelo que pisas. La señorita Woolcroft acaba de asegurarse el éxito social.

—Dudo de que en la cabeza de Duffy pase la posibilidad de que yo pueda influir en algo en este mundo.

En ese preciso instante llegamos junto al mayordomo, quien nos anunció.

Ese año, Charlotte se había superado. El salón de baile estaba decorado con rosas blancas, cuyo aroma casi tapaba el de la cera ardiente de los cientos de velas encendidas en candelabros y apliques dorados. La tenue luz incidía en la enorme sucesión de espejos que forraban la pared más alejada, que reflejaban las idas y venidas de vestidos de muselina blancos como la nieve, resplandecientes joyas y diamantes, chaquetas negras, uniformes rojos y vigorosos movimientos de abanicos.

—Hace mucho calor ya —me dijo Julia al oído. Abrió su propio abanico a medida que avanzábamos hacia la apretada multitud.

—Una copa tal vez te ayude. —Cogí dos copas de champán de la bandeja que llevaba un criado y le di una a mi hermana. Desde que le habían diagnosticado el tumor no solía llevar bien estar en espacios abarrotados y cálidos. Las dos bebimos un sorbo, en silencio durante unos segundos por la gratitud.

—Mira, ahí están Duffy y la señorita Woolcroft. —Julia movió el abanico hacia el extremo del salón de baile, cerca de las ventanas cubiertas de cortinas de terciopelo azul, pero no fui capaz de atisbar a nuestro hermano ni a su prometida entre el gentío—. Deberíamos...

—Cielos, todavía no. Acabamos de llegar.

—Bueno. —Julia apretó los labios—. Iré yo y los saludaré, y les diré que estás de camino.

—Sin duda, si lo que deseas es mentir.

—¿Vas a guardarle rencor eternamente?

—Nos va a expulsar de nuestra casa, Julia. Creo que tengo derecho a guardarle rencor.

—Por lo general no eres tan rencorosa, Gussie.

Dicho esto, mi hermana se alejó. La vi abrirse paso entre la multitud, agradeciendo los saludos amables que recibía con una sonrisa encantadora y una elegante inclinación de cabeza. Tenía razón; en general yo no me dejaba llevar por una naturaleza rencorosa, pero la altivez de Duffy había desencadenado los peores sentimientos en mi interior. Aun así, mi furia había convencido a Julia para que finalmente accediese a comprar una nueva casa en Londres y poner fin de paso a la dependencia de la magnanimidad de nuestro hermano. De acuerdo, era una situación inusual para dos mujeres solteras, pero contábamos con el dinero y nos asegurábamos un hogar para siempre. También nos aliviaba de la obligación de explicar todas nuestras idas y venidas a nuestro hermano, sobre todo acerca de nuestra empresa, más inusual todavía: ayudar a mujeres a escapar de situaciones peligrosas.

Oí que Charlotte daba comienzo al primer par de bailes, las famosas canciones de *Butter'd Peas* y *Juliana*, y enseguida me aparté de la pista de baile para esquivar al aluvión de personas que formaban las parejas. Al otro lado de la estancia, Bertie Helden clavó sus ojos miopes en los míos, decidido. Apreciaba mucho a Bertie, pero en la jerarquía de bailarines del salón, ni siquiera llegaba al peldaño inferior. Me oculté detrás de dos matronas con turbante y me fui a buscar a Charlotte.

La encontré en la galería de los músicos, urgiéndole a un hombre sonrojado a pedirle un baile a una esperanzada muchacha con vestido de muselina que había asistido en compañía de su madre. Mientras esperaba a que se desarrollase el drama, me terminé el champán —que, por cierto, era excelente— y le devolví la copa a un criado que pasó junto a mí. Cuando la presentación entre admirador y damisela hubo terminado al fin, Charlotte se alejó de la encantada madre y tendió los brazos hacia mí.

—Me alegro de que hayas decidido venir en mi busca. Hay muchísima gente. —Sonrió, satisfecha por el éxito cosechado y enlazó el brazo con el mío—. Ahora debemos ir al comedor. —Hizo una pausa para generar efecto—. Madame d'Arblay está allí.

Ah, conque esa era la invitada sorpresa: madame Frances d'Arblay, también conocida como Fanny Burney, la célebre y querida autora de *Evelina*.

—¿De verdad ha regresado a Londres? —Madame y su esposo emigrante habían vuelto a Francia durante la tregua de 1802, pero se vieron atrapados en París cuando se reemprendieron las hostilidades. Habían sido incapaces de regresar a Inglaterra durante diez años.

—Llegaron a Londres ayer mismo con su hijo. No sabía si iba a asistir al baile, lógicamente ha recibido un sinfín de invitaciones, pero está aquí. Sé que te gustará su pluma, pero hay otro motivo por el que quiero presentártela.

En ese momento, los músicos comenzaron a tocar. *Butter'd Peas* era un baile alargado en que los hombres ocupaban el lado izquierdo del salón, y las mujeres, el derecho, lo cual nos dejó un camino bastante despejado para avanzar junto a las paredes hacia las puertas. Salimos al descansillo, vacío a excepción de una pareja que estaba inmersa en una discusión y un caballero apoyado en la barandilla que observaba la puerta principal, seguramente esperando la tardía llegada de su acompañante.

—Aquí se está mucho mejor —dijo Charlotte. Pasó por delante del caballero y me preguntó en voz baja—: ¿Sabías que el año pasado le extirparon el pecho a madame d'Arblay?

Santo Dios, le habían extirpado el pecho. ¿Quién podría llegar a imaginar tal cosa?

—Oí decir que estaba indispuesta, pero eso no.

—Le escribió la experiencia a su hermana, que me permitió que leyese la carta. —Los elegantes hombros de Charlotte se alzaron durante un minuto en tanto el recuerdo le recorría la piel—. Fue una lectura desgarradora. La cirugía era el último recurso, pero al parecer ha tenido éxito.

—¿Por qué me lo estás contando?

—Querida Augusta, hace ya cierto tiempo que me parece evidente que Julia no está bien y es un asunto serio, y tengo la sensación de que el problema se encuentra en la misma zona. —Quise zafarme de su agarre, pero me sujetó el antebrazo con una mano—. ¿Me he excedido?

En realidad no me sorprendía que Charlotte hubiera reparado en la dolencia de Julia. Se daba cuenta de todo, una habilidad necesaria para ser una anfitriona de la sociedad. De todos modos, Julia me había hecho prometer que guardaría en secreto su dolencia. Ahora que Charlotte lo había deducido, ¿debía admitir que estaba en lo cierto o debía intentar respetar la confianza de mi hermana? Se me antojaba demasiado tarde como para negarlo. Además, la idea de hablar de mis miedos con mi amiga me provocó tal oleada de alivio que no pude soportar la tentación.

—¿Crees que alguien más se ha percatado?

—Quizá unos cuantos se hayan fijado, pero no en la causa. —Charlotte suspiró ante mi tácito asentimiento—. La carta de madame d'Arblay detallaba sus síntomas y parecen corresponderse con los de Julia, así que he atado cabos.

—Julia no quiere que se sepa.

—Te doy mi palabra. —Hizo una breve pausa, y el silencio que nos envolvió se llenó de mis temores y de su empatía—. Se me ha ocurrido que presentarte a madame d'Arblay pueda ser útil.

Otra de las habilidades de Charlotte: juntar a la gente correcta. Yo ni siquiera había valorado la posibilidad de la operación, por supuesto. Era una solución brutal y bárbara que tan solo se hacía en casos extremos, pues desembocaba más a menudo en la muerte que en la cura. Todavía no estábamos cerca de ese punto, ¿verdad que no?

—¿Madame d'Arblay sabe por qué nos vas a presentar?

—No. Pero si estás de acuerdo, lo insinuaré. Es una mujer de lo más sagaz.

Asentí para mostrarme conforme y, cogidas por el brazo, nos dirigimos hacia el comedor.

Charlotte había dispuesto que la salita de día sirviera para la cena, y para ello había colocado grupos de sillas alrededor de mesas pequeñas para que los asistentes comiéramos y conversáramos. Unas cuantas estaban ya ocupadas, sobre todo por invitados de más edad que buscaban refugio de la acalorada multitud del salón de baile. La mesa con la comida abarcaba toda la longitud de la estancia y ya estaba repleta de delicias tanto dulces como saladas. Me atrajo el olor a café recién preparado, a jamón cocido, salmón hervido y la novedad del intenso helado de parmesano. Unos cuantos invitados se sirvieron de las bandejas, y un caballero se detuvo para admirar la enorme piña que se alzaba en el centro de mesa dorado y plateado.

Charlotte se inclinó para susurrarme al oído.

—Ahí está. —Un asentimiento suyo dirigió mi atención al otro lado de la sala.

En mi cabeza, Fanny Burney no había cambiado ni un ápice de la imagen del bello retrato que aparecía en la cubierta de sus obras: una mujer joven y feérica con labios divertidos, un enorme tocado y una melena alta, gris y empolvada de otra época. La mujer que estaba sentada con una taza de té entre un círculo formado por unos cuantos admiradores debía de tener por lo menos sesenta años. Pese a todo, el aire de amable malicia había sobrevivido al paso del tiempo. Y, si bien la belleza propia de la juventud había desaparecido, el peso de los años se había sumado a sus encantos y la había tratado con deferencia para despojar su rostro, de expresión inteligente, de la mayoría de las marcas de la edad. Cuando nos acercamos, madame dejó la taza sobre la mesa y se alzó del asiento, y sus admiradores se alejaron con educación por respeto a su anfitriona.

—Condesa de Davenport, muchas gracias por invitarme. —La voz de madame irradiaba un fascinante acento, sin duda alguna creado en París.

—El placer es mío. Todos estamos encantados de presenciar su regreso. —Charlotte se volvió a hacia mí—. Lady Augusta Colebrook, permite que te presente a madame d'Arblay.

La novelista hizo una reverencia, que yo imité.

—Espero no avergonzarla si le digo que soy una gran admiradora de su obra —le dije.

—Gracias. Es usted muy amable. —Incluso entonces, después de tantos años de alabanzas, se sonrojó al oír mi halago.

Sabía por los libros que había leído que la escritora había sido la guardiana de las túnicas de la corte de la reina Carlota y que había sobrevivido a la sociedad francesa durante los largos años de la guerra. Dos terrenos de combate muy peligrosos. Tal vez resultara extraño por mi parte, pero percibí cierta energía en ella, como si hubiera aprendido el secreto de cómo permanecer fuerte contra las olas que sacudían la vida de cualquiera.

—Lady Augusta está especialmente interesada en la carta que le escribió a su hermana acerca de lo que ocurrió hace un año, madame —dijo Charlotte con la voz teñida de intención. A continuación asintió en nuestra dirección con gracia y se marchó.

Madame centró su atención en mí, con la cabeza ladeada en un gesto de empatía.

—¿Está interesada en mi carta por sí misma, lady Augusta?

Vacilé —¿debería mentirle?— y al final negué con la cabeza, repentina y absurdamente abrumada.

—Por mi hermana melliza —conseguí pronunciar entre un arrebato de lágrimas.

—Ah, *c'est terrible*. ¿En qué modo las puedo ayudar?

Miré alrededor hacia la sala. Más invitados habían llegado, quizá en busca de alivio del impetuoso frenesí de los bailarines. No era un sitio adecuado para hablar de esas cuestiones.

—¿Estaría dispuesta a hablar con mi hermana sobre su experiencia?

Madame se puso una mano en el corpiño, justo encima del corazón. O quizá justo encima del lugar de la operación.

—Es un recuerdo que sigue siendo angustiante y que no es apto para oyentes apocados, lady Augusta. Ni para quienes se alarman con facilidad. —Se apretó la frente con los dedos como si el mero hecho de hablar de ello le provocara dolor—. Aun así, si su hermana necesita de mi experiencia, entonces haré cuanto pueda para ayudar. Las mujeres debemos cuidarnos unas a otras.

Por su tono de voz, el calvario por el que había pasado fue un verdadero tormento. Quizá no debería someter a Julia a aquel relato. Pero madame ya había accedido a mi petición, y yo ya no podía retroceder ante su amabilidad y elegante concesión.

—¿Tal vez nos haría el honor de visitarnos en los próximos días?

—Por supuesto. Sería lo más conveniente, sin duda. Estaré en Londres solo durante un breve periodo. —Titubeó, es probable que rememorando su agenda—. Me consta que no es un momento típico para hacer visitas, pero ¿les iría bien el domingo?

—Estaremos encantadas de recibirla.

Era a todas luces mentira; Julia no estaría encantada en absoluto. Su hermana les había contado su dolencia a Charlotte y a una famosa escritora a la que acababa de conocer. Aunque seguro que aceptaría que debíamos explorar cualquier vía de curación, incluido el último recurso de madame.

Me incliné para despedirme y conseguí llegar hasta el descansillo expulsando de mí la inesperada oleada de pena.

—¡Lady Augusta!

Un hombre salió de una hornacina y me detuvo en seco. Era Bertie Helden. Cielos, ¿se había tumbado a esperarme?

Inclinó la cabeza hacia mí, y su pálida coronilla quedó visible entre el pelo, que le escaseaba ya.

—¿Me haría el honor de concederme el siguiente par de bailes?

Como estaba decidida a bailar con lord Deele, no podía rechazar a Bertie; si lo hacía, tendría que pasarme el resto de la velada sentada. Hice acopio de tanta elegancia como fui capaz.

—Será un placer, lord Cholton.

Fue una media hora dolorosa: me pisó dos veces y se equivocó por lo menos en tres pasos distintos. No obstante, entabló conmigo una conversación amistosa aunque desprovista de emoción y rio ante mis ocurrencias, si bien con cierta incertidumbre. Al final del último baile hice una reverencia para responder a su inclinación de cabeza y nos alejamos de la pista más o menos intactos.

—¿Me permite ir a buscarle un refrigerio, lady Augusta? —se ofreció.

—Lord Cholton —intervino Charlotte, que llegó justo a tiempo para tapar mis dudas—. Debo hablar con lady Augusta. ¿Nos permite?

—Por supuesto. —Bertie se inclinó. Parecía tan aliviado como yo.

Charlotte me cogió del brazo y me guio por entre los acalorados bailarines que se reunían junto a las bandejas con los refrigerios.

—Las hermanas de Bertie vuelven a intentar casarlo —me susurró.

—Ah, eso explica sus atenciones. A estas alturas deberían saber que el pobre hombre no desea casarse. —Todo el mundo menos las hermanas de Bertie era consciente de que él tenía el mismo gusto que los griegos.

Charlotte, sin embargo, pasó página de los apuros de Bertie.

—Prepárate, querida. —Señaló con el abanico a una silueta alta que se encontraba junto a las puertas—. ¡Deele ha llegado!

El aliento se me quedó atascado en la garganta. Se parecía mucho a su hermano mayor: la misma complexión esbelta, las mismas cejas espesas y la misma nariz de puente alto. Sonrió al ver a un conocido, y la expresión era tan similar a la de lord Evan que yo también terminé sonriendo. Maldición, debía mantenerme firme ante aquella prestada afinidad. Con toda probabilidad, Deele había destrozado la vida de su hermano.

A medida que cruzábamos la sala en su dirección, intenté concentrarme en las diferencias; el marqués era más bajo y más fornido, y tenía el rostro suave, sin las cicatrices ni las marcas de haber pasado veinte años trabajando duro en tierra hostil. Sus ojos tampoco lucían el humor de lord Evan y tampoco insinuaban una mente perspicaz que siempre estaba despierta.

—Lady Davenport. —Deele la saludó con una inclinación; sí que tenía la elegancia y la buena forma física de su hermano—. Espero que pueda disculpar la ausencia de mi esposa. Le manda recuerdos.

—Por supuesto. Un baile no es un lugar adecuado para una mujer a punto de alumbrar —dijo Charlotte. Así que la esposa de Deele estaba embarazada. ¿Lord Evan sabía que sería tío? Charlotte me señaló con un elegante ademán—. Permita que le presente a lady Augusta Colebrook.

—Lady Augusta, soy un buen amigo de su hermano. La ha mencionado a menudo.

Obvié su comentario.

—Tengo entendido que los dos pertenecen al club de los carruajes de cuatro caballos. Yo nunca he conducido a cuatro caballos, pero el reto es sugerente.

En ese instante, la señorita Claremont, la belleza rubia reinante, ocupó el centro de la pista de baile y anunció los siguientes números. Una cuadrilla y un vals.

—¿Baila, lord Deele? —le preguntó Charlotte—. Lady Augusta no suele unirse a nosotros en la pista de baile, pero esta noche ha hecho una excepción.

—En ese caso, ¿me concedería el honor, lady Augusta? —dijo Deele al entender la indirecta de mi amiga.

—Sería un placer. —Acepté el brazo que me tendía Deele y le lancé una rápida mirada de agradecimiento a Charlotte.

Nos juntamos con otras tres parejas en un grupo de ocho personas y yo insistí, con una elegante sonrisa contra las costumbres del rango, en ocupar la cuarta posición a la derecha. Tendría más tiempo para hablar con Deele mientras las otras tres parejas se lanzaban al primer baile. Pero ¿cuál era la mejor manera de iniciar una conversación sobre lord Evan? Parecía improbable que Deele estuviera dispuesto a hablar de su hermano, pero incluso el modo en que rechazase el tema me proporcionaría cierta información.

La música dio paso a los honores. Nuestro grupo hizo una inclinación de cabeza y una reverencia, y en ese momento empezó la cuadrilla.

—Recuerdo bailar con su hermano durante la puesta de largo de mi hermana y mía. Debió de ser hacer por lo menos veinte años —dije cuando la mujer que lideraba el grupo y el tercer caballero se dispusieron a bailar.

No era un método demasiado hábil para introducir el tema, pero debería servir. Los dos teníamos casi la misma altura, así que me miró directamente a los ojos, desconcertado. Como mencionar a un pariente caído en desgracia no era una conversación habitual en un baile, su respuesta obedecía a la lógica.

—¿Conoció a mi hermano? ¿Qué recuerda de él? ¿Se llevaban bien? —Lo dijo con interés y sinceridad, lo contrario a lo que esperaba yo. Al ver el asombro con que lo miré, reculó—. Discúlpeme. No suele ocurrir que mencionen su nombre en una compañía educada. De hecho, en mi familia no se lo menciona jamás.

—Supongo que debió de ser una situación de lo más angustiante —dije reponiéndome de la sorpresa. Saqué a colación datos verdaderos—. Era un hombre muy agradable. Perspicaz y honorable. Me cuesta creer que llevase a cabo el acto por el que lo condenaron. —Me mordí el labio; ¿cómo exactamente me había dado cuenta de la perspicacia de lord Evan durante un baile? Por suerte, Deele no pareció percatarse de mi desliz.

—Así es. —Asintió—. Es lo que he dicho yo siempre. Mi hermano estaba jugando a las cartas en White's con un hombre llamado Sanderson. Sorprendió a Sanderson marcando las cartas y lo acusó, pero el muy canalla contraatacó acusando a lord Evan de hacer trampas y lo retó a un duelo. Una acusación ridícula. Lord Evan era, y espero que lo siga siendo, uno de los hombres más honorables que he conocido.

—Entiendo, pues, que no cree que su hermano matase a su contrincante.

—No lo creo y no lo he creído nunca. —Se irguió como si lo hubiese colocado en el estrado.

—¿Tiene alguna idea de cómo se produjo la muerte?

Una pregunta extraña procedente de una mujer, pero Deele ya me había etiquetado como aliada.

—No. Por los testimonios que hablaron en el juicio, Sanderson estaba muerto cuando el doctor allí presente y los padrinos fueron a comprobar su estado. Quizá murió de miedo o por alguna otra causa natural. —Negó con la cabeza—. Mi hermano sostuvo que solo lo hirió levemente, y era el espadachín más diestro que nunca haya blandido un estoque, así que sabía el alcance de la herida que había infligido.

—¿Quién era su padrino?

—Su amigo, lord Cholton.

¿Bertie Helden? Los dos miramos al otro lado de la pista de baile hacia el hombre bajo y rechoncho en cuestión, que en esos instantes estaba esforzándose en la avanzadilla del grupo junto a la grácil señorita Dancourt.

—Un ser totalmente despreciable —exclamó lord Deele con clara repulsa en la voz—. No me cabe ninguna duda de que arderá en el infierno.

—¿A qué se refiere? —Me lo quedé mirando.

—Discúlpeme, lady Augusta. —Deele recordó de pronto con quién estaba hablando—. No es un comentario apto para oídos amables. Ignore lo que he dicho, por favor.

Me di cuenta de que no se refería al duelo, sino a la preferencia de Bertie por los muchachos jóvenes en detrimento de las doncellas sonrojadas. Mi opinión de Deele se desplomó: desear tanto mal a un hombre por su propia naturaleza era detestable. El marqués quizá se parecía a su hermano mayor, pero lord Evan era diez veces mejor que él.

Me habría presentado al baile con la teoría de que Deele había urdido el duelo para incriminar a su hermano. O, si no él, quizá entonces el padrino de lord Evan. Pero el marqués era incapaz de ocultar lo que pensaba ni lo que sentía, ya fuese la preocupación por su hermano o la repulsa por Bertie. Parecía un improbable candidato para tales subterfugios, aunque no podía descartarlo por completo. Y ¿qué pasaba con Bertie, el padrino de lord Evan? No me creía que pudiera hacerle daño a alguien, y tampoco había mostrado nunca la clase de mente perversa capaz de orquestar un asesinato. Además, ¿por qué iba a querer hacerle daño a su amigo? Ahora que disponía de más información, tenía menos idea aún de lo que podría haber sucedido.

—¿Lady Augusta?

Deele me tendía una mano. Había llegado el momento de bailar.

20

Hanover Square, Londres

Por qué nos quedamos tanto tiempo en el baile? —me preguntó Julia—. Me encuentro muy mal.

Levanté la vista de *The Times.* Al otro lado de la mesa del desayuno, mi hermana cogió el bollo del plato y dio vueltas al esponjoso panecillo con los dedos. Sí que parecía estar agotada. Pero al ver mi reflejo en el espejo de la pared que estaba encima de ella, me di cuenta de que yo también lucía la misma palidez.

—¿Necesitas tu caja de las medicinas?

—Ya me he tomado la pastilla y el elixir. —Rechazó la sugerencia con un ademán.

—Charlotte nos espera hoy para cenar. ¿Estás segura de que te habrás recuperado lo suficiente? —La cena posterior a un baile de mi amiga resultaba casi tan divertida como el baile en sí. Era una sucesión de observaciones apasionadas y de novedades actuales cosechadas de la flor y nata de la buena sociedad.

—Por supuesto —me aseguró Julia—. Solo es falta de sueño.

No me convenció del todo, pero lo dejé correr y miré hacia mi taza: estaba vacía.

—¿Dónde está Weatherly? Nos iría bien tener a nuestro alcance un poco de café recién hecho. —Una o dos tazas tal vez atenuaran el dolor que sentía detrás de los ojos.

—Le he pedido que supervise el empaquetamiento de los cuadros del pasillo.

El arte de nuestro hogar era el proyecto especial de Julia. Todos los años compraba en la Exposición de Verano de la Academia Real una pintura de un artista emergente. Era su contribución a las artes, decía, ya que su propio talento para el dibujo se había paralizado cuando tenía seis años, igual que el mío, para gran desesperación de nuestras institutrices. La colección recibía numerosos halagos y era el orgullo y la alegría de Julia.

—¿También deberían empaquetar el Lawrence? —me atreví a preguntarle.

Las dos levantamos la vista hacia el gran retrato de las dos que estaba colgado en la pared más alejada. Padre se lo había encargado al famoso pintor durante nuestra presentación real. Aparecíamos en nuestra época dorada: una Julia de rostro agradable estaba sentada en una butaca dorada y yo me encontraba detrás de ella, con la mano sobre su hombro. Las dos llevábamos el pelo rizado con esmero y empolvado, así como unos enormes miriñaques sobre nuestros vestidos de color crema. Ay, qué poco echaba de menos cargar con aquellas estructuras metálicas.

—No, se me ha ocurrido que la estancia se vería demasiado desnuda sin él —me contestó—. Lo dejaremos aquí hasta el último momento.

A principios de aquella semana habíamos decidido que la salita de día sería la última que se empaquetaría para nuestra inminente mudanza a Grosvenor Square, y de ahí que hiciera las veces de refugio entre el caos. La señora Sutton, nuestra indómita ama de llaves, había recolocado los muebles y conseguido instalar dos butacas, la mesa ocasional de mármol italiano y un diván para crear una zona de reposo cerca de la ventana. La estancia estaba en cierto modo abarrotada, pero resultaba acogedora.

Retomamos el ritmo tranquilo de nuestro desayuno: Julia bebía café y hojeaba *La Belle Assemblée*, mientras que yo leía el periódico matutino e iba devorando el bizcocho de alcaravea. El alboroto doméstico que tenía lugar al otro lado de las paredes, sin embargo, se hallaba presente en todo momento; en ese instante había cierta agitación en el pasillo que estaba exacerbando mi dolor de cabeza.

Leí una frase acerca de la campaña en España, y acto seguido tuve que volver a leerla. Al parecer, no era capaz de concentrarme en las palabras. Quería achacar mi aspecto desastrado al hecho de haber salido de Davenport House a las tres de la madrugada, pero era más probable que se debiese al excelente vino de Charlotte. Después de hablar con Deele y descubrir que Bertie había sido el padrino de lord Evan, decidí entablar una conversación con Bertie de inmediato, pero no pudo ser. Se había marchado nada más terminar los bailes y perdí la ocasión. Me pasé el resto de la noche bailando; por aquel entonces no era habitual que prescindiera de la cofia de encaje, por lo que aproveché la oportunidad con ambas manos, así como frecuentes copas de ponche de vino. A juzgar por el dolor de cabeza, demasiado frecuentes, era obvio. Mi nuevo plan consistía en escribirle a Bertie después de desayunar para pedirle que nos encontráramos al término del paseo por el parque. La invitación lo sorprendería, sin duda, pero esperaba que la aceptase.

Otra invitación cobró vida en mi mente. Dejé el periódico encima de la mesa.

—¿Anoche conociste a madame d'Arblay? Era la invitada sorpresa a la que se había referido Charlotte.

Julia, ensimismada en el proceso de recolocarse los pliegues del corsé de su vestido blanco matutino, levantó la vista con una sonrisa.

—Sí, brevemente. Es una mujer muy amable. Mayor de lo que esperaba, pero una siempre guarda en la cabeza una imagen congelada de una persona, que no parece envejecer nunca, ¿no es así?

—A mí me pasó justo lo mismo. Me tomé la libertad de invitarla a hacernos una visita el domingo.

Había llegado la hora de contarle a mi hermana el verdadero objetivo de la visita de madame: conocer los detalles de su operación. Pero si se lo decía, estaba casi convencida de que Julia se negaría a sentarse con nosotras. No creía en la idea de una operación y le consternaría ver que yo había traicionado su confianza. Aun así consideré preciso oír la verdad: llegados a ese punto, ese mismo procedimiento podría salvar la vida de mi hermana. ¿Debería tomar el camino de la sinceridad y contárselo o el camino de la cobardía?

—¿De veras? Será un encuentro muy interesante —comentó Julia—. Debe de tener grandes historias que relatar. Le pediré a la cocinera que prepare esos pastelitos glaseados tan ricos.

—Muy buena idea, en efecto.

El camino de la cobardía, pues. Por lo menos de momento.

Oímos un ruido al otro lado de la puerta, seguido por el grito de alguien, de una mujer, y la voz de Weatherly.

—¿Qué diantres ocurre? —preguntó Julia.

Me levanté de la silla y me dirigí hacia la puerta. Los gritos se habían convertido en súplicas, y oí el nombre de William usado con cierta urgencia. Quienquiera que fuese, esa mujer mantenía una íntima relación con nuestro mayordomo.

Abrí la puerta y asomé la cabeza. Weatherly estaba en el recibidor cogiéndole las dos manos a una joven negra que parecía estar muy afligida. Estaba de espaldas, así que no le vi el rostro, pero llevaba un vestido impecable, aunque un tanto viejo: era azul, y lo acompañaba con una camisola interior a rayas y unos botines de mezclilla bastante desgastados. Tenía desatadas las cintas del tocado y no llevaba guantes. ¿Una salida apresurada de algún sitio, tal vez? Sea como fuere, era evidente que había sucedido algo grave.

—Weatherly, ¿se trata de una amiga tuya?

Nuestro mayordomo se apresuró a alejarse de la muchacha y me dedicó una inclinación de cabeza. Yo nunca lo había visto tan descompuesto.

—Milady, disculpe el escándalo. Permita que le presente a la señorita Sarah Finchley, una conocida mía. Se ha presentado en la puerta trasera, pero una de las ayudantes de la cocinera la ha echado.

La señora Finchley hizo una reverencia. Tenía un rostro vivaz y una mirada directa que en esos instantes estaba teñida de urgencia.

—Le pido disculpas, milady. No debería haber recurrido a la puerta principal, pero tenía que ver al señor Weatherly.

—¿Por qué motivo? —Vi que Betty y Eliza, nuestras criadas, asomaban la cabeza por la puerta del comedor.

—Para salvar la vida de una niña, milady —respondió la señorita Finchley—. De hecho, para salvar el alma de la pobre.

Solo podía haber una respuesta a una declaración tan extrema. Además admiré la determinación con que se enfrentaba a los límites de la buena sociedad.

—Venga a la salita de día, señorita Finchley. Cuéntenos qué ha pasado.

—No, milady, no es necesario —terció Weatherly.

—Creo que sería lo mejor, Weatherly, para así alejar a tu amiga de la curiosidad del resto de los habitantes de la casa. —Con un gesto les pedí a Betty y a Eliza que retomaran sus quehaceres y le indiqué a la señorita Finchley que entrara en la estancia.

—Milady, siento mucho la interrupción —murmuró Weatherly mientras nos seguía y cerraba la puerta.

Julia presenció nuestra aparición con cierto asombro.

—Es la señorita Finchley —le aclaré—. Es una conocida de Weatherly y ha venido a anunciar que la vida y el alma de una niña están en peligro.

—El señor Weatherly es nuestro benefactor y he pensado que él sabría qué hacer. —La señorita Finchley hizo una reverencia.

—¿Benefactor? —repetí mirando hacia nuestro mayordomo. Nunca nos había comentado que apoyase ninguna causa, si bien no estaba obligado a informarnos al respecto. Todos teníamos secretos.

—La señorita Finchley y su hermana regentan un orfanato para niñas abandonadas —dijo Weatherly.

—Niñas de todas las nacionalidades y de todas las fes, milady, y algunas que están enfermas o son ilegítimas —añadió la señorita Finchley buscando con la mirada cómo respondíamos a su comentario. Nuestra falta de sorpresa o reprobación la tranquilizó, con lo cual prosiguió—: Les enseño a leer y a escribir, así como una habilidad para ganarse la vida. Solo son unas cuantas habitaciones en una casa, pero el señor Weatherly generosamente nos da dinero para comprar la comida y para pagar el alquiler.

—Una causa noble, Weatherly —intervino Julia, al tiempo que asentía para aprobarlo—. Pero creía que las niñas huérfanas eran responsabilidad de la parroquia. En Lambeth se encuentra el Asilo para Huérfanas.

—Allí no aceptan a niñas enfermas, niñas consideradas deformes ni de color, milady —nos informó Weatherly.

—No lo sabía —dijo Julia, y se giró hacia mí con expresión consternada—. No me parece correcto. También son niñas de la parroquia.

Asentí. Ciertamente era una injusticia que debía ser abordada, pero nos estábamos desviando de la cuestión que nos ocupaba.

—Cuéntenos qué le ha pasado a la niña, señorita Finchley —le pedí—. Deduzco que se trata de una de sus huérfanas.

—Sí, se llama Marie-Jean. Tiene doce años y no es de las que se escapan. La he buscado por todas partes y he preguntado a todo aquel que podría haberla visto, pero creo que alguien se la ha llevado.

—¿Quién? —preguntó Julia.

—Es probable que haya sido el propietario de un burdel, milady. —Weatherly dio un paso adelante.

—¿Una niña de doce años? —Julia se lo quedó mirando, perpleja—. No puede ser.

A mí no me costó creer la verosimilitud de ese rapto. Cuando tenía doce años, entré sola en el despacho de mi padre —lo tenía prohibido— y encontré oculto en un cajón un ejemplar de *Harris's List of Covent Garden Ladies*. El librito detallaba con gran lujo de detalles lo que ofrecían las prostitutas a sus clientes en Londres, pero lo que me había impactado más fue la edad de algunas de las chicas retratadas: apenas tenían uno o dos años más que yo.

—Hay una práctica atroz, milady, que requiere de la participación de una niña. —Weatherly se aclaró la garganta. Me miró en busca de permiso para proseguir, y yo asentí. Todos debíamos oírlo—. Disculpen que hable de forma tan directa, pero hay gente que cree que la sífilis se puede curar a través del coito con una muchacha pura. Se llama «la cura de la virgen».

—Santo Dios. —Julia agarró la cruz dorada que llevaba al cuello—. Es un acto despreciable. Y repugnante.

Me acerqué a la repisa de la chimenea porque necesitaba hacer algo, aunque fuese tan solo caminar, para aliviar el gélido horror que me embargaba.

—¿Tienes un plan en mente, Weatherly?

—Me temo que quienes proponen esa práctica lo mantienen en secreto. Si me lo permite, iré hoy mismo a Covent Garden y a los suburbios a ver cuánto consigo averiguar.

—Por supuesto. Siento decirlo, pero por rango y por género seremos más bien de poca ayuda en este punto de la búsqueda. —Hice una pausa; aquello no era del todo cierto—. Un momento, hay cierta contribución que sí puedo proporcionar. Le escribiré al señor Hargate. Necesitarás ayuda para navegar por el mundo delictivo, Weatherly, y él forma parte de ese mundo. Tal vez sea capaz de suministrarnos más información acerca de sus conocidos delincuentes.

Como mi hermana, Weatherly no aprobaba mi relación con lord Evan. No era del todo una relación, pues él tan solo me había respondido a una de mis cartas con la petición expresa de que olvidara haberlo conocido. Aun así no albergaba la menor duda de que contestaría a mi petición de ayuda. Una certeza que estaba basada en el sentido del honor que había demostrado y, puestos a ser sincera, al deseo que sentía yo por volver a verlo.

—Es una buena idea, hermana —me dijo Julia. Vio la sorpresa que me mudó el rostro y ladeó la cabeza: «Debemos rescatar a la muchacha sea como sea».

A regañadientes, Weatherly asintió.

—Tal vez no me permitan entrar en algunos de los establecimientos. Su compañía lo resolvería.

—Está decidido, pues —exclamé—. Le escribiré de inmediato.

Aun en las mejores circunstancias, lord Evan no acudiría a mi llamada hasta las primeras horas del día siguiente. Había por lo menos cuarenta millas hasta Reading, y nuestro criado tardaría buena parte del día en llevar mi carta hasta El Ciervo

Blanco. Y eso suponiendo que lord Evan se encontrara cerca de la posada que utilizaba como dirección. ¿Retrasarnos una noche significaría que llegábamos tarde para salvar a la pequeña?

—Señoras, si me lo permiten, me marcharé ahora mismo con la señorita Finchley para proseguir con la búsqueda —dijo Weatherly—. No estoy seguro de que pueda regresar antes de que ustedes vuelvan de la cena con lady Davenport.

—Tómate el tiempo que necesites, Weatherly. Samuel podrá encargarse de la casa una noche —lo tranquilicé.

—Rezaré por vosotros —añadió Julia—. Nuestro Padre seguramente colaborará en nuestro empeño.

—Gracias. —La señorita Finchley hizo una nueva reverencia—. No tengo palabras para expresar la enorme gratitud que siento por su interés.

Se fueron y, de repente, nuestro refugio se había llenado de una nueva frialdad. Mi hermana se levantó de la mesa del desayuno y se encaminó hacia la ventana. No puso la atención, sin embargo, en la plaza que bullía de actividad, sino que estaba sumida en sus propias reflexiones.

—Sé que existe el mal, pero esto va más allá de lo que podría imaginar —dijo con una voz tan baja que casi se perdió bajo el alboroto de la vida que colmaba la calle—. Iré a la iglesia. ¿Quieres acompañarme?

Me giré por si conseguía detectar la impiedad de mis ojos.

—Me quedaré aquí y le escribiré una carta a lord Evan.

Mi hermana asintió y, sin articular más palabra, abandonó la sala.

Yo ya no tenía ningún derecho a pedirle nada a su dios, pero de hacerlo también me pondría de rodillas. Al final cogí papel y pluma de mi cajita de escritura y empecé a redactar una oración de distinta clase.

21

Hyde Park, Londres

Julia y yo nos encontrábamos junto a las puertas de Hyde Park Corner, observando cómo la alta sociedad y las clases inferiores de Londres paseaban por los anchos caminos de gravilla. Un arcoíris de parasoles de tonos pastel se mecía por el viento mientras los caballeros con chaqueta de lino se aferraban el sombrero de paja y castor. El golpe de los cascos sobre el suelo sonaba incesante bajo los gritos y las conversaciones transportadas por el viento. Aun así, la próxima semana la mayor parte de la sociedad moderna londinense se habría marchado, huyendo de la ciudad pestilente rumbo a las casas de la costa o la campiña. Malditos afortunados.

Una mujer con un vestido de montar azul adornado con botones y galones dorados pasó junto a nosotras sobre un corcel castaño; cabalgaba con maestría y con celeridad. Como yo en su día. Hacía mucho que no montaba a caballo; mi querida yegua Lily había muerto un año antes y todavía no había encontrado otra montura en la capital. Cómo echaba de menos la emoción de trotar, así como el fuerte vínculo entre jinete y caballo. Quizá podría sacar a Leonardo, mi caballo de caza, de Duffield House. Padre me lo había dado, su último regalo antes de morir —y doblemente valioso por ello—, y, si bien no era un caballo apto para correr por la ciudad, yo ansiaba volver a subirme encima de él.

Me aclaré la garganta para liberarme del golpe del estiércol del camino calentado por el sol y de los salados buccinos del cesto de un vendedor cercano, que me hacían arrugar la nariz. Había elegido ponerme un vestido de paseo de algodón más grueso para contrarrestar el clima ventoso y cálido del día, pero la tela ya se me estaba pegando en la parte inferior de la espalda y me picaban las palmas por los guantes de cabritilla. Ni siquiera una fuerte sacudida de los hombros consiguió que el tejido húmedo se moviera lo más mínimo.

¿Dónde estaba Bertie?

Tras recibir mi nota esa misma mañana, me había respondido de inmediato para aceptar reunirnos a las cuatro y media. «Será un verdadero placer», me había escrito, aunque yo sospechaba que él estaba lo más lejos del placer que podía imaginarse. Por lo menos había aceptado que nos viésemos.

Cogí el reloj que llevaba colgado al cuello con una cadena y miré la hora. Ya casi había llegado a su fin el paseo que daba la alta sociedad por el parque. Seguro que Bertie no me fallaba. Y ¿cómo le iría a Thomas, nuestro criado? ¿Habría llegado ya a El Ciervo Blanco? Entorné los ojos y miré por encima del extremo de mi tocado hacia las amenazantes nubes de tormenta para intentar calcular en qué punto del camino se encontraría el muchacho. Le había dado carta blanca para cambiar de caballo tantas veces como fueran necesarias, así que, si había aprovechado la oportunidad, ya debería estar cerca de Reading y de lord Evan. Nosotras aún no sabíamos nada de Weatherly ni de su búsqueda por los burdeles y las tabernas de baja estofa. Frustrante, aunque esperable.

—Ojalá pudiéramos hacer más cosas para ayudar a la chica —dije—. Me resulta obsceno andar de paseo por el parque cuando esa pobre criatura se dirige a un destino tan espantoso.

Julia me miró con compasión, pero no respondió. Ya lo habíamos debatido un par de veces, y en todas ellas mi hermana había estado en lo cierto: yo no podía volver a acercarme a Covent Garden ni a los suburbios. No podíamos permitirnos otro escándalo como el que protagonicé al entrar en un burdel para recoger el cadáver de padre. Además, las mujeres de nuestro rango no se dejaban ver por los suburbios ni preguntaban por niñas en venta. En ese mundo, como tampoco en el nuestro, nadie creería que una mujer soltera pudiera buscar o siquiera comprender aquella sórdida información. Por no hablar de los peligros físicos de esa empresa. No obstante, la lógica y la precaución no conseguían aliviar mi deseo de echar abajo la puerta de todos los burdeles y buscar a la muchacha.

—Bertie llega tarde. —Solté el reloj, que quedó de nuevo colgando del collar.

Sin querer, vi de reojo a un hombre normal y corriente de unos cuarenta años que estaba quieto cerca del vendedor de marisco. Parecía muy interesado en nosotras. ¿Era un ladrón o tan solo un grosero? Llevaba unos largos pantalones a la moda y un bonito chaleco que lucía un patrón azul y dorado que resplandecía por el sol, muy estilosos para alguien de su rango. Su complexión fornida y su altura también eran inusuales, y, si bien saltaba a la vista que alguien le había roto la nariz en algún momento y estaba un tanto torcida, su rostro mostraba una férrea confianza que curiosamente resultaba atractiva. Aun así, que nos mirase de aquel modo era impertinente.

—Bertie siempre llega tarde —dijo Julia—. Es algo notorio de él, como su habitual buen humor. —Mi hermana también había reparado en la mirada del hombre y había inclinado el extremo de su parasol para protegernos de su insolencia—. No entiendo cómo preguntarle acerca del duelo ayudará a lord Evan de alguna manera. Bertie ya debió de prestar testimonio en el juicio, y su parlamento no cambió la sentencia, ¿verdad? —Me observó con el ceño ligeramente fruncido—. Es imposible que creas que Bertie Helden pudiese ser partícipe en un ardid turbio.

No parecía probable que Bertie pudiera matar a un hombre, arruinar a otro y ocultarlo durante tanto tiempo. De todos modos, había sido el padrino de lord Evan y una de las primeras personas en llegar al caído Sanderson, así que estaba bajo sospecha.

Julia percibió mi vacilación y negó con la cabeza.

—Te agarras a un clavo ardiendo.

—Puede. Pero tú me ayudarás, ¿a que sí?

No me contestó, pues hubo algo en la multitud que llamó su atención.

—Ay, no, la señora Ellis-Brant viene hacia aquí. Anoche, en el baile, me acorraló para hablar. Creo que ahora piensa que somos amigas.

—Lady Julia —la llamó la señora Ellis-Brant mientras avanzaba hacia nosotras. Hizo un breve gesto de saludo con la mano enguantada de rosa—. Lady Augusta, ¿cómo se encuentra? Anoche se reunió un lamentable gentío, ¿no le parece? Un triunfo de nuestra querida lady Davenport.

Emelia Ellis-Brant era sumamente consciente de quién era —su esposo era primo del conde de Davenport y, por lo tanto, primo político de Charlotte— y una chismosa de la peor clase: ruin, malintencionada y dispuesta a inventarse una buena historia. Aunque yo no había recabado pruebas fehacientes, estaba convencida de que ella había difundido las peores historias acerca de nuestro padre cuando murió. Siempre tuve la sensación de que se asemejaba a la dama del armiño del cuadro de Da Vinci: rubia, delgada y con expresión de furibunda insatisfacción. Su recargado vestido amarillo y su juboncillo verde amarillento no combinaban demasiado bien con su tez cetrina. Supuse que a su modista le caía tan mal como a mí.

Aun así, las buenas formas me obligaron a devolverle el saludo con un asentimiento.

—Qué tal está —añadió mi hermana con educación.

En ese justo instante, Bertie decidió aparecer con lo que parecían hebras de paja en su abrigo de lino marrón y con el rostro redondo sudoroso y colorado.

—Disculpe que haya llegado tarde, lady Augusta. En Piccadilly ha volcado un carro de heno. —Nos saludó a todas con una inclinación de cabeza y con mano experta se sujetó el sombrero para que el viento no se lo llevara—. Lady Julia, señora Ellis-Brant, un placer verlas.

—Lord Cholton, no suele dejarse ver por el gran paseo —comentó la señora Ellis-Brant.

—No me agrada demasiado caminar, pero lady Augusta me ha invitado —le informó Bertie.

—Ah, conque se habían citado frente a las puertas —exclamó la señora Ellis-Brant con alegría. Casi pude oír cómo su mente de roedor componía la historia.

—Somos viejos conocidos —me apresuré a aclarar, pero ya era demasiado tarde; las hermanas de Bertie se enterarían, sin duda alguna, de que Bertie y yo estábamos cortejándonos—. Que tenga un buen día, señora Ellis-Brant.

Bertie se despidió con una inclinación y me ofreció el brazo, en tanto Julia echaba a caminar detrás de nosotros. Lo guie a toda prisa por el ancho paseo que se extendía junto al camino ecuestre para dirigirnos hacia el sendero que conducía hasta el Serpentín. Ya casi era hora de vestirse para la cena, así que la noble multitud había empezado a diseminarse, pero aun con todo nos vimos obligados a rodear a una gran familia que formaba tres hileras, una pareja que paseaba y que tan solo tenía ojos para su acompañante y una falange de tres jóvenes que seguían el ritmo a una muchacha rubia y voluptuosa de clase marginal que cabalgaba por el camino con cierta ventaja sobre ellos.

Como había esperado, el sendero de gravilla lateral estaba menos concurrido y una hilera de árboles lo protegía del incómodo viento. Miré hacia atrás. Julia nos seguía a la zaga prestando atención con discreción.

—Gracias por reunirse conmigo, lord Cholton —dije cuando ralentizamos el paso.

—Debo admitir que me ha sorprendido la invitación —observó. Me dirigió una nerviosa mirada—. Las malas lenguas hablarán.

—Como acabamos de ver —añadí con sequedad.

Bertie se permitió esbozar una sonrisa educada, pero su expresión seguía siendo la de un hombre que estaba atrapado. Mi mejor opción era aliviar su inquietud.

—No estoy aquí para tratar asuntos matrimoniales, lord Cholton. Los dos somos felices tal como estamos, creo. —Durante un segundo, el rostro de lord Evan apareció en mi cabeza.

—Santo Dios, sí. —Bertie soltó un suspiro de alivio—. Casarme es lo último que quiero hacer. —Frunció el ceño y se dio cuenta del imperdonable insulto que acababa de verbalizar—. Es decir, si algún día llegase a sopesarlo, entonces usted...

—Sí, sí, por supuesto. —Con un gesto resté importancia a su intento de rectificar—. Le he pedido que viniera porque me gustaría hablar de algo que sucedió hace veinte años. El trágico duelo entre lord Evan Belford y un hombre llamado Sanderson.

Bertie se detuvo de pronto, y su rostro adoptó un alarmante tono grisáceo.

—¿Cómo dice? —Se recuperó de la sorpresa y echó a caminar de nuevo—. ¿Por qué le interesa una historia tan antigua?

No se me había ocurrido una respuesta plausible a esa pregunta. Fue su turno de observar mi incomodidad.

—No se lo puedo decir. —Una contestación lamentable que quedó suspendida entre nosotros.

Caminamos en un incómodo silencio durante unos cuantos segundos, y entonces Bertie dijo:

—¿Es usted conocida de lord Evan?

Me fijé en que había dicho «es», no «era». ¿Acaso sabía que lord Evan había regresado a Inglaterra o no era más que su esperanza de recuperar a un amigo que había estado ausente durante mucho tiempo?

—Lo conocí en nuestra primera temporada, antes de que lo condenaran —respondí, y añadí con cuidado—: Es un hombre encantador.

—En efecto. —Bertie mantuvo los ojos clavados en el camino de gravilla—. Un buen amigo. Siempre.

Percibí una inusitada desconfianza por su parte. Miré hacia Julia, contenta al ver que a ella también le había picado la curiosidad. Arqueé una ceja: «¿Lo sabe?».

Julia se encogió de hombros: «Quizá». Levantó la barbilla hacia Bertie: «Pregúntaselo».

Sería un riesgo, pero uno menor.

—Hace poco, mi hermana y yo hicimos un nuevo amigo. Quizá usted también lo conozca. Es el señor Jonathan Hargate.

Fue como si hubiera tocado a Bertie con un cable electrificado.

—¡Lo saben!

—Así es.

Bertie se humedeció los labios.

—¿Qué pretenden hacer con esa información? —Miró hacia atrás e incluyó a Julia en la pregunta.

—Nada. Tan solo estamos interesadas en su bienestar —le aseguré.

—Es cierto. Debe quedar claro que no vamos a revelar su identidad —añadió mi hermana.

—Gracias a Dios. —Bertie se llevó una mano al corazón, y todo su cuerpo pareció alzarse y desplomarse en un aliviado resoplido—. Llevo meses con la noticia de su regreso. No estoy hecho para este tipo de subterfugios.

—Por lo visto, hasta el momento lo ha hecho muy bien —lo felicité, y se sonrojó ante mi elogio.

—Ni siquiera sabía si volvería ni si estaba vivo. Le mandé una carta hace dos años con la esperanza de que le llegara a las colonias. Era por un mal asunto, pero supe que Belford querría ayudar si era capaz de hacerlo. Tardó un año en recibirla y otro en regresar. Pero ahora él está aquí. Aunque todavía no podemos hacer gran cosa. —Hablaba tan deprisa que las palabras se chocaban unas con otras; guardar el secreto había sido muy difícil para él, era evidente.

—¿Una carta sobre qué? ¿Sobre el duelo?

—Dios bendito, no, sobre su hermana y... —Se quedó quieto y nos detuvo a las dos—. ¿No se lo ha contado?

—¿Contado el qué?

—Si Belford no se lo ha contado, yo no puedo hacerlo. —Bertie negó con la cabeza—. No soy quién para compartir su problema, lady Augusta. —Con gran teatralidad apretó los labios para sellar así su silencio.

—¿Se refiere a lady Hester Belford? —le preguntó Julia. Consciente de mi ignorancia hacia aquellas cuestiones, se dirigió hacia mí—: Lady Hester es la hermana menor de lord Evan, se llevan unos diez años y hace por lo menos dos que no se la ve en sociedad. Se dice que está muy enferma.

—No puedo añadir nada, lady Julia —le aseguró Bertie—. Si son amigas de Belford, en ese caso depende de él ponerlas al corriente de las circunstancias.

Tuve que admitir que de pronto sentía curiosidad por lady Hester, pero insistir no habría servido de nada; un caballero como Bertie no cedería en una cuestión de honor como aquella, sobre todo si se refería a un amigo suyo.

—Lo entendemos, lord Cholton —dije—. Pero ¿está seguro de que ha regresado por su hermana y no por el duelo?

—Estoy convencido. —Ladeó la cabeza—. Supongo que no le haremos daño a nadie si hablamos del duelo. ¿Qué desean saber?

—Todos los detalles.

Bertie se rascó la barbilla en un claro intento por rememorar los pormenores de hacía tanto tiempo.

—Veamos, quedamos aquí, en el parque, al alba, como suele hacerse siempre. ¿Es la clase de información que desea conocer?

—Sí. Todo lo que pueda recordar. —Tenía entendido que se habían batido en duelo allí, en Hyde Park, que veinte años antes era un lugar famoso para tales encuentros. De pronto me parecía vital ver el lugar donde había ocurrido el duelo, como si al pasar junto a ese sitio fuese a comprender mejor cuanto había sucedido—. ¿Nos puede mostrar dónde fue?

Bertie entornó los ojos y contempló el terreno a nuestra derecha.

—Hace cierto tiempo que no voy por allí, pero si allí está Park Lane —señaló en dirección hacia la vía pública, oculta a la vista por una densa hilera de robles—, el lugar del duelo se encuentra por allá. —Giró hacia la izquierda—. Tendremos que salir del camino y dirigirnos hacia el recorrido circular.

Julia cerró el parasol, que era más apto para pasear que para atravesar la naturaleza, y seguimos a Bertie, cuyo paso vivo me sorprendió enormemente. El verano había imprimido tonalidades marrones a la hierba, que crujía bajo nuestros pies como si fuera paja. Reduje el ritmo un ápice para coger una bocanada de aire que por suerte estaba desprovisto del hedor a aguas residuales y a humo.

Un petirrojo empezó a cantar, un *glissando* ascendente que alcanzó una nota muy alta y se detuvo, tras lo cual el silencio se llenó con la respuesta de otro pájaro oculto. A mi lado, Julia avanzaba con cuidado para no aplastar las margaritas amarillas y los acianos de un azul morado. Ya cuando era una niña se negaba a pisotear una flor. Una de nuestras institutrices le había contado que en los pétalos vivían las hadas, y hasta el presente se sentía obligada a evitarlas. A lo lejos, un reducido rebaño giró la cabeza al oírnos avanzar, pero acto seguido se concentraron de nuevo en el pasto.

La vasta extensión de cielo nuboso me insufló el deseo de quitarme los guantes, lanzar el juboncillo y correr atropelladamente por la hierba. Algo que jamás haría, sobre todo en un lugar tan público. Habían pasado por lo menos treinta años desde la última vez que había corrido con tamaño desenfreno por los campos de la finca de nuestro padre, con Julia y Duffy pisándome los talones. Yo siempre era la más veloz, siempre iba por delante. Fue así hasta que tuve que dar un paso atrás en favor de mi hermano.

Intercambié una sonrisa con Julia cuando las dos sujetamos con la mano nuestros respectivos tocados, que se sacudían por el viento; había pasado mucho tiempo desde la última vez que caminamos con tanto vigor. Aun así, a pesar del ejercicio y del incómodo calor, las mejillas y los labios de mi hermana seguían pálidos. Volví a mirar hacia ella y reparé en que tenía la respiración un tanto acelerada; estaba demasiado cohibida por la compañía de Bertie como para pedir que caminásemos más despacio. Le cogí la mano y redujimos el paso. Entre las cartas que había escrito y enviado esa misma mañana había una dirigida a madame d'Arblay donde le reiteraba mi invitación y le recordaba nuestra dirección. ¿Julia la recibiría cuando por fin le contase yo la verdad de la visita de la mujer?

El camino circular, o cuanto quedaba de él, se alzaba cerca del centro del parque y había sido el lugar en el que cincuenta años antes se desarrollaban toda clase de actividades a la última moda. Recordé a mi padre hablando al respecto: un enorme círculo vallado y rodeado de árboles alrededor del cual la alta sociedad daba vueltas en carruaje, a caballo o a pie para presenciar las últimas tendencias y contarse los últimos chismes. Después de varias décadas, solo el círculo de árboles y unas cuantas postas destartaladas daban fe de sus viejos tiempos. Tras soltarle la mano a mi hermana, me cubrí los ojos y estudié el entorno. Los árboles eran sicomoros, cuyas viejas ramas se extendían de uno a otro para formar un frondoso dosel. Si no teníamos en cuenta a las personas que se veían en caminos más alejados, bien parecía que estuviésemos en un prado en medio de la campiña inglesa.

—Así que fue usted el primero en llegar junto a Sanderson cuando cayó herido, ¿no? —le pregunté a Bertie.

—Sí. —Se secó la frente húmeda con un pañuelo de linón—. También el padrino de Sanderson (un tal coronel Dyson, creo recordar), y el doctor, un hombre que se llamaba Lawrence. Todos lo asistimos. Cuando llegamos, estaba vivo, atento incluso. El doctor lo examinó, pero vi que estaba preocupado.

—¿Sanderson estaba vivo? —le pregunté. Pero Deele me había contado que había muerto para cuando los dos padrinos y el doctor acudieron en su ayuda. ¿Un recuerdo vago o una mentira?

—Sí, pero murió al poco.

—¿Usted lo vio morir?

—Directamente no. Fui a reunirme con Belford y con Jollie, que se acercaban corriendo, acompañados de unos cuantos mirones. Belford estaba inquieto, que, debo añadir, no es el comportamiento propio de un hombre que estaba decidido a matar. Eso dije en el juicio.

—¿Quién es Jollie?

—Debía de ser Rupert Jollie, querida —intervino Julia, que había trazado la genealogía en cuanto Bertie pronunció su nombre—. El cuarto conde de Dansford, ya fallecido.

—En efecto. —Bertie asintió—. Jollie asistió como un padrino no oficial, puesto que también había participado en la partida de cartas. Conocía mucho mejor que yo los entresijos de los duelos, así que hizo llamar al doctor y me ayudó a llevar a cabo los procedimientos.

—Es decir, tanto Dyson como el doctor estaban con Sanderson cuando murió.

—Sí, los dos lo vieron morir. —Miró alrededor y señaló hacia un par de sicomoros que se alzaban en el oeste—. Por allí fue donde Sanderson se tambaleó y murió. Me acuerdo porque entre esos dos árboles se veía la caseta de los vigilantes.

La caseta de los vigilantes todavía era muy visible; se trataba de un edificio de piedra gris un tanto alejado. Un hombre estaba de pie en el camino que llevaba hasta ella. Entorné los ojos y contemplé la solitaria silueta. ¿Llevaba un chaleco azul brillante y pantalones pálidos, como el tipo de las puertas? No pude cerciorarme. Quienquiera que fuese dio media vuelta y, con una leve cojera, retomó el camino hasta desaparecer al otro lado de la caseta de los vigilantes.

Me centré de nuevo en el asunto que nos ocupaba.

—Creo que sería de ayuda si reprodujéramos el triste momento. Lord Cholton, ¿podría enseñarle a Julia dónde se encontraba lord Evan y, después, a mí el punto exacto en el que murió Sanderson?

Al cabo de poco estábamos cada cual en su lugar. Bertie convino en protagonizar el papel de Sanderson y se recostó en el árbol indicado. Yo me agaché a su lado —era el médico y el coronel— y miré hacia mi hermana, que estaba a más de cincuenta yardas, al otro lado de los restos de la valla. Pero yo no la veía en absoluto. El terreno se alzaba ligeramente en una baja loma y dábamos hacia la caseta de los vigilantes. Me levanté y Julia apareció de inmediato. Mi hermana movió el parasol, yo la saludé y me agaché de nuevo.

—¿La loma estaba aquí cuando el duelo? —le pregunté a Bertie.

—No estoy seguro. —Frunció el ceño—. Pero creo que sí.

Repetí mi experimento y obtuve el mismo resultado: desaparecíamos de la vista. Le hice señas a Julia para que se nos acercara.

—Cuando te has agachado, solo te he visto la parte superior del tocado, no la cabeza entera —me contó en el extremo del ligero promontorio—. ¿Es información útil?

—Así es —le aseguré—. Si la loma estaba aquí hace veinte años, desde el terreno del duelo era imposible ver a Sanderson, al doctor y al coronel Dyson en el momento en que el primero murió. —Me giré hacia Bertie—. Y supongo que usted les daría la espalda porque iba a reunirse con lord Evan.

—¿Está pensando que quizá el coronel o el doctor tuvieron tiempo de cometer algún acto malvado contra Sanderson? —Me miró a los ojos—. Me parece improbable. En ese caso, estando tan cerca debían de haber confabulado, y antes del duelo resultó evidente que no se conocían. Además, los dos declararon bajo juramento que Sanderson murió sin que nadie más interviniera.

—¿Sabe dónde se encuentra ahora alguno de ellos? —Me incorporé y me sacudí el polvo de las manos enguantadas.

—No sé siquiera si siguen vivos. —Bertie también se levantó con cierta rigidez y me miró con expresión inquisitiva—. Después del juicio y de la condena de Belford, siempre pensé que alguien debía haber indagado más sobre Sanderson. A fin de cuentas fue el que había muerto. Pero todo se limitó a la pelea entre Belford y él, y, como todos habíamos visto que Belford le había herido levemente en el pecho, las pesquisas llegaron a su fin al instante.

—Santo Dios, tiene usted razón. —Me lo quedé mirando. Yo también había tomado el mismo camino sin pensar y me había concentrado en lord Evan, el condenado, no en Sanderson, la víctima. Debería recabar más información sobre el duelo en sí mismo y sobre el fallecido.

Bertie se dio un golpecito en la cabeza con los nudillos.

—No soy un zoquete integral, ¿eh? ¿Belford sabe que están hurgando en su vieja historia?

Vacilé.

—Sí, y le ha pedido a lady Augusta que no se involucrase —terció mi hermana con brusquedad. Su descripción de mi terquedad empezaba a parecerse a un estribillo.

—Y supongo que usted estará de acuerdo —le espeté a Bertie.

Él se recolocó el sombrero y se sacudió el polvo del abrigo de lino.

—Es un asunto de dominio público, lady Augusta, y, si hay alguien capaz de encontrar algo que ayude a Belford, esa es usted. Siempre he dicho que es tan lista como un parlamentario. —Me ofreció el brazo.

¡Por supuesto! El duelo y sus repercusiones eran de dominio público. En ese caso, el juicio habría aparecido en los periódicos y en las revistas de la época. Quizá había algo que hallar en alguna de sus páginas. Ya sabía cuál sería mi siguiente paso. Acepté el brazo de Bertie con renovada determinación.

—Me gustaría que mi amigo recuperase el lugar que le corresponde y la vida que le pertenece —comentó Bertie con tristeza, y acto seguido me sonrió, y su expresión se volvió un tanto astuta—. Y algo me dice que a usted también le gustaría.

22

Henrietta Street, Londres

Después de que Julia y yo nos separáramos de Bertie, la dejé en Hanover Square para descansar antes de la cita que teníamos con Charlotte por la noche, y a continuación le pedí a nuestro cochero John que me llevase a la casa de mi hermano de Henrietta Street. Me movía la idea de encontrar algo acerca del duelo en las publicaciones de la época. Mi padre había estado suscrito a la revista *Gentelman's Magazine* durante muchos años y guardaba los números atados en montones anuales para su biblioteca de la ciudad. Seguro que encontraba la que correspondía a 1792.

Golpeé con la aldaba de latón la puerta principal de la casa de mi hermano con la esperanza de que no estuviera en casa. Pullam, el mayordomo, abrió la puerta y permitió que el asomo de una sonrisa cálida le iluminara el rostro hosco.

—Lady Augusta. —Inclinó la cabeza.

—Pullam, me alegro de verte. —Pasé junto a él en dirección al recibidor. Duffy lo había heredado a él igual que la casa, y éramos viejos amigos—. ¿Está mi hermano aquí? He venido sin avisar.

—Lord Duffield está en casa, milady.

Qué mala suerte. Aun así sería poco probable que a mi hermano le interesara por qué necesitaba yo tomar prestado un volumen.

—No es más que una visita fugaz —dije, y le hice señas a Pullam para que no me cogiera el tocado.

—Lord Duffield se encuentra en el salón. Si es tan amable de seguirme.

Me guio hacia las escaleras, que sin lugar a duda yo habría podido encontrar con los ojos cerrados. Julia y yo habíamos vivido allí con padre durante años antes de que nos instaláramos en una casa propia. La separación había sido principalmente por mandato de él; sospecho que nuestra presencia de solteronas había interferido con su exuberante amor por la vida. Me alegré de que Julia y yo hubiéramos elegido comprar la casa de Grosvenor Square y no volver a ocupar esa. Era la casa con terraza del medio de una sucesión de tres y el interior resultaba bastante oscuro, sobre todo de noche. Incluso en esos instantes reinaba la penumbra, si bien todavía no eran las seis de la tarde de verano y Duffy había hecho prender velas en cada aplique. Asimismo, me pareció que el fantasma de padre ascendía las escaleras detrás de mí; una sensación escalofriante.

Pullam llamó a las dobles puertas del salón y, tras oír el consentimiento de mi hermano, las abrió.

—Lady Augusta, milord —me anunció.

Mi hermano, que todavía no se había vestido para la cena, dejó un vaso de whisky y se levantó de la butaca para fruncir el ceño ante mi reverencia.

—Augusta, no te esperaba. —Y, al parecer, no era del todo bienvenida allí. De todos modos, me señaló el asiento opuesto—. ¿Quieres sentarte?

—No, gracias, no tengo intención de quedarme mucho tiempo. He venido a coger una revista de la colección de padre.

—Ah. —Se encogió de hombros—. Sin problema.

—Gracias.

Me preparé para marcharme, pero Duffy alzó una mano para detener mi partida.

—Antes de que te vayas, Augusta, ¿por qué ayer no fuiste a saludar a la señorita Woolcroft en el baile de los Davenport? —Su tono era acusatorio—. Julia se nos acercó, pero tú no.

—Ya sabes cómo son los bailes de Charlotte. Siempre congregan a una multitud.

—Pero Julia lo consiguió, y por lo general sois inseparables. —Se humedeció los labios—. No me gusta este arrebato rencoroso tuyo, hermana. Y te advierto de que no voy a permitir que por antipatía le hagas ni un solo desplante a Harriet. Espero que le des la bienvenida a la familia con la deferencia apropiada. Tendrá un rango mayor al tuyo y voy a insistir en que respetes la jerarquía. A partir de ahora mismo.

Levanté la barbilla. Este era precisamente el motivo por el que Duffy y yo jamás debíamos estar solos en una estancia sin la diplomática presencia de Julia. Estuve a punto de contarle el favor que le había pedido a George Brummell, pero no, no quise complacer su arrogancia.

—Puedes estar seguro de que le mostraré a la señorita Woolcroft la deferencia apropiada cuando sea condesa, hermano. Y no es que sienta, como tú dices, «antipatía» por ella. Pero, aunque fuese así, no puedes controlar esas cosas.

—Soy tu hermano y el cabeza de familia. —Se irguió cuan alto era (menos que yo)—. Es mi deber controlarte y refrenar tu impulsividad.

—¿Mi impulsividad? ¿A qué diablos te refieres con eso? —Santo Dios, ¿le habían contado nuestra aventura en los jardines Vauxhall?

—A Grosvenor Square. No me puedo creer que hayas comprado una casa sin consultármelo. Estoy seguro de que fue idea tuya y no de Julia. Y Jackson me ha contado que no contaste con sus servicios para comprarla.

Así pues, no se trataba de Vauxhall. Era un alivio, pero a fin de cuentas la compra de la casa en Grosvenor no le concernía en absoluto.

—Contamos con nuestro propio agente. Fue «nuestra» decisión y es «nuestro» dinero, Duffy.

—No me cabe ninguna duda de que llegaste a un mal acuerdo. Te crees muy inteligente, Augusta, pero las mujeres no tenéis cabeza para esas cuestiones. Además harás que yo parezca tacaño por no acoger a mis propias hermanas. Deberíais haber aceptado esta casa.

—Echarnos de Hanover Square no te hace parecer tacaño,

hermano, te hace parecer cruel y egoísta. Quizá deberías reflexionar al respecto.

Me di la vuelta y salí del salón con los puños apretados en un esfuerzo por contener mi furia. ¿No teníamos cabeza para negociar? No había sido yo la que había perdido mucho dinero en la peligrosa y absurda especulación de tierras en la nueva América. Él había perdido miles de libras.

Me detuve en el descansillo, paralizada por un repentino pensamiento. Si bien Duffy había asegurado que no se casaba con la señorita Woolcroft por la dote y herencia de ella, ¿acaso la especulación en terreno americano había hecho más mella en su fortuna de la que estaba dispuesto a admitir?

Aun así, aunque se viera obligado a aceptar un matrimonio de conveniencia, eso no excusaba su insufrible condescendencia. Casi pude oír las carcajadas de padre; habíamos bromeado en secreto que Duffy se convertiría en un patán pomposo al cumplir los cuarenta. Habíamos sido generosos y le habíamos regalado tres años.

Cuando éramos pequeños, en ocasiones sentía lástima por mi hermano. Nunca había hecho gala de la maestría deportiva ni de la aguda inteligencia que nuestro padre admiraba, y su personalidad incluía cierto rencor que a menudo se transformaba en brutalidad y en inflexibilidad, dos características que a padre nunca le habían gustado. Para empeorar aún más las cosas, padre a menudo lamentaba delante de Duffy que yo hubiera sido una chica y no su heredero. No debía de haber sido fácil oír ese rechazo. Aun así, él era el heredero de padre —con el título, las tierras y el poder que ello suponía—; de ahí que mi compasión por sus sufrimientos de joven fuese limitada, igual que mi paciencia con sus «correcciones» fraternales.

Para cuando hube bajado las escaleras y llegado al despacho, que se hallaba en la parte trasera de la casa, había recuperado cierta dosis de calma.

Al oír qué me traía entre manos, Pullan había enviado a una de las criadas para que encendiera el candelabro antes de mi llegada. Entré en la estancia con sentimientos encontrados; había sido el refugio de mi padre y, si algún rincón de la casa pudiese contener su espíritu, sería ese.

Todo parecía tal como él lo había dejado: el enorme escritorio de caoba seguía cubierto de recipientes con tinta y arena secante, tres paredes estaban abarrotadas de libros y junto a la repisa de la chimenea había un sillón orejero de cuero desgastado. Todas las superficies se hallaban limpias de polvo, por supuesto, pues las criadas debían de haber limpiado el despacho junto con el resto de la casa, pero no parecía un lugar habitado. Salvo, quizá, por mi recuerdo de la presencia de padre. Me encaminé hacia el sillón. ¿Cuántas noches me había permitido acurrucarme con un libro mientras él trabajaba en sus papeles? Cientos. Cuánto echaba de menos el cómodo silencio de aquellos tiempos.

Sacudí los hombros para expulsar la nostalgia de mí y me dirigí hacia las estanterías de la pared del fondo. Si no me fallaba la memoria, padre había guardado todas las publicaciones anuales juntas en el tercer y cuarto anaquel. Me quité un guante, me recogí el dobladillo del vestido y me agaché para leer las letras doradas de la serie uniforme de libros con tapas rojas de piel. El *Monthly Review*, por lo general un sinfín de críticas de libros no conformistas. Pasé un dedo por el suave lomo. Al lado se encontraba su contrario, el *Critical Review*, un acérrimo defensor del partido conservador y de la Iglesia. A mi padre siempre le había gustado buscar el equilibrio. Por fin di con la *Gentleman's Magazine*. Recorrí con un dedo los años hacia atrás hasta llegar a 1792. Extraje el libro del estante y lo abrí por las páginas del mes de junio, el mes en que tuvo lugar el duelo.

Estaba demasiado oscuro como para leer la tinta. Me levanté y alcé el anuario hacia la luz de las velas. En la edición de junio no se mencionaba nada. Sí que vi, sin embargo, un breve artículo sobre la pobre Penelope Wardrup. Leí el titular: LA HIJA DE UN BARONET APUÑALA A SU HERMANO. Tanto el duelo de lord Evan como el ataque de Penelope a su propio hermano, el señor Oliver Wardrup, habían sido los escándalos sociales de aquel año. La puesta de largo de Penelope había sido contemporánea a la nuestra; era una muchacha tranquila, con los ojos azules más grandes que yo haya visto nunca. Nos habíamos llevado bastante bien y compartimos el entusiasmo por los libros y por montar a caballo. A todos nos había sorprendido enormemente enterarnos de que había herido de gravedad a su hermano. Y al poco desapareció de la sociedad. Los rumores aseguraban que la habían enviado a la India para casarla con un hombre de la Compañía Británica de las Indias Orientales antes de que tuviera que enfrentarse a la ley. Deseé que allí hubiese encontrado cierta felicidad.

Retomé la búsqueda de textos dedicados al duelo y pasé las páginas hasta julio. Ah, por fin: UN INFORME DEL JUICIO DE LORD EVAN BELFORD.

Era una lectura fascinante. Los detalles del duelo encajaban más o menos con los recuerdos de Bertie, a excepción de dos datos: el nombre del coronel que aparecía en el texto era Drysan, no Dyson —¿un error de Bertie?—, de Albany House, en Piccadilly, y no fue el doctor Lawrence quien había testificado para explicar las heridas de Sanderson. Fue un tal doctor Robie, que al parecer realizó un examen *post mortem* a Sanderson, quien subió al estrado y declaró que la herida infligida por lord Evan había sajado el corazón de la víctima, sellando así el destino del acusado; aunque lord Evan y Bertie habían insistido en que la herida era superficial.

Cerré el anuario y me lo guardé debajo del brazo. En veinte años podían haber sucedido muchas cosas, pero quizá el coronel Drysan y el doctor Robie siguieran vivos y en Londres. Y quizá, si teníamos suerte, estarían dispuestos a relatar una vez más su visión del duelo.

Cuando regresara a casa, enviaría a uno de nuestros criados a Albany House a investigar con suma discreción.

23

Davenport House, Londres

Charlotte dejó el pañuelo encima de la mesa de la cena y les hizo señas a los criados para que apartaran las sillas.

—¿Nos sentamos, señoras? —dijo.

Había llegado el momento de retirarse y abandonar a los hombres con su vino de Oporto para que pudiéramos pasar al plato de mayor importancia de la velada: comentar el baile de la noche anterior con una taza de café.

Nos habíamos alejado de los hombres en orden de superioridad: primero Charlotte, después Julia y yo, lady Donelly —una vieja amiga en común— y, en último lugar, la señora Ellis-Brant con la habitual expresión de armiño insatisfecho. Me había llevado la desagradable sorpresa de encontrarme a la señora Ellis-Brant y a su esposo en el salón minutos antes de cenar. Una apresurada y susurrada conversación con Charlotte me lo había explicado todo: se había visto obligada a invitar a la pareja debido al vínculo familiar que los unía. A lord Davenport, al parecer, le caía bastante bien su primo, el señor Ellis-Brant.

Seguí a Julia hacia las escaleras que conducían al salón de Charlotte, y me di cuenta de que sus andares eran un tanto vacilantes.

—¿Te encuentras bien, querida? —le murmuré a mi hermana, y la cogí del codo para la subida—. Apenas has comido nada durante la cena. ¿Quieres que nos marchemos?

Debía admitir que no me parecía mala idea irnos temprano. Seguía resultándome incorrecto continuar con nuestras actividades habituales mientras Weatherly recorría Covent Garden en busca de información sobre la pequeña Marie-Jean y Thomas cruzaba a caballo varios condados para traer a lord Evan hasta nosotras. Yo había dispuesto instrucciones para que un criado fuese a buscarnos si Weatherly regresaba, y la distancia que separaba la ciudad de Reading sugería que Thomas y lord Evan no estarían de vuelta hasta las primeras horas de la mañana siguiente. Mi forzosa inactividad me inquietaba, así como el deseo de ver a lord Evan de nuevo. Aun así, Samuel había descubierto que el coronel Drysan vivía todavía en Albany House, y yo había conseguido mandar una rápida nota al caballero antes de salir hacia la casa de Charlotte. Por lo menos había hecho algo, aunque no ayudase a salvar a Marie-Jean.

—No te preocupes. Solo estoy un poco mareada —murmuró Julia.

Observé con mayor atención el rostro pálido de mi hermana. Las sombras que tenía debajo de los ojos parecían más oscuras.

—Creo que deberíamos irnos a casa.

—De ninguna de las maneras —aseveró Julia con firmeza—. No es más que la consecuencia de mi dolor de cabeza. Enseguida se me pasará. —Me dio un apretón en el brazo para reconfortarme—. Además no quiero que te pierdas tu parte preferida de la velada.

Ladeé la cabeza hacia la señora Ellis-Brant, que acababa de subir el tramo de escaleras inferior, y arqueé una ceja: «No será lo mismo con ella aquí».

Julia negó ligeramente con la cabeza: «Sería de mala educación retirarse ahora».

—Charlotte lo entenderá si nos marchamos —dije en alto.

—Que no —exclamó Julia con una repentina llama de cólera en la voz.

Ya habíamos llegado al salón. Vi cómo se dirigía hacia el sofá con un paso que denotaba una extraña turbación. Debía de encontrarse muy mal para mostrarse tan irritable.

Antes de que pudiera sentarme a su lado, la señora Ellis-Brant se desplomó en el asiento con una sonrisa conspiratoria dedicada a mi hermana y el crujido de su vestido de rayas turquesas y rosas.

—Qué espléndido que tengamos la oportunidad de volver a conversar, lady Julia —dijo inclinándose demasiado.

Mi hermana se echó hacia atrás y sonrió con educación. Pobrecita... Debería haberle insistido para que nos fuéramos.

—Ven, siéntate —me indicó Charlotte mientras daba una palmada al sofá azul junto a ella—. Lady Donelly, tú ocupa el sillón. Sé que tendrás frío, y es el asiento más cercano a la chimenea.

El fuego del salón estaba encendido y las llamas se hallaban protegidas por una rejilla pintada con una preciosa escena pastoral, uno de los detalles seleccionados por la propia Charlotte. Nos dispusimos a ocupar los asientos asignados. Al sentarme junto a Charlotte, la señora Ellis-Brant se giró hacia mí con el rostro de roedor iluminado por una pícara provocación.

—Lady Augusta, ¿debemos esperar que pronto se haga pública su relación con lord Cholton? —preguntó con voz melosa—. En el paseo formaban una pareja bellísima.

—En absoluto —respondí con la mayor amabilidad que pude—. Como ya he comentado, lord Cholton y yo somos viejos conocidos. Nada más.

—Dios bendito, ¿lord Cholton y tú, Augusta? —terció Rosalie, lady Donelly. Sus ojos azul muy claro y su rostro agradable ocultaban un ingenio mordaz y un sentido del humor sorprendentemente mundano, dos de los motivos por los cuales a Charlotte, a Julia y a mí nos caía tan bien—. Quiero ver esa boda. ¡Y la noche de bodas!

—Pues no será posible —dije lanzándole una mirada reprobadora de broma—. La señora Ellis-Brant da por hecho una relación que no existe ni por asomo. —Pero había logrado descubrir un vínculo, aunque no el que ella se imaginaba.

Los criados trajeron el café, el té y pastelitos glaseados, los preferidos de Julia, pero mi hermana no cogió ninguno. ¿Había comido algo en toda la noche?

Me apropié de una taza de café y sorbí el intenso sabor. Hacía poco me había enterado de que alguna gente creía que el café perturbaba la mente de una mujer. Sin embargo, yo siempre pensé que la aguzaba. Quizá ese era el principal problema de ello.

—No esperaba ver a Deele en el baile —comentó Rosalie mientras dejaba la taza sobre el platito—. Me cortejó, ¿sabéis?, hace tiempo, durante mi primera temporada. Por desgracia, no le gustó mi sentido del humor, ni a mí su superioridad…, digo, su seguridad moral. —Miró de soslayo hacia Charlotte y hacia mí con ojos divertidos.

—Vaya, eso me habría gustado verlo. —Sonreí. Rosalie soltó una risotada.

—Por suerte, los dos huimos de ese escenario. Y estoy convencida de que ahora es feliz con lady Deele. Creo que dará a luz en breve, ¿no es así? Su primer hijo, tengo entendido.

—Es un poco mayor para tener el primer hijo —intervino la señora Ellis-Brant mientras mordisqueaba un pastelito; era una ratita que escarbaba y escarbaba hasta llegar a los chismes—. Veintiséis años, ¿o son veintisiete?

—Yo tenía la misma edad cuando parí a lord Albeware —saltó Charlotte con aspereza.

—Pero es tu segundo hijo, ¿no es así, milady? —insistió la señora Ellis-Brant con dulzura—. Ser tan mayor para el primero… —Negó con la rubia y estirada cabeza y bebió un sorbo de su taza—. Pero es que lord Deele tuvo que conformarse con lo que pudo conseguir, ¿verdad? Las mejores familias difícilmente querrían aliarse con los Belford después de lo que le ocurrió a lord Evan, el hermano mayor.

—¿De veras, Emelia? —dijo Charlotte con tono reprobador. Noté que mi amiga hacía lo imposible por no lanzarme una mirada a mí.

Julia también emitió un ruido de protesta y se apartó un poco más del roedor. Mi hermana, como yo misma y como mi querida Charlotte, no quería que la señora Ellis-Brant incluyese a lord Evan ni a su familia en la conversación.

¿O quizá yo sí lo quería?

Me quedé mirando a la señora Ellis-Brant y vi cómo la oportunidad se extendía ante mí. Aquella mujer se afanaba en indagar en los asuntos de los demás. ¿Conocería la historia que había detrás de la desaparición de lady Hester de la sociedad? ¿O por lo menos alguna versión de lo que podría haber sucedido, más allá de la explicación general de una dolencia? Me haría aliada de la peor clase de chismorreos —y de una mujer hipócrita y arribista—, pero quizá daba un paso más hacia el descubrimiento de lo que le habría sucedido a lady Hester. Un paso más hacia ayudar a lord Evan con la empresa que lo había traído de vuelta a Inglaterra.

—¿Y su hermana? —dije para llenar el incómodo silencio—. He oído decir que en realidad no está enferma, como se afirma.

La señora Ellis-Brant me devolvió la mirada antes de coger aire y aprovecharse del inesperado apoyo.

—En efecto —asintió—. A mí también me ha llegado esa información.

Ignoré la expresión de sorpresa de Charlotte y de Julia, y me incliné hacia delante para animar a la señora Ellis-Brant a proseguir.

La mujer dejó la taza y abrió mucho los ojos con gesto cómplice.

—La criada de la señora Lanniard (los Lanniard son vecinos de los Deele en la ciudad) le dijo a mi criada que ¡lady Hester Belford no está confinada por enfermedad, sino que huyó con alguien!

—¿De verdad? —le pregunté mientras devolvía la taza al platillo—. ¿Con quién huyó?

—Ah, es que esa es la cuestión —dijo la señora Ellis-Brant antes de hacer una pausa dramática en busca de efecto—. No fue con un hombre, sino con una mujer. ¡Huyó con una mujer!

—Sandeces —exclamó Charlotte—. Haces que parezca un asunto turbio. Si ciertamente se marchó con una mujer, seguro que se trataba de una amiga suya.

La señora Ellis-Brant se recostó en el respaldo con una sonrisa triunfal en el rostro.

—No era una amiga suya, condesa. La criada las vio…, en fin, digamos que el beso excedía los límites de la amistad y que el lugar donde tenían las manos... —Dejó la frase inconclusa y arqueó las cejas—. Una escena propia de las señoritas de Llangollen o la señorita Lister.

Se refería a tres de las mujeres más famosas, o quizá de mala fama, que según se contaba vivían una vida sáfica. Las señoritas de Llangollen eran lady Eleanor Butler y la señorita Sarah Ponsonby, que vivían juntas en Gales en una casa llamada Llangollen, aunque negaban que su relación fuese algo más que una amistad. La señorita Lister de Shibden Hall, en cambio, era mucho más abierta con su naturaleza. La conocí unos años atrás en una visita a York; era una mujer de extraordinaria confianza en sí misma cuyas interpretaciones de vestidos masculinos y preferencias por compañías femeninas provocaron escandalizados rumores y cierta admiración a su paso. Antes de eso, ingenua de mí, jamás había pensado que el amor de los griegos pudieran sentirlo las mujeres, como hacían los hombres. Durante unas horas después de haber conocido a la señorita Lister —y de haber disfrutado de un extraño y emocionante coqueteo—, me pregunté si quizá mi propio estado de soltería se debía a esa peligrosa preferencia. Pero no, esos inquietantes sentimientos que a veces albergaba se dirigían hacia los hombres, y mi soltería se debía a mi propia decisión y a la consecuencia de haber recibido ofertas de bobos y anodinos intelectuales, así como de algún que otro cazafortunas.

—Por eso lady Hester hace dos años que no se presenta en sociedad —prosiguió la señora Ellis-Brant—. Está en algún lado viviendo una vida antinatural.

Había las mismas posibilidades de que la historia fuera verdadera que falsa. O por lo menos una mezcolanza de medias verdades. Aun así, algo sobre su hermana había hecho que lord Evan regresara a Inglaterra y se dispusiese a correr un gran peligro. ¿Era en parte por eso? Presencié la infame respuesta de lord Deele a mi querido Bertie durante el baile. Si su propia hermana era sáfica, no parecía probable que él fuese a ayudarla a salir de algún aprieto. De hecho, seguramente renegaría de lady Hester. Quizá lord Evan conocía las creencias de su hermano y había llegado a la misma conclusión, con lo cual pretendía ayudar a su hermana con su ilícita vuelta. Era una lástima que nadie me hubiera hablado de lady Hester antes del baile. Podría habérselo preguntado a lord Deele. Tal vez pudiera preguntarle a lord Evan...

—¡Julia! —De pronto, el grito de Rosalie me sacó de mis ensoñaciones—. Augusta, Julia se ha desmayado.

En el sofá, mi hermana se había desplomado sobre los cojines con los ojos cerrados y el rostro desprovisto de todo color.

—¡Julia! —Me puse en pie de un salto y Charlotte me imitó al instante.

La señora Ellis-Brant observó a mi inconsciente hermana y, acto seguido, se levantó del sofá para apartarse de su silueta inerte.

—¡Santo Dios! —Rodeé la mesa de centro y me arrodillé a su lado. Ni siquiera sus labios mostraban color alguno. Le zarandeé los hombros y noté bajo la mano el duro risco de su clavícula. Sin respuesta—. Julia, ¿puedes oírme?

—Prueba esto —dijo lady Donelly abriéndose paso delante de la señora Ellis-Brant para ofrecerme una vinagrera plateada—. Tiene sales revitalizantes.

Agarré la cajita plateada, abrí la tapa con la uña del pulgar y la puse debajo de la nariz de mi hermana. Julia hinchó el pecho al aspirar.

Nada. Ni siquiera un parpadeo. Por Dios, ¿qué le ocurría? Me di cuenta de que yo estaba resollando. Cogí una bocanada de aire para tranquilizarme. Debía mantener la calma.

—Acércaselo más —me indicó Rosalie—. Debe inhalar los vapores por completo.

Desplacé la cajita hasta que los adornos plateados casi rozaron las ventanas de la nariz de Julia. Su pecho se hinchó, y jadeó con la cabeza hacia atrás y los ojos bien abiertos.

—¿Qué ocurre? —Apartó la vinagrera con una mano floja y cogió otra bocanada de aire.

—Te has desmayado, querida —le dije.

—¿Debería llamar a un médico? —preguntó Charlotte tras de mí.

—No es necesario ningún médico —le aseguró Julia. Cerró los ojos con fuerza y los volvió a abrir. Al final posó la mirada en mí. Estaba lúcida por completo, gracias al cielo. Extendió un brazo y me cogió la mano; tenía la piel fría, pero me apretaba fuerte—. Estoy bien, hermana. Solo un poco aturdida. Siento haberte preocupado. —Su mirada se clavó en Charlotte y en Rosalie, y por último en la señora Ellis-Brant, que estaba de pie a cierta distancia del sofá—. Siento mucho haber despertado preocupación. Son los efectos de una migraña.

—¿Estás segura de que no necesitas que te vea un médico? —insistió Charlotte.

—En absoluto. —Julia se incorporó con cierto esfuerzo.

—Creo que ya es hora de que volvamos a casa —dije. Esta vez mi hermana no protestó.

—Por supuesto. —Charlotte asintió—. Llamaré a vuestro carruaje. —Le dirigió un asentimiento a uno de los criados que estaba junto a la puerta, que se marchó de inmediato para encargarse del recado.

Miré hacia la señora Ellis-Brant. Escarba que te escarba, el desmayo de mi hermana ya estaba convirtiéndose en el último chisme. Pero no si yo podía evitarlo.

—Me alegro mucho de estar entre amigas —exclamé—. Sería lamentable que los efectos de una migraña pasaran a ser el último rumor.

—En efecto —afirmó Charlotte. Miró a la señora Ellis-Brant con todo el peso de su rango y de su posición en la sociedad—. Ninguna de las presentes se lo contará a nadie. Puedes estar segura.

Los ojillos de roedor de la señora Ellis-Brant se apartaron de la mirada de Charlotte. La mujer guardaría silencio, aunque solo fuera para asegurarse la ventajosa relación que la unía a la condesa de Davenport.

24

Hanover Square, Londres

Un golpecito en el hombro me sacó del suave amparo del sueño. Abrí los ojos y parpadeé para intentar adaptarme al cercano resplandor de una vela. El rostro cansado y adormecido de mi doncella embargó mi visión.

—Milady, ¿está despierta?

Conseguí proferir un murmullo de asentimiento. No había pensado que fuera a quedarme dormida, teniendo en cuenta el desmayo de Julia y la situación por la que estaba pasando la muchacha a la que queríamos rescatar, pero el esfuerzo del baile, el paseo y la cena me habían dejado agotada.

—¿Se trata de lady Julia? —pregunté intentando abrirme paso entre el cansancio. Cuando la noche anterior nos acostamos, mi hermana parecía bastante recuperada. Aun así no había que restar importancia a un mareo.

—No, milady. Me dijo que la despertara en el momento mismo en que regresara Thomas —me informó Tully mientras con la vela que portaba encendía otra junto a la cama—. John nos ha comunicado que el chico está esperando en los establos.

Si Thomas había llegado, entonces lord Evan también. Me incorporé ya sin un ápice de somnolencia.

—Ve a por mi salto de cama rojo de seda. Y a por una cofia. Y luego dile a Weatherly que lleve a Thomas y a quienquiera que esté con él hasta la salita de día.

—El señor Weatherly todavía no ha regresado, milady. —Tully había bajado la voz.

—Ah. —Digerí la inesperada noticia. De todos modos, el mejor momento para interrogar a los ocupantes de un burdel era cuando estaban despiertos, así que debía confiar en lo mejor—. No pasa nada. Ya hemos acabado aquí, lleva a Thomas y a su acompañante hasta la sala.

Tully hizo una reverencia y se acercó a los apliques de la pared para encender a toda prisa las velas antes de encaminarse hacia mi vestidor anexo. El reloj de la repisa de la chimenea marcaba las doce y media de la madrugada; lord Evan debía de haberse subido a la silla de montar en cuanto Thomas le entregó mi nota, para así volver enseguida. Una idea agradable.

Al entrar en el vestidor, me encontré a Tully delante de la cómoda intentando eliminar las arrugas de mi salto de cama.

—¿Quiere que le recoja el pelo con horquillas, milady?

—Sí. —Me senté en el taburete del tocador, pero me levanté en el acto—. No, la trenza bastará.

No había tiempo que perder, y podía ocultar las peores consecuencias de la noche debajo de mi cofia. Con un asentimiento, Tully sostuvo en alto el salto de cama. Obediente, me giré, y mis brazos se metieron aprisa en las mangas; a continuación, el resto de la tela me rodeó el cuerpo sin problemas. Se agachó un poco —el moño con que se había recogido la melena castaña clara estaba un tanto torcido— y ató el cinturón con fuerza, y luego se incorporó para ir a buscar la cofia. Era una que me había comprado hacía poco tras la insistencia de Julia.

—Se me ha ocurrido que era la ocasión ideal para ponérsela, milady —dijo Tully con su voz de criada más desabrida.

—No me digas —respondí imitando su tono. Tully había enviado con discreción mi primera carta al señor Hargate a El Ciervo Blanco, en Reading. Después había sido testigo de mi creciente desesperación conforme pasaban las semanas sin obtener respuesta, así como de mi alegría cuando al fin llegó una misiva. También sabía que yo había enviado a Thomas hasta

Reading en un acto de locura. Obviamente, mi doncella había sumado dos más dos y había deducido que se trataba de todo un romance gótico. El sentimentalismo de su juventud, quizá, y una obra digna de Ann Radcliffe.

Me colocó la cofia encima de la cabeza, con la punta de la lengua entre los labios durante el proceso.

—Ya está. —Añadió un último retoque a la alegre cinta lateral—. El estilo cazador le queda muy bien, milady. Lady Julia tenía razón.

—En lo que se refiere a cofias y ropa, lady Julia siempre tiene razón —entoné.

Con una fugaz sonrisa y una reverencia, Tully cogió su vela y se marchó.

Analicé el efecto en el espejo del vestidor. Era una cofia bonita, pero qué cansada me veía, señor; por lo menos no espantaría a nadie con el pelo suelto y enmarañado.

Equipada con mi propia vela, abrí suavemente la puerta de mi dormitorio y salí al oscuro pasillo. La habitación de mi hermana se encontraba en el otro extremo del sombrío corredor. Ojalá no la hubiéramos despertado. Necesitaba descansar, y lord Evan no precisaba que las dos le explicáramos la situación.

Me dirigí hacia las escaleras; la luz de mi vela lanzó un destello momentáneo hacia el jarrón de porcelana que estaba encima de la mesa y hacia los ojos blancos y muy abiertos de un caballo pintado. Cuando llegué al descansillo de la primera planta, se me ocurrió que al cabo de pocos instantes estaría a solas con lord Evan a altas horas de la madrugada y con ropa de ir a dormir. Un comportamiento escandaloso. Si Duffy llegaba a enterarse, le daría un síncope. Me reí por la nariz y enseguida me la tapé con una mano; esas absurdeces de quinceañera no eran propias de una mujer de mi edad. Además, el motivo por el cual se había infringido el protocolo era demasiado serio.

Tully había iluminado el camino con un candelabro situado en el pasillo y, por el débil resplandor que surgía de la puerta abierta, también había encendido las velas del salón. Crucé el pasillo a toda prisa y vi que mi carta dirigida al coronel Drysan era un destello blanco en la bandeja de plata, lista para ser enviada. Me obligué a adoptar un ritmo más tranquilo. No era adecuado echar a correr como una mujer sin feminidad, por más que fuese lo que ansiaba hacer.

Vi primero a Thomas, en pie cerca de la repisa de la chimenea, con la gorra entre las manos y la corta chaqueta y los bombachos manchados de barro. Barrí la estancia con la mirada, vaciada de todos sus muebles por la mudanza.

Lord Evan no estaba allí.

—¿Dónde está, Thomas?

—No ha venido, milady. —Mi criado agachó la cabeza—. Me ha pedido que le diese esto. —Me tendió un sobre con sello de cera.

No había venido. Fue como si esas palabras me hubieran arrancado todo el aire de los pulmones. Ni siquiera podía dar un paso adelante, tenía todos los músculos agarrotados. ¿Por qué no había venido? Debía de haber una razón. Tras respirar hondo temblorosa, acepté el sobre —en el que aparecía mi nombre, escrito con la letra de lord Evan— y rompí el sello con el pulgar. Levanté la nota hacia la luz que irradiaba el candelabro.

El Ciervo Blanco, Reading
Noche del viernes, 21 de agosto

Mi querida lady Augusta:

Disculpe que no haya acudido como me ha pedido, pero no es la mejor opción para usted que yo me presente en su casa. Y tampoco lo es para mí. Está claro que la embarga a usted la idea de que al atraerme hacia su vida será capaz de ayudarme con mi situación. No puede hacerlo, y le pido que no vuelva a intentarlo. En lo que a mí respecta, tengo demasiados viejos conocidos y nuevos amigos en Londres, y me busca la ley. Si me reconocen y me arrestan, no solo correrá peligro mi propia vida.

Créame si le digo que cualquier conexión entre nosotros será perjudicial para usted y para su hermana. Aunque implique tener que prescindir de su compañía, no pienso contribuir a su denigración social ni mucho menos a su seguridad.

Su amigo, como siempre,

LORD EVAN BELFORD

Las palabras se volvieron borrosas. Había creído que vendría. Estaba convencida de ello. Me apreté debajo del ojo con los nudillos para intentar detener la profunda decepción.

—Lo siento, milady. —Thomas se había alejado hasta la cerrada ventana.

—No es culpa tuya. —Me recompuse; de nada serviría inquietar al muchacho. La luz titilante acentuaba las marcas de fatiga de sus sienes y ojos—. Has hecho una labor excelente. Vete a comer y a descansar. Quedas liberado de los deberes de todo el día. Yo misma informaré a John.

—Gracias, milady. —Thomas inclinó la cabeza.

—Un momento. —No podía conformarme con eso—. ¿Se encontraba bien el señor Hargate? ¿Tenía buen aspecto?

—Sí, milady.

—¿Te ha dicho algo más?

—No. —Negó con la cabeza—. Solo que le diera el sobre.

—Ya veo. Gracias.

Thomas inclinó la cabeza de nuevo y se marchó, ansioso por meterse en la cama, sin duda.

«Le pido que no vuelva a intentarlo». ¿Cuántas veces necesitaba leer su petición para dejar de escribirle? En fin, acababa de verlo. Lo nuestro terminaba allí. Al parecer, la conexión que había sentido yo —que creía que los dos la habíamos sentido— era producto de mi imaginación. Santo Dios, a pesar de su amabilidad, ¿se estaría riendo, incluso en esos instantes, de mi osadía? O, peor aún, ¿me tendría lástima? Me puse una mano encima de la mejilla colorada, provocada por el calor de la humillación.

Doblé la carta. Una niña seguía en peligro. Mi propia desilusión, mi propia y absurda sensación de desencanto, era totalmente irrelevante.

Acababa de regresar a mi dormitorio cuando oí un suave golpe sobre la puerta.

Weatherly se encontraba al otro lado, todavía con el abrigo puesto y el sombrero en las manos. La búsqueda lo había agotado por completo; sus ojos parecían más hundidos en las cuencas, su expresión —que por lo general era afable— se demudaba en una mandíbula tensa y los labios apretados.

—Creemos haber descubierto dónde está, milady —susurró mientras daba vueltas una y otra vez al sombrero con las manos, un claro indicio de gran preocupación—. No es una buena noticia. Una alcahueta que sabe de tráfico de niños me ha contado que a Marie-Jean y a otras chicas las iban a llevar esta misma noche a Cheltenham. Por lo visto, terminarán en uno de los burdeles que proporciona encuentros a los aristócratas.

—Santo Dios —mascullé. Intenté pasar por alto la repugnante idea de que, durante la temporada veraniega, alguien proporcionara encuentros con niñas a los caballeros. Cheltenham era la ciudad de veraneo más moderna de la época, había sustituido a Bath incluso, y estaría abarrotada de miembros de la alta sociedad. Había oído decir que el mismísimo lord Byron tenía intención de instalarse allí.

—¿Lord Evan está de camino? —Weatherly se pasó una mano por la cara.

—Lord Evan no vendrá —respondí con una voz de pronto demasiado alta en el pasillo.

—En ese caso, debo ir a Cheltenham ahora mismo. —Mi mayordomo se preparó para girarse, pero le agarré el brazo ignorando las normas del protocolo.

—Y ¿serás capaz de encontrar la casa? ¿Te dejarán entrar?

Se me quedó mirando con terquedad, pero terminó bajando los hombros.

—Es probable que no. Pero no puedo dejarla allí.

—No la vamos a dejar allí. Tú estás absolutamente agotado, Weatherly. Ve a descansar un poco. Pensaré en algún caballero que esté dispuesto a ayudarnos y nos marcharemos a Cheltenham mañana. A primera hora.

—Pero ¿y si...? —Se removió inquieto.

Yo también había pensado en aquella espantosa posibilidad.

—Van a viajar por la noche y tardarán por lo menos ocho horas en llegar. Es probable que más bien diez. Nada les pasará mientras estén de camino —le aseguré con firmeza.

No había garantía alguna, por supuesto, pero Weatherly estaba tan cansado que asintió.

—Hasta mañana —se despidió, y tras inclinar la cabeza echó a caminar por el pasillo con un ritmo muy lento e impropio de él.

Le había hecho una promesa osada, la de encontrar a algún caballero que nos ayudase en nuestra misión, pero ¿quién estaría dispuesto a formar parte de un rescate tan inmundo?

Regresé a la cama, pero no me dormí. Mi cabeza estaba demasiado ocupada repasando la lista de caballeros a los que conocíamos.

En primer lugar descarté a nuestro hermano. Aunque fuese magistrado, Duffy jamás arriesgaría su reputación por una muchacha de los suburbios ni aprobaría nuestra aventura. Mejor dicho, intentaría detenernos. George Brummell, perifollos aparte, contaba con la confianza y la fe de la realeza —no era una carta de recomendación cualquiera—, pero mi amistad con él no llegaba a abarcar esa clase de favores. Y, aunque Bertie Helden había demostrado ser capaz de guardar secretos, no estaba convencida de que pudiese fiarme de él ni de que fuera apto para el encargo. Todos los otros hombres de nuestra vida eran o bien esposos de amigas o conocidos de las salas de reuniones; ninguno resultaba apropiado para confiarle nuestras actividades secretas ni creería siquiera que fuéramos capaces de llevarlas a cabo. Empezaba a estar desesperada.

Intenté no pensar en lord Evan, pero mi mente acudía a él sin parar. Aunque aquel hombre no me debía nada, su rechazo seguía pareciéndome una traición, y el dolor que me había provocado y mi propia necedad me hicieron dar vueltas entre las sábanas. ¿Creía que yo era una mujer estúpida y entrometida?

Mi padre me dijo un día que las tres de la madrugada era la hora de la muerte furtiva y de la inspiración alocada. Cuando oí cómo el reloj de la planta de abajo tocaba por tercera vez, me incorporé en la cama y me quedé mirando la oscuridad, con todos los nervios en llamas por la idea peligrosa y perfecta que se me había ocurrido.

Si en el burdel solo aceptaban a hombres de cierto rango, era en eso en lo que debía convertirme.

25

Julia levantó la vista de la carta de lord Evan y se recostó en sus cojines blancos de lino. Su color había mejorado enormemente, pues había desaparecido el inquietante tono grisáceo de su piel y había regresado la chispa en sus ojos. Poco a poco volvió a doblar la hoja de papel. Me la quedé mirando desde los pies de la cama, retándola a que me reprendiera con un «Te lo dije».

—Lo siento mucho, querida —murmuró, y me devolvió la carta.

Mi hermana nunca sería tan malvada, por supuesto. La reprimenda corría de mi cuenta.

—Sugiere que la vida de otra persona depende de su libertad —añadió—. ¿Crees que se refiere a su hermana?

—No lo sé. Es posible. Pero lo más importante es que nos ha dejado en la estacada —dije, quizá con más aspereza de la necesaria. Le conté el descubrimiento de Weatherly en Cheltenham y terminé con el problema inmediato—: Como el burdel es para los hombres de la alta sociedad, a Weatherly le negarían la entrada, aunque, francamente, es más caballero que muchos de los hombres que presumen del epíteto. Y por más que pudiera entrar a la fuerza, supongo que en esos lugares habrá rufianes que se encargan de mantener el orden... con violencia.

—¿Con violencia? —repitió Julia.

—Tal vez. Pero no te preocupes, cogeré una pistola.

—¡No, Gus, ni hablar! —Mi hermana se incorporó en la cama—. Aparte del peligro, ¿crees de verdad que podrías disparar a alguien a sangre fría? Si mataras a alguien, Dios no lo quiera, pondrías tu alma mortal en peligro. Y podrían encarcelarte o hacerte algo peor. ¿Qué haría yo sin ti?

Lo cierto es que esa misma pregunta me había perseguido desde que me había hablado de su dolencia. Y después del desmayo de la noche anterior me había carcomido más si cabe.

—No pienso ir con la intención de matar a nadie, Julia —le aseguré.

—Mira lo que pasó con lord Evan... Estuviste a punto de matarlo.

—Fue un accidente.

—Exacto. Las pistolas son demasiado peligrosas, demasiado impredecibles. Prométeme que no irás con ninguna. —Me sujetó del brazo—. ¡Prométemelo!

—De acuerdo, te lo prometo —dije mientras me zafaba de su fuerte agarre—. Lo haremos con astucia, no con pistolas.

—Bien. —Se recostó en el asiento, satisfecha—. Pero llevas razón, necesitamos ayuda. Duffy no se prestará.

—Estoy de acuerdo. —Me crucé de brazos—. He repasado a todos nuestros conocidos y no me imagino a ninguno de ellos actuando para salvar a una huérfana.

Ni siquiera lord Evan.

Expulsé ese pensamiento de mi cabeza.

Julia levantó las piernas debajo de las sábanas y me miró con suspicacia.

—Pero tienes algo en mente. Un plan estrafalario, me imagino.

—No es estrafalario. Es osado. Quiero ir a Cheltenham con Weatherly disfrazada de hombre. —Se preparó para protestar, así que me apresuré a proseguir—: Es la mejor solución. No será preciso que involucremos a nadie más y puedo pedir que me traigan a la chica y sacarla de allí a escondidas. Incluso puede que me dejen entrar con Weatherly para que sea mi ayuda de cámara o criado.

—¿Y si te reconocen o te desenmascaran? —Julia se me quedó mirando—. Si te encuentran en otro burdel, dudo de que ni siquiera puedan protegerte la influencia de Charlotte y la del señor Brummell.

—Es ciertamente un riesgo —convine—. Pero no veo otra manera.

—¿Cómo llevarás a cabo la farsa? Puede que sobresalgas en las lecturas de Shakespeare, pero esta es una situación distinta por completo.

—Supongo que en esos lugares no es habitual hacer muchas preguntas. Haré cuanto esté en mi poder para evitar a los demás clientes. Mi intención es entrar, encontrar a la muchacha y rescatarla con la menor interacción posible con la otra gente. Además, aunque no resulte del todo convincente como hombre, eso no significa que me vayan a desenmascarar al instante. Hay muchos hombres que muestran rasgos femeninos. ¿Te acuerdas del Caballero d'Éon?

—Por supuesto. Era encantador y llevaba vestidos mejor que muchas de nosotras. Pero era parte de su personalidad. Tú intentarás hacerte pasar por un hombre y solo dispones de unas pocas horas para perfeccionar el papel.

Tuve que darle la razón.

—Aun así, ya le he escrito a monsieur Pierre para que me corte el pelo a las ocho de la mañana, y Tully ha ido a buscar las ropas de padre. Ya están empaquetadas, pero seguro que las encuentra.

—¿Las ropas de padre? —Sus labios se fruncieron en un gesto de desagrado; nunca le había gustado la idea de ponerse las prendas de una persona fallecida—. ¿Crees que será necesario que te cortes el pelo? Una melena corta es propia de las mujeres jóvenes, no de alguien de nuestra edad. Además, ¿qué pensará la gente?

—La gente pensará que intento emular a Caroline Lamb. Todo el mundo sigue la tendencia que marca y se está cortando el pelo.

Julia negó con la cabeza.

—Aun con el pelo corto, seguirás pareciendo una mujer. ¿Qué me dices de las patillas? Hoy por hoy la mayoría de los hombres se las dejan largas…

Levanté una mano para detener su protesta.

—Ya lo he pensado. Esta mañana le diré a monsieur Pierre que utilice una parte del pelo que corte para hacer una especie de peluca con dos patillas y que me la envíe. Le contaré que es para una representación teatral *amateur*.

Julia se tocó el pelo castaño, que todavía llevaba recogido en una redecilla.

—Deberías pedirle que te prepare unos rizos y una trenza también, por si acaso.

—Sin duda, también se lo puedo pedir —dije intentando apartar de mi voz la impaciencia. Mi hermana estaba preocupada por cuestiones que iban más allá de mi pelo—. Funcionará, Julia.

—A mí me parece una locura —se sentó—, pero veo que estás decidida.

—Sí.

—Que así sea. Pero si vas a hacerlo, yo iré contigo hasta Cheltenham. Corro el mismo peligro que tú. Asimismo, es importante que cuentes con un escondrijo y con alguien fuera de la farsa por si las cosas no salen bien.

—Es imposible que lo digas en serio, querida. Anoche te desmayaste. No estás lo bastante recuperada como para hacer esos esfuerzos.

—Debes dejar de decirme qué soy capaz de hacer y qué no —protestó, y me dio una palmada en la mano para regañarme con amabilidad—. Además sé por qué enfermé. Creo que me tomé dos de las pastillas azules por error, en lugar de una.

—¿Dos? ¿Cómo puede ser? ¿Acaso Leonard no se encarga de tus medicinas? —Y entonces me acordé—. Ah, tenía medio día libre.

—Fue error mío. —Julia asintió—. Ya me había pasado una vez, y me sentí exactamente de la misma manera, con un espantoso dolor de cabeza, y me mareé. Pero ahora ya me he recuperado, como me pasó en la otra ocasión, así que pienso ir contigo hasta Cheltenham.

—Creo de veras que no deberías…

Había llegado el turno de que fuera Julia la que levantase la mano.

—Voy a ir. Y punto final.

Al parecer, las dos estábamos decididas.

Monsieur Pierre se encontraba detrás de mí con las tijeras en la mano admirando su trabajo. Se inclinó a toda prisa, cortó un último mechón de pelo esquivo y se irguió de nuevo.

—*Voilà!* Ya está —exclamó. Su acento de emigrante y su propia exuberancia habían añadido una floritura ascendente a su anuncio.

Ya estaba, en efecto. Si bien había visto cómo se desarrollaba el corte de pelo en el reflejo del espejo de mi vestidor, me incorporé para contemplar el resultado. ¿Me atrevía a pensar que ese estilo me quedaba bien? Incluso yo vi que el peinado corto resaltaba mis pómulos y le daba cierto equilibrio a mi rostro angular. Giré la cabeza a la izquierda. En lo que a nuestro objetivo inmediato respectaba, mi mandíbula seguía siendo firme y tenía suficiente ángulo como para pasar por la de un hombre, si bien un hombre mayor de rostro suave. Pero no pensaba hacerme pasar por un muchacho joven.

Miré hacia Julia, que estaba sentada en el diván junto a la ventana. Me dedicó una tensa sonrisa.

Monsieur revoloteó a mi alrededor con los labios apretados.

—Si su doncella lo peina hacia delante, logrará un mayor efecto para parecerse a Tito Andrónico en la obra de teatro. —Me lo demostró con unos rápidos gestos sobre mi melena escalada. El peinado más plano hizo que inmediatamente los ángulos de mi cara estuvieran más pronunciados—. Y luego su criada podrá volver a peinarlo hacia atrás para conseguir un estilo más femenino. —Pasó los largos dedos por mi cabeza, y el peinado adoptó una forma más femenina—. Utiliza un poco de pomada para ambos estilos —añadió dirigiéndose a Tully. Mi doncella asintió. Había contemplado con avidez todo el proceso. Una criada capaz de cortar el pelo y también de peinarlo con estilo era un tesoro de valor incalculable.

—Es usted un artista, monsieur —lo felicité.

Me sonrió con cierto alivio en la expresión e inclinó ligeramente la cabeza.

—Gracias, milady. —Le hizo señas a su joven ayudante, un chico delgado con el pelo negro peinado con elegancia, quien también había estado observando la obra de su maestro—. Recoge el pelo para hacer las pelucas de lady Augusta.

El muchacho barrió el pelo corto castaño de la mesa del tocador y, a continuación, se agachó para recoger los mechones más largos que habían caído sobre la sábana que Tully había extendido encima de la alfombra.

—¿Podrá tener preparadas las patillas para las once? —le pregunté.

—Por supuesto, milady. Bernard aquí presente se las llevará junto con un poco de pegamento y mi propia pomada patentada.

Bernard, que estaba metiendo mi pelo en una bolsa de tela, me lanzó una sonrisa radiante e inclinó la cabeza. Con esa sonrisa y esa mata de pelo, llegaría lejos. Y con la obligatoria pronunciación francesa de su nombre sureño, claro está.

—El moño y los rizos tardarán un poco más —añadió monsieur—. ¿Se los envío… con la cuenta?

Asentí, conforme, y monsieur hizo una nueva y elegante inclinación. Después de darle unas últimas instrucciones a Tully con respecto a cómo colocar el moño y los rizos, le hizo señas a Bernard para que abriese la puerta y se marchó a su siguiente cita.

—Tully, tráeme la ropa de mi padre —le pedí. Las prendas las estaban aireando y planchando en la planta baja a fin de dejarlas listas para mi gran transformación. Cuando mi criada hizo una reverencia y se retiró, me giré hacia mi hermana, que seguía sentada en silencio en el diván—. Estás muy callada. ¿Tanto te desagrada?

—Es un cambio drástico. —Julia ladeó la cabeza—. Al principio me ha parecido demasiado corto, pero ahora me gusta. Incluso dejando a un lado su propósito inicial.

Sonreí, absurdamente satisfecha con su aprobación.

—A mí también. —En la cabeza se me encendió una imagen del rostro de lord Evan. ¿Qué pensaría él? Una pregunta ridícula, pues ya no importaba lo que pensara. Aun así no pude evitar preguntarle a mi hermana—: No crees que sea un corte de pelo demasiado masculino, ¿verdad?

—No. Y con los complementos que te prepararán, tendrás más opciones.

—Y piensa que ya no tardará un día en secarse —añadí, contenta con esa idea.

Al poco, Tully regresó con las ropas de mi padre en los brazos. Aunque ninguna de nosotras tenía demasiada experiencia en los entresijos de los atuendos masculinos, enseguida estuve vestida. Primero, una tira de percal para vendar mi pequeño busto. Acto seguido, una camisa de lino cuyos extremos voluminosos se ataban alrededor de mis partes bajas y resultaban casi tan incómodos como las tiras que servían para sujetar nuestros corsés. Por encima, unos bombachos de piel de topo cogidos por unos tirantes que me echaban hacia atrás los hombros en una postura a la que no estaba acostumbrada. Luego uno de los chalecos bordados de color crema preferidos de mi padre, una chaqueta azul muy fina y, tras varios intentos infructuosos, un pañuelo almidonado bastante bien atado en el sencillo estilo napoleónico. Un par de botas de húsar remataban el conjunto, con tela arrugada delante de los dedos de los pies para que no me quedasen grandes. Por una vez, mi falta de voluptuosas curvas femeninas suponía una ventaja; el corte de los bombachos sobre los muslos era inesperadamente ceñido. De haber sido una mujer propia de un cuadro de Rubens, los pantalones me habrían delatado al instante.

Julia dio un paso atrás y sopesó el resultado de nuestros esfuerzos.

—Tendrás que rellenarte un poco los hombros. Por lo demás, es bastante verosímil. ¿Tú qué opinas, Tully?

Mi criada me rodeó, pensativa.

—Puedo coser un poco de relleno en los hombros en un abrir y cerrar de ojos, milady. Con la suma de las patillas se parecerá bastante a un caballero. —Se detuvo delante de mí—. Salvo por...

—¿Salvo por qué?

Se tapó la boca con una mano para contener una risilla.

—Creo que habría que añadirle más relleno. —Señaló hacia el problema.

Miré hacia abajo.

—Ah, me han castrado. —Le lancé una mirada a Julia. A diferencia de Tully, a mi hermana no le hacía gracia.

—No es un asunto del que debamos reírnos —dijo.

Era la pura verdad, en efecto.

—Tienes razón, hermana. Tully, encárgate de todo y cose el relleno en los hombros. En cuanto el muchacho de monsieur Pierre nos traiga las patillas, nos pondremos en marcha.

26

Como habíamos previsto, Weatherly y yo llegamos a Cheltenham antes que Julia. La tarde de verano había dejado paso al anochecer conforme avanzábamos por High Street, cuya intersección con el ancho paseo flanqueado por árboles hacía las veces del centro de la vida social y moderna de la ciudad de veraneo. Una silla de manos vacía llevada por dos hombres robustos pasó junto a nosotros cuando bajé la ventanilla de la calesa que habíamos alquilado y aspiré el olor a humo, a estiércol de caballo y a carne asada, todo ello acompañado por un fuerte aroma a verdor campestre. Me llegaron notas de agudos violines entre el rechinar de las ruedas de nuestro carruaje, probablemente de un concierto de verano en las salas de reuniones.

La oleada de aire y música dio paso a unos instantes de optimismo. Weatherly se había pasado la mayor parte del largo trayecto enseñándome los modales propios de los hombres, y, durante una hora completa, me describió la encomiable labor que habían hecho la señorita Finchley y su hermana en las zonas más pobres de Londres. Me sentía más segura en mi papel masculino y más enojada por la grave situación por la que pasaban los niños de los suburbios y de los barrios humildes.

Weatherly miró por la ventanilla.

—¿No son lord y lady Melbourne aquellos de allí? —me preguntó.

Vi a la pareja vestida con elegancia junto a la esquina de la columnata, la continuación del paseo, que estaba llena de tiendas. Estaban inmersos en una conversación con la señora Roberts, una de nuestras amigas de los salones literarios. En la ciudad conocíamos a muchísima gente. Me aparté de la ventanilla, aunque era improbable que me hubieran visto.

—No podrá evitar a todo el mundo. Cheltenham es demasiado pequeño y está demasiado abarrotado —comentó Weatherly—. Debe ser valiente.

Como Weatherly había repetido hasta la saciedad durante el trayecto, la confianza era la clave de esa aventura. Además, tarde o temprano tendría que poner a prueba mi disfraz. Me incliné hacia delante para observar de nuevo a los peatones.

—Si hay habitaciones libres en La Osa Mayor, me registraré y tú empiezas a buscar el burdel —dije—. Si La Osa Mayor está llena... —Me detuve. Mi mayordomo ya conocía el plan. Eran los nervios los que me impulsaban a repetirlo una y otra vez. Si La Osa Mayor estaba llena, encontraríamos una habitación en otra posada y aguardaríamos la llegada de Julia, para la que quizá faltaban varias horas en función de las veces que nuestro cochero John decidiese cambiar de caballos y de la velocidad. Cuando llegase, su parte consistía en esperar en nuestro carruaje fuera de la pensión York, un poco más arriba de High Street. En cuanto supiéramos dónde se localizaba el burdel, mi hermana movería el carruaje hacia allí, preparada para que huyéramos en él tras rescatar a la muchacha.

Weatherly asintió.

—¿Me permite que le sugiera que aproveche para comer? Será una noche larga, milady... —Negó con la cabeza por el despiste—. Quiero decir, señor Anderson.

Volví a concentrarme en High Street. Nuestro carruaje era uno más de una hilera que avanzaba muy lento detrás del carretón de un granjero con un solo caballo y ninguna prisa. Sin pretenderlo, miré a los ojos de una joven harapienta con un vestido asombrosamente escotado que estaba de pie en las sombras de un portal. Me sonrió y me hizo un gesto obsceno con la mano. Me aparté, conmocionada. De todos modos, la mujer me había tomado por un hombre, si bien desde cierta distancia y al pasar por delante dentro de un carruaje. Lo interpreté como un buen presagio.

Por fin llegamos a La Osa Mayor. El edificio de cuatro plantas, cuya fachada clásica estaba recién pintada de blanco, ocupaba casi toda la manzana. Nuestro cochero se detuvo un poco retirado de la puerta, pues el amplio patio ya albergaba a otros dos carruajes: uno del que bajaba una familia y otro al que le estaban cambiando los caballos.

Weatherly me lanzó una tensa sonrisa.

—Y el telón se alza para mostrar a dos hombres, sentados en un carruaje.

—Acto uno, escena primera —respondí, pero no fui capaz de sonreír.

Como si lo hubiéramos planeado así, en ese preciso momento se abrió la puerta del carruaje. Un joven criado, vestido con uniforme marrón oscuro, hizo una inclinación de cabeza y dispuso un par de escalones de madera junto al vehículo para que pudiéramos bajar. Detrás de él, otro criado se dirigió a la parte trasera, donde habíamos atado mi equipaje. Me levanté, cogí el sombrero del asiento a mi lado y bajé los peldaños; flexioné los dedos contra el impulso de coger el brazo del criado, pues debía vencer numerosas costumbres femeninas. Me quedé inmóvil, contemplando la posada, en tanto Weatherly bajaba detrás de mí, sin recibir la misma atención por parte del criado, y cogió la bolsa que le entregaba el otro hombre. Era un perfecto ayuda de cámara. Asentí para despedir al cochero y, a continuación, me dirigí hacia la posada —en lo que esperaba que fuese un paso firme y masculino—.

La recepción bullía de actividad: el padre de la familia que acababa de llegar estaba organizando a voces el transporte de los baúles mientras unos grupos más pequeños de caballeros se encaminaban hacia lo que parecía una cara *coffeee room* y los criados corrían de un lado a otro. A pesar de todo, un hombre con un aura de autoridad clara y un par de patillas magníficas reparó en mi llegada y se me acercó para inclinar la cabeza con eficiencia.

—¿En qué lo puedo ayudar? Soy el señor Bickham, el propietario.

—Bickham, soy el señor Anderson. No he reservado una habitación, pero busco una donde pasar la noche. ¿Es posible?

¿Mi voz sonaba demasiado aguda? Había bajado el registro, pero ¿tal vez sonaba falso?

Por lo visto, no, pues el señor Bickham respondió:

—Tenemos una habitación que se ha quedado libre, señor. —Miró hacia Weatherly, que aguardaba un poco detrás de mí—. Por desgracia, no cuenta con un vestidor anexo para su criado. Le pido disculpas, pero, como ve, es la temporada de verano. Le podemos proporcionar un jergón para el suelo, si lo prefiere, o puede ir a dormir con los demás criados.

—Un jergón será suficiente. —Agité una mano en un gesto desdeñoso.

Habíamos planeado regresar a Londres con la muchacha antes de la medianoche, así que las camas eran un asunto baladí. Aun así debíamos seguir con la farsa.

—¿También desea cenar, señor? Todas nuestras salas privadas están llenas, pero le podemos ofrecer una comida excelente en nuestra *coffee room*. Es la mejor de la zona.

Me apoyé en los talones mientras meditaba aquella idea. Había supuesto que cenaría en mi habitación; las mujeres respetables no comían en las salas públicas de las posadas. Sin embargo, yo ya no era una mujer respetable, sino un hombre respetable. Y, si bien comer en una sala pública podría suponer cierto peligro de que me descubrieran, la idea resultaba demasiado tentadora como para resistirse. Tal vez fuera mi única oportunidad en la vida de hacer aquello. Además debía practicar mi papel de hombre.

—Creo que sí. —Demasiado vacilante. Me erguí y añadí—: Sí, dentro de una hora.

¿El posadero se habría dado cuenta de mi timidez? Sin embargo, se limitó a inclinar la cabeza y a conducirme hacia las escaleras. El señor Anderson acababa de debutar.

Nos llevó por unas estrechas y oscuras escaleras hasta una habitación pequeña pero bastante agradable con paredes pintadas de blanco, una cama de un tamaño razonable con sábanas de lino almidonadas y una ventana que daba a un patio trasero y a unos cuantos edificios y establos destartalados. Miré por la ventana, pero no vi caballos ni criados.

—Esta habitación da a los viejos establos, señor Anderson —me informó Bickham—. Ahora que tenemos los nuevos, esos solamente los usamos de vez en cuando si estamos completos o como almacén, así que nadie lo molestará mientras descansa.

Con esa certeza y una inclinación, el señor Bickham se retiró y cerró la puerta.

—Una situación favorable —comentó Weatherly mientras inspeccionaba la ventana a su vez.

Me acerqué al espejo para comprobar el estado de mis patillas; el pegamento empezaba a picarme por debajo del pelo falso. Aun así parecían aguantar bastante bien. Me apreté ambos costados de la cara para asegurarme de que permanecían pegadas, y luego me bajé el pelo para parecerme más a Tito. Me observé los ojos con más atención: un tanto rojos y con bolsas debajo del párpado inferior. Puede que la noche anterior se me viera cansada, pero esa noche se me veía completamente agotada. Suspiré y mi aliento empañó el cristal y emborronó mi rostro.

A mi lado, Weatherly dejó mi bolsa, en la que llevaba las prendas nocturnas de un caballero, encima de una mesita.

—¿Será capaz de vestirse por su cuenta? —me preguntó mientras dejaba los pantalones de seda sobre la cama.

—Por supuesto. —Me giré para alejarme de mi reflejo en el espejo—. El señor Anderson no necesita que le pongan la chaqueta como si fuera un petimetre —dije intentando animarlo.

—Si me lo permite, pues, empezaré la búsqueda. —Me dedicó un distraído asentimiento—. Lady Julia debería llegar pronto y comunicarnos su paradero.

Se le quebró la voz por la fatiga. Como yo, él apenas había dormido una hora en el carruaje, y sospeché que la noche anterior tampoco habría disfrutado de muchas horas de sueño. Los dos hacíamos acopio de reservas motivadas por una terca determinación.

—Y cuando encuentres el sitio, Weatherly, vuelve aquí y come algo. Como has dicho, será una noche larga.

—No hace falta que se preocupe por mí, milady. No las decepcionaré ni a usted ni a la señorita Finchley —me aseguró con cierta vehemencia.

Una nueva mención a la señorita Finchley. Me vino a la mente una idea, y la obviedad de ese pensamiento me hizo menear la cabeza por la lentitud de mi perspicacia.

—Le tienes una gran estima a la señorita Finchley —dije.

—Sí, milady. —Weatherly me miró con el ceño fruncido—. Es una joven admirable.

Quizá iba a rebasar los límites de nuestra relación, pero si alguien merecía el aprecio de una joven admirable, ese era el hombre que tenía frente a mí.

—Espero que sepas que, si algún día deseas casarte, Weatherly, lady Julia y yo acogeremos con los brazos abiertos a tu esposa en nuestra casa. Si es lo que deseas.

—No tengo intención de casarme, milady —negó con la cabeza—, pero le agradezco la consideración.

No pude descifrar nada de su tono. ¿Era un amor no correspondido, no declarado o, quizá, me equivocaba por completo y no era más que una admiración platónica? Sea como fuere, por el silencio incómodo que se instaló entre nosotros, supe que me había excedido.

—Si me lo permite, me voy ya. —Hizo una inclinación.

En cuanto Weatherly se hubo marchado para llevar a cabo su parte del plan, inspeccioné las ropas que estaban tendidas sobre la cama. El único escollo que se me ocurrió fue el pañuelo. Tully había empaquetado media docena para disimular los inevitables fracasos, pero seguía sin estar lo bastante segura de que podría atarme uno que bastara para ocultar la nuez de Adán que no tenía. El que llevaba tendría que bastar, por más que ya no luciera unos pliegues impecables.

Me cambié los bombachos por unas medias y unos pantalones de seda, y me puse zapatos con hebilla. Los suaves pantalones insinuaban más todavía que los bombachos diurnos, y tardé unos cuantos minutos en acostumbrarme a ver mis muslos tan ceñidos con la seda blanca.

Me pasé una mano por el costado; todavía estaba en forma

gracias a los paseos a pie y a caballo, pero definitivamente lucía la carne menos tersa que unos años antes. Julia a menudo decía que la edad la estaba convirtiendo en una crema de vainilla. Yo quizá era más bien un pudin un poco más firme. Aun así, la seda no lo mostraba.

Habían pasado años desde la última vez que me había fijado tanto en mi cuerpo. Mi silueta nunca había obedecido a la moda. No tenía el busto prominente que se solicitaba en mis tiempos mozos y había perdido el rubor de la juventud cuando el actual estilo griego, que encajaba mejor con mi cuerpo larguirucho, se hubo asentado. A pesar de que jamás lo había considerado bello, mi cuerpo siempre había respondido a mis necesidades. Y, durante muchos años, los deseos básicos no habían hecho mella en él, primero por fuerza de voluntad y luego por costumbre. De todos modos, debía admitir que, desde que había cabalgado junto a lord Evan, sentía cada ápice de mi cuerpo hasta el centro mismo de mi feminidad. Era tanto una revelación como una incómoda frustración volver a experimentar deseo. Sobre todo porque no había ninguna posibilidad de satisfacerlo, y menos aún por parte del hombre que lo había provocado. También habían pasado muchos años desde que había sentido la vana desesperación de ser adecuada de rostro y de cuerpo. No me gustaba recuperar aquella violencia hacia mí misma.

Cogí el chaleco de rayas carmesí, uno de los diseños más sobrios de mi padre, y pasé los brazos por los agujeros antes de abrochármelo por delante y apretar las cintas de detrás. Acto seguido, una chaqueta ceñida. Me costaba subírmela hasta los hombros, y durante los incómodos segundos que la prenda se negó a ascender por mi espalda y ponerse donde correspondía, deseé que Weatherly se hubiera quedado a ayudarme. Unos cuantos contoneos y sacudidas de hombros consiguieron que encajara en su sitio. Me metí el monedero de punto en el bolsillo lateral. Era el que Julia le había cosido a nuestro padre y contenía las cuarenta guineas que llevaba. Era muchísimo dinero, pero no tenía ni idea de lo que me cobrarían en un burdel por un lujo atroz.

Finalmente me puse el sombrero de castor y cogí los guantes.

Un último vistazo en el espejo me devolvió la imagen de un caballero de mediana edad cansado por el viaje, pero bastante a la moda que, sin duda alguna, necesitaba a un nuevo ayuda de cámara que supiera atar los pañuelos al cuello.

Respiré hondo. Había llegado el momento de que el señor Anderson fuese a cenar.

Los hombres no avanzaban deslizándose, me había contado Weatherly en el carruaje, ni tampoco mantenían los brazos pegados al cuerpo. Por lo tanto, yo debía abandonar mi pulcritud femenina y expandirme en el espacio que me rodeaba. Un paso decidido y un balanceo de los brazos con la barbilla levantada y el pecho hinchado.

Todo parecía un poco fuera de control cuando crucé la atestada zona de la recepción de la posada hacia el comedor público. Sin embargo, nadie reparó en mis andares afectados; no era más que otro caballero que se encaminaba hacia la cena.

Me detuve un rato en la entrada de la posada para observar a los peatones de High Street, cuyas siluetas se diluían bajo el reptante crepúsculo. Los jóvenes respetables caminaban solos o por parejas, las mujeres elegantes deambulaban cogidas del brazo de un compañero y los habitantes de la ciudad se apartaban educadamente hacia el extremo de las calles. Una joven, una criada de la posada que estaba tomándose un respiro como yo, se encontraba en las sombras de la cocina anexa. En el breve tiempo en que la observé, recibió la atención de todos los hombres que pasaban por delante: un comentario, una mirada demasiado larga y, en uno de los casos, un amenazante paso hacia ella y una carcajada al verla retroceder.

Se me ocurrió entonces que podía contar con los dedos de una mano las veces que había caminado sola fuera de las propiedades de Duffield. En público siempre iba con Julia, con una doncella o con un criado. Jamás iba sin compañía o, mejor dicho, sin protección. Los hombres acosaban a las mujeres sin pensárselo; otro derecho masculino en un mundo de derechos masculinos. La mayoría diría que eran derechos dados por Dios, pero ahora que sabía que Dios no era mi respuesta inevitable, descubrí que tenía muchas más preguntas.

La criada regresó a la posada y yo hice lo propio.

En la puerta del comedor, el olor a cerdo asado y a pastas de mantequilla me provocó un doloroso imperativo en el estómago. Según el señor Bickham, el comedor de La Osa Mayor era famoso en la zona, y recientemente lo habían reformado sin reparar en gastos. De hecho, era un lugar precioso: de grandes dimensiones, con un techo agradable y alto con molduras bellísimas alrededor de los tres candelabros, y con las paredes empapeladas con un diseño moderno y botánico sobre un azul cian. Los sirvientes, elegantes con delantales blancos, se acercaban a toda prisa a las mesas; casi todas ocupadas por hombres que hablaban, bebían y se servían a sí mismos cuencos y platos de comida humeante. De vez en cuando había una mujer sentada entre ellos que, por la estridente viveza de sus ropas o el volumen de sus carcajadas, debía de ser poco respetable.

¿De verdad me veía capaz de adentrarme en ese terreno masculino?

Bickham me recibió con una apresurada inclinación de cabeza y alzó la voz por encima del grave murmullo de las conversaciones.

—Señor Anderson, ahora mismo no disponemos de ninguna mesa individual, pero si no desea esperar puede ocupar sin problemas un asiento en la mesa grande. Las carreras de Tewkesbury han atraído a mucha más gente de la que esperábamos.

Seguí el gesto que hizo con una mano y observé la alargada mesa comunal que presidía el centro de la estancia. En lugar de sillas, a ambos lados había sendos bancos, y ocho caballeros la ocupaban: seis en un grupo y dos en el otro, codo con codo. Había suficiente espacio al final para otro par de hombres o para uno que cenara solo, como yo.

Había pensado en cenar en soledad para minimizar el riesgo de que me descubrieran. Sin embargo, Weatherly seguramente regresaría pronto con la dirección de nuestro objetivo, y estaba famélica.

—Sin duda —accedí.

Me cogió el sombrero y los guantes, y se los dio al criado del guardarropa.

—¿Me permite que le presente a sus acompañantes más próximos, señor?

—Por supuesto.

Seguí a Bickham, que avanzaba entre las mesas y asentía para saludar a unos y a otros de vez en cuando. Tan pronto como llegamos a la mesa alargada, los dos caballeros más cercanos al final miraron hacia nosotros. Tenían ante sí los restos de su cena.

—Señor Anderson, permita que le presente al señor Sands y al señor Gerrint.

Los dos se levantaron, con ciertas dificultades, delante de sus asientos del banco y me devolvieron la inclinación de cabeza con deferencia. Bickham me acababa de designar superior a ellos en edad y en rango; yo era diez años mayor, y, si bien las ropas de mi padre estaban un poco pasadas de moda, su excepcional calidad gritaba «caballero rico». Mis nuevos acompañantes vestían más a la moda —con cuello de camisa más alto y chalecos más cortos—, pero los colores eran conservadores y el corte tan solo adecuado, sin el toque de un buen sastre. Debían de ser abogados u hombres de negocios. Lady Augusta jamás habría aceptado que la presentaran a ellos, pero el señor Anderson estaba encantado de ello.

Bickham señaló con un dedo a un sirviente que pasaba cerca de nosotros mientras yo me sentaba junto al señor Sands. El banco era duro bajo mis muslos; esa noche no habría faldas ni enaguas que me hicieran las veces de cojín.

—Preparamos un excelente asado de cerdo, señor, y un ragú de venado. Y también pastel relleno de carne de paloma. El pescado es trucha, asada con mantequilla y patatas.

—Le recomiendo el cerdo y el venado —comentó Sands señalando su plato vacío.

—Acepto la recomendación, pues —afirmé, y me eché hacia atrás para permitir que el sirviente pusiera un plato, cubiertos y una enorme servilleta ante mí.

—¿Con guarnición, señor, y un vaso de sidra para acompañar? —me preguntó Bickham.

Nunca había bebido sidra, no era una bebida para señoras, pero ¿por qué no? Un asentimiento completó mi comanda. El posadero se marchó para ponerla en marcha.

—Estamos algo apretados, ¿eh? —dijo Sands, y se deslizó por el banco para dejarme algo más de espacio. Separé un poco más las piernas en un gesto escandaloso, pero mucho más cómodo para asentar mi coxis sobre la madera.

—¿Acaba de llegar a Cheltenham, señor Anderson? —me preguntó Gerrint.

—Hace tan solo unas horas —respondí.

—Está endemoniadamente abarrotado —dijo el señor Sands.

Me puse rígida ante la blasfemia, pero no podía ser tan recatada.

—Endemoniadamente, sí —conseguí mascullar. Al parecer, el señor Anderson también era algo vulgar.

—Es por lord Byron, ¿sabe? —añadió Sands.

—¿Cómo dice?

—Ha venido a quedarse, y las mujeres lo han seguido hasta aquí. Cuando camina por la calle, lo sigue una bandada de ellas.

—Es cierto, lo he visto —intervino Gerrint—. Lo pone a uno enfermo.

—Verá, se rumorea que lady Melbourne está orquestando un matrimonio entre él y su sobrina, la joven Milbanke —añadió Sands—. Tengo entendido que pretende alejar a Byron de lady Caroline Lamb, la nuera de lady Melbourne. Se ha obsesionado un tanto con Byron, ¿sabe?

Sí que lo sabía —los había visto en una de las fiestas de lady Melbourne y había presenciado la silenciosa humillación de William Lamb—, pero no esperaba que los hombres chismorrearan al respecto. Por lo visto, un escándalo jugoso era propiedad de todo el mundo.

—Lamb debería golpearla y encerrarla. Lo está dejando en ridículo en público —aseveró Gerrint mirándonos a Sands y a mí en busca de aprobación—. Ni siquiera intenta ser discreta.

Los platos de comida y mi vaso de sidra llegaron y aterrizaron ante mí, interrumpiendo así la conversación. Una afortunada circunstancia, pues mis dotes teatrales probablemente no fueran lo bastante buenas como para ocultar la opinión que me merecía la sugerencia de Gerrint.

Me entretuve cogiendo la servilleta e inclinándome sobre el plato de carne para aspirar el olor a grasa de cerdo y retrasar la conversación. Casi cuando me había puesto ya la servilleta sobre el regazo me di cuenta de que solo las mujeres se la colocaban de esa forma. La levanté de pronto. ¿Alguien se había dado cuenta? Nadie miraba hacia mí, así que era posible que no. Me metí el extremo de la tela de lino blanca dentro de la parte superior de mi chaleco y cogí los cubiertos. Un movimiento del cuchillo separó dos trozos de carne de cerdo, y acto seguido cogí una buena cucharada de ragú y judías verdes.

Pero antes un trago de sidra.

¡Santo cielo! Me eché a toser ante la fuerte mezcla de manzana y ardiente alcohol. No me extrañaba que no nos ofrecieran esa bebida a las mujeres.

—Creo que alguien lo está llamando —me dijo Gerrint asintiendo hacia la puerta.

—¿A mí? —Y entonces lo oí por encima del clamor del establecimiento.

—¡Anderson!

Weatherly no me llamaría de esa forma. Al girarme y barrer con la mirada la atestada sala, me encontré con un par de hombros anchos y una cabeza ladeada que me resultaban familiares. Dios bendito… Lord Evan caminaba entre las abarrotadas mesas.

Me di la vuelta y aferré los cubiertos. El calor me embargó el cuerpo entero; me vería vestida de hombre. Dejé el cuchillo y la cuchara sobre el plato y aproveché esos instantes para recobrarme. En el momento en que me levanté, lord Evan se hallaba frente a nosotros.

27

¿Qué estaba haciendo allí?

Su cuerpo mostraba la cansada rigidez de un día entero a caballo y estaba vestido para cabalgar: bombachos de piel beis, botas altas y abrigo de montar verde oscuro, todo manchado de polvo del camino, pero sin llegar a destacar en la compañía del comedor. ¿Había ido a caballo desde Reading hasta allí?

Se inclinó y me tendió un sobre.

—Anderson. Te he traído una nota de tu hermana.

Por supuesto; debía de haberse encontrado con Julia por el camino; ¿cómo si no habría podido adivinar mi paradero y mi seudónimo, y entregarme una nota suya?

Noté cómo los ojos curiosos de Sands y Gerrint nos observaban. Obviamente debía hacer algo más que quedarme mirándolo boquiabierta. Y, a toda prisa, le devolví el saludo.

—Señor Hargate, es un placer. —Me obligué a esbozar una sonrisa. Me dirigió un ligero asentimiento; por lo menos había usado el nombre adecuado. Acepté la nota—. Gracias.

—¿Me permiten que me siente? —Asintió hacia mis compañeros para no ignorar su presencia—. Todavía no he cenado.

—Por supuesto. —Recuperé mis modales—. Permite que te presente al señor Sands y al señor Gerrint. Él es mi amigo, el señor Hargate.

Intercambiaron los debidos cumplidos. Lord Evan tomó asiento en el banco delante de mí.

Abrí la nota de Julia: «Te espero en la pensión York. Ha llegado a Londres justo cuando me marchaba y no he podido disuadirlo. J.».

Levanté la vista de la misiva. Lord Evan me estaba contemplando con expresión neutral. Si había pasado por Londres antes de llegar hasta allí, debía de haber salido de Reading tan solo unas horas después de que Thomas le hubiera entregado mi mensaje. Un rápido cambio de opinión y un trayecto extraordinariamente largo. En efecto, parecía agotado y quizá un poco más delgado desde la última vez que lo vi. Pero, a pesar del cansancio, sus ojos grises irradiaban el calor de una sonrisa.

Doblé de nuevo la nota y me la metí en el bolsillo de la chaqueta. Experimentaba un sinfín de emociones —alegría y alivio, pero también rabia ante la devastadora traición que había sentido sin necesidad—, pero no podía mostrar ninguna de ellas.

—No esperaba verte en Cheltenham. Creía que tenías otros asuntos que atender. —Cogí el cuchillo y el tenedor para cortar un trozo de cerdo no sin cierta violencia.

—Al final he decidido venir. —Se apartó cuando un sirviente le puso un plato, cubiertos y una servilleta delante de él, y luego se dirigió al hombre—: Póngame lo mismo que al señor Anderson. Un plato adecuado para un hombre hambriento.

Qué gracioso. Mastiqué la comida. Seguro que era tierna y tenía muchísimo sabor, pero para mí fue como comer madera.

El señor Sands, al percibir la pausa de nuestra conversación, intervino con amabilidad.

—Iremos a las salas del billar. A dos calles de aquí. —Señaló con el pulgar por encima del hombro para indicar la dirección—. Si les apetece una partida, vengan con nosotros. Nos iría bien una apuesta para añadir algo de picante a la vida.

—Muy amable por su parte —le agradeció lord Evan—, pero el señor Anderson y yo tenemos otros planes.

Como yo acababa de afirmar que no esperaba verlo, era obvio que no teníamos planes. Los dos hombres volvieron a mirarse a los ojos; a pesar de la afabilidad de la voz de lord Evan, quedaba patente también cierto matiz de «no se entrometan» y, gracias a su tamaño y a un gesto apenas perceptible de la barbilla, el mensaje se comprendió. Sands y Gerrint se apartaron. Era un diálogo masculino al que yo casi nunca asistía. Era el modo en que socializaban los hombres, que no se dejaba ver en salones y en salas de reuniones.

Sands y Gerrint se levantaron mascullando una despedida y se alejaron de la mesa, dejándonos a lord Evan y a mí un poco más de intimidad para conversar.

Se inclinó hacia delante y habló con voz baja para que solo lo oyera yo.

—Conque señor Anderson, ¿eh? —Examinó mi conjunto con la mirada—. Muy logrado, y los modales también. Me gusta cómo te queda el pelo así.

—Es vulgar referirse al aspecto físico de otra persona —murmuré ignorando el traicionero brinco de placer que dio mi corazón al oír su elogio.

—Es espantosamente arrogante comentar tal cosa —respondió.

Lo fulminé con la mirada por aquella merecida réplica.

—¿Ha venido con Julia?

—Sí. Me ha contado el plan y, francamente, las dos os habéis vuelto locas. No podéis hacerlo solas.

—Intenté pedirle ayuda, pero me la negó. —Procuré sonar fría, pero lo único que oí fue una clara ofensa.

—Te expliqué los motivos en mi respuesta.

—Y, sin embargo, aquí está. ¿Por qué ha venido?

El sirviente llegó con los platos de lord Evan y nos obligó a detener la íntima conversación. En cuanto se retiró, lord Evan se afanó con su servilleta, pero me llegó su grave respuesta.

—Estaba preocupado por ti.

Me estaba llevando el tenedor lleno de comida hasta la boca, pero me detuve a medio camino. Había acudido en mi ayuda a pesar de la posibilidad de que lo arrestaran.

Por mí.

Apreté los labios con fuerza intentando reprimir una sonrisa. Era consciente de que lo estaba observando de una forma que dejaba atrás los límites del decoro, sobre todo entre dos hombres, pero él tampoco apartó la mirada. Se encogió de hombros muy levemente como si quisiera decir: «¿Qué iba a hacer si no?».

El instante lo rompieron los seis hombres del otro extremo de la mesa, que se levantaron y se marcharon, con lo cual fuimos los últimos comensales que cenaban en toda la mesa. Por el momento íbamos a poder hablar con libertad.

—Pero no ha cambiado nada, ¿verdad? —dije en voz baja—. Sigue corriendo peligro estando aquí. —Miré hacia la abarrotada sala. Quizá alguien allí, en esos momentos, reconocía al bandolero de Reading y llamaba a los guardias.

—Quizá no tanto en Cheltenham, pero en Londres sí. —Él también se dispuso a examinar a los presentes, y acto seguido se inclinó hacia mí—. No te he contado toda la historia. Quizá debería haberlo hecho. Lo cierto es que no completé mi sentencia. Tenía la libertad condicional que me permitía trabajar en una colonia… y viajé de polizón en un barco. Por suerte, el capitán estaba corto de personal, así que me aceptó como miembro de la tripulación y no me dejó en el primer puerto. Y aquí estoy.

Tardé unos segundos en asimilar el horrible alcance de sus palabras; no solo era un bandolero, sino también un convicto huido de la justicia.

—Santo Dios, y ¿saben que se ha dado a la fuga?

—Supongo que sí, de ahí mi precaución —dijo con un asomo de sonrisa—. Aun así debía regresar a Inglaterra.

—¿Por su hermana?

—¿Exactamente cómo sabes lo de mi hermana? —Frunció el ceño antes de cerrar los ojos con fuerza—. Ah, por Bertie. Pensaba que mantendría la boca cerrada.

—No, no fue así. No me contó nada así como así. Y no me dio detalles, sino que insistió en que era usted quien debía explicarme la situación. —Me incliné hacia delante, esperanzada. ¿Al fin decidiría contarme lo ocurrido? ¿Los rumores de la señora Ellis-Brant serían verdad?

—Admiro mucho tu entusiasta curiosidad y determinación.

Estaba evitando el tema, pero yo no pensaba dejarlo correr.

—Pero si su hermana necesita ayuda, quizá yo pueda prestársela.

—Querida, no es asunto tuyo y no voy a permitir que lo sea. —Me miró a los ojos con seriedad durante unos segundos antes de concentrarse en su plato, del que cortó un buen pedazo de carne.

Me eché hacia atrás, desconcertada por la repentina inflexibilidad de su voz.

—¿Por qué has hablado con Bertie sobre mí? —me preguntó, y comió un bocado de cerdo. Tras tragar la comida, añadió—: ¿Sería por casualidad acerca del duelo?

—Así es —admití—. Y creo que he descubierto algo.

—Y ¿de qué se trata?

—Puede que hubiese unos instantes durante los cuales Sanderson, su padrino y el doctor quedaran ocultos a la vista desde el terreno del duelo. Quizá ocurrió algo en ese intervalo.

—Agradezco tu entusiasmo, pero no es importante. —Negó con la cabeza—. He cumplido la sentencia —hizo una pausa y me lanzó una mirada burlona—; bueno, casi he cumplido la sentencia. El daño está hecho. Además, al huir me he convertido en un fugitivo. Un nuevo delito que podría enviarme de vuelta a Nueva Gales del Sur, si tengo suerte, o lo más probable es que me colgasen. —Lo dijo alegremente, pero percibí la sombra que oscurecía sus palabras.

—Pero si el delito original no lo cometió usted, sin duda alguna su huida no se consideraría otro delito.

—No comparto tu fe hacia los tribunales. —Me miró a los ojos, que no permanecieron impasibles a la desdicha de su expresión—. ¿No se te ha ocurrido la posibilidad de que, aunque nunca pretendiera matar a Sanderson, en realidad pude terminar haciéndolo?

—¿Tan mal espadachín es? —le pregunté sin ambages.

—¿Cómo dices? —Se apartó.

—Tanto Bertie como su hermano me aseguraron que es uno de los mejores espadachines que conocen y que jamás cometería un error chapucero.

—¿Mi hermano?

Ay, no había querido hablarle de lord Deele.

—Lo conocí hace poco en un baile.

—¿Lo conociste o lo organizaste? —Arqueó una ceja al ver el encogimiento de hombros con que lo admití—. ¿Cómo se encuentra?

—Creo que bien. ¿Sabe que la marquesa está encinta?

—Sí.

—No le cae bien Bertie, ¿verdad? Cree que debería ir directo al infierno.

—Charles estuvo a punto de entrar en el clero antes de heredar el título, y te aseguro que la vida monacal encaja con él a la perfección. Es muy devoto. De hecho, está tan convencido de su fe que no puede tolerar otra forma de existir. —Cortó un trozo de una patata con gran determinación.

—¿Como la forma de existir de su hermana? —le pregunté con amabilidad.

—Eres muy insistente. —Levantó la vista del plato y negó con la cabeza sin responder mi pregunta. O quizá negaba que su hermana era, de hecho, como Bertie. A fin de cuentas, esa idea se basaba en los chismes de la señora Ellis-Brant y era totalmente posible que fuese un hatajo de mentiras—. Lo único que diré es que la reducida visión de mi hermano de la cristiandad parece traer al mundo más sufrimiento que alivio.

Por su tono, lord Evan no compartía la idea de la fe de su hermano. Por supuesto, eso no significaba que hubiera dejado de creer en Dios, pero quizá era capaz de comprender mis problemas religiosos. ¿Me atrevería a verbalizarlos? Bajé la vista hacia el plato y formé las palabras en mi mente. «Yo ya no creo en Dios». Nunca las había pronunciado. Negar la existencia de Dios era un delito que, aunque a menudo no se perseguía, sí servía para dar pie a una acusación que podía arruinar la vida de uno. El año anterior, a un joven poeta llamado Shelley lo expulsaron de Oxford por haberse adherido a puntos de vista ateístas. Pero lo más importante era lo siguiente: ¿y si mi confesión creaba un abismo entre lord Evan y yo? ¿Y si transformaba la calidez de su mirada y la sustituía por alarma o repulsa?

De reojo vi que una silueta dejaba de ser borrosa. El señor Bickham se acercaba a nuestra mesa con cierta prisa.

Me aclaré la garganta y me tragué aquellas peligrosas palabras.

El posadero se detuvo junto a mí, y su habitual sonrisa generosa había dado paso a una tensa curvatura sobre los dientes. Sus ojos se dirigieron a las mesas que nos rodeaban, sin duda alguna para comprobar que los demás comensales no fueran a oírlo. Santo Dios, ¿había descubierto cuál era mi verdadero sexo?

—¿Qué ocurre, Bickham? —le pregunté.

Se inclinó hacia mi oído y noté su aliento cálido y ligeramente agrio por la cerveza que había bebido.

—Señor Anderson, su ayuda de cámara ha regresado con varias heridas. Se encuentra en los viejos establos. Tal vez deban avisar a un médico.

28

Lord Evan y yo seguimos a uno de los mozos de cuadra de la posada hacia el patio trasero.

El muchacho iluminó el camino con una lámpara, cuya luz se balanceaba sobre los gastados adoquines e incidió en el ojo líquido de un caballo solitario que estaba atado en uno de los compartimentos. Conforme nos dirigimos hacia la zona más oscura del patio, el olor a cerdo asado y a cerveza derramada de la posada dio paso al aroma más mundano del estiércol y la paja, así como al hedor más nauseabundo del agujero en el suelo de la taberna para las heces.

—Su hombre está en el establo —anunció el muchacho, mirando atrás sobre su delgado hombro—. El señor Bickham nos ha dicho que lo dejáramos allí, no quería que lo entrásemos. Le han dado una buena tunda.

Mi mente visualizó sangre, huesos rotos, muerte. Aceleré el paso golpeando con fuerza los adoquines con los tacones de los zapatos. ¿Acaso a Weatherly lo habían atacado por su color de piel? Había padecido dos agresiones igual de cobardes en Londres. O ¿se debía a su misión de encontrar el burdel?

—¿Está inconsciente? —preguntó lord Evan.

—Está gruñendo mucho —exclamó el joven con alegría.

Consciente, pues; era una buena señal, ¿verdad? Miré a lord Evan a los ojos. Me dedicó un asentimiento para tranquilizarme. Y curiosamente me tranquilizó.

El muchacho se detuvo delante del final del establo, donde las medias puertas estaban cerradas.

—Está aquí —indicó.

—Gracias. —Extendí una mano—. Ya me quedo yo la lámpara. Puedes retirarte.

Resopló y me observó con expectación. Ah, un pago. Pero yo no llevaba monedas de poco importe.

Lord Evan se metió una mano en el bolsillo de la chaqueta y extrajo un penique.

—Toma, muchacho. Y a cambio quiero también un barreño con agua y unos cuantos paños limpios. Déjalo todo fuera de la puerta del establo.

—Sí, señor. Gracias. —El chico se guardó la moneda y me entregó la lámpara, avivada por una mecha hundida en una amorfa masa de sebo, y se marchó rumbo a la taberna.

Levanté la lámpara y tendí una mano hacia la puerta del establo.

—Un momento —murmuró lord Evan, y me detuvo alargando el brazo—. ¿Weatherly? —lo llamó, y acto seguido abrió la puerta superior del establo y se echó hacia atrás; sin duda, previamente había encontrado peligros detrás de puertas cerradas.

Un dolorido gruñido respondió a su pregunta. Lord Evan arqueó una ceja a la espera de que yo se lo confirmase. Asentí. Detrás del dolor sonaba la voz de mi mayordomo. Con el cuerpo echado hacia atrás aún, lord Evan abrió las puertas del establo.

Su precaución era contagiosa. Alcé la lámpara y los dos nos inclinamos hacia delante.

La luz titilante iluminó la totalidad del pequeño establo. Weatherly estaba tumbado en el suelo cubierto de paja, recostado contra la pared contraria. Le manaba sangre de un corte por encima del ojo derecho y tenía la mejilla y la boca tan hinchadas que su respiración adoptaba la forma de breves resuellos. Tenía los bombachos manchados de suciedad y la chaqueta desgarrada a la altura de los hombros. Nos miró con los ojos entornados, con un extraño torniquete en un brazo y sujeto contra el pecho por el otro.

—Santo Dios, Weatherly, ¿qué ha ocurrido? —Unos cuantos pasos me llevaron hasta su lado; la lámpara resaltaba más heridas que le surcaban el agradable rostro: el blanco del ojo derecho estaba inyectado en sangre y la piel que lo rodeaba había duplicado su tamaño.

—Me ha parecido que tenía una oportunidad para sacarla de allí. El toro y sus hombres me lo han impedido. —Hablaba arrastrando las palabras a consecuencia de la hinchazón.

—¿El toro? —Me agaché junto a él para intentar discernir el alcance de sus heridas.

—El proxeneta —me aclaró lord Evan—. ¿Por qué diantres has ido tú solo? Te podrían haber matado.

—He visto a Marie-Jean. Debía intentarlo —respondió Weatherly. Sus ojos nublados se clavaron en los míos—. Lo siento.

Le puse una mano en el brazo. De haber visto a la muchacha, yo también me habría adentrado en la casa sola.

—¿Cómo se encuentra?

—Ha sido un instante, pero... —Weatherly se humedeció los labios magullados y cerró los ojos durante unos segundos mientras cogía aire—. La han golpeado.

Reprimí el ardiente ascenso de bilis, incapaz de lograr que una sola palabra más superase la rabia que me atoraba la garganta.

—He encontrado una puerta en el sótano a través de la trascocina —añadió Weatherly—. Lleva a un pasillo trasero para el recogedor de heces.

—Conque hay otra vía de escape, ¿eh? —terció lord Evan—. ¿De qué burdel se trata?

—Está en Winchcombe Street. En el número 22. Le he asestado un puñetazo en la cara a uno de los hombres. Lo he derribado, pero había por lo menos otros dos, además del toro.

—Bien hecho. —Lord Evan se agachó delante de Weatherly para examinar su rostro—. ¿Te duele al respirar? ¿Te han dado algún puntapié en las costillas?

—Repetidas veces. Con entusiasmo —contestó Weatherly con un poco de su vieja brusquedad.

Lord Evan soltó un grave resoplido, en parte empatía y en parte diagnóstico. Al parecer sabía algo al respecto de ese tipo de heridas.

—La buena noticia es que no tienes los labios azules, así que es probable que no te hayan perforado los pulmones, pero creo que te han roto una o dos costillas —dijo—. No hay gran cosa que podamos hacer, deberán curarse por sí mismas. ¿Me permites que te inspeccione el brazo?

Tras oír el gruñido de permiso de Weatherly, lord Evan acarició con sumo cuidado la carne y el hueso por debajo de la raída manga de la chaqueta. Weatherly soltó un siseo de protesta cuando lo tocó en el hombro.

—No tienes el brazo roto, pero sí te han dislocado el hombro. —Lord Evan se sentó sobre los talones—. Debemos ponértelo en su sitio antes de que se hinche demasiado como para hacerlo.

—¿Debemos? —dije—. ¿Usted sabe hacerlo?

—Estuve cinco años encomendado al cirujano de la cárcel, que me dejó a cargo de las dislocaciones y de los azotes. Me ocupaba de dos o tres dislocaciones semanales. —Me miró con un triste gesto de los labios al percibir mi evidente espanto—. Muchas peleas y hombres que intentaban liberarse de las cadenas.

Dios bendito, no podía imaginarme cómo habría sobrevivido a aquel lugar.

Se colocó de rodillas y se secó las manos con el abrigo.

—¿Quieres que lo hagamos? —le preguntó a Weatherly.

—Por todos los santos, sí. Póngamelo bien, por favor —murmuró mi mayordomo.

—Te dolerá horrores, pero será rápido. Quiero que te tumbes de espaldas y que tiendas el brazo herido hacia el costado.

Poco a poco, Weatherly se incorporó y extendió las piernas antes de estirarse sobre el suelo mugriento. Durante varios atroces segundos, movió el brazo como le había indicado lord Evan sobre la suciedad y la paja, dejando tras de sí un arco de piedra barrida.

De repente, Lord Evan se irguió y miró hacia la puerta abierta del establo.

—Ah, sí. Gracias. Déjalo ahí y retírate —exclamó.

Observé entre la penumbra y divisé la silueta del mozo de cuadra. Había traído el agua y los paños, y nos contemplaba desde las sombras. Yo ni siquiera lo había oído acercarse.

—¿Puedo mirar? —preguntó. Qué morboso.

—No —le dijo lord Evan—. Vete o el señor Bickham sabrá lo ocurrido.

El chico dejó la cubeta y los paños en el suelo y, tras lanzar una última ojeada a la fascinante escena que representábamos, desapareció de nuestra vista.

Lord Evan se puso en pie y se dirigió hacia la puerta del establo. A pesar de que el muchacho se había marchado, no quiso arriesgarse. No me extrañaba que hubiera logrado regresar a Inglaterra y esquivar a la justicia.

—Se ha ido. Señor Anderson, ¿te importaría ponerte junto al otro hombro de Weatherly?

Sin dejar de estar agachada, me dispuse a recolocarme donde me había indicado, una maniobra que habría sido imposible si llevase faldas.

—Ahora, sujétale el hombro sano para que dispongamos de una buena fuerza de palanca.

Tanto Weatherly como yo nos lo quedamos mirando. Una mujer no ponía las manos encima de su mayordomo; suponía una violación de todas las reglas de buenos modales. Aun así estábamos en una situación extrema, y no soportaba ver a Weatherly sufriendo tanto.

—No creo que las normas habituales nos afecten ahora, amigo mío. Estamos en esto juntos.

Mi mayordomo levantó la cabeza del suelo al oír la palabra «amigo».

—¿Está segura, milady? —me susurró.

—Si a ti no te escandaliza un comportamiento tan informal, a mí tampoco.

Sus labios hinchados se alzaron en una de las comisuras y se dejó caer de nuevo sobre la piedra y la paja.

—Hagámoslo de una vez, pues.

Me puse de rodillas y aferré su hombro a través de la chaqueta. Para mi asombro, lord Evan se sentó sobre el suelo cubierto de paja y se colocó en un ángulo recto contra nosotros, con las piernas extendidas. Recostó una de las botas en el torso de Weatherly.

—No estoy apoyado en una de las costillas heridas, ¿verdad? —preguntó.

—En absoluto, señor.

—Si lo hacemos bien, oirás y notarás un chasquido cuando el hombro vuelva a su sitio. ¿Preparado?

Por lo visto, la pregunta también iba dirigida a mí. Apliqué todo mi peso en el hombro sano de Weatherly, cuyos músculos y tendones noté en tensión debajo de las palmas, mientras lord Evan ponía las manos en la muñeca de mi mayordomo y lentamente tiraba de su brazo, echándose hacia atrás para disponer de más tracción. La respiración de Weatherly se entrecortó por el dolor. Lord Evan se inclinó más hacia atrás con el ceño fruncido por la concentración a la par que manipulaba la extremidad. Debajo de mis manos, el hombro se levantó. Apreté con más fuerza para conseguir que bajase. De pronto, Weatherly soltó un jadeo y todos oímos un suave chasquido.

—¡Listo! Recolocado —exclamó lord Evan.

—Ah, muy bien hecho —lo felicité de corazón.

—Ya lo puedes soltar —me dijo lord Evan. Me senté en tanto él apartaba el pie y liberaba la muñeca de mi mayordomo—. Descansa un poco, Weatherly. Si te levantas demasiado deprisa, es posible que vuelva a dislocarse.

Mi mayordomo exploró el milagro con dedos vacilantes.

—Todo el dolor ha desaparecido. Gracias, señor.

—Bueno, te molestará algo durante un tiempo. —Lord Evan se levantó—. Tendrás que llevar un cabestrillo. —Me tendió una mano—. ¿Me permites que te ayude?

En efecto. No me apetecía tambalearme como un potro recién nacido. Le cogí la mano y me impulsé hacia delante. Aprovechó mi impulso y me puso en pie fácilmente, y el movimiento me hizo trastabillar hasta dar un paso de más hacia él. Durante unos instantes de incomodidad, nos quedamos casi pecho contra pecho, y luego retrocedí.

—Gracias. —Me incliné y me afané en sacudirme las briznas

de paja de los bombachos para ocultar el ardiente rubor de mi semblante.

—Debemos cambiar de planes —dijo.

—¿En qué sentido? —Dejé de sacudirme los pantalones.

—No puedes entrar en el burdel. Es demasiado peligroso.

—¿Cómo? ¿Me está proponiendo ir usted solo, encontrar a la muchacha y traerla sin que nadie más lo ayude?

—Es justo lo que te estoy proponiendo. —Se cruzó de brazos—. Un burdel propiedad de una abadesa es una cosa, pero ese lugar está gestionado por asesinos.

¿Una abadesa? Ah, debía de ser un término delictivo para referirse a una mujer a cargo de las prostitutas, sin duda. Tuve que admitir que la violencia me perturbaba; a juzgar por las heridas de Weatherly, los hombres que se las habían infligido eran unos brutos sin conciencia alguna. Pero por eso precisamente debía entrar en ese espantoso antro. Eran aquellos mismos hombres los que retenían a la muchacha.

—Le he pedido auxilio, lord Evan, no supervisión —le espeté—. Le agradezco la ayuda, pero pienso entrar en ese burdel para rescatar a Marie-Jean.

Lo miré a los ojos, desafiante, dispuesta a discutir con él, pero en ellos encontré admiración, no protesta.

—Debía intentarlo —dijo. La admiración se convirtió en un destello de diversión—. Pero ya suponía que era una causa perdida. Sé por lo ocurrido en Thornecrest que no eres fácil de disuadir.

—Así es. —Me di una última sacudida en los pantalones para esconder el placer que me provocaba ser tan bien comprendida.

Lord Evan se acercó a la puerta y cogió el balde y los paños, que dejó junto a Weatherly.

—Más vale que te limpies antes de ir con lady Julia. —Se colocó junto a la puerta, claramente para montar guardia.

—Deja que te ayude, Weatherly —me ofrecí.

—No es necesario que lo haga, mila... —Se detuvo—. Y es demasiado inapropiado.

—Weatherly, no es momento para remilgos. Deja que te ayude, por favor.

Tras ladear la cabeza a regañadientes, aceptó. Hundí uno de los paños en el balde y lo escurrí, y el agua helada me provocó un ligero dolor en los dedos. Probablemente el agua procedía de un pozo hondo, así que por lo menos cabía la posibilidad de que estuviese limpia. Le enjugué la sangre de la frente y examiné la herida. Era un corte sobre una ceja.

—No es demasiado profunda —le anuncié, y volví a sumergir el paño en el cubo. El agua se oscureció con la sangre.

—Debería regresar con usted al burdel —dijo mi mayordomo con los ojos entornados mientras yo lo limpiaba—. Para servir de distracción. Si me ven de nuevo, irán a por mí y usted podrá buscar a Marie-Jean y sacarla de allí.

—Una idea valiente, Weatherly. —Lord Evan se giró desde la puerta, donde vigilaba—. Pero si te apresan tal vez no sobrevivas a otra tunda.

—Lord Evan tiene razón, Weatherly. Ya has cumplido con tu parte. Ahora sabemos a ciencia cierta que Marie-Jean está en esa casa y disponemos de una posible vía de escape. —Levanté la vista hacia lord Evan—. Ahora nos toca a nosotros.

Vi cómo brillaba la respuesta en sus ojos.

—Obstinada —murmuró.

Como no era el momento de sonreír, volví a concentrarme en limpiarle la frente a Weatherly.

29

Julia se inclinó hacia delante en el asiento del carruaje, con el cansado rostro a apenas unos dedos del mío.

—No. ¡No permitiré que corras tantísimo peligro! —La fuerza exhalada de su vehemencia me hizo pestañear—. Mira lo que le han hecho a Weatherly. ¡Míralo!

Obediente, lo miré. Weatherly estaba sentado recostado en una pirámide de cojines en el asiento a mi lado con los ojos cerrados, dormido. El agotamiento y el dolor por fin se habían apoderado de él. La luz amarillenta de las antorchas prendidas fuera de la pensión York le iluminaba el rostro y resaltaba cada corte e hinchazón.

—No puedes acercarte a esa casa, Gus. Déjalo en manos de lord Evan.

Al otro lado de la ventana del carruaje, lord Evan giró la cabeza al oír la mención de su nombre.

—Hargate —la corregí, y con ello me gané una mirada de mi hermana—. Julia, un hombre solo no podrá hacerlo. Debemos ser como mínimo dos si pretendemos conseguirlo.

Me eché hacia atrás, pero Julia imitó mi movimiento y se adelantó en el interior del carruaje para agarrarme el antebrazo con tanta fuerza que noté cómo me clavaba las uñas en la chaqueta.

—No eres un hombre, Gussie. Deja que lord…, deja que Hargate encuentre a otro. ¡Por favor!

—Estoy aquí porque no hemos encontrado a nadie más. Weatherly ha visto a la muchacha en esa casa, querida. Y ya están abusando de ella. No tenemos tiempo de captar a otro hombre de la alta sociedad de quien nos fiemos.

Negó con la cabeza, pero por la mirada afectada que brillaba en sus ojos sabía que yo estaba en lo cierto.

—Aun así. El peligro, la violencia atroz... —Me soltó el brazo—. Podrían hacerte daño...

—Estaré con Hargate. No iré sola. Lleva el carruaje hasta Albion Street. Saldremos por el pasadizo trasero detrás del burdel. Y luego nos marcharemos de allí. —Le cogí la mano—. Sabes que debemos hacerlo.

—Lo sé, lo sé. —Se giró y alzó un poco la voz para dirigir sus palabras hacia la ventana—. También sé que Hargate debe hacer cuanto esté en su mano para devolverte ilesa, o de lo contrario ¡tendrá que responder ante mí!

Lord Evan ladeó la cabeza asimilando sus palabras.

—¿Lo ves? Lo hará —dije.

—No asumas ningún riesgo absurdo —me precavió Julia—. Y si es demasiado peligroso, abandona el intento y pensaremos en otro plan. —Me besó en la mejilla y soltó una tensa risotada al rozar mis patillas—. ¿Queda claro?

—Queda claro. —Le di un apretón en la mano.

Abrí la puerta del carruaje y bajé al suelo.

—¿Estamos preparados? —me preguntó lord Evan. Él cerró la puerta y asintió hacia Julia, que nos miraba desde la ventanilla. Mi hermana le devolvió el asentimiento con los labios tan apretados que desaparecían en una fina línea de temor.

—En efecto. —Me giré y me dirigí a nuestro cochero John, sentado y envuelto en su abrigo de verano para soportar la fría noche—. Sabes cuál es la dirección y cómo proceder, ¿verdad, John?

—Sí, mil... —Se detuvo—. Es decir, sí, señor. Los caballos están descansados y podremos hacer el primer cambio en Burford.

—Espléndido.

John se removió en el asiento y miró por la estrecha ventanilla que tenía a la espalda y que le permitía atisbar el interior del carruaje.

—¿Le puedo preguntar si se recuperará el señor Weatherly?

—Se recuperará.

John asintió.

—No lamentará en absoluto lo que le haya sucedido. No cuando hay una muchacha en peligro. Pero no se preocupe, si esos bobalicones vienen hacia nosotros, tendrán que enfrentarse a mí y a Hades. —Se inclinó hacia delante y le dio una palmada al enorme trabuco que guardaba debajo del asiento del conductor. Un día me contó que le había puesto ese nombre porque el arma provocaba una explosión infernal a cualquier cosa que se cruzase en su camino. Mi padre siempre había permitido que, si un criado sabía leer, le cogiera prestados libros de la biblioteca. Al parecer, John sentía predilección por los mitos griegos—. Les daremos su merecido y un poco más —añadió.

—No me cabe ninguna duda —terció lord Evan con parquedad.

—Sí, señor. —John lo miró con los ojos muy abiertos—. Aunque ahora me alegro de que Hades y yo no le disparáramos a usted.

—Yo también —murmuró lord Evan.

—Esperemos que no sea necesario usar a Hades —dije levantando una mano para despedirme.

John nos miró desde su elevado asiento, y su rostro delgado y surcado por el sol demudó el gesto.

—Discúlpeme por ser tan directo, pero les vamos a arrebatar un tesoro muy preciado, así será como lo interpretarán ellos. Y la avaricia no se rinde con facilidad.

Tras oír aquel siniestro comentario, lord Evan y yo echamos a caminar por High Street. Empecé a quedarme atrás casi de inmediato, mis zancadas eran demasiado breves, demasiado femeninas. Un trote me llevó junto a lord Evan. Alargué el paso hasta que anduvimos al mismo son. Dos hombres avanzando sobre los adoquines con un objetivo en mente.

—Tu hermana no está bien, ¿verdad? —me preguntó.

—¿Cómo lo sabe? —Por supuesto que lo sabía; había sido el ayudante del médico de una cárcel durante años. Yo acababa de traicionar la confianza de mi hermana de nuevo. Me mordí el labio; lord Evan me despertaba demasiada confianza. Aun así, era cierto que tenía conocimientos médicos—. Lleva un tiempo enferma y anoche se desmayó. Nos tememos que sea una… enfermedad que ha afectado a otras mujeres de nuestra familia.

—Lo siento mucho —dijo en voz baja. La forma en que bajó los hombros me pareció demasiado consoladora.

—Su doctor dice que no está empeorando —me apresuré a añadir.

—Perdona que te lo diga —miró hacia atrás en dirección al carruaje—, pero a mí me parece que tiene peor aspecto que la última vez que nos vimos.

Me volteé para observar el vehículo también. John, el cochero, nos seguía mirando desde su asiento. Al percibir que llamaba nuestra atención, le dio una palmada a Hades en la culata.

—Vuestro conductor es un tipo muy alegre —dijo lord Evan—. De todos modos, no le falta razón. Si no conseguimos irnos y pasar desapercibidos, será una pelea desagradable. —Se detuvo en la entrada del patio de la posada—. Tu hermana también está en lo cierto. No debes asumir riesgos innecesarios. Si te digo que eches a correr, debes irte de inmediato sin mirar atrás. Con o sin la muchacha.

Me crucé de brazos. Había algo de lo que por lo menos estaba muy segura.

—Creía que ya lo habíamos debatido. No pienso marcharme y abandonarlos a usted ni a Marie-Jean.

Esperó a que un joven con el rostro manchado pasase por delante de nosotros tirando de un carro lleno de carbón antes de responder.

—Una cosa es sacar a una chica de una situación peligrosa, pero otra muy distinta enfrentarse a la clase de violencia que infligen esos hombres. Debes jurar por Dios que te marcharás cuando te lo diga o no pienso dar ni un paso más.

Vacilé. ¿Jurar por Dios?

—Júramelo —insistió.

Por el modo en que apretaba la mandíbula, estaba decidido. Pero yo también, por supuesto.

—De acuerdo. Te lo juro por Dios —dije, una réplica que más o menos nos dejaba satisfechos a ambos.

El número 22 de Winchcombe Street era una bonita casa con un pórtico encantador apuntalado por columnas acanaladas y un balcón en el primer piso. Se alzaba al final de una sucesión de ocho edificios parecidos que se curvaban ligeramente como las calles torcidas diseñadas por Beau Nash. Parecían de reciente construcción, como casi todo Cheltenham; el pueblo había crecido rápidamente para satisfacer las necesidades de la alta sociedad, que lo abarrotaba cada mes de agosto. Y por la posición de esa casa de mala fama, aquello significaba satisfacer todas las necesidades de la alta sociedad.

El pasadizo trasero se encontraba detrás de la terraza, con una entrada que daba a Albion Street —en la que esperarían Julia y el carruaje— y la otra, a Fairview Road.

Todas las ventanas de la casa estaban iluminadas, desde el sótano hasta el ático, pero las cortinas ocultaban la planta baja a los ojos curiosos. Lord Evan había repetido nuestro plan en el trayecto hacia allí: en primer lugar, localizar al proxeneta y a los rufianes a los que controlaba; en segundo lugar, dejar fuera de combate o distraer a tantos hombres como fuera posible; en tercer lugar, encontrar a Marie-Jean y huir por las cocinas hacia el carruaje.

Por lo visto, el segundo y el tercer paso eran intercambiables en función del número de rufianes y, sobre todo, de nuestra fortuna; una cuestión un tanto inquietante.

Nos acercamos a los escalones de la casa. Un hombre alto con pantalones de algodón y abrigo marrón oscuro estaba recostado en una de las columnas de la entrada. Tenía el aspecto robusto más propio de un púgil que pegaba con fuerza.

—¿El toro? —pregunté con suavidad.

—No, creo que es uno de sus matones —me respondió lord Evan entre dientes.

—Uno en la puerta —conté.

—Uno mejor que dos. ¿Preparada para la farsa?

Como todas y cada una de las partes de mi ser estaban con los nervios a flor de piel, aquel papel no iba a mejorar mis habilidades actorales de ninguna de las maneras.

Ni lord Evan ni yo íbamos armados; por mi parte, le había prometido a Julia que no llevaría una pistola, y lord Evan, al parecer, había vendido la suya para recuperar su caballo de un antiguo cómplice delincuente. Aun así deseé haberme metido una de las armas de duelo de mi padre en el bolsillo de la chaqueta.

Lord Evan me pasó un brazo por encima de los hombros. Incluso aquel gesto falso me dejó sin aliento.

—Aquí es, Anderson —dijo arrastrando las palabras cuando nos detuvimos a los pies de las escaleras—. Ya te dije que el lugar merecía la pena.

Me dispuse a observar con atención la puerta principal.

—Eso parece. ¿Entramos?

—¡Por supuesto! —Lord Evan me cogió del brazo y subimos las escaleras—. Hola, estimado amigo. Tenemos entendido que en este sitio hay rajas de primera.

Santo Dios. Nunca había oído a nadie pronunciar «raja» para referirse a las partes femeninas. Convertí mi jadeo en un ataque de tos.

La mirada atenta del portero se fijó en dos hombres entusiasmados de cierta edad que supondrían unas buenas ganancias. Se irguió y, tras inclinar la cabeza, abrió la puerta.

—Así es. Adelante, caballeros.

Y así fue como nos adentramos en el interior de la casa.

Yo ya había entrado en un burdel para ir a buscar el cadáver de mi padre, pero había sido en un suburbio londinense, y la casa, un espacio sórdido y espantoso con paredes descascarilladas y moquetas húmedas. Aquel establecimiento bien podría haber alojado a un duque.

Nos recibió una sirvienta —para mi alivio, completamente vestida— que nos cogió los sombreros y guantes, y que los dejó en un escritorio de cantos dorados donde ya había una buena colección de objetos personales. Con una reverencia, nos guio hacia el pasillo de mármol. Tres pinturas adornaban las paredes en unos marcos rodados muy rococó. Eran floridas representaciones de mitos clásicos: Leda y el cisne, Europa y el toro, Antíope y el sátiro. Por supuesto, todos eran mitos de seducción. O, en función de la perspectiva de quien los mirase, de violación.

El ambiente era en general cálido, con un fuerte perfume que insinuaba un matiz de clavo y almizcle que me inundó el fondo de la garganta. No ayudaba demasiado que tuviera la boca tan seca como para no poder tragar un poco de saliva.

La criada se detuvo delante de una puerta, tras la cual nos llegaba el murmullo de conversaciones por encima de la suave música de un arpa, y volvió a hacernos una reverencia.

—El salón —anunció, y se hizo a un lado para permitirnos la entrada.

Apenas me fijé en la opulencia de la estancia ni en los seis o siete hombres que estaban sentados en sillones o en el sofá, bebiendo vino y riendo. Lo único en lo que pude reparar fueron las mujeres jóvenes, apenas cubiertas con vestidos transparentes, que desfilaban despacio ante ellos. Una chica, cuyo rostro pálido estaba enfundado en un vestido verde con hojas doradas en el pelo rojizo, seguramente no tendría más de catorce años. Recordé el libro de Covent Garden que había encontrado en el despacho de mi padre y las edades de las mujeres de la lista. Aquella muchacha ya debía de llevar varios años allí.

—Por lo visto, le ha llamado la atención nuestra Diana —dijo una voz grave y agradable, que rompió mi espantosa observación.

Una mujer se encontraba detrás de nosotros con un vestido de seda granate y unas cuantas plumas rojas en el pelo oscuro y lucía una sonrisa calculada. Supuse que debía de tener la misma edad que yo, pero con los colores de la juventud pintados sobre las mejillas y los labios.

Nos hizo una reverencia y se humedeció los labios con la punta de una lengua rosada un tanto gatuna.

—Una excelente elección. Siente predilección por los placeres italianos. Soy la señora Dillard. Bienvenidos al Templo de Hera.

—Yo soy Lennox y él es Anderson —nos presentó lord Evan con una breve inclinación de cabeza.

¿Lennox? Otro apodo.

Me apresuré a inclinar la cabeza a mi vez.

—En realidad, el señor Anderson busca algo un poco más específico —añadió lord Evan.

—Dar unos buenos azotes, ¿verdad? —La mano enguantada de la mujer hizo un gesto hacia una chica vestida de azul que estaba cerca de la chimenea de mármol blanco, con hombros fuertes y la rubicunda complexión de la vida en el campo—. Tenemos a Deidra, una experta.

Lord Evan emitió un ruido apreciativo, pero un cambio en su posición desplazó mi atención hacia el pasillo, que conducía a la sala anexa. Un hombre fornido y rubio con un abrigo de lino ceñido se recostaba despreocupadamente sobre la jamba de la puerta. Era un tipo de espalda ancha, ojos malvados y mandíbula apretada que podría haber resultado apuesto si su expresión irradiase cierta calidez. Observó con aires de propietario a las muchachas que desfilaban y, acto seguido, señaló a la joven de verde con un dedo manchado de rapé.

Fue como si hubiera levantado una mano para golpear; la joven se encogió, bajó la barbilla y corrió hacia uno de los hombres sentados en el alargado sofá de terciopelo. Con una sonrisa, se apartó el vestido de los pechos y cubrió el rostro de él con gesto juguetón, aunque sus ojos seguían clavados en el hombre rubio.

Miré hacia lord Evan —¿sería aquel el toro?— y vi la respuesta en el modo en que apretó los labios y en la luz marcial que irradiaban sus ojos.

—Ahora mismo, Deidra les puede ofrecer ortigas verdes, además de las habituales varas —nos informó la señora Dillard—. Ya casi no es temporada, pero seguimos teniendo suficientes para hacer una buena sesión. También satisfaremos sus deseos sartoriales si la quieren ver con un vestido o con un hábito femenino.

—Las peticiones del señor Anderson son un poco más especiales que esas —dijo lord Evan—. Ha venido a por una cura. La de la virgen.

—Ah, vaya. —La mujer arqueó las cejas—. Esa cura es muy especial, sin duda. Y muy cara. Aun así es posible que podamos ofrecerle la receta. —Esbozó una amable sonrisa ante su propia broma—. ¿Su amigo tiene dinero para costearse esa cura? —Hablaba ya con voz plana de negocios—. Veinticinco billetes.

Santo Dios, veinticinco libras. Era el sueldo anual de un criado. Me toqué el monedero tejido de mi bolsillo. No se me había ocurrido que fuera a necesitar más de la mitad de las cuarenta guineas que había llevado. John había estado en lo cierto, era una práctica de lo más lucrativa.

La mujer me miró y ladeó la cabeza para interrogarme acerca de mis medios económicos. Asentí, pues no me veía capaz de articular palabra. Ya me costó mucho mantener una expresión de comprador en el rostro.

—Querrá ver a la muchacha antes de decidirse —terció lord Evan.

La mujer miró hacia el toro y alzó la barbilla para llamar su atención. El hombre se alejó de la jamba de la puerta con pesada elegancia y cruzó la estancia.

—Señor Holland, le presento al señor Anderson —dijo—. Quiere una cura. Una cura especial.

Holland era cuatro dedos más alto que yo y estaba uno demasiado cerca de mí. Su mirada de ojos grises parecía inconmovible. Tuve que hacer acopio de todas mis fuerzas para no dar un paso atrás.

—Muéstrenos sus posibles.

Me extraje el monedero de la chaqueta. Con los dedos agarrotados, poco a poco abrí la parte superior.

La señora Dillard observó el contenido y sacó la lengua de nuevo.

—Guineas, señor Holland. Lleva unas buenas provisiones.

—Conque monedas de oro, ¿eh? —dijo Holland—. El precio ha subido. Cuarenta libras.

—La mujer nos la ha ofrecido por veinticinco —rezongó lord Evan alzando la voz—. ¡Veinticinco! ¡Es el precio acordado!

El volumen de su protesta puso fin a las conversaciones de toda la estancia. Incluso la muchacha semivestida sentada frente al arpa dejó de tocar. Lord Evan se inclinó un poco hacia delante.

Santo Dios, ¿qué estaba haciendo?

Holland estiró el cuello a un lado y luego al otro, como un púgil que se preparaba para una pelea.

—Bueno, pues ahora son cuarenta —dijo con voz fuerte en el repentino silencio.

Los ojos de la señora Dillard pasaron del toro a lord Evan, y se inclinó ligeramente hacia atrás.

De reojo vi cómo en la puerta aparecía otro hombre con bombachos de algodón y chaleco rojo, un tipo bajo y achaparrado, pero que también resultaba amenazante. Ah, lo comprendí al instante: era otro de los rufianes de la casa, que abandonaba su puesto oculto. Por el momento había dos y el toro. Las posibilidades iban decayendo.

—Treinta guineas —dijo lord Evan.

—Cuarenta. —Holland esbozó una sonrisa con dos largos dientes caninos—. Si no le gusta, su amigo y usted pueden ir a buscar su cura en otra parte.

—Cuarenta es una cantidad aceptable, Lennox —intervine aprisa, con la voz demasiado aguda y entrecortada—. Las pagaré.

—De acuerdo, trato hecho —saltó la señora Dillard al poco—. ¿Verdad, señor Holland? Cuarenta monedas de oro.

—Sí, trato hecho. —Holland resopló.

El drama había llegado a su fin. Los hombres de la sala volvieron a concentrarse en las muchachas y en el vino, y el rumor de las conversaciones y de la música se retomó.

—Pero solo dispondrá de una hora, que conste —añadió Holland.

La señora Dillard dio un paso adelante de nuevo. Era la sonriente anfitriona.

—¿Qué me dice usted, señor Lennox? ¿Qué le apetece?

—Voy a ver qué ofrecen por aquí —respondió lord Evan. Durante unos segundos me miró fijamente a los ojos: «Paso tres. A por la muchacha».

Le dediqué el más leve de los asentimientos. Sin embargo, el segundo paso estaba por resolver todavía, y lo dejaría allí para tener que lidiar con por lo menos tres hombres, todos más corpulentos que él.

—Por supuesto. Tómese su tiempo —dijo la señora Dillard. Me señaló con un dedo—. Señor Anderson, sígame.

30

Seguí a la señora Dillard por el pasillo que se dirigía hacia la parte trasera de la casa. Su vestido era de seda de buena calidad, pero se le había saltado un botón en el cuello de encaje y la combinación que asomaba por el agujero era oscura y estaba sucia. Solo lucía una finura superficial. ¿Cómo habría llegado hasta allí? Debía de ser una historia triste, sin duda, pero cualquier empatía que sintiese por ella murió en cuanto recordé a la niña a la que Holland y ella habían secuestrado.

Miró hacia atrás con ojos casi coquetos. Apreté los dientes y sonreí.

—Es usted bastante callado, señor Anderson. —Al ver que no respondía, añadió—: Le traeré a la muchacha. Le habrán dado un poco de cerveza y estará bien dispuesta, pero si se resiste, uno o dos azotes deberían hacerla entrar en vereda. O, si lo prefiere, también puede atarla.

—No es necesario. —Me salió demasiado apresurado. Respiré hondo y continué con un tono más comedido—: Tampoco es necesario que la droguen. Preferiría que no lo hiciesen.

—Como desee. Pero si le provoca más problemas de los que quiere, tan solo grite y uno de mis hombres la atará. —Nos detuvimos ante una puerta cerrada—. ¿Desea un poco de vino para amenizarle la espera? Disponemos de un estupendo vino de Burdeos.

El alcohol era tentador para proporcionarme valor, pero necesitaba tener la cabeza despejada.

—No, gracias.

Abrió la puerta y se hizo a un lado. Entré en lo que en una casa refinada habría sido una pequeña biblioteca o un reducido estudio, pero que allí habían transformado en una habitación. Por lo menos había cinco candelabros dorados, colocados en la repisa de la chimenea y en una mesa lateral de madera oscura, que iluminaban la estancia. La suave luz incidía en una gran cama de hierro con cuatro postes, y los dos superiores tenían correas de cuero alrededor. Un alargado espejo se alzaba justo al lado para mostrar el reflejo de la cama por completo.

Santo Dios. Aparté la mirada.

En la chimenea ardía el fuego, y con la ventana cerrada el ambiente de la habitación se decantaba hacia el calor. Una húmeda capa de sudor se había formado ya debajo de mis brazos, sin duda producto tanto de la temperatura como de los nervios, y el pegamento de debajo de las patillas me volvía a picar.

—Regresaré con la muchacha, señor Anderson. Póngase cómodo, como si estuviera en su casa. En el secreter hay una bata india si le apetece —me explicó la señora Dillard antes de cerrar la puerta.

De ahí el calor de la estancia: para contrarrestar la falta de ropas. Erguí los hombros por una oleada de repulsa. Esperé que la señora Dillard cumpliese con su palabra y no obligase a Marie-Jean a beber cerveza. Una muchacha drogada sería más difícil todavía de sacar de la casa.

Me acerqué a la ventana de guillotina —¿una posible vía de escape?— y corrí la cortina de terciopelo rojo. Las vistas daban a Fairview Road y a la sombría silueta de una cochera. Más allá se alzaba una hilera de casas. Tras apretar fuerte con el pulgar el cerrojo de la ventana, la abrí. Puse los dedos debajo del panel de madera y lo impulsé hacia arriba, la ventana no se movió. Lo intenté con renovado vigor, sin éxito, estaba atascada. O quizá... Pasé los dedos por la madera al otro lado y encontré un duro trozo de metal. Ah, claro, estaba clavada.

¿Para evitar que la gente entrase? ¿O que saliese?

Sea como fuere, la única manera de escapar de allí era por la puerta. Corrí el pesado terciopelo para que volviese a tapar la ventana.

Todo iba bastante bien para encontrar a Marie-Jean, pero ¿cómo lograría lord Evan dejar fuera de combate a Holland y a sus matones? Lo único que me imaginaba era un escenario en el que terminaba herido. Aquella idea me llevó a barrer la estancia en busca de algo que pudiera servirme como arma.

Abrí la puerta del armarito que estaba junto a la cama y encontré un orinal. Estaba medio lleno. Cerré la puerta a toda prisa al oler el hedor a pis. Quizá la cómoda de caoba que estaba contra la pared me proporcionara algo de utilidad.

El cajón superior se desplazó por las guías y se quedó abierto por la mitad. Algo pesado rodó y chasqueó en su interior. Me incliné y miré lo que contenía: algún tipo de mordaza. ¿En qué parte del cuerpo...?

Cerré el cajón de golpe con el dorso de la mano y abrí el inferior. Mucho menos alarmante: un vestido de damasco rojo, lo que parecía un hábito de monja y una selección de vestidos femeninos.

Cogí el hábito y dejé que la larga tela negra se desdoblase sobre sí misma. Los pliegues desprendían hedor a sudor seco. Aun siendo apóstata, encontrar esa especie de disfraz me resultó aberrante. Lo plegué deprisa por la mitad y volví a dejarlo en el cajón junto al montón de vestidos.

El primero de todos parecía de un lino azul de una sorprendente buena calidad. Lo cogí y lo sacudí. Con un corte generoso, los cordones ajustables eran más largos que de costumbre. Seguramente para acomodar hombros más amplios y cinturas más anchas. ¿De verdad había hombres que querían ponerse ese vestido mientras hacían...? En fin, lo que hacían.

¿Quién era yo para dar ejemplo, allí con mis patillas falsas y disfrazada de hombre?

Un golpe en la puerta me sobresaltó. Guardé el vestido en la cómoda y cerré el cajón con el muslo.

—¿Sí?

La puerta se abrió. La señora Dillard llevó a rastras por el brazo a una muchacha hasta la habitación.

Por fin veía a Marie-Jean.

La chica solo llevaba una fina combinación blanca, lo bastante corta como para que le dejase desnudas las rodillas y las pantorrillas. Le habían peinado hacia atrás el pelo castaño rizado, recogido en una sucia redecilla blanca, una farsa de adolescencia inocente.

—Haz lo que te pida el señor Anderson y después te daré un panecillo con pasas. ¿Te ha quedado claro? —le preguntó la señora Dillard.

La muchacha asintió con los grandes ojos clavados en mí. Era larguirucha, todo piernas y brazos finos, con el rostro demudado por el terror, pero no vi rastro alguno de la violencia que había comentado Weatherly. ¿Acaso se habría equivocado?

—Págueme ahora, señor Anderson, por favor. —La señora Dillard me miró a los ojos.

—Ah, por supuesto. —Metí la mano en el bolsillo y saqué el monedero.

La lengua rosada de la señora Dillard hizo acto de presencia de nuevo en tanto yo abría el monedero y contaba las cuarenta guineas en un paño azul que me tendió.

—Gracias, señor Anderson.

Marie-Jean miraba al suelo. Llevaba los rizos húmedos, cuyas puntas estaban empapando la mugrienta combinación. La habían lavado o, por lo menos, mojado con agua.

La señora Dillard cogió los extremos del paño y los agarró para formar un saquito, y el tintineo de las monedas sonó fuerte en el tenso silencio. Me dedicó un breve asentimiento y una sonrisa, trato hecho, y empujó a Marie-Jean hacia el centro de la estancia.

—No olvide lo que le he dicho, señor Anderson: grite si necesita algo. Su hora empieza ahora. —Dicho esto, cerró la puerta.

La muchacha se encogió al oír el portazo. Me guardé el monedero vacío en el bolsillo y me quedé escuchando cómo se alejaban los pasos de la señora Dillard.

Finalmente llegó el silencio. Estábamos solas.

Levanté las manos con las palmas hacia ella.

—Hola, Marie-Jean —murmuré—. No tengas miedo. La señorita Finchley me envía para llevarte a casa. Te vamos a poner a salvo.

La chica dio un paso atrás y sus tobillos desnudos golpearon la puerta cerrada al apretarse contra la madera.

—No soy Marie-Jean —dijo.

31

La muchacha que no era Marie-Jean y yo nos quedamos mirándonos a los ojos.

—¿Cómo? —Bajé las manos.

—Me llamo Lizbeth. Marie-Jean está en la planta de abajo, en la puerta cerrada con llave —susurró.

¿Había dos muchachas?

En ese instante, una idea más espantosa se encendió en mi mente.

—Lizbeth, ¿cuántas sois en esa habitación?

La chica me miró con nerviosismo antes de bajar el pulgar y levantar la mano.

Cuatro dedos.

Santo Dios. Me tapé la boca con una mano. Cuatro chicas raptadas para que las usaran hombres adultos. La vileza de aquel hecho me subió por la garganta y me dejó sin aliento. Pero no había tiempo para los sentimientos, debía pensar con claridad.

Pero eran cuatro. ¡Cuatro muchachas!

Era incuestionable: teníamos que salvarlas a todas. Aun así, no sabía ni siquiera dónde estaban en aquella casa. Y ¿cómo le comunicaría a lord Evan que íbamos a rescatar a cuatro chicas, no solo a una? Eso lo cambiaba todo.

¿Podría pagar a alguien del servicio para que le diese una nota? Miré por la estancia. No había pluma ni papel, y, aun teniéndolo, no me quedaba dinero. Además, ¿de verdad podría confiar en que le llegara el mensaje? No se me ocurría ninguna manera que no fuera a levantar sospechas ni suponer la pérdida de la ventaja de la hora que iba a pasar allí sin vigilancia.

Asimismo, en esos momentos debía lidiar con la joven asustada que estaba ante mí.

Puse una rodilla en el suelo para no cernerme encima de ella y sonreí con toda la tranquilidad que pude reunir.

—Lizbeth, mi amigo y yo queremos sacaros a las cuatro de aquí para que vayáis con la señorita Finchley. ¿Marie-Jean te ha hablado de la señorita Finchley?

—Sí. —Lizbeth asintió—. Me dijo que era su profesora y que era muy buena.

—Lo es. Y quiere que tú y las demás estéis a salvo con ella.

—Pero yo quiero volver a casa. —El rostro de Lizbeth se demudó en un susurrado sollozo—. Quiero estar con mi mamá y mi papá.

—¿Tienes madre y padre? —Señor, había asumido que esos desalmados habían secuestrado a huérfanas. Los padres de Lizbeth debían de estar fuera de sí—. En ese caso, te devolveremos con tu mamá y tu papá —me apresuré a añadir.

La chica asintió y se enjugó los ojos con el dorso de las manos. Por lo menos el terror que irradiaban se había visto sustituido por la esperanza.

—Lisbeth, ¿me llevarías hasta la puerta cerrada con llave? ¿Conoces el camino?

Miró hacia la puerta y hundió los hombros.

—No dejan que los hombres como usted vayan a la planta baja. ¿Y si la señora nos ve? O uno de los hombres del señor Holland.

Maldita sea, resultaría demasiado arriesgado husmear por la casa sin que nos viesen. En la planta de arriba había mucha gente, y sin duda en la de abajo también. ¿Cómo iba a encontrar a las muchachas? ¿Quién pasaría desapercibido en las entrañas de un burdel?

Una opción un tanto descabellada se abrió paso en mi mente. ¿Me atrevía? Miré hacia la cómoda. A pesar del riesgo que entrañaba, la idea desprendía cierto sentido de simetría.

—Lizbeth, ¿sabes actuar? ¿Alguna vez has fingido ser lo que no eres?

—Eso es mentir. —Me lanzó una mirada ligeramente reprobadora—. Mi mamá dice que no hay que mentir.

La madre de Lizbeth era una educadora cauta. ¿La muchacha se asustaría más aún si yo le mostraba la verdad? No quería que empezase a gritar cuando me arrancase una parte de la cara. Sin embargo, aunque se pusiera a chillar, en aquella infame casa seguramente nadie se inmutaría.

—No se considera mentir si se trata de una obra de teatro o si es por una buena causa. Ahora mismo la que finge soy yo. En realidad, no soy un hombre, sino una mujer que se hace pasar por un hombre. —Con cuidado, me arranqué la patilla derecha de la mejilla y se la mostré—. ¿Lo ves? Es una especie de peluca que me he pegado a la cara.

—¡Ah! —Se quedó mirando la patilla colgante—. Fingir como los actores ambulantes.

—Exacto. Así me gusta. —Me quité la otra patilla—. Me he hecho pasar por un hombre para poder entrar aquí a ayudaros a ti y a las demás chicas, pero ahora mismo voy a convertirme de nuevo en una mujer.

Los labios de Lizbeth se torcieron hacia un lado en tanto asimilaba mis palabras.

—Para poder ir a la planta baja —dijo—. Para fingir ser una de ellas.

Aquella muchacha era muy lista.

—Así es. Me voy a transformar en una criada y no llamaremos la atención en absoluto. Ven, ayúdame a cambiarme de ropas.

No tardé demasiado en quitarme la chaqueta de mi padre y el pañuelo, el chaleco y los bombachos. Me dejé puesta la camisa, las medias y los zapatos. Me puse el vestido azul encima de la camisa y, con unos cuantos pliegues y dobleces, el lino blanco hizo las veces de una modesta camisola y de mangas largas. Un tirón y un nudo con los cordones del vestido a la altura del cuello y el busto lo adecuaron a mi cuerpo. Me até la prenda en la parte delantera y luego me giré para que Lizbeth me atase los cordones a la espalda.

La muchacha tiró de las cintas para ceñirme el vestido y a continuación las ató, y sus pequeños nudillos me rozaron la espalda mientras se afanaba con los lazos.

—Ya está —anunció—. A veces ayudo a mi mamá.

—Bien hecho.

Cogí las ropas descartadas de mi padre, las metí en la cómoda y cerré la tapa. No me parecía correcto dejarlas allí. Sin embargo, mi padre probablemente se habría reído hasta la saciedad por la ironía del nuevo hogar de sus prendas.

Me coloqué delante del espejo para comprobar el efecto. Bastante conseguido, salvo por el hecho de que el vestido era un poco holgado y corto para mi larga estatura, y mi peinado resultaba demasiado masculino. El largo del vestido no importaba demasiado; muchas criadas lo llevaban por encima de los tobillos en busca de practicidad.

No obstante, el pelo sí constituía un problema. Me lo peiné como monsieur Pierre me había enseñado, pero la situación no mejoró demasiado. Ninguna criada llevaría un corte tan moderno. Necesitaba una cofia.

Me di la vuelta con la esperanza de hallar una respuesta. Por supuesto: el pañuelo. Estaba un tanto descolorido y raído. Era perfecto. De vuelta al espejo, me rodeé la cabeza con el pedazo de muselina y me remetí los extremos. ¡*Voilà*, un turbante para trabajar!

—¿Qué opinas? ¿Me podré hacer pasar por una de las criadas?

Lizbeth observó el reflejo y se mordió el labio con los dientes.

—Tiene el aspecto correcto. —Vaciló y yo asentí para animarla a proseguir—. Pero ellas no hablan con tanta finura ni caminan con tanto orgullo.

—Sí, bien visto. Gracias. Ahora, si alguien nos detiene, voy a fingir que te estoy devolviendo a la habitación. Lo único que debes hacer es aparentar miedo. ¿Podrás lograrlo?

—Sí —susurró Lizbeth.

Sí, claro. Para eso no tendría que actuar.

—Eres muy valiente. —Le di una palmada en el hombro—. En cuanto hayamos liberado a las otras muchachas, saldremos por atrás, por el pasadizo trasero. Mi hermana está esperándonos en la calle con un carruaje.

—Aquí hay mucha gente malvada. —Lizbeth repasó el plan con solemnidad—. ¿Cómo vamos a conseguir llegar hasta la parte trasera sin que nadie repare en nosotras?

Una buena pregunta para la cual no tenía una respuesta clara.

—Eso déjalo en mis manos y en las de mi amigo.

Una contestación inadecuada, las dos lo sabíamos, pero se limitó a asentir.

—¿Preparada? —le pregunté con la mano sobre el pomo de la puerta.

—Un momento. —Me tocó el hombro, y entonces yo también lo oí. Alguien pasaba por el pasillo delante de la estancia. Lizbeth ladeó la cabeza, escuchó con atención y, finalmente, asintió.

Con sumo cuidado, abrí la puerta un poco y asomé la cabeza. El pasillo estaba vacío y la música y las voces del salón principal se reducían a un murmullo gracias a la distancia y a las paredes. Un azote amortiguado y unos gemidos obscenos sonaban en la otra punta del corredor. Abrí la puerta del todo y salimos del cuarto.

A nuestra derecha se encontraban el salón y lord Evan. Ojalá pudiera enviarle un mensaje. O, mejor aún, tenerlo a mi lado.

Los dedos de la manita de Lizbeth se entrelazaron con los míos.

—Las escaleras del servicio están por allí —me susurró, y tiró de mí hacia la dirección opuesta.

32

Las escaleras traseras estaban justo al lado de una estrecha habitación de servicio llena de estanterías con ropa de cama limpia. Los diez o doce escalones de madera que bajaban al sótano mostraban señales de desgaste, y dos de ellos estaban manchados de un rojo siniestro. ¿Sangre? Expulsé de mi cabeza aquella escalofriante posibilidad. No necesitaba añadir figuraciones góticas a mi mal presentimiento.

Eché un vistazo a las escaleras y presté atención. Se oía la voz aguda y dura de una mujer.

—¡Idiota! ¡Te dije que lo dejaras en la cocina! —Una sucesión de chasquidos siguió la reprimenda; sin duda, alguien recogía los utensilios para cumplir con sus órdenes.

—Es la cocinera —me susurró Lizbeth—. Nos da la comida; es repugnante.

—¿Cuánto tiempo llevas aquí?

—No lo sé. —Lizbeth negó con la cabeza—. Días y más días.

Así pues, no la habían raptado a la vez que a Marie-Jean. Debían de secuestrar a muchachas constantemente. Otra idea horripilante. Aun así, no servía de nada permanecer en lo alto de las escaleras condenando el comportamiento de esa gente. Volví a cogerle la mano a Lizbeth.

—Recuerda que te estoy llevando a la habitación, así que agacha la cabeza.

Asintió. Tenía la mano mojada y me la apretaba con tanta

fuerza que el extremo de una de sus uñas se clavó en la carne de mi dedo. No se la solté, pues las dos necesitábamos el contacto.

Poco a poco bajamos las escaleras, y cada paso que dábamos me aceleraba el corazón. Alguien pasó junto al comienzo de los peldaños y nos detuvimos, paralizadas, esperando que nos espetaran algo, pero no sucedió. Lizbeth soltó un suave siseo de alivio y me aferré a la barandilla de madera para recomponerme. Retomamos el lento descenso.

Al fin llegamos al pasillo del sótano, tenuemente iluminado. Las escaleras terminaban en una hornacina junto a una estancia en silencio, cuyo propósito quedó claro gracias al destello de frascos y botellas que se veían por la puerta abierta. Se trataba de la típica sala de un mayordomo, que habían transformado en una bodega. El aire olía a carne hervida y a grasa animal, sin duda por las mechas de vela amarillas dispuestas sobre los apliques de hierro, y de fondo se percibía un aroma a rosas secas.

Observé en torno a la hornacina. A cierta distancia por el pasillo, una puerta bien iluminada mostraba el extremo de una mesa robusta con bancos a ambos lados. Una sala del servicio. Era imposible saber si había alguien allí sentado, pero nos encontrábamos en plena jornada laboral, así que esperé que no. Y del extremo del corredor nos llegaban los ruidos de más chasquidos. La cocina y la trascocina. Nuestra salida.

En la otra punta del pasillo discerní una puerta acristalada que seguramente daba a un patio subterráneo. A ambos lados se hallaban dos habitaciones desde las cuales salía una intensa luz; por lo general eran los aposentos del mayordomo y el salón del ama de llaves. ¿Estarían ocupados? De nuevo, imposible saberlo.

Un tirón de la mano me condujo hacia las cocinas.

—Por aquí —susurró Lizbeth.

Salimos al pasillo.

—¿Quién eres tú? —La voz procedía de la sala del servicio.

Puse a Lizbeth detrás de mí. Un hombre salió por la puerta, con los mismos bombachos de algodón y chaleco rojo que los de la planta de arriba.

—¿Qué estáis haciendo? —añadió—. ¿La chica no acababa de subir?

—*Bonsoir.* —Sonreí—. Me ha asustado. Soy Celestine. Madame Dillard me ha contratado para vigilar a *les enfants.* A las niñas. Esta ya ha terminado y debe regresar a *la chambre.* Es decir, a la habitación. Este es el camino hacia allí, ¿sí? —Quizá estaba exagerando el acento francés, pero era mejor opción que intentar emular el perceptible acento de Gloucestershire.

El tipo avanzó hacia nosotras y me miró con suspicacia. Un rufián achaparrado que no debía de ser más alto que mi hermana, hecho compensado por una petulante arrogancia. Tenía la mandíbula roja e hinchada; quizá era el canalla al que Weatherly había noqueado.

—Emigrante, ¿eh? —Se mordió el labio con los dientes—. No serás partidaria de Napoleón, ¿no? —Me dedicó una sonrisa manchada por el vino—. Porque si lo eres tendré que ensartarte.

—*Non, non.* Hui de Francia.

Volvió a mirarme como si cualquier simpatía por Bonaparte estuviera esculpida en mi rostro y luego se concentró en Lizbeth. La muchacha hundía los hombros y observaba el suelo.

—Ha sido un encuentro rápido.

Encogí los hombros hacia él en un gesto que esperaba que pareciese francés.

—Así que tú eres el hombre al que monsieur Holland deja al cargo de todo lo que ocurre aquí abajo, ¿sí? —dije moviendo una mano para señalar el sótano—. Te confía la protección de *les enfants.*

—En efecto. —Se irguió al oír los indisimulados elogios—. Founder, ese soy yo. Ven aquí, pues.

Le apreté la mano a Lizbeth. La chica me devolvió el apretón, pero mantuvo la cabeza gacha.

El hombre nos guio hacia las cocinas.

—Supongo que a esta la enviarán a alguna otra de las casas de lenocinio ahora que la han desflorado —dijo mirando hacia atrás—. Una menos hará que la situación sea más fácil.

Por lo tanto, aquel era el destino de las muchachas raptadas:

forzarlas a una vida de prostitución. No encontré palabras para responder y a duras penas conseguí asentir.

Nos detuvimos junto a la puerta enfrente de la sala del servicio. Seguramente fuera un almacén. La llave estaba en la cerradura y encima de una sucia mesita había un candelabro de latón, con la mecha de sebo por prender.

—Tengo que dejar a esta y comprobar que las demás estén bien, ¿sí? —dije—. No hace falta que me esperes.

—Debo esperar —respondió Founder—. Hay que dejar la puerta cerrada con llave. Solo la señora Dillard puede sacar a una de ellas de aquí.

—Ah, por supuesto —murmuré.

¿Cómo iba a hacer que cuatro muchachas pasaran por delante de él?

Founder giró la llave sin dejar de mirarme en todo momento.

—Eres una mujer muy alta. Seguro que conseguir marido es más difícil, ¿eh? Por eso y por ser una gabacha. —Sonrió de nuevo—. Pero ya ves. —Se miró la entrepierna.

Le devolví la sonrisa mientras contenía el impulso de asestarle un puñetazo en la cara.

—*Très amusant*. Llamaré a la puerta cuando quiera salir.

—Espera, vas a necesitar esto. —Cogió el candelabro y dio un paso hacia el aplique más cercano para encender la fina mecha con la llama de la otra vela. Claramente habían dejado a las jóvenes en la habitación sin luz alguna—. Aquí tienes. —Me entregó el candelabro, giró el pomo de la puerta y la abrió.

Como creía, la estancia no estaba iluminada ni por una vela ni por una ventana, y del interior salía un olor fétido. Por el hedor a amoniaco, debía de haber otro orinal lleno. La lucecilla de la vela penetró en la penumbra y distinguí paredes de piedra desnudas y dos estrechos catres. En el de la izquierda, dos niñas rubias estaban acurrucadas juntas. En el de la derecha había una muchacha de pelo oscuro. Todas me miraron y parpadearon por la repentina luz.

—Una buena peste, ¿eh? —dijo Founder.

—*Mon Dieu*, ¿por qué no hay ninguna vela?

El rufián se encogió de hombros.

—La señora Dillard no quiere desperdiciar mechas valiosas con ellas. Además, tal vez prendieran fuego a la casa.

Celestine, la colaboradora, se mordió la lengua, mientras que Augusta hervía por la rabia.

—*Allons-y* —le dije a Lizbeth, y tiré de ella hacia delante.

Nos adentramos en la celda de aquella prisión y la puerta se cerró de golpe detrás de nosotras.

33

Solté la mano de Lizbeth y alcé la vela. Ninguna de las muchachas se movió, estaban inmóviles y sin aliento. Y de pronto lo comprendí: moverse significaba no pasar desapercibida.

—¿Cuál de vosotras es Marie-Jean? —pregunté en voz baja. El mero hecho de coger aire para hablar hizo que me entraran ganas de vomitar.

Lizbeth me señaló el catre de la derecha.

La chica del pelo oscuro que estaba en la cama observó con ojos aterrorizados cómo me aproximaba. Me agaché a su lado.

Weatherly no había estado errado: Marie-Jean tenía un ojo hinchado y morado. Durante un colérico segundo quise prenderles fuego a Holland y a la señora Dillard, y contemplarlos arder.

Cerré los ojos e intenté detener el ascenso de la rabia. Qué pensamientos tan violentos y tan poco cristianos. Mi hermana estaría consternada. Aunque también estaría consternada al ver aquel atroz maltrato a unas niñas. Julia debía de estar preparada en Albion Street. Muy cerca y, pese a todo, ella y el carruaje se me antojaban muy lejos de allí.

Abrí los ojos tras haber recuperado cierta calma y sonreí.

—Hola, Marie-Jean. Me envía la señorita Finchley para llevarte a casa. —Me giré y sumé a las otras dos muchachas al anuncio—. A todas vosotras.

Se hizo el silencio. Al final, Marie-Jean se sentó lentamente. Era bajita para su edad, y su cuerpo delgado, vestido con ropas manchadas, temblaba sin control.

—¿La señorita Finchley? —susurró, y su rostro con forma de corazón se iluminó por el alivio. Miró hacia la puerta.

—No está aquí, querida. Sigue en Londres, pero nos ha enviado a mi hermana y a mí para que te llevemos a casa.

Las otras dos se incorporaron, atentas. Una debía de tener la misma edad que Marie-Jean y la otra quizá era un poco más joven.

Les hice señas a ambas.

—Venid, rápido.

En mi cabeza había empezado a formarse un plan producto de la desesperación. Si los hechos recientes ocurridos en Thornecrest me habían enseñado algo, era que los objetos de una casa servían como armas excelentes. Una urna Wedgwood había derribado a sir Reginald. En aquella habitación dejada de la mano de Dios, había una posibilidad.

—¿Cómo os llamáis? —les pregunté a las dos muchachas cuando se nos unieron a Lizbeth y a mí. Las dos vestían la misma clase de ropa fina. Por más que estuviéramos a finales de verano, en la estancia el ambiente era húmedo y frío, y todas estaban temblando.

—Yo soy Jessica —respondió la mayor— y ella es Faith. Es mi hermana, pero no habla.

Ahora que sabía que estaban emparentadas, me resultó más fácil ver las similitudes en su actitud recelosa, en su pelo rubio y liso, y en sus rostros demacrados. Faith extendió un brazo y me tocó la mano; tenía los deditos congelados y las uñas en carne viva por habérselas mordido.

—Hola, Faith —la saludé. Ella asintió, con semblante tan gris y reacio como el de una anciana—. Ahora escuchadme con atención. Mi hermana nos espera con un carruaje al final del pasadizo trasero. —Señalé hacia la izquierda, hacia Albion Street—. Cuando la puerta se abra, debéis correr lo más rápido posible hacia las cocinas, en dirección al patio y por el pasillo. —Volví a apuntar hacia la izquierda, y los cuatro pares de ojos siguieron mi dedo—. Recordad, es por allí. No os detengáis hasta llegar al carruaje que aguarda en la calle. Yo iré detrás. ¿Ha quedado claro?

Las chicas asintieron.

—¿Y si nos atrapan? —preguntó Jessica. Era tan nervuda y fuerte que me dio la sensación de que ya había intentado huir antes.

—Forcejead con todas vuestras ganas y yo acudiré en vuestra ayuda. —No era el mejor plan, pero sí el único que tenía.

Jessica asintió con dureza y con los labios apretados.

—Ahora, colocaos contra la pared cerca de la puerta y preparaos para echar a correr cuando os lo diga. ¿Entendido?

De nuevo, todas asintieron.

Lizbeth cogió la mano de Marie-Jean para ayudarla a levantarse de la cama, y las cuatro apoyaron la espalda contra la pared. Le di la vela a Jessica y luego crucé la estancia hacia un oscuro rincón para coger el arma que había elegido.

A regañadientes, así el rebosante orinal. Pesaba mucho. El nauseabundo contenido chocaba contra las paredes interiores y se derramó, mojándome los dedos. Bajé la barbilla para evitar las arcadas y lo llevé hasta la puerta cerrada.

—Apaga la vela —susurré.

Jessica levantó la mecha. Frunció los labios y, de pronto, nos quedamos sumidas en la oscuridad.

Preparada, hablé con la voz de Celestine.

—Founder, *mon cher*. La vela se ha extinguido. ¡Necesito otra!

—Por todos los santos. —La puerta se abrió y la silueta de Founder quedó recortada en el umbral.

El rufián entró en la habitación. Con toda mi fuerza, le arrojé el contenido del orinal. Las heces y el orín lo golpearon en la cara y salpicaron la pared y el pasillo. Founder se tambaleó hacia la puerta y se estampó contra la pared, tosiendo con las manos sobre los ojos.

—¡Por Dios!

—¡Corred! —grité.

Las muchachas echaron a correr y pasaron agachadas junto al hombre cegado, al que le venían arcadas. Le agarré el brazo mojado y lo lancé por la habitación, pero su peso me hizo perder el equilibrio. Resbalé con las heces y me estampé contra su pecho en el instante en que extendía los brazos a ciegas. Su codo me golpeó en la barbilla y me echó la cabeza hacia atrás. Solté un grito, y el dolor espantoso y el hedor a amoniaco me anegaron los ojos de lágrimas. Su cuerpo era una silueta borrosa entre la puerta y yo. Desesperada, le lancé el vacío orinal a la cabeza. Se hizo añicos con un fuerte crujido de porcelana barata. Founder cayó de rodillas con un aullido.

Corrí hacia el pasillo y cerré la puerta. Mis dedos manipularon con torpeza la llave mojada y resbaladiza. La giré en el preciso momento en que el peso de un cuerpo encolerizado golpeaba la puerta al otro lado.

—¡Ramera! —chilló Founder cuando me erguí apoyada en la pared del pasillo, parpadeando para contener el intenso y húmedo dolor.

Un potente grito sonó en la dirección de las cocinas. Un chasquido de utensilios de cobre. ¡Las muchachas!

Corrí hacia el sonido y mi visión por fin se despejó. Cuando pasé por delante de una alacena, un coro de chillidos agudos perforó el aire, y luego tres de las chicas salieron corriendo por la puerta del pasillo y se precipitaron hacia mí. Lizbeth, Marie-Jean y Faith. Ni rastro de Jessica. ¿Habría huido por la puerta trasera?

Una mujer con delantal y una mueca airada en el rostro rojizo salió disparada de la cocina tras ellas.

¿Conseguiríamos llegar al patio delantero?

Me di la vuelta, pero un hombre fornido acababa de salir del salón del ama de llaves, bloqueando la puerta principal del sótano.

—¡Por aquí! —les grité a las muchachas guiándolas por el pasillo. Founder seguía chillando y golpeando la puerta de la habitación, cuyo marco se zarandeaba con sus acometidas—. ¿Dónde está Jessica?

—Se ha ido —dijo Lizbeth entre fuertes resoplidos de terror—. Por el pasadizo.

Una a salvo. Gracias a Dios. ¿Habría encontrado el camino hasta Julia?

Alcanzamos las escaleras mientras la mujer, la cocinera, seguía persiguiéndonos.

—¡Rachel! —gritó. Otra mujer emergió de las cocinas.

—¡Idos! —Guie a Faith y a Lizbeth hacia las escaleras, pero Marie-Jean se había quedado paralizada—. ¡Marie-Jean! ¡Sube! —Se recostó contra la pared.

La cogí por las axilas y la levanté contra mi cadera en el momento en que la cocinera llegó junto a nosotras. Marie-Jean era bajita, pero seguía siendo un peso. Me tambaleé, y casi pierdo el equilibrio.

—¿Quién diablos eres tú? —me chilló la cocinera escupiendo saliva.

Lo único que tenía libre yo eran los pies. Me preparé y lancé una patada. Mi pie acertó en su rodilla con un fuerte chasquido. La mujer gritó y cayó al suelo, pero su compañera de la cocina se acercaba a una gran velocidad.

Me eché hacia atrás para recuperar la estabilidad y empecé a subir las escaleras, con todos los tendones y músculos en tensión al ascender con Marie-Jean pegada a mí. Faith llegó al último peldaño, pero Lizbeth había trastabillado a mitad del tramo y se había detenido contra la barandilla.

Liberé una mano y la agarré por la espalda del vestido. Su peso me provocó un tirón en el hombro que me causó un dolor muy agudo.

—¡Sigamos adelante!

Por fin en la planta baja de la casa. Los gritos y el alboroto habían llamado la atención de un hombre medio desnudo que se asomaba a la puerta de la última estancia. Al vernos, retrocedió y cerró la puerta de golpe.

—¡Hargate! —chillé mientras apremiaba a las muchachas a avanzar por el pasillo—. ¡Hargate!

Faith corría en primer lugar hacia la puerta principal. Más gente empezó a salir del salón. Santo Dios, eran Holland y su matón. Y la señora Dillard se les sumó.

Los tres nos impedían el paso.

Detrás, los clientes y las muchachas se apiñaban en la puerta del salón, atentos.

Holland tardó un solo segundo en darse cuenta de qué sucedía.

—¡Detenedlas! —ordenó.

Se agachó y extrajo una fina daga de su bota. Me abalancé hacia delante y agarré a Faith para evitar que se precipitara hacia el filo del arma. ¿Qué debía hacer?

Detrás de mí, el hombre fornido del sótano había subido las escaleras y bloqueaba esa salida y el pasillo.

—¡Chicas! —Agarré a Faith y a Lizbeth para que estuvieran a mi lado, mientras Marie-Jean seguía en mis brazos. Sus cortas respiraciones me lanzaban aire caliente sobre el cuello. Las otras dos se apretaron contra mi cuerpo.

No teníamos escapatoria.

34

Holland echó a caminar hacia nosotras apuntándome a mí con el arma.

—Suelta a la muchacha o la destripo.

—Eres un ser despreciable —le espeté mientras daba un paso atrás.

Una silueta se abrió paso entre la multitud que nos contemplaba desde la puerta del salón.

—¡Apartaos de mi camino!

Esa voz me resultaba familiar: era lord Evan.

Corría blandiendo un candelabro. Un destello dorado después, la pesada base golpeó en la sien al matón, que se desplomó como un saco de carbón con un ruido sordo.

—¡Jonas! —gritó Holland dándose la vuelta—. Ven aquí.

—Tu Jonas también está fuera de combate —le respondió uno de los mirones con alegría—. Un puñetazo bonito donde los haya.

De pie junto al otro inconsciente rufián, la atención de lord Evan se dirigió hacia mí.

—¡Corred! ¡Ahora! —Y en ese momento reparó en las tres chicas que se aferraban a mí—. Santo Dios. ¿Son tres?

Se abalanzó sobre Holland, pero la señora Dillard le bloqueó el paso. Lord Evan alzó el candelabro de nuevo y la mujer retrocedió encogida.

—¡Graves! —chilló Holland—. ¡Ven aquí ahora!

La puerta principal se abrió y el portero entró, dando brincos para calentar. Vio que lord Evan blandía un candelabro en alto y corrió hacia él balanceando los puños.

Fue lo único que vi, pues Holland se giró hacia mí. El puñal y su repugnante sonrisa llenaron mi visión; sus largos caninos le conferían un aire salvaje. Las muchachas se apretaron más fuerte contra mí, y la respiración de Marie-Jean era una sucesión de diminutos sollozos con cada inspiración.

—El señor Anderson, supongo —dijo Holland. Empuñaba la daga de un lado a otro como si fuera un dedo con el que reprenderme—. No me gusta que me engañen, y mucho menos una vieja fullera como tú.

No tenía ni idea de qué significaba «vieja fullera», pero la fría furia que desprendían sus ojos y el puñal eran amenaza suficiente.

—Chicas, poneos detrás de mí —dije mientras soltaba a Marie-Jean y la dejaba en el suelo. La cogí del brazo y la coloqué a mi espalda en tanto les indicaba a las otras dos que se recostaran contra la pared—. Apartaos.

—Eh, no me parece bien apuntar a una mujer con una daga —saltó uno de los hombres del salón.

—No te entrometas entre un hombre y su fulana —comentó otro.

¿Su fulana? Por supuesto, me encontraba en un burdel.

—¡Ayúdennos! —les grité a los mirones, pero nadie se movió. Todos estaban ávidos de pelea.

Vi de reojo a lord Evan, inmerso en un combate con el portero en el que los dos asestaban puñetazos al otro en las costillas. Allí no encontraría ninguna ayuda.

A la desesperada, busqué algún arma o escudo. Tres bastones estaban junto a varios sombreros en la mesa del pasillo, pero se hallaban demasiado lejos. Holland me alcanzaría antes de que llegase hasta allí. Solo me quedaba una opción, y una bastante pobre.

Me abalancé hacia adelante, arranqué la pintura de Leda y el cisne de la pared y corrí hacia Holland. La esquina del marco de oro lo golpeó en el pecho. Un murmullo de aprobación se alzó entre los mirones. Holland se tambaleó hacia atrás.

Me precipité de nuevo con el cuadro apuntando a su cuello, pero el peso lo inclinó y lo golpeó otra vez en el pecho. El impulso lo obligó a dar otro paso atrás, pero ya había perdido el factor sorpresa. El propietario del burdel agarró el marco y se abalanzó sobre mí. Yo no dejé de sujetarlo y resistí, pero solo unos segundos. Su fuerza me colocó la pintura sobre el torso y me impulsó hacia atrás en dirección a la pared.

Giró el marco de lado. Me aferré al cuadro —el ancho de la pintura era lo único que me separaba de la daga—, pero él siguió tirando y tirando. Me entraron calambres en los dedos y empecé a aflojar el agarre. Apreté los dientes para soportar el dolor, pero fue en vano. Holland torció el cuadro y me forzó a doblar las muñecas en un ángulo demasiado pronunciado. Al final lo solté.

El marco se movió trazando un arco y aterrizó en el suelo con un golpe. Holland se precipitó sobre mí. Me agaché, pero no lo bastante deprisa. El puñal se clavó en mi hombro derecho. No noté cómo entraba, pero sin duda sí noté cómo salía. Un ardiente escozor me embargó el músculo y enseguida se transformó en un dolor lacerante. Me puse una mano en la palpitante herida húmeda. ¡Apuñalado! Me había apuñalado. Darme cuenta de ello no hizo sino acentuar el dolor.

Marie-Jean gritó. Curiosamente, su voz sonaba muy lejos de mí.

Bajé la vista hacia la sangre de un rojo intenso que manaba entre mis dedos y hacia la mancha que se extendía por la camisa de mi padre. Mi cuerpo resultaba muy pesado, pero sabía que debía volver a moverme. Lejos de la daga, lejos de las muchachas. Debía llevar a aquel tipo lejos de allí.

Me tambaleé hacia lord Evan con la mano ensangrentada apoyada en la pared. Lord Evan sabría qué hacer. Un paso, dos pasos, y me fallaron las piernas. Me caí de rodillas contra la pared.

Holland se cernía sobre mí sosteniendo con una mano el puñal, que brillaba con mi sangre. Debía avanzar, pero mi cuerpo estaba inundado por el dolor. Holland levantó el arma.

Un aullido tronó cerca del salón y los mirones se apartaron.

—¡Apártate de ella!

Parpadeé con la mirada empañada por las lágrimas. Sentía tantísimo dolor en el hombro que fui incapaz de recobrar el aliento. Pero esa voz la conocía.

Era Julia.

Estaba en la puerta del burdel apuntando hacia Holland con el largo y pesado trabuco, con el rostro medio tapado por un pañuelo azul. Como un bandolero.

—¡He dicho que te apartes o te volaré la cabeza! —gritó.

Solté una risilla; mi hermana tenía una pésima puntería. Me tapé los labios con la mano y noté el sabor metálico de mi sangre. No debía reírme. Cogí aire de nuevo y el dolor dio paso a un calvario que se apoderaba de mi pecho. No, solo bocanadas cortas. Jadeé con respiraciones breves que evitaron que la oleada de dolor que amenazaba con inundarme lo consiguiese.

Holland retrocedió con las manos en alto.

—¡Tú!

—Sí, yo. —Era la voz de Weatherly.

Entorné los ojos hacia la extraña neblina gris del pasillo. Me costaba concentrarme, pues mi mente iba alejándose cada vez más de mis pensamientos.

—Weatherly, coge a las niñas —ordenó mi hermana—. Hargate, ayuda a Gus.

Una silueta apareció delante de mí. Levanté la vista. Ah, era lord Evan. Le salía sangre de la nariz y de una herida por encima del ojo derecho, pero jamás había visto un rostro que me resultara tan agradable de ver.

Le sonreí entre la neblina.

—Mi querido lord Evan. Mi verdadero amor. —Intenté levantarme, pero el pasillo empezó a dar vueltas sin parar.

—¡Cuidado! —Se inclinó y detuvo mi derrumbe lateral sujetándome contra la pared—. Has perdido mucha sangre. —Con tiento, me apartó la mano de la herida del hombro—. Déjame ver.

Un tirón de mi camisa retiró la tela raída.

—¿Me voy a morir? —Me aferré a su mano.

—No, no te vas a morir —me aseguró con firmeza—. No te ha acertado en ningún punto vital.

Me deslizó la mano por la cintura y me puso en pie. Era un descaro, pero me pareció buena idea recostarme en el sólido apoyo de su cuerpo. Me apretó el hombro desnudo con fuerza. El dolor que me provocó me recorrió de la cabeza a los pies. Solté un jadeo, y luego una ridícula risilla ascendió por mi interior. ¡Llevaba el hombro al descubierto! ¿Qué diría Julia?

—¿Puedes caminar? —me preguntó él.

Asentí, aunque se me antojaba como vadear entre el barro. Demasiado esfuerzo. Además tenía algo importante que decir... si lograba articular las palabras.

—Chicas. Hay cuatro —murmuré al fin contra su cuello, palabras confusas en mi boca reseca. Lord Evan olía muy bien, a cítrico con un matiz metálico. O quizá era la sangre—. Una ha salido.

El pasillo oscilaba a mi alrededor. Me resbalé hacia el suelo, pero dos brazos fuertes detuvieron mi caída, y entonces todo recuperó la verticalidad cuando lord Evan me levantó en volandas contra el pecho. Como una novia. ¡Ja!

—Todas las muchachas han escapado —dijo, su voz un rumor contra mi sien.

Los rostros nos observaban boquiabiertos. En su mayoría eran hombres. No nos habíamos presentado; mequetrefes maleducados. A continuación, aire fresco. Estábamos fuera, en la calle iluminada por la luna. Durante un agonizante segundo, todo se enfocó: mil agujas de dolor que se me clavaban en el hombro, los brazos de lord Evan que me sujetaban fuerte, Weatherly y las cuatro muchachas en el carruaje. Y Julia apuntando con el trabuco hacia el burdel, caminando hacia atrás junto a nosotros.

Julia. Mi queridísima Julia.

—No tiene muy buena puntería —suspiré.

Noté cómo lord Evan se reía contra mi pelo.

Y a continuación se desvaneció y me sumí en un oscuro y suave silencio.

35

Me desperté en el carruaje, tumbada encima de los cojines del rincón del asiento. La luz del alba me mostró unos cuantos rostros que me miraban. Por el rápido traqueteo de las ruedas y el bamboleo de la cabina, estábamos viajando a bastante velocidad.

Aspiré una bocanada de aire y me llegó el olor afrutado del brandi. Tenía los pies fríos; no sé cómo, pero había perdido los zapatos.

—Está despierta —anunció la chica que se hallaba junto a mí.

¿Quién era? De pronto lo ocurrido en las últimas horas regresó a mí, además del intenso dolor del hombro. Se llamaba Lizbeth, y a mí me habían apuñalado.

Santo Dios, ¡me habían apuñalado!

Apreté los ojos con fuerza y luego los volví a abrir en busca de cierta claridad mental y visual. Pero no, no podía recordar gran cosa más allá de haber echado a correr con las cuatro muchachas y del puñal. Todo lo demás era un borrón en mi memoria.

—¿Estamos todos a salvo? —pregunté. Aunque no fue una sucesión de palabras, sino más bien de gruñidos secos y sibilantes.

—Todos estamos a salvo, querida —respondió Julia. Saltaba a la vista que todavía era capaz de comprenderme. Estaba sentada junto a mí y me cogía la mano izquierda. Intenté levantar la derecha, pero el dolor era demasiado intenso—. Ya hemos dejado atrás Botley Hill —añadió.

¿Botley Hill? Eso se encontraba a menos de cuarenta millas de Londres. Me había pasado inconsciente la mayor parte del viaje de vuelta.

Me aclaré la garganta buscando saliva y mi propia voz.

—¡Hemos huido! —Le di un apretón en la mano con una fuerza ridícula—. ¡Has estado magnífica!

—He estado aterrada, Gus —terció—. Creía que ibas a morir.

—Yo también —dije ignorando la rabia que le teñía la voz; no tenía fuerzas para responderle—. Y entonces has llegado tú con Hades. —Conseguí esbozar una débil sonrisa—. Pensaba que no íbamos a usar armas.

Mi hermana apretó los labios; al parecer era demasiado pronto para bromear.

—Cuando Jessica me ha contado cuanto sucedía en el interior de la casa, ha sido la única manera que se me ha ocurrido de lograr que salieras de allí. De hecho, el sinvergüenza que te ha apuñalado nos ha perseguido. ¡John ha tenido que disparar con Hades en el centro de Cheltenham para que desistiera de seguirnos!

La luz del alba que se filtraba entre las copas de los árboles iluminaba la cabina con breves destellos rosados que incidían en su ceño fruncido.

—Creía que te había perdido, Gus. Estabas sufriendo mucho. —Cogió aire, temblorosa—. Había muchísima sangre.

Entorné los ojos hacia el ardiente dolor. Todavía me escocía, pero me habían limpiado la herida. Habían envuelto con maestría mi hombro con una gruesa tira de tela. El olor a brandi emanaba de ella. Alguien había limpiado mi herida con alcohol; sin duda alguna era obra de lord Evan. Me había devuelto el favor.

—Toma, bebe un poco de limonada. —Julia me acercó un vaso de arcilla.

—¿Has traído limonada a un rescate?

—Por supuesto que no. La he comprado en la última posada.

—¿Qué les ha pasado a mis zapatos? —Flexioné los fríos dedos de los pies.

—Estaban cubiertos de excrementos y los he tirado. —Mi hermana arrugó la nariz—. Tus medias también.

¿Cómo me había cubierto de excrementos los pies? No me acordaba.

Julia llevó mi mano hacia mis labios.

—Termínate el vaso. Lord Evan dice que has sido afortunada y que el cuchillo no cortó nada importante, pero debes beber tanto como puedas para recuperar la sangre que has perdido.

Le di un sorbo a la ácida bebida y agradecí el picor del líquido frío, que bajaba por mi reseca garganta. ¿Dónde estaba lord Evan?

Weatherly se encontraba en el rincón opuesto, con los ojos cerrados y sujetándose el brazo herido con el otro. En el asiento, a su lado, estaban las cuatro muchachas: Marie-Jean, apoyada en mi mayordomo; Faith y Jessica, con las manos cogidas; y Lizbeth, acurrucada en el rincón más alejado de mí con una pasta a medio comer en el regazo. Todas envueltas con sábanas y claramente exhaustas. Pero no había ni rastro de lord Evan. ¿Ya nos había abandonado? Seguro que no se marcharía sin despedirse.

—Lord Evan está en el asiento del conductor junto a John, a cargo de Hades —dijo Julia al ver la pregunta reflejada en mi cara—. Quiere acompañarnos de regreso a Londres. —Me dio un suave apretón en la mano—. ¿Necesitas un poco de láudano? Queda algo en la caja de las medicinas.

Incluso ese ligero apretón me provocó una oleada de dolor. Una dosis de láudano sería estupenda, pero no podía volver a quedarme inconsciente. Todavía no.

—Julia, lord Evan no puede ir a Londres con nosotros —dije bajando la voz—. No cumplió con su sentencia. Se ha fugado de la justicia para ayudar a su hermana. Es probable que ya hayan decretado una recompensa por su cabeza. Si lo atrapan, tal vez lo metan en una galera.

—¿Fugado de la justicia? Ay, cielos. —Julia se mordió el labio—. No quiere apartarse de tu lado, Gus. Es lo que afirma.

No pude evitar el brinco que dio mi corazón al oír aquel comentario. Aun así debíamos lograr disuadirlo. Una labor que solo conseguiría yo. Sin embargo, no tenía las fuerzas suficientes como para extender un brazo y golpear la ventanilla.

—Detén el carruaje, Julia. Debo hablar con él.

—¿Vas a entregarlo? —Oí un matiz de alivio en la voz de mi hermana. Por el bien de lord Evan, no pensaba hacerlo.

—No fue culpa suya, ¿sabes? —le dije—. Yo he decidido salvar a las cuatro muchachas. ¿Verdad que entiendes que no podía hacer otra cosa? El hecho de que me hayan apuñalado es solo mala fortuna.

—¿Mala fortuna? —Julia apartó la cabeza—. ¡Qué manera tan extraña de describirlo! —Cogió aire con las ventanas de la nariz bien abiertas—. Por supuesto que entiendo que debías salvar a las chicas. Y lo aplaudo —exclamó, aunque sonaba más bien a que no lo aplaudía en absoluto—. De todos modos, cuando estás en compañía de lord Evan, te vuelves demasiado imprudente. Te conviertes en otra persona.

—Eso es injusto. Siempre he sido imprudente.

Pero quizá no le faltaba razón. Cuando estaba con él, me sentía fuerte e inteligente y muchísimo más valiente. Todas ellas eran cualidades admirables en un hombre, pero en una mujer se debían a su imprudencia. Aun así me gustaba bastante la persona que era cuando estaba con él.

—Ya lo hablaremos más tarde. —Restó importancia a mi protesta con un gesto—. Por el momento debes lograr que se marche, pero no hagas ningún gran esfuerzo o empezarás a sangrar de nuevo.

Mi hermana golpeó con vigor la ventanilla que teníamos a la espalda. Casi de inmediato, oí cómo John daba órdenes a los caballos, cuyo paso empezó a ralentizarse. El carruaje se detuvo cerca de un prado poblado por un rebaño de ovejas, que levantaron la cabeza ante la inesperada llegada junto a su muro de piedra.

—Chicas, haremos una breve parada para que podáis hacer vuestras necesidades —anunció Julia—. No os alejéis demasiado del carruaje. —La puerta lateral del coche se abrió y lord Evan asomó la cabeza en la cabina con el rostro demacrado; si mis cálculos no me fallaban, llevaba despierto treinta y seis horas. Tenía la nariz un poco hinchada y el corte por encima del ojo todavía no se había cerrado.

—¿Va todo según lo previsto? —La pregunta fue genérica, pero su atención se clavó en mí, y ladeó la cabeza para emitir un diagnóstico—. Estás despierta, lady Augusta. Me alegro mucho de verte.

—Sí, despierta. —Sonreí, absurdamente feliz por verlo también—. ¿Te encuentras bien?

—No hay nada que amenace demasiado mi vida. —Me devolvió la sonrisa en una mezcla de truhanería y consuelo que me detuvo el corazón.

—Mi hermana quiere hablar contigo —espetó Julia en esos instantes—. Vamos, chicas. Salgamos. Coged las sábanas, pero no las arrastréis por la hierba.

Lord Evan ayudó a bajar a Julia y luego a las muchachas, una a una. Cada vez que alguien bajaba del carruaje, yo sentía un intenso dolor en el hombro. Contuve un gruñido que no haría sino inquietar a Julia.

Cuando Faith pasó junto a mí, me sonrió y me volvió a acariciar una mano, un roce de empatía apenas perceptible. Noté el absurdo ascenso de las lágrimas; había valido la pena con tal de ver aquella sonrisa.

Al final Weatherly se levantó y agachó la cabeza para acomodar su altura al carruaje, con el brazo sujeto sobre el pecho.

—¿Cómo te encuentras, Weatherly? —le pregunté.

—Mejor que usted —respondió sin rodeos al ver la venda de mi hombro—. Disculpe que haya escuchado la conversación, no he podido evitarlo, pero lady Julia lleva razón. Me alegro de que hayamos rescatado a Marie-Jean y a las otras muchachas. Sin embargo, hacer buenas obras es una cosa y que una mujer de su estatus sea apuñalada en un burdel es algo totalmente distinto.

Lo observé acercarse lentamente al escalón que daba al suelo y rechazar la mano que le tendía lord Evan. Podría haberle replicado que mi rango no era tan elevado; a fin de cuentas, mi padre había muerto en un burdel. No obstante, no tenía ni la energía ni el deseo de discutir con él.

Afuera, las ovejas se habían acercado a la verja, para gran deleite de Marie-Jean y Lizbeth, que se subieron a una loma y le ofrecieron pedazos de galleta a uno de los curiosos animales. Jessica y Faith permanecieron atrás, recelosas de las criaturas.

Me quedé sin aliento de nuevo cuando la cabina se bamboleó por el peso de lord Evan. Entró en el carruaje y se dejó caer sobre el asiento opuesto.

—Tu hermana y tu mayordomo están molestos conmigo —dijo antes de inclinarse hacia delante y cerrar la puerta—. Creen que debería haberte evitado la herida, y sin duda están en lo cierto. Ni siquiera deberías haber estado en esa situación.

—Te aseguro que con quien más molestos están es conmigo —aseveré—. El plan ha sido idea mía.

Negó con la cabeza, claramente reacio a quitarse responsabilidad.

—¿Cómo va el hombro? Te debe de doler, supongo.

—Así es —admití—. ¿Lo has limpiado y vendado tú?

—Sí. Un pequeño trozo de tela había entrado en la herida con la puñalada. A menudo sucede, pero hay que extraerla de inmediato o la herida podría empeorar. Teniendo en cuenta que Holland empuñaba un estilete, el corte no es demasiado profundo.

—¿Un estilete?

—Un puñal italiano, uno de los más finos que hay. A menudo se usa para asesinar a la gente. Se hunde mucho y provoca una herida bastante reducida. Has tenido mucha suerte de que te golpeara en el hombro y no te cortara órganos ni arterias. Le he dado a tu hermana el nombre de un joven doctor, que ha estudiado en Edimburgo y tiene experiencia con ese tipo de heridas. Es un hombre muy discreto.

—Gracias.

Asintió.

El silencio se prolongó entre nosotros, no incómodo por completo. Se frotó la barbilla, y en aquella quietud se oyó el roce de su mano con la barba de varios días. Aunque la moda actual disponía que los hombres se afeitaran del todo, me gustaba bastante el efecto que tenía en él. Era un caballero y un pirata a la vez.

—Tu hermana me ha comentado que querías decirme algo. —Se pasó una mano por la coronilla de pelo oscuro—. ¿Es por lo ocurrido en el pasillo? Créeme, sé que estabas bajo una gran presión.

Fruncí el ceño e intenté recordar lo ocurrido en el pasillo. Lo único que veía en mi mente era el puñal acercándoseme. Expulsé aquella imagen espeluznante.

—Lo siento, no recuerdo nada de lo ocurrido en el pasillo.

—Ah. —Se recostó en el asiento—. Si no lo recuerdas es que no tiene importancia alguna.

—No, cuéntamelo, por favor.

—No tiene importancia alguna. —Con un ademán, dejó a un lado aquel tema—. ¿Qué era lo que me querías decir?

Me lo quedé mirando durante unos instantes —¿le había dicho algo espantoso en el pasillo?—, pero su expresión se transformó en un educado interrogante. Habían cambiado las tornas y sería infantil insistir en lo anterior.

—Quería decirte..., no, quiero insistir en que no vayas con nosotros hasta Londres. Es demasiado peligroso. ¿Y si alguien te reconoce?

—Hay cierto riesgo, supongo —se cruzó de brazos—, pero no es que todas las personas de la ciudad vayan a reconocerme. Deseo verte llegar a casa a salvo y estar seguro de que te recuperas adecuadamente.

Un deseo noble y uno que yo también quería, pero no era lo mejor para él.

—No es necesario que te conozca toda la ciudad, lord Evan. Basta con que te reconozca la persona que te esté buscando. Porque alguien te estará buscando, ¿verdad? —Intenté inclinarme hacia delante para acompañar mi pregunta, pero el dolor me detuvo en seco. Me conformé con mirarlo con el ceño fruncido y gesto serio—. Eres un prisionero fugitivo. Sin duda, ya habrán puesto precio a tu cabeza.

Era una suposición, pero entraba en lo posible: había escapado hacía tanto tiempo que bien podría haber llegado una carta desde las colonias informando de su huida.

Aceptó mi argumento entornando un ojo a regañadientes.

—Eso parece. Me ha llegado la información de que un cazarrecompensas ha estado preguntando sobre mí.

—¿Lo ves? ¡No te puedes arriesgar! Tienes un deber para con tu seguridad y la de tu hermana. Debes seguir en libertad para ayudarla. Debes seguir en libertad.

—Al parecer, los dos tenemos deberes para con nuestras hermanas... —Calló y se frotó la frente como si quisiera borrar de su mente lo que estaba a punto de decir—. Tienes razón, debo pensar en Hester. Te acompañaré hasta Maidenhead y luego nos separaremos.

—Bien. Me alegro de que entres en razón.

La victoria era mía, pero se me antojaba vacía. Y el hecho de separarnos era ambiguo. Porque volveríamos a vernos, ¿verdad?

—Pero te escribiré —añadí—. Y si en algún punto necesitas ayuda con la situación de tu hermana, no dudes en avisarme. Y también está la cuestión del duelo. Quizá haya recabado más información.

—Primero debes curarte —dijo—. Y después ya veremos dónde estamos.

No era del todo la respuesta que quería oír.

Se inclinó hacia la puerta del carruaje y la abrió, y a continuación inclinó la cabeza en el asiento.

—Me despido de ti ahora.

—Adiós —dije asintiendo por cortesía. ¿Ya regresaba al asiento del conductor? Por lo visto, nuestro destino era despedirnos frente a las puertas de los carruajes de ambos.

Se agachó y bajó del vehículo dejándome sola en el interior.

—¡Prométeme que estarás a salvo! —le grité.

Se giró, como yo había querido que hiciese, y me sonrió. Aunque su habitual destello de canalla había desaparecido.

—Solo si tú me prometes lo mismo.

Lord Evan nos dejó en Maidenhead. El dolor impidió de nuevo que me reclinara hacia delante en el asiento, así que no lo vi doblar la esquina a pie hacia el centro de la ciudad. Esperé que viese mi despedida con la mano y mi sonrisa. Esperé que se diera la vuelta para atisbarlas. No fui capaz de preguntárselo a Julia. Mi hermana estaba demasiado aliviada por la marcha de él.

Me pasé el trayecto de Maidenhead a Hanover Square durmiendo y solo me desperté cuando John detuvo los caballos. Las cortinas de la ventana del carruaje permanecían corridas, a excepción de la situada frente al asiento de Julia. Estábamos en las caballerizas, detrás de nuestra casa. Samuel y la señorita Finchley se encontraban en el patio del establo, ella con un abrigo rojo y de puntillas para intentar ver el interior del carruaje. Delante de mí, Weatherly asomó la cabeza y su rostro se suavizó. Y no por ver a Samuel, no me cupo duda.

—Le he indicado a John que nos llevara directamente a las caballerizas —me informó Julia—. La gente de la plaza no tiene por qué conocer nuestras actividades.

Samuel abrió la puerta del carruaje con una inclinación de cabeza.

—Señoras, ha sucedido algo.

—Espera, Samuel —le pidió Julia. Le hizo señas a la señorita Finchley para que se acercara—. Tenemos a Marie-Jean.

La angustia del rostro de la señorita Finchley desapareció en favor de una sonrisa radiante.

—Ay, señoras, muchas gracias. —Nos hizo una reverencia—. Que Dios las bendiga.

—Hay más —prosiguió Julia, haciéndole señas a la señorita Finchley para que se aproximara a la puerta—. Literalmente. Los muy canallas habían secuestrado a otras tres muchachas también. Ellas son Lizbeth, Jessica y Faith.

La señorita Finchley, como la joven admirable que era, tardó solo un segundo en superar la sorpresa y sonreír con gesto de bienvenida.

—Hola, chicas. Ahora estáis a salvo gracias a lady Augusta y a lady Julia.

—Y gracias al señor Weatherly —añadí. Supe que nuestro modesto mayordomo obviaría sin duda el papel que había tenido en la aventura—. Fueron sus acciones heroicas las que nos dieron la información que necesitábamos para escapar.

Weatherly me miró con hostilidad desde el asiento contrario, pero no vacilé en absoluto.

La señorita Finchley le sonrió, y su admiración se transformó en preocupación.

—Señor, estás herido.

—Ya me han recolocado el hombro —dijo entre gruñidos—. Pero ha sido un honor ser de ayuda.

—A Lizbeth la raptaron en casa de sus padres, adonde debe regresar —añadió Julia, pasando por alto alegremente cuanto sucedía entre Weatherly y la señorita Finchley. O quizá no había reparado en ello—. Sin embargo, Jessica y Faith necesitan un hogar. ¿Su hermana y usted estarían dispuestas a aceptarlas en su escuela? Lady Augusta y yo estaremos encantadas de ayudar en su manutención junto con la contribución del señor Weatherly.

—Por supuesto —respondió la señorita Finchley, y nos dedicó una nueva reverencia—. Serán muy bienvenidas. Son muy amables por querer ayudar a nuestra causa.

Detrás de ella, nuestro criado entrelazaba las manos enguantadas y miraba hacia la casa.

—Samuel, ¿qué ocurre? —le pregunté.

—Hay un hombre esperando en la salita de día, señoras, y no está dispuesto a marcharse. Ha irrumpido hace una hora y dice que es de Bow Street y que debe verla cueste lo que cueste. Dice que se llama Michael Kent.

Respiré hondo y la sorpresa me golpeó en el hombro. ¿Un corredor de Bow Street allí?

Los corredores de Bow Street habían sido algo más que unos cazarrecompensas corruptos. Por aquel entonces tenían la autoridad para investigar delitos y arrestar a delincuentes en nombre del Ministerio del Interior. Era lo más cerca que los ingleses íbamos a tolerar la idea francesa de una fuerza «policial».

Tan solo podía haber una razón que llevase a aquel tipo a nuestra casa.

Me apreté la frente con los dedos para intentar contener el tumulto de pensamientos y temores. No pensé que fueran a seguir con tanta ansia el rastro de lord Evan. Gracias a Dios que no nos había acompañado hasta Londres.

—Ahora mismo es imposible que veamos a nadie —aseguró Julia—. Lady Augusta está herida. Dile al hombre de Bow Street que se marche. Y que regrese en otro momento.

—He intentado hacerlo, milady, en numerosas ocasiones, pero se niega a irse. Thomas dice que lo llaman Kent el Gentilhombre, famoso por su perseverancia. No se rinde jamás.

—Yo lo echaré —afirmó Weatherly mientras se levantaba.

—No, no es apropiado que inicies una riña con un corredor, Weatherly. —Le pedí que volviera a sentarse con un gesto—. Samuel, ¿le has contado que no estábamos en casa?

—No, milady, tan solo que no estaban disponibles.

—Bien hecho. Weatherly, quédate en el carruaje y ve con la señorita Finchley y las muchachas hasta su escuela. Julia, tú y yo regresaremos a casa por la trascocina y subiremos las escaleras para cambiarnos. Si el señor Kent desea esperar, pues esperar será lo que hará hasta que estemos preparadas para recibirlo. No podemos negarnos a verlo, cuenta con la autoridad que le confiere Bow Street, pero no es necesario que juguemos según sus reglas.

—Se trata de lord Evan, ¿verdad? —dijo Julia.

—Sin ninguna duda.

—Lo sabía. Que Dios nos asista. —Mi hermana se santiguó.

Cerré los ojos e intenté hacer acopio de las fuerzas necesarias para enfrentarme a aquel nuevo enemigo. El señor Kent tal vez tuviera la autoridad para investigar, pero no era el único que andaba en busca de información.

Yo tenía tres preguntas que solamente él podría responder: ¿cuánto sabía del vínculo que nos unía a lord Evan?, ¿cómo se había enterado? y ¿cuán cerca estaba de dar alcance a su presa?

36

Arriba, encima de la mesa del pasillo, me esperaba una carta. De una letra que no reconocí. Me la llevé a mi dormitorio y, con cierta dificultad, rompí el sello y la extendí sobre mi escritorio en tanto Tully preparaba unas vendas nuevas para mi herida.

Era una respuesta del coronel Drysan, ya retirado. Una breve misiva en la que aceptaba reunirnos cuando me resultara más conveniente. Casi podía sentir la curiosidad que envolvía aquellas palabras escritas con esmero. Si bien nuestra reunión debería esperar a que me hubiera recuperado un poco, por lo menos era un avance.

Tully se ocupó a toda prisa de mi herida y me puse el vestido matutino más holgado que tenía, cuya capelina de encaje ocultaba mis vendas. Siempre había pensado que aquella prenda había sido una mala compra, demasiado propia de una señora mayor, pero en esos momentos satisfacía una necesidad. Solo esperaba que la herida no empezara a sangrar de nuevo y empapara el cuello de volantes del vestido.

En total, al final transcurrió solo una hora antes de que siguiera a Julia por las escaleras hacia la planta inferior para reunirnos con el señor Kent. No dejé de aferrarme a la barandilla en ningún momento; de vez en cuando, el mundo daba alarmantes vueltas, y, si mi hermana me veía tan débil, pondría fin a aquella entrevista por cualquier medio. Me interesaba ver a aquel hombre y descubrir qué sabía.

—¿Qué le vamos a decir? —me susurró Julia por encima del hombro. Mi hermana también se había cambiado: se había puesto su vestido matutino favorito, de batista azul pálido, con un encaje enrevesado en el cuello y en las mangas. Una abundancia de encaje siempre lograba insuflarle confianza a mi hermana.

—Lo menos posible, creo —respondí.

Un día nuestro padre me dijo que, si deseabas desconcertar a un oponente, debías hacerlo esperar. El señor Kent había esperado bastante, pero si era tan perseverante como se comentaba, quizá la espera no lo había incomodado. En cambio, a mí me había inquietado por completo.

Frente a la puerta de la salita de día, Julia me miró con más atención.

—¿Estás segura de poder hacer frente a esto? Te veo pálida.

—Estoy lo suficientemente recuperada. Además, no debemos hacerlo esperar más.

Asentí a Samuel y nuestro criado abrió la puerta dedicándonos una inclinación de cabeza cuando Julia y yo entramos en la estancia.

—Tráenos té, por favor —le pedí al pasar junto a él. Seguía sedienta a pesar del agua de cebada y la sopa que la cocinera había hecho subir a mi habitación junto a mis nuevas vendas.

El corredor se encontraba de espaldas a nosotras, examinando nuestro retrato de Lawrence con intensa concentración. Desde detrás vimos un cuerpo alto y esbelto, una mata de pelo oscuro rizado y una chaqueta ceñida que se ajustaba a sus anchos hombros.

—¿El señor Kent, supongo? ¿De Bow Street?

Se dio la vuelta. Santo Dios, era el hombre de Hyde Park: después de todo, sí que nos había estado vigilando. Y en esos instantes se encontraba en nuestra casa, tan seguro de sí mismo y elegante como siempre. Llevaba unos pantalones largos por encima de unos zapatos relucientes, un chaleco azul pálido y un pañuelo bien atado en el difícil estilo matemático. Cualquiera pensaría que se trataba de un caballero.

—Soy Augusta Colebrook y ella es mi hermana, lady Julia —añadí.

—Buenas tardes. —Nos lanzó una perfecta inclinación de cabeza—. Agradezco que me reciban con tanta premura. —Lo dijo sin retintín, pero sospeché que sus palabras desprendían ironía. Miró hacia el retrato—. ¿Estoy en lo cierto al pensar que se trata de un cuadro del señor Lawrence? Atisbo su estilo más temprano.

Julia y yo guardamos silencio durante unos segundos. Ninguna de las dos había anticipado una conversación sobre arte.

—Está en lo cierto. Lo ha reconocido —dijo Julia al fin, muy impresionada por los conocimientos de él, pues el señor Lawrence no firmaba sus cuadros.

Para ser sincera, yo también lo estaba. Un hombre con el estatus y la profesión de Kent, pensé, no solía seguir el arte, y mucho menos ser capaz de reconocer al artista del momento.

Julia ladeó la cabeza y escrutó el cuadro.

—Sin duda, es verdad que cuenta con las marcas de su estilo temprano. Posamos para el señor Lawrence hace tiempo, cuando nos presentaron en la corte, así que obviamente el parecido ya no…

—En absoluto. El parecido es impresionante —la interrumpió el señor Kent con agradable galantería—. El señor Lawrence tiene la habilidad de capturar la esencia de sus modelos, creo, y aquí veo a dos jóvenes de personalidad y espíritu extraordinarios.

Julia le lanzó una mirada de reojo desde debajo de las pestañas.

—El señor Lawrence es conocido por tal perspicacia, en efecto.

El señor Kent soltó una suave carcajada. Lucía una sonrisa un tanto ladeada que en cierto modo hacía juego con la dura inclinación de la nariz y que resultaba bastante atractiva. Julia se la devolvió, y sus hoyuelos hicieron acto de presencia, algo muy poco frecuente.

Cielos, yo conocía bien la expresión de mi hermana. El señor Kent había dado en el blanco con su pasión por el arte y ahora estaba a punto de ser hechizada por él. No solo eso, sino que además ese hombre se había reído ante una ocurrencia suya. Por no hablar de la respuesta de ella, lo más cercano al coqueteo de lo que era capaz mi hermana.

Me aclaré la garganta y señalé el diván.

—¿En qué podemos ayudarlo, señor Kent?

Se acercó al asiento que le había ofrecido —la leve cojera en que me había fijado en el parque saltó a la vista— y se sentó recolocando los faldones de la levita justo por encima del extremo del verde terciopelo. Julia y yo ocupamos una butaca cada una.

Miré a mi hermana a los ojos al girarme para sentarme: «¿Qué estás haciendo?».

Me lanzó una mirada de inocencia. Quizá no se había dado cuenta de que había coqueteado con él. Desde la muerte de Robert, apenas se había relacionado con algún hombre con quien no estuviera emparentada más allá de las cortesías habituales, y mucho menos había parloteado con ninguno. Ese era más mi estilo.

Fue un alivio recostarme en la butaca. El hombro me palpitaba sin cesar, y cualquier movimiento imprevisto me provocaba un fuerte dolor en el cuello y en el pecho. Sabía que tenía el brazo en una postura extraña, flexionado y quieto. ¿Se había dado cuenta Kent? Entrelacé los dedos en un intento por ocultar mi inmovilidad y reprimí un doloroso siseo. ¿Por qué le había pedido a Samuel que fuese a buscar té? No conseguiría coger la taza sin hacer gala de mi incapacidad.

—Tengo entendido que conocen ustedes a lord Cholton —dijo el señor Kent. No era una pregunta.

—Conocemos a muchos de los nobles de Inglaterra —respondí. Espadas desenfundadas: *en garde*.

—Pero lord Cholton es un amigo especial —insistió.

—Es un viejo conocido —concedí. Así pues, el señor Kent o bien estaba al corriente de la relación que unía a Bertie con lord Evan o había establecido esa relación y buscaba que se la confirmásemos.

—Creo que recientemente lo vio en Hyde Park.

Julia soltó una sonora exhalación. Por fin lo había reconocido.

—Usted nos estaba observando desde las puertas —dijo mi hermana—. Ahora lo recuerdo.

—¿De veras? —Esbozó una sonrisa con que se restaba importancia. Y que resultaba demasiado atractiva—. No pensé que fuera tan digno de recuerdo.

—En eso está equivocado, señor Kent —terció Julia—. Creo que debe de destacar dondequiera que vaya.

—Esta vez es en beneficio propio, claramente —respondió.

Santo Dios, los dos estaban dispuestos.

—Debe de ser un inconveniente para su trabajo —dije.

Se me quedó mirando durante un buen rato, y su astuta vista se desplazó hasta la extraña posición de mi brazo.

—No oculto a qué me dedico, lady Augusta. Soy un agente del Ministerio del Interior y, en particular, un magistrado de Bow Street.

—Un corredor —añadí.

—Ese es un apodo vulgar. —Un trazo de irritación apenas imperceptible le cruzó el rostro—. Somos agentes.

Vaya, había dado con un punto débil.

—Y ¿qué quiere un corredor de nosotras, señor Kent? No creo que sea confirmar que somos amigas de lord Cholton, ¿verdad?

—Como lady Julia notó, estuve en Hyde Park al mismo tiempo que ustedes y lord Cholton. Observé que visitaron el camino circular. ¿Me permite preguntarles qué hacían allí con él?

—Por supuesto. Estábamos visitando el camino circular —contesté.

Sonrió, pero esa vez no de forma tan encantadora.

—Parecieron llevar a cabo una representación.

—¿A qué se refiere? —le preguntó Julia.

—Vi que lord Cholton se tumbaba en el suelo y que usted, lady Augusta, parecía tomar nota de las distancias.

Demasiado astuto para mi gusto.

Me humedecí los labios.

—Lord Cholton se encontraba mal y descansó debajo del árbol durante unos minutos.

—Ya veo. —Por su tono, lo que veía era que yo mentía a ojos vista.

Alguien llamó a la puerta y rompió el tenso momento.

—¡Adelante! —exclamé, quizá con demasiada urgencia.

La puerta se abrió y entró Samuel llevando una bandeja con lo imprescindible para el té y un plato de galletas de almendras. La dispuso encima de la mesita que nos separaba del señor Kent con un fuerte golpe sobre el mármol italiano. Acto seguido, tras inclinar la cabeza, ocupó su posición junto a la puerta. Curiosamente me reconfortaba que nuestro criado estuviese de nuevo en la estancia.

—¿Quiere té, señor Kent? —le ofreció Julia.

—Sí, gracias.

Mi hermana se lo sirvió con elegancia, le preguntó si quería leche —la respuesta fue que no— y le entregó la taza y el platillo. Todo el proceso se efectuó sin que ninguno de los dos mirase algo que no fuera al otro, como si yo no existiese.

—¿Té, Augusta? —me preguntó.

—No, gracias —respondí, tragando saliva por la dolorosa sequedad de mi garganta.

Mientras Julia se servía una taza a sí misma, el señor Kent cogió una galleta con claro deleite. El olor a té y a pastas con azúcar me hizo la boca agua. Aparté la mirada de la bandeja.

Tras adueñarse de una galleta, el señor Kent se recostó en el asiento.

—Deliciosa. Hay que felicitar a su cocinera. —Miró hacia Julia—. ¿Conocen a lord Evan Belford?

Un ataque por sorpresa, y muy eficaz, pues las dos nos lo quedamos mirando en silencio.

—Ah, sí —dijo Julia al fin. Yo estaba sin aliento—. Es decir, lo conocíamos —añadió—. Deben de haber pasado por lo menos veinte años desde que lo viésemos, antes del espantoso duelo. ¿Lo recuerdas, Augusta?

Me lanzó a mí el hilo de la conversación, añadiendo un comentario silente: «Es inteligente, ten cuidado».

—Así es —dije respondiendo a ambas preguntas—. Solo lo conocíamos de pasada, pero por aquel entonces fue un gran escándalo. ¿Por qué nos lo pregunta, señor Kent?

Él se inclinó hacia delante como si quisiera atraernos a una confidencia.

—Lord Evan Belford ha huido de la cárcel de Nueva Gales del Sur y ha regresado a Londres. Es un asesino convicto, lady Augusta, un hombre desesperado que creemos que se dedica a robar por los caminos. Han puesto un precio a su cabeza y pronto lo encontraremos y lo devolveremos a la justicia y a las galeras. Muy pronto.

«Las galeras».

—No entiendo qué tiene que ver eso con nosotras —articulé.

—Lord Cholton era amigo suyo antes de su destierro —comentó el señor Kent—. Sospechamos que tal vez esté en contacto con él ahora. Por supuesto, ayudar de cualquier manera a un prisionero fugado es un delito penado por ley. ¿Quizá lord Cholton no está al corriente de ello?

—No puedo hablar en nombre de lord Cholton —dije—. Quizá debería preguntárselo usted mismo.

Era una sugerencia insincera: Bertie había guardado el secreto de lord Evan hasta ese día, pero no pensé que fuera a soportar el interrogatorio del señor Kent. Seguro que a esas alturas ya se había marchado de Londres como la mayoría de nuestros conocidos. Santo Dios, esperaba que se hubiese marchado.

—Me han informado de que lord Cholton se ha ido a sus propiedades del norte.

—Por supuesto —asentí, ocultando mi alivio detrás del desdén—. Nos adentramos ya en la temporada de caza y se acerca el día de cambio de estación. Además debe asistir a las sesiones jurídicas regionales. —Un recordatorio no demasiado sutil de que Bertie era un magistrado.

—Ya veo. Pero ¿ustedes se quedarán en Londres?

—En efecto —respondió Julia con demasiada alegría—. Para la boda de nuestro hermano y para la mudanza a Grosvenor Square.

—Pero esta mañana han estado de viaje a algún sitio. He visto su carruaje pasar por delante de la casa. ¿Dónde ha sido?

Por Dios, aquel hombre se fijaba en todo. Miré a Julia, que me devolvió la mirada, las dos inexpresivas. Debía decir algo.

—Visitábamos a una amiga que está enferma. Quizá en su lecho de muerte. Cerca de Botley Hill. —Me reprendí para mis adentros por el exceso de información. Debería haberme negado a responder.

—Ya veo.

Kent lo sabía; no con todo detalle, de acuerdo, pero sabía que en cierto modo estábamos relacionadas con lord Evan. Había llegado el momento de poner fin al encuentro, antes de que revelásemos nada más.

—Tenemos que hacer varias visitas, señor Kent. ¿Ya ha terminado con las preguntas?

—Sí. Por ahora.

—Samuel, por favor, acompaña al señor Kent.

Nuestro criado abrió la puerta.

El señor Kent se levantó del asiento e inclinó la cabeza. Sus ojos se clavaron en los de Julia cuando se incorporó.

—Ha sido un placer conocerlas en persona y ser testigo del espléndido arte del señor Lawrence. Si ven a lord Cholton, por favor, recuérdenle que ayudar a lord Evan es un delito penado.

—Por supuesto —murmuró Julia.

—No me gustaría que se metiera en algún aprieto —añadió.

Tras lanzar aquella indirecta advertencia, el señor Kent salió de la estancia.

37

Esperamos y escuchamos cómo Samuel le devolvía el sombrero al señor Kent y abría y cerraba la puerta principal. Julia se levantó de la silla y se acercó a la ventana. Se quedó a un lado, oculta por las ondas de la cortina, y observó la calle.

—Vaya, es un hombre peligroso —dije inclinándome hacia delante con dolor para coger la tetera con la mano izquierda. Necesitaba beber té con urgencia—. Gracias a Dios que lord Evan está bien lejos de Londres.

—Es indudable que es peligroso, pero también bastante encantador a su manera —terció mi hermana.

—Es evidente que lo pensabas.

—Contrariarlo difícilmente nos ayudará a nosotras o a lord Evan, ¿no te parece? Es mejor ser amable.

Me quedé mirándola; mi hermana melliza todavía podía llegar a sorprenderme.

—Tal vez no sirva de gran cosa, pero si al señor Kent le caemos en gracia quizá nos resulte de utilidad. —Julia volvió a observar la calle—. A pesar de su afabilidad, me da la impresión de que es un hombre muy decidido.

—No se atrevería a acusarnos de ayudar a lord Evan, sin duda.

—Creo que ese hombre se atreve a casi cualquier cosa.

Temblorosa, serví el té en una taza y volví a dejar la tetera sobre la bandeja. Estuve a punto de soltarla en el último tramo.

La entrevista había hecho más mella en mí de lo que me había parecido. No me molesté en verter leche, sino que cogí la taza y bebí un buen sorbo para que la cálida amargura me ayudara a tragar los secos temores.

—Debo mandarle un mensaje a lord Evan hoy mismo —anuncié.

—No puedes hacerlo.

—Sé que eres precavida, y es comprensible, pero…

—No, no es por eso. —Señaló en dirección hacia la iglesia—. El señor Kent sigue allí, hablando con un hombre que creo que tiene el encargo de vigilarnos.

—¿Cómo? —Dejé la taza sobre la mesa y me incliné hacia delante, ignorando el agudo dolor que sentí en el hombro al ponerme en pie.

—Mantente alejada de la ventana —me advirtió Julia.

Retrocedí hasta la repisa de la chimenea y reseguí la pared hasta colocarme a su lado. En efecto, el señor Kent estaba en la esquina del jardín central de la plaza entablando una conversación con un tipo enjuto de aspecto duro que llevaba una capa. Los dos miraban hacia nuestra casa, y el hombre de la capa asentía a las instrucciones que le daba el señor Kent.

—Señor —susurré—. ¿Crees que seguirían a un mensajero, pues?

—Sí.

—Pero debo mandarle una carta.

—Lord Evan ya sabe que hay una recompensa por su cabeza, Gus. —Me apoyó una mano en el brazo sano en un gesto consolador e inflexible—. No hay mucho más que le puedas contar al respecto, ¿no te parece? Creo que cualquier contacto en el momento presente resultaría peligroso, sobre todo para él. Además, hasta el día de hoy ha logrado eludir la acción de la justicia.

—Podría ir a visitar a Charlotte y mandarle un mensaje desde su casa.

—Apenas te puedes mantener en pie, querida. Y ¿qué te lleva a pensar que no te seguirían a ti y que no interceptarían al mensajero? No creo que fueras a soportar haber sido la causa del arresto de lord Evan.

Planteaba buenos argumentos para no enviarle una carta, pero, pese a todo, yo tenía la sensación de que lo estaba abandonando.

Un carruaje se acercó, con dos alazanes elegantes y parecidos, y una silla un tanto pasada de moda pero bien conservada. Se detuvo justo enfrente de nuestra casa. Un criado con librea impecable bajó del asiento junto al conductor y abrió la puerta de la cabina.

—¿Vienen aquí? —preguntó Julia—. ¿Esperamos la visita de alguien?

Una mujer descendió de la calesa, una mujer bajita y de cierta edad, pero briosa, y me di cuenta de qué día era y de quién acababa de llegar.

—Ay, por el amor de Dios, es madame d'Arblay. La invité a hacernos una visita. ¿Te acuerdas?

Julia enseguida se apartó de la ventana y se colocó junto a su butaca.

—No podemos recibirla —susurró, como si madame pudiera oírnos a través de las ventanas—. Casi te da un síncope por el mero hecho de ponerte en pie.

—Ha venido específicamente porque la invité y para hacerme un gran favor —le respondí también entre susurros—. Sería imperdonable no recibirla. —Había llegado el momento de contarle la verdad a mi hermana—. Le pedí que viniera para hablar contigo, en realidad.

—¿Conmigo? ¿Sobre qué?

Oímos cómo se abría la puerta principal y el murmullo de voces en tanto madame se presentaba ante Samuel.

—Charlotte me dijo que a madame la operaron para extirparle el pecho y salvarle la vida —me apresuré a contarle—. Quería que tú oyeras que hay otra posibilidad...

—¿Se lo has contado a Charlotte? —Las mejillas de Julia adquirieron una tonalidad rojiza—. ¿Se lo has contado a madame d'Arblay, una completa desconocida?

—Y a lord Evan —admití.

Julia golpeó con una mano el respaldo de su butaca.

—¡A lord Evan también! ¿Se lo has contado a todo el condenado mundo?

Me encogí al oír el «condenado», pues Julia nunca utilizaba palabras tan vulgares.

—Charlotte lo dedujo y...

Un golpe en la puerta me detuvo. Miré hacia Julia: «Ahora no podemos negarnos a recibirla».

Mi hermana apretó los labios, con los ojos brillantes por la furia: «No, no podemos».

Respiró hondo, se giró y habló con una calma poco natural:

—Adelante.

La puerta se abrió.

—Madame d'Arblay —anunció Samuel.

La novelista entró en la estancia e hizo una reverencia. Seguía llevando su pelliza, una prenda refinada de seda carmesí plisada y decorada con botones de perlas, y aunque se había quitado el tocado todavía llevaba puestos los guantes. Sería una visita breve, pues, como exigían los buenos modales.

Le devolvimos el gesto, aunque la espalda de Julia estaba rígida. No era fácil provocar la ira de mi hermana. Yo pensaba que estaba enfadada, pero resultó estar colérica.

—Bienvenida, madame —la saludé—. Entre, por favor, y tome asiento. —Busqué la mirada de Julia, pero mi hermana mantenía la vista clavada en nuestra invitada.

—Gracias. Es un gran honor que me hayan invitado —dijo madame.

—Samuel, limpia la bandeja y tráenos té recién preparado, por favor —le pidió Julia.

Para un oído cualquiera, su voz sonaba amable y musical, pero yo percibí el rechino de dientes que contenía. Al parecer, Samuel también; encorvó los hombros y empezó a recoger con celeridad la vajilla usada.

Un gesto elegante de mi hermana llevó a madame hasta el diván.

—Disculpe la estrechez de la estancia, madame. Nos estamos mudando a otro alojamiento.

—Ah, sí, no me resulta ajeno el caos que entrañan esos cambios, tanto en el cuerpo como en la mente —comentó madame con su suavidad típica mientras tomábamos asiento. ¿Habría reparado también en que había algo extraño en la conducta de mi hermana? No me sorprendería nada; Fanny Burney era famosa por comprender la naturaleza del ser humano—. ¿Se marchan lejos?

—En absoluto —intervine—. Tan solo a Grosvenor Square.

—Una dirección mucho más distinguida —murmuró madame luciendo afable interés en el semblante. Me imaginé que esa agradable expresión le habría resultado de gran ayuda en la corte real cuando fue la guardiana de las túnicas.

Miré hacia Julia. Estaba sentada en la butaca a mi lado en un desacostumbrado hieratismo.

Un silencio se instaló en la sala.

De nada serviría andarse con miramientos.

—Tengo entendido que últimamente no ha estado bien, madame —dije abordando el tema—, pero que por suerte ha logrado recuperarse por completo gracias a una intervención quirúrgica.

De reojo vi cómo Julia se apretaba las manos en el regazo.

—Es cierto. He tenido la gran suerte de que me trataran los mejores cirujanos de Francia. —Miró hacia Julia—. Pero quizá no sea un tema del que todas queramos hablar.

—No es mi deseo impedirle hablar, madame d'Arblay —terció Julia con voz afilada—. Sobre todo porque mi hermana parece decidida a que yo escuche su experiencia. Continúe, por favor. Y no escatime en detalles.

En ese momento, Samuel llegó con la bandeja del té y un plato de pastelitos glaseados. Una pausa que todas acogimos con alegría.

Madame aceptó una taza de té y un pastelito. Yo rechacé ambas cosas; me dolía tan intensamente el brazo que no me atrevía siquiera a moverme en el asiento por si me ponía a chillar.

—¿Qué iba diciendo, madame? —la animé.

Con un asentimiento, puso la taza sobre el platillo y se recostó un poco más en el diván; era una narradora a punto de contar su historia.

—Hace dos años, hacia el mes de agosto, empecé a notar un ligero dolor en el pecho, que fue creciendo semana tras semana.

Era más duradero que agudo, pero no me pareció una buena señal.

Julia emitió un breve sonido de conformidad. Era evidente que la descripción le resultaba familiar. Madame también lo oyó, así que ladeó la cabeza para mostrarle empatía. Mi hermana, sin embargo, no correspondió.

—Mi esposo me urgió a ir a ver a un médico, y así fue como hicimos llamar al doctor Jouart —prosiguió madame—. A pesar de sus cuidados, empeoré. Y fue entonces cuando comencé a darme cuenta del peligro real que entrañaba. Consulté con un famoso cirujano, monsieur Dubois, y resultó que sería necesaria una breve intervención para evitar funestas consecuencias.

—¿Estaba asustada? —le pregunté.

—Así es. Mi pavor era tan grande que consulté con otro eminente cirujano, el doctor Larrey, que me ofreció un tratamiento que no implicaba una operación. Mejoré un poco con él, pero hubo tres circunstancias espantosas que, unidas, obstaculizaron mi recuperación: la muerte de la querida princesa Amelia, la enfermedad de su venerado padre (el rey) y, como la peor de las tres desgracias, la repentina muerte del esposo de una querida amiga, el señor Lock. Esas terribles pérdidas me hicieron empeorar tanto que, después de todo, se decidió realizar la intervención.

—¿Su pena empeoró su situación? —le preguntó Julia. Se llevó una mano sobre el pecho. ¿Estaba pensando en Robert?

—Mi pena y mi miedo, en un grado alarmante; era el efecto de una profunda emoción en el cuerpo. De hecho, durante la consulta formal para recibir el consentimiento para la operación, monsieur Ribe, el anatomista, ¡me recomendó llorar! Me dijo que contenerme o reprimirme podría tener consecuencias muy graves. —Negó con la cabeza—. Y, como imaginarán, no fue algo que me reconfortara.

»Y así fue como, después de aquel veredicto, cada hora que pasaba yo esperaba a que me avisaran para la operación. Sin embargo, transcurrieron tres semanas, hasta que una mañana, el último día de septiembre de 1811, me entregaron una carta. Era del doctor Larrey y me informaba de que los cirujanos llegarían a las diez. Aun así, no fue hasta las tres en punto cuando los carruajes se detuvieron delante de mi puerta. Casi de inmediato, monsieur Moreau, uno de mis doctores, entró en mi habitación, me dio un vaso de licor y después se dirigió al salón. Avisé a mi criada y a mis enfermeras, pero antes de que pudiera hablar con ellas, mi dormitorio se llenó de pronto de siete hombres vestidos de negro: el doctor Larrey, monsieur Dubois, monsieur Moreau, el doctor Aument, el doctor Ribe y dos estudiantes.

»Monsieur Dubois ordenó que colocaran en el medio de la estancia el armazón de una cama, así como dos viejos colchones y una vieja sábana. Empecé a temblar violentamente al presenciar las preparaciones y durante unos segundos me embargó la indecisión; ¿debería huir? Miré hacia la puerta, hacia las ventanas... Estaba desesperada. Sin embargo, fue un breve titubeo, y pronto la razón tomó las riendas de nuevo.

»Me pidieron que me quitara el largo salto de cama, que yo había querido conservar, y monsieur Dubois me tumbó en el colchón. Me tapó la cara con un pañuelo de batista. No obstante, era transparente, y vi el destello del acero pulido. Cerré los ojos. No quería ver la espantosa incisión. Pero a continuación se hizo un silencio sepulcral, que duró varios minutos. Supuse que estarían comunicándose con señas y examinando la situación. Contuve la respiración. Al final, el doctor Larrey dijo con una voz teñida de solemne melancolía: «¿Quién sujetará el pecho?».

»Nadie respondió, por lo menos no en voz alta, pero me despejé por el miedo a que vieran que todo el pecho estaba infectado, un miedo que no era descabellado, y a través del pañuelo advertí que monsieur Dubois levantaba la mano. Con un dedo trazó primero una línea recta de la parte superior a la inferior de mi pecho, acto seguido una cruz y por último un círculo, dejando así claro que debían extirparlo entero.

»Alarmada, me incorporé y me aparté el velo de la cara. «Yo lo sujeto, monsieur», le dije, y me agarré el pecho con una mano. Les expliqué el alcance de mi sufrimiento, ante lo cual todos se sobresaltaron en algún punto. Me escucharon con atención y en un absoluto silencio, y a continuación monsieur Dubois me tumbó de nuevo sobre la cama y volvió a cubrirme la cara con el pañuelo. Una representación vana la mía, pues de inmediato vi que el dedo hacía otra vez la forma de la cruz y el círculo. Me sentí impotente y desesperada. Cerré los ojos, resignada por completo.

—¿Estuvo despierta durante toda la operación? —le pregunté, horrorizada.

—Estuve despierta y cumplí con mi decisión de resignación a pesar del terror y del dolor que me torturaban. Sin embargo, creo que me desmayé dos veces durante el proceso de vendaje de la herida; por lo menos tengo dos interrupciones en la memoria que me impiden atar todos los cabos de lo sucedido. Y les advierto que cuanto voy a describir a continuación es de lo más perturbador. Es algo que se adentró en mi ser con todo detalle, pues durante varios meses fui incapaz de hablar de ello, de pensar en ello siquiera, sin revivirlo de nuevo. —Miró hacia Julia—. ¿Está segura de que quiere que prosiga?

Supe por qué se lo había preguntado. El semblante de mi hermana había palidecido sobremanera, y se mordía el labio inferior con los dientes.

—Quizá ya hayamos oído suficiente —propuse.

—No, quiero oírlo todo. Es decir, si es capaz de contárnoslo, madame —dijo Julia apartando ligeramente el hombro de mí.

—Sí. —Madame bebió un vigorizante sorbo de té antes de volver a dejar la taza sobre el platillo, una pausa que incrementaba el suspense. Se llevó una mano al corpiño carmesí, un gesto que imitaba la pose de mi hermana—. El espantoso acero se hundió en mi pecho y me cortó venas, arterias, carne y nervios. Empecé un grito que sonó ininterrumpidamente durante toda la incisión, y me sorprende que no siga zumbando en mis oídos, tan insoportable fue el calvario. Cuando terminaron la incisión y retiraron el acero, el dolor pareció no disminuir, pues el aire que entraba en esa parte tan delicada era como una infinidad de agujas diminutas y afiladas que desgarraran el extremo de la herida.

Durante un segundo regresé al pasillo del burdel, con Holland cerniéndose encima de mí y arrancándome el estilete del hombro, con el mismo dolor que madame acababa de describir: como si una infinidad de alfileres minúsculos y puntiagudos me desgarraran la carne.

La voz de madame me devolvió a la salita de día.

—Cuando noté de nuevo cómo el instrumento describía una curva y cortaba las hebras, si me permiten decirlo así, la carne se resistió con tanta intensidad que el doctor se cansó y se vio obligado a cambiar la mano derecha por la izquierda. En ese momento me pareció que había muerto. Intenté abrir los ojos, pero los notaba cerrados a cal y canto. Por segunda vez, el instrumento salía de mi cuerpo. Creí que la operación había terminado. Pero no, los espantosos cortes se retomaron, en esa ocasión para separar la parte inferior de mi pecho de la superior a la que estaba adherida. Y todavía no nos acercábamos al final. El doctor Larrey no estaba sino descansando la mano. ¡Ay, cielos! Noté el cuchillo golpear contra el esternón, ¡rascándolo! Era una tortura que me tenía sin palabras.

»Oí la voz del doctor Larrey, que preguntaba a todos los presentes si había que hacer algo más o si pensaban que la operación ya había acabado. En general se dijo que sí, pero el dedo de Dubois señaló algo, y noté cómo se cernía sobre la herida, por más que yo no viese nada y él no tocase nada; tan sensible estaba la herida. Y los cortes empezaron nuevamente. Y luego al doctor Moreau le pareció detectar más zonas contaminadas, y una y otra vez Dubois fue señalando nuevas zonas contaminadas.

Cogió una bocanada de aire y la soltó, cerrando los ojos durante unos instantes. Era difícil escuchar su historia, pero al parecer no tan difícil como contarla.

—En total, la intervención y el vendaje duraron veinte minutos, y cuando hubieron terminado mi fuerza estaba tan devastada que tuvieron que llevarme en brazos hasta la cama. Mi enfermera me dijo que tenía el rostro totalmente despojado de color. Cuando me movieron, abrí los ojos y vi a mi querido doctor Larrey, casi tan pálido como yo, con el rostro manchado de sangre y una expresión de pena, angustia y casi terror. No puedo recordarla sin impunidad.

Madame se apretó la frente con los dedos y se la masajeó, como si quisiera expulsar aquel recuerdo de su cabeza.

—Pero tuvo un final feliz —tercié—. Está usted aquí y goza de buena salud.

—En efecto, gozo de buena salud. Al final me convencí de que el peligro se cernía sobre mí y solo una operación podría salvarme de sus garras. Y así fue. Ahora mismo estoy siguiendo las instrucciones de la sapiencia preventiva del doctor Larrey: medicinas, dieta y más. —Sonrió—. Lo llamo mi sistema Larrey.

—Una cura de lo más dramática, madame. —Julia se recostó en el respaldo de la butaca—. Me alegro de corazón de que fuera un éxito.

Madame inclinó la cabeza para darle las gracias.

—¿Hay algo más que desee saber, lady Julia?

—No, madame. Sus descripciones han sido muy detalladas. Muy claras.

—La verdad siempre es la mejor opción, ¿no le parece? —dijo madame con seriedad.

Julia me miró formando una obstinada línea con los labios.

—En efecto.

38

Julia se encontraba de nuevo junto a la ventana, contemplando la partida de madame. Ninguna de las dos había pronunciado palabra desde que nuestra invitada abandonó la estancia. Estábamos sumidas en un pesado y espantoso silencio, un acto de comunicación en sí mismo.

Cerré los ojos unos segundos y reuní las pocas fuerzas que me quedaban. Una horrible debilidad me embargaba con oleadas palpitantes de dolor y cansancio. Necesitaba tumbarme, dormir, pero no podía dejar que la furia no verbalizada de mi hermana se enconara.

—Charlotte dedujo lo que ocurría —dije al fin, una punción sobre el absceso.

Julia siguió observando por la ventana.

—Creía que tal vez hablar con alguien que se había enfrentado al peor escenario resultaba... útil —lo intenté de nuevo.

Al oírme se giró con rostro níveo.

—¿Por qué creías que escuchar una experiencia tan espeluznante iba a resultar útil? ¿Por qué no me has contado cuál era el propósito de su visita? Has tenido numerosas oportunidades de hacerlo. —Empezó a caminar de un lado a otro por la sala y se detuvo detrás del diván para aferrar el extremo tallado—. Te diré por qué: porque sabías que no querría escuchar esa barbaridad. Has traicionado mi confianza y has decidido que sabías mejor que yo qué hacer con mi propia enfermedad.

Con un gran esfuerzo, me erguí en el asiento, jadeando por el dolor del movimiento.

—No pienso eso. Pero es que no puedo depositar mi confianza en un médico que se limita a darte pastillas y elixires que al parecer te hacen tanto mal como bien. ¿Has oído cuántos doctores atendieron a madame?

—Jamás permitiría que unos hombres me rebanaran el cuerpo. Ni mis zonas más íntimas. —Abrió los brazos y se miró de arriba abajo—. Este cuerpo es obra de Dios y es su decisión curarlo o llamarlo a su lado. Tengo fe en los planes que Dios ha diseñado para mí, Gus, y tú también deberías.

—No puedo. —Me detuve, dispuesta a evitar aquel tema, pero no; como había dicho madame, la verdad era siempre la mejor opción—. No tengo fe, Julia. Ya no. Debo poner mi fe en este mundo, no en la esperanza del próximo. Sé que tu situación no está cerca de necesitar una cura quirúrgica, pero de ser así ¿aceptarías la muerte aun cuando haya una posibilidad de salvarte la vida?

—¿Has perdido la fe? —Se me quedó mirando, se dirigió hacia mí y se puso de rodillas—. Ay, mi querida Gus, mi pobre y querida Gus. Seguro que es solo el dolor y el cansancio los que hablan por ti.

—No es por el dolor ni por el cansancio, Julia. Es algo que lleva tiempo sucediendo. No soportaría verte morir igual que a madre y a la tía Elizabeth. Esa no es la obra de un dios misericordioso. Ya no siento el afecto divino. En absoluto.

—Ah, ahora lo entiendo. —Se incorporó y se sentó sobre los talones—. Ahora comprendo el motivo de esta misión que te has encargado de cumplir. —Me cogió la mano, su piel seca contra mi palma húmeda—. No puedes salvar a todo el mundo, Gus. Es Dios quien nos salva a nosotros.

—Puedo salvar a ciertas personas —insistí con terquedad.

—Pero mira a qué precio. Abandonando la gracia y la alegría de Dios, rompiendo promesas, usando subterfugios y poniéndote en peligro sin cesar. Anoche casi te matan, y Weatherly está gravemente herido. No solo eso, sino que nos has puesto en peligro a todos frente al Ministerio del Interior, sobre todo a lord Evan. ¿Qué pasará la próxima vez? ¿Habrá más peligros? ¿Más riesgos? ¿Alguien tendrá que morir?

No disponía de una respuesta. O quizá sí, pero supe que no era lo que ella quería oír. La puñalada me había asustado hasta el extremo también, pero seguía queriendo ayudar a más gente. Seguía queriendo ser más de lo que este mundo me permitía ser, una mera solterona que había dejado atrás la flor de la vida.

Mi hermana me miró y percibió mi intratabilidad con un suspiro.

—Esta obsesión se ha vuelto demasiado peligrosa. Querías que escuchase la experiencia de madame d'Arblay y lo he hecho. Ahora te toca a ti escuchar. Ha dicho que la pena y la angustia empeoraron su enfermedad. Bien, pues estas aventuras a mí me producen demasiada angustia. Demasiada pena. Dices que quieres salvarme, así que este es el modo de lograrlo: deseo regresar a nuestras vidas tranquilas de antes de que emprendiéramos esta alocada misión. Deseo que cortes toda relación con lord Evan. Deseo que pongas fin a esta absurda investigación sobre su pasado. Por favor, ponle fin a todo por mi bien. Por tu bien. Y sí, también por el bien de lord Evan, pues lo has puesto en un peligro letal al arrastrarlo a esta demente empresa.

—Creía que estabas conmigo. —Las lágrimas me escocían en los ojos—. Creía que lo entendías.

—Antes sí, pero ahora ya no. El precio es demasiado alto, Gus. ¿Y si ese puñal se te hubiera clavado tres dedos más abajo? Perdí a Robert en un accidente sin sentido. No puedo perderte por un heroísmo temerario. Prométeme que le pondrás fin a todo. Prométeme que dejarás tranquilo a lord Evan.

Todas las fibras de mi interior luchaban contra sus palabras, pero supe que estaba en lo cierto. Para salvar a mi hermana y salvar a lord Evan, debía parar. Debía soltar a la osada e imprudente Augusta, y debía soltar al hombre que veía a la apóstata que vivía en mí.

—Prométemelo, por favor —insistió Julia.

Tuve que ceder.

—Te lo prometo —dije, y me desplomé en el asiento, apenas capaz de respirar por el dolor de mi herida. Y por el nuevo dolor de mi corazón.

En la planta de arriba, de nuevo en mi dormitorio, me acerqué al escritorio. La respuesta del coronel Drysan seguía encima de mi mesa. Cogí la carta y cerré el puño para arrugar el papel hasta convertirlo en una pelota. Había llegado el momento de parar. Lo había prometido.

Horas más tarde me desperté en mi cama, sobresaltada tras una dolorosa duermevela que tan solo había rozado la superficie del sueño. El sol de la tarde se filtraba entre el hueco de las cortinas e incidía sobre la manta de damasco, un rayo de luz con forma de espada. Notaba los ojos todavía un poco hinchados por las lágrimas, la boca seca y el sabor persistente del té. Aun así, en mi mente se encendió una imagen del pasillo del burdel: lord Evan se cernía sobre mí en tanto yo estaba recostada contra la pared, con la mano empapada de sangre encima del hombro. Y entonces oí mi voz, llena de alivio y de confusa alegría.

«Mi querido lord Evan. Mi verdadero amor».

¿Era un sueño?

No, era un recuerdo.

Lo había llamado «mi verdadero amor». Y ¡que el cielo me asista! A pesar de la cursilería, se lo había dicho de corazón.

Caso 3

La locura de las mujeres

39

Flexioné los entumecidos dedos de los pies dentro de las botas conforme nuestro carruaje avanzaba por el camino de entrada de grava de Duffield House. Nos habíamos saltado la última posta a fin de llegar a tiempo para cenar, y se me había dormido uno de los pies. Delante de mí, Julia bostezaba, con el rostro abandonado de todo color por el cansancio de un día entero de trayecto.

Habían pasado tres semanas desde que rescatáramos a Marie-Jean y a sus compañeras del burdel. Lizbeth había regresado junto a sus agradecidos padres y Jessica y Faith estaban a salvo en la escuela de la señorita Finchley con Marie-Jean. Julia había escrito a los magistrados de Cheltenham acerca del burdel, pero ninguna de las dos abrigábamos demasiadas esperanzas de que lo fueran a cerrar.

También habían pasado tres semanas desde que el corredor de Bow Street, el señor Kent, había entrado sin invitación en nuestras vidas. Un hombre muy decidido, lo había llamado Julia, y ciertamente su insistente vigilancia había limitado nuestras actividades. Aun así, pocos días después de volver de Cheltenham, decidí escribirle a lord Evan para advertirle de esa nueva amenaza. Sencillamente era lo más aceptable desde un punto de vista moral, y Julia me dio la razón a regañadientes.

Al final resultó que fue mi hermana la que redactó la carta; mi herida no me permitía sujetar una pluma. Fue un mensaje más breve que el que había visualizado en mi cabeza, unas meras líneas para informar a lord Evan del interés del señor Kent en nosotras y para aconsejarle que se mantuviera alejado, tanto en persona como por carta. Con Julia como mi escriba, no pude mandar la carta que me habría gustado. Le había prometido que sajaría a lord Evan de nuestras vidas, tanto por el bien de él como por el de ella, y de ahí que solo pudiera componer mi carta más sincera en el corazón, escrita y reescrita durante las largas noches en vela de mi convalecencia.

«Mi querido lord Evan. Mi verdadero amor».

Le dimos la breve misiva a Charlotte cuando nos visitó para despedirse antes de abandonar Londres rumbo a su hacienda, y nuestra amiga aceptó enviársela a Bertie Helden con la instrucción de que él luego la remitiera a lord Evan. Una ruta elaborada que pretendía eludir el interés del corredor de Bow Street. Por lo visto, funcionó, pues no supimos nada más de lord Evan desde que nos dijéramos adiós en Maidenhead. Una parte de mí sentía alivio por que hubiera acogido nuestra advertencia y estuviese a salvo. ¿La otra parte? Esa no dejaba de redactar la carta sincera, una y otra vez.

De pronto, Julia se incorporó en el asiento y puso una mano sobre la ventana del carruaje.

—No me lo puedo creer. El viejo roble ha desaparecido —dijo.

Me incliné hacia delante para verlo, y mi hombro me mandó un aviso en forma de punzada de dolor. Tres semanas de sanación me habían devuelto la movilidad, pero la herida de puñal todavía me molestaba cuando me movía demasiado deprisa.

La espesa hilera de árboles del promontorio oriental del parque lucía un reciente espacio en el centro que estropeaba la imagen de frondosidad. Nuestro querido roble ya no estaba. El árbol nos había servido como refugio de la infancia para huir de baños tibios, clases de dibujo, distintos profesores de canto y de nuestro hermano menor. ¿De verdad Duffy había mandado talar el viejo árbol? Había sido la parte preferida de padre de la zona encargada de acuerdo con las máximas del paisajista Lancelot Brown. Era inquietante pensar que ese tronco ya no se alzaba como centinela.

—Era muy viejo, supongo —añadió Julia.
—Ese no es motivo para talarlo.
—Quizá estaba enfermo.
No respondí, pero mi hermana me leyó la mente, como de costumbre.
—Ahora es su propiedad, Gus —me advirtió—. Y no es de extrañar que desee amoldarla a sus gustos; la adora tanto como nosotras, y padre nunca tuvo en cuenta ninguna de sus ideas. Algunas de ellas eran buenas, además; y tú lo sabes. Por otro lado, hemos venido a celebrar su boda, no a protestar contra sus mejoras.
—Mejoras. —Resoplé.
—Prométeme que serás agradable. Llevas la última semana muy irascible.
Noté cómo se encendía mi rabia, esos días a todas horas muy cerca de la superficie.
—He hecho todas las promesas que consideraba oportunas, Julia. Dejémoslo ahí.
—No es necesario que me contestes así. Solo quiero que todos nos llevemos bien.
Era harto improbable, pero no lo verbalicé.
Mi hermana se recostó en el asiento mientras el carruaje pasaba entre el jardín amurallado y el laberinto. Dos jardineros que estaban podando los setos del laberinto se dispusieron a quitarse la gorra. Junto a ellos, vi las preparaciones para el banquete de la boda de los propietarios en el «prado», una zona de hierba reservada para ese tipo de celebraciones locales, donde varios trabajadores estaban levantando espetones y carpas para la cerveza.
Dirigí mi atención al primer atisbo de Duffield House, la torre del reloj almenada que se alzaba por encima de los setos del laberinto. Siempre había sido mi vista preferida. A continuación viramos a la derecha en el patio delantero de gravilla y la gloria de Duffield House apareció ante nosotros.
Los cimientos de la casa se habían construido en la Edad Media, pero un antepasado de evidente naturaleza extravagante había añadido elementos en el estilo del Barroco inglés. La en-

trada, flanqueada por columnas clásicas de piedra adornadas con unas siluetas desnudas un tanto sórdidas, abarcaba la fachada del castillo de cuento de hadas y la torre del reloj. A ambos lados de la entrada, unos arcos redondos se extendían hacia las alas este y oeste para hacer las veces de soportales, un pasillo cubierto que había servido para que jugáramos con los aros y echásemos a correr, y que en esos momentos acogería nuestros tranquilos paseos. Las alas laterales, cada una de ellas con tres plantas gigantescas, se proyectaban hacia delante creando así el antepatio, y las esquinas se alzaban para dar paso a unos extravagantes pretiles calados, cuyas decoraciones de piedra adoptaban la forma de cenefas de flores que rodeaban el blasón de la familia.

Aunque Julia y yo llevábamos veinte años viviendo en Londres, fue como volver a casa. Regresábamos en el mes de septiembre para montar durante la cacería —por lo menos, montaba yo mientras Julia observaba—, así como por Navidad durante un mes más o menos o hasta que los caminos nos permitiesen marcharnos. Sin embargo, en esa visita no iba a poder cabalgar; mi hombro no estaba lo suficientemente fuerte. Mi pobre Leonardo... Sin duda hacía menos ejercicio del debido y ansiaba echar a galopar.

—Estoy pensando en llevarnos de aquí a mi caballo de caza —dije para rebajar la tensión que nos envolvía—. Hay más espacio en las caballerizas de detrás de Grosvenor Square que en Hanover. Podré salir a cabalgar con él por el parque.

—¿No te sabrá a poco? No puedes ir más deprisa que a trote.

Emití un ruido que no se comprometía a nada. Ciertamente, Hyde Park contaba con una restricción que impedía galopar durante el día. Al alba, no obstante, los palafreneros tenían permiso para galopar aproximadamente durante una hora por el parque, y supe que varios jinetes de la nobleza se unían a la algarabía. No participaban demasiadas mujeres, de acuerdo, pero eso no me detendría.

—Estoy segura de que me las arreglaré —dije. Julia no tenía por qué conocer mis planes. Precipitarse por el parque con un caballo de caza de dieciocho palmos no encajaba en su idea de retomar una vida tranquila, era indudable.

—Como desees. —Julia se encogió levemente de hombros.

El carruaje se detuvo en la entrada principal, seguido por la segunda calesa con Weatherly —al que habíamos llevado para ayudar al servicio de la casa durante los preparativos de la boda— y las doncellas, Tully y Leonard, que estaban a cargo del resto del equipaje.

Pullam y la señora Longworth, el ama de llaves, nos aguardaban a los pies de las escaleras de piedra. El carruaje se balanceó cuando Samuel, nuestro criado, bajó de un salto del asiento y nos abrió la puerta.

—Buenas tardes, lady Augusta —me saludó Pullam cuando acepté la mano de Samuel y descendí el escalón del carruaje. Por una vez necesité su ayuda, pues el trayecto me había anquilosado las articulaciones.

—¿Cómo está? —le pregunté—. ¿Cómo van los preparativos de la boda?

—Está todo controlado, milady. —Se giró para dedicarle una inclinación de cabeza a mi hermana cuando apareció—. Buenas tardes, lady Julia. Su señoría está ahora mismo ultimando los adornos de la capilla con la señorita Woolcroft y sir Henry Woolcroft, y las recibirá a usted y a lady Augusta en el salón antes de cenar.

—Bien. Me agradaría descansar un poco —dijo Julia.

—Yo necesito caminar —comenté mientras me giraba hacia los establos. Una ofrenda de varias manzanas a Leonardo reduciría mis molestias en las piernas y la espalda. Miré hacia atrás—. Si hay algo urgente de lo que deba hablar conmigo, señora Longworth, estaré en mi habitación dentro de veinte minutos.

El ama de llaves se apresuró a dar un paso adelante con las manos cogidas con fuerza sobre su corpiño plisado a la perfección.

—Lady Augusta, ha habido un cambio en la disposición de las habitaciones. A usted se le ha asignado la habitación Amarillo, y usted, lady Julia, estará en la habitación Flor.

—¿En la habitación Flor? —repitió Julia—. Pero esa está… —Se detuvo.

En la torre este, igual que la habitación Amarillo. En el ala de los invitados.

—Su señoría ha redecorado los aposentos para la nueva señora en la torre oeste —nos anunció Pullam sin ningún tipo de expresión—. Sus antiguas habitaciones forman parte de esa conversión.

Nuestras antiguas habitaciones del ala de la familia, en las que habíamos vivido y reído y llorado durante buena parte de nuestras vidas. Todos nuestros recuerdos y pertenencias retirados.

Éramos invitadas en nuestra propia casa.

—Ya veo —mascullé mientras intentaba contener una intensa oleada de rabia. Longworth y Pullam no eran quienes debían notar el calor de mi cólera—. ¿Sigues defendiendo sus mejoras? —le murmuré a Julia al pasar junto a ella.

—Está en su derecho —respondió mi hermana, pero detecté cierto dolor en su voz.

—Ocuparé la habitación Amarillo —le dije intencionadamente a Tully, que acababa de bajar del segundo carruaje. Me quité los guantes y se los tendí—. En el ala de los invitados.

Me encaminé hacia los establos, hundiendo los talones en la gravilla de la entrada, y hallé un ápice de alivio en la pesada y chirriante caminata. Debía admitir que la descripción de Pullam de la señorita Woolcroft como la nueva señora de Duffield House también me había escocido. Como la hermana mayor, yo había sido la señora de la casa desde la muerte de nuestra madre. Cuando Duffy se casara con la señorita Woolcroft al cabo de unos días, ella sería la condesa y la señora, por supuesto, pero por lo visto ya me habían sustituido.

Caminé más deprisa y pasé por el arco de piedra que conducía al patio del establo y al olor reconfortante a paja y excrementos de caballo. Esos cambios en nuestras vidas eran inevitables, ya lo sabía, pero Duffy siempre encontraba la peor manera de aplicarlos. Julia diría que no se trataba más que de inconsciencia, pero yo no era tan indulgente. De hecho, me apostaba a que Duffy había meditado largo y tendido acerca de sus «mejoras».

Me detuve junto al arcón de las manzanas y abrí la tapa. Estaba casi hasta los topes con una buena selección de manzanas recién cogidas de los vergeles. Escogí una que estuviese muy verde, pues a Leonardo le gustaban las frutas crujientes, y me la llevé a la nariz. El olor fresco motivó que se me hiciese la boca agua y me recordó que no había comido gran cosa del plato que nos sirvieron en la parada del mediodía. Leonardo no se molestaría si le daba un mordisco. Clavé los dientes en la fruta y el jugo ácido arrastró el amargo sabor de mi rabia. Me dirigí hacia los boxes, sin dejar de masticar.

Detrás de mí, nuestro cochero John estaba lentamente virando la calesa en el patio, dispuesto a conducirla hasta los establos para desenganchar a los cansados animales. Dos de los mozos de cuadra aguardaban fuera del cuarto de aperos: el viejo Jim y Peter, los dos bajos y enjutos, casi una versión joven y mayor del mismo hombre. Se quitaron las gorras e inclinaron la cabeza cuando me aproximé.

—Jim, ¿cómo estás? ¿Cómo se encuentra tu esposa? —le pregunté. El viejo Jim me había enseñado a montar cuando era pequeña. Por aquel entonces había sido un hombre joven, pero se había mostrado tan paciente como amable con Julia y conmigo mientras aprendíamos el arte de cabalgar sobre sillas de montura.

—Muy bien, milady. ¿Cómo está usted? —me dijo. Sin sonreír. Sus ademanes solían ser secos, pero estaba serio incluso para ser él.

—Estoy bien, gracias. —Miré hacia la línea de establos con las puertas abiertas hacia el patio y levanté la manzana—. ¿Dónde está Leonardo? ¿Ocupa ahora otro box?

Peter miró de reojo a su padre.

—Ah. —El viejo Jim se frotó los labios—. Creía que lo sabía, milady. Su señoría vendió a Leonardo hace ya un mes al señor Solson.

Me eché hacia atrás sobre los talones como si me hubiera asestado un golpe.

—¿Cómo? No, eso es imposible. —Volví a observar los compartimentos—. ¿Dónde está?

—Milady, está con el señor Solson en Billingsworth Hall, cerca del siguiente pueblo —me informó el viejo Jim—. A mí me pareció que el hombre cabalgaba demasiado abruptamente para Leonardo, pero su señoría hizo oídos sordos.

—¿Me estás diciendo que lord Duffield ha vendido mi caballo?

—Sí, milady —respondió Jim mirándome a los ojos.

Respiré hondo entre temblores. Mi Leonardo, el caballo que mi padre me había regalado. Duffy había estado a mi lado cuando padre me dijo que Leonardo era mío. Pero lo había vendido sin decirme nada. Un mes antes. Santo Dios, mi hermano se había sentado en nuestro salón y me había mirado a los ojos sin decirme nada. La maldad de su acción al fin se abrió paso en mi conmoción. Durante un segundo no vi nada, todo desapareció, sustituido tan solo por una rabia cegadora y ardiente.

—Peter, ve a buscar a lady Julia —oí que decía el viejo Jim.

Me esforcé por coger aire, y los dos hombres reaparecieron enfocados ante mí.

—¡No! —Peter se detuvo a varios pasos y miró hacia atrás con los hombros encorvados—. No será necesario —conseguí decir.

Di media vuelta y me encaminé hacia la capilla.

Ni siquiera mi hermana melliza, con toda la influencia que ejercía sobre mí y su desesperado deseo de armonía, me iba a acallar esta vez.

40

Mi trayecto desde los establos hasta el patio delantero estuvo alimentado por una silenciosa letanía de furia —«cómo se atreve a vender mi caballo, cómo se atreve a ponernos en el ala oeste, cómo se atreve a talar el roble»—. Cada paso que daba hacía que mi rabia ascendiese, hasta que me empezaron a palpitar las sienes y se me llenaron los ojos de lágrimas ardientes.

—Milady, ¿se encuentra usted bien? —oí que decía Weatherly cuando pasé por delante del carruaje del equipaje, que todavía estaban descargando.

Rechacé con un gesto su pregunta, incapaz de componer palabras más allá de la llameante ira que me embargaba. Dejé atrás la torre este y me dirigí a la capilla. Se alzaba a unas doscientas yardas de la casa principal, unos restos de los inicios medievales de la construcción. Todavía aferraba la manzana de Leonardo con la mano cuando me acerqué a las puertas góticas de roble, y el peso de la fruta que no había podido entregar me anclaba a la cólera. Pasé la palma de la mano que tenía libre por encima de la puerta derecha y me abrí paso, y el dolor que sentí en el brazo fue apenas perceptible.

Me detuve para adaptarme a la tenue luz del interior. El ambiente fresco contenía un matiz terroso de piedra vieja y olor a rosas pasadas. Ante mí, ocho filas de bancos de madera se encontraban a ambos lados de un ancho pasillo central, en cuyo extremo más alejado cuatro personas estaban manteniendo una conversación junto al altar. Duffy llevaba su moderno conjunto de campo; la señorita Woolcroft, un tocado cubierto de plumas; su padre, un cómodo tweed; y el vicario iba todo vestido de negro. Todos se giraron cuando entré.

—Ah, Augusta —me dijo Duffy—. Ya estás aquí. ¿Cómo ha ido el viaje?

—Has vendido mi caballo. —Eché a caminar por el pasillo—. Sin ni siquiera pedirme permiso, Duffy. ¡No tenías ningún maldito derecho!

La señorita Woolcroft emitió un ruidito de espanto ante mi irreverencia, y las plumas que llevaba se mecieron, conmocionadas. Su padre se colocó delante de su hija, con el rostro rubicundo lleno de asombro. Sentí un momentáneo remordimiento, pues sir Henry me caía bien, pero era un asunto de familia y él todavía no formaba parte de ella.

El vicario, un joven inútil en el mejor de los casos, corrió hacia delante sacudiendo las manos en mi dirección como si quisiera echar a una avispa por la puerta.

—Estamos en la casa de Dios, lady Augusta. Por favor, cuide su vocabulario.

Lo ignoré con toda mi atención centrada en mi hermano. Duffy lucía un destello extraño e intenso en sus ojos marrones. Quizá era mi furia la que hablaba por mí, pero me pareció que ese destello resultaba un tanto alegre.

—Lo has hecho a propósito. —Supe que estaba en lo cierto.

—Este no es el lugar ni el momento, Augusta —dijo—. Te estás poniendo en evidencia. No me puedo imaginar lo que sir Henry y la señorita Woolcroft deben pensar de ti. Ve fuera. Me reuniré contigo cuando haya terminado aquí.

—No, me vas a responder ahora. Leonardo era mío. ¡Lo que has hecho es equivalente a un robo!

Quizá fuera una acusación exagerada, pero no pensaba permitirle que me despidiera de un modo tan condescendiente. Ni siquiera el testarudo de mi hermano podría ignorar unos cargos de robo de caballos.

Me lanzó una mirada dura antes de girarse hacia sir Henry y la señorita Woolcroft, e inclinar la cabeza en su dirección.

—Si me disculpan. —Asintió hacia el vicario—. Por favor, prosigan. Regresaré en cuanto mi hermana se haya calmado. —Dio media vuelta—. Salgamos —me espetó cuando pasó junto a mí rumbo a las puertas dobles.

Lo seguí por el pasillo y resistí la tentación de arrojarle la manzana a su altanera cabeza. Abrió la puerta y, con una inclinación sarcástica, me guio hacia el patio adoquinado. La puerta se cerró detrás de nosotros. Duffy se volvió hacia mí con la piel teñida de bermellón por su propio enojo.

—No vuelvas a hacer eso jamás, Augusta. Me has puesto en ridículo y te has puesto en ridículo a ti misma con esa trastornada histeria.

—¿Histeria? —Me erguí cuan alta era para así cernerme sobre él—. No es histeria, hermano. Es simplemente que exijo saber por qué has vendido mi caballo.

—No era tu caballo, Augusta. Era mío.

—¿A qué te refieres? Estabas ahí cuando padre me lo cedió a mí.

—No tengo ningún recuerdo de eso. —Movió una mano por el aire—. Ninguno. Además, de haber sido el caso, padre no te transfirió la propiedad en los registros.

Lo fulminé con la mirada, desconcertada por su negativa. Pero no, no me había imaginado que él había estado allí ni que padre me había dado a mí el caballo.

—Estabas justo a mi lado cuando padre dijo que yo era la única que podía ocuparse de Leonardo, así que debía quedármelo yo. Dijo que era un adelantado regalo de cumpleaños.

—Ah, sí, la hija favorita. —Duffy entornó los ojos—. La mejor amazona, la mejor cazadora. Te crees superior a los demás, hermana. Padre siempre te crio encima de un pedestal. Pero él ya no está aquí para consentir tus vanidades. No eres más que una mujer, una vieja, y yo soy lord Duffield. Si decido vender un caballo de mi establo, lo venderé.

—¿Lo has vendido para fastidiarme? —Me eché atrás como respuesta al veneno que desprendía su voz—. ¿Tan infantil eres?

—No soy yo el infantil aquí. En el baile despreciaste a Harriet sin motivo alguno, te compraste una casa para fastidiarme, me lanzas palabras de padre en todo momento... —Se interrumpió y cogió una buena bocanada de aire apretando las ventanas de su fina nariz—. Francamente, estás aquí solo porque estoy obligado a tenerte en mi boda y porque Julia no vendría sin ti. Da gracias de que sigues siendo bienvenida; ahora que me voy a casar con Harriet, no ostentas ningún rango en esta casa más allá del de ser mi invitada. Recuerda que, además de Julia, somos la única familia que tienes, Augusta. Deberías andarte con cuidado. Deberías comportarte con más decoro y con más gratitud.

—¿Gratitud? ¿Por qué debería sentir gratitud, hermano? —dije entre dientes.

—Porque he soportado tu arrogancia durante mucho tiempo y esa ridícula creencia, instigada por padre, de que tus opiniones son tan valiosas como las de un hombre. Nadie quiere oírte, Augusta. Nadie quiere ver a una vieja solterona tomando la iniciativa; es vergonzoso de presenciar.

Se giró y abrió la puerta de la capilla. Desde el final del pasillo apenas iluminado, tres rostros se habían girado hacia nosotros, a la escucha.

—Vigila tu comportamiento, Augusta, o me veré obligado a vigilarlo por ti. Y no te confundas: lo haré si me veo forzado a ello.

Echó a caminar hacia el interior de la capilla, y la pesada puerta se cerró con un golpe sordo.

41

Sabía que te encontraría aquí.

La brisa de última hora de la tarde se llevó las palabras de Julia. Me giré desde la privilegiada atalaya que ofrecía el espacio donde antes se había alzado el viejo roble. Ya solo quedaba un tocón, nivelado con el suelo, del que emanaba un ligero olor a salvia. Julia había cruzado las últimas yardas de hierba, todavía con el vestido de viaje, con un chal alrededor de los hombros.

—Se está levantando un poco de fresco en el aire. —Tendió el chal, su favorito, de cachemira color verde mar.

Yo seguía aferrando la manzana de Leonardo, cuya carne se había oscurecido alrededor de mi mordisco, con la mano mojada y pegajosa.

—El viejo Jim —dijo Julia para responder a la pregunta no verbalizada que mostraba mi rostro— le ha contado a Weatherly lo ocurrido con Leonardo, y Weatherly me lo ha contado a mí.

—Ah. —Noté la absurda llegada de las lágrimas—. Duffy no debería haberlo vendido.

Julia sacudió el chal y me lo puso sobre los hombros. Me lo recolocó en la espalda antes de dar un paso adelante y envolverme en un rápido abrazo.

—No. Pero hablaremos con el señor Solson y nos dispondremos a comprar a Leonardo para recuperarlo.

—No sabes lo que me ha dicho Duffy. —Eché el brazo hacia atrás y lancé la manzana por la hierba; noté una punzada en el hombro por efecto del impulso. La fruta trazó un arco contra el cielo nublado, rebotó y echó a rodar por la suave pendiente—. Se ha visto obligado a invitarme a la boda. ¡Obligado! Dice que me siento superior a los demás, que padre me crio encima de un pedestal. Que no soy más que una anciana y que mis opiniones no interesan. Y que soy una vergüenza. —Me detuve en busca de aire—. ¿Lo soy, Julia? ¿La gente se ríe de mí a mis espaldas? —Noté cómo aquella posibilidad ascendía en mi interior, una oleada de abrasadora humillación.

—De ninguna de las maneras —negó Julia. Me cogió la mano y su roce, como siempre, me proporcionó consuelo—. Eres muy respetada. Brummell es tu amigo, por el amor de Dios; escucha tus consejos, y sabes que a él le trae sin cuidado la mayoría de las personas. Y Charlotte también, y no soporta a los estúpidos. No dejes que Duffy te exaspere.

—Creo que me odia. Que me odia de verdad.

—No, estoy segura de que no. —Julia admiró las vistas y suspiró—. Es que está celoso. Cuando éramos pequeños, todos sabíamos que tú eras la favorita de padre. Duffy siempre estaba en la escuela y tú tenías a padre para ti. Eso lo afectó en gran medida. Y lo sigue afectando, aunque padre ya no esté con nosotros.

¿Celoso? Supuse que era posible. Padre había preferido mi compañía a la de Duffy. Le lancé una mirada.

—Y ¿tú qué piensas? Nunca creí que mi cercanía con padre fuera a afectarte a ti. Lo siento.

—No, no, yo soy diferente a Duffy. —Rechazó mi arrepentimiento con un gesto—. A mí padre siempre me… intimidó un poco. Me alegraba pasar desapercibida. Nos quiso a todos, por supuesto, pero a ti te admiraba. Admiraba tu valentía y tu seguridad. Padre jamás admiraría a alguien tan dócil como yo, tan bienmandado, así como tampoco podía admirar la necesidad de validación de Duffy ni su rencor.

Le di un apretón en la mano: «A mí siempre me tendrás».

Me devolvió el apretón: «Ya lo sé».

—No voy a poder sentarme a cenar con Duffy y con los Woolcroft. Esta noche no. —Cogí aire—. Quiere que me vuelva pequeña y silenciosa, me lo exige incluso, si pretendo tener algún derecho con este lugar y con nuestra familia, y estoy demasiado furiosa para lograrlo.

—Lo interpretará como un nuevo desaire.

—Lo sé, pero si me siento a la mesa acabaremos peleándonos. No me cabe ninguna duda.

—Llévate una bandeja a tu habitación entonces. —Julia me soltó la mano—. Les diré que tienes migraña, y así mañana todos empezaremos de cero. Lo único que debes hacer es no caer en sus provocaciones. Tú estás por encima. Serán solo unos pocos días.

¿Unos pocos días? En eso mi hermana se equivocaba. Duffy comenzaría a juzgarme más, dispuesto a vigilar mi conducta si no encajaba con sus expectativas de una hermana solterona respetuosa.

Levanté la vista hacia el campo de hierba, que daba paso a una breve arboleda de abedules y arbustos. Sabía que más allá se encontraba un estanque profundo, que siempre estaba frío y era un lugar espléndido para mojarse los pies en el cálido verano, y luego las praderas de pasto y un bosquecillo de bellos fresnos. Esa finca formaba parte de mí. Que me expulsaran de allí, que me prohibieran disfrutar de esa hermosura y de sus gentes, que habían sido parte de mi vida desde que nací, me resultaría insoportable.

—Lo intentaré —dije ignorando el duro nudo que me atenazaba las entrañas—. Lo intentaré.

A la mañana siguiente, en el pequeño y vacío vestidor adjunto a mi habitación de invitados, Tully me rodeó el cuello con las cuentas de corales. Al rozarme la nuca con los fríos dedos, alcé los hombros con un estremecimiento. El vestidor no contaba con una chimenea propia. Si me disponía a redactar una lista, sumaría eso a la ruin venganza de Duffy.

—Lo siento, milady. —Tully se frotó las manos—. Esta mañana hace fresco. ¿Quiere que le seleccione un chal?

—No, la salita de día será lo suficientemente cálida.

La noche anterior me había llevado una bandeja a mi habitación y, pese a mi agitación emocional, había dormido mucho y sin soñar. Ya no podía retrasarlo más. Debía enfrentarme a la primera prueba: desayunar con Duffy.

—He visto a la señorita Leonard en el pasillo —me contó Tully mientras afianzaba un mechón en su sitio.

Arqueé las cejas en un gesto que daba permiso para compartir los chismes.

—Sir Henry y la señorita Woolcroft han llegado de la casa de la viuda para tomar el desayuno.

—Ah. —Miré a los ojos de Tully en el espejo—. Es inusual.

—Anoche pidieron la cena a la cocinera —añadió.

—Ya veo.

Duffy iba a sufrir su momento de censura pública, costase cuanto costase. Le había prometido a Julia que ignoraría sus ataques y que estaría por encima, pero yo era consciente de que mi propia furia no había disminuido; saber que mi caballo estaba en el establo de otra persona, una persona demasiado pesada para montarlo, seguía siendo un carbón ardiente que me chamuscaba las entrañas. Por no hablar de lo que me había dicho Duffy.

Mi entrada en la luminosa salita de día estuvo acompañada de una inclinación de sir Henry, que se levantó del asiento, y un asentimiento de la señorita Woolcroft y de Julia. Duffy ni se puso en pie ni asintió, sino que se limitó a observar el plato de carne fría con los brazos cruzados y el ceño fruncido.

Le hice una reverencia a sir Henry y tomé asiento al lado de Julia. Mi hermana me sonrió con una advertencia en los ojos: «Duffy sigue enfadado». Una advertencia un tanto innecesaria.

La cocinera había sobresalido con la comida a pesar del poco tiempo de que había dispuesto: panecillos recién hechos, pastel de semillas, tostadas, carne fría en lonchas, jamón lacado, dos quesos y un salmón entero, todo servido con una nueva vajilla blanca con el emblema de la familia que Duffy había encargado para su novia. Era una lástima que imaginarme comer algo de eso me revolviera las tripas.

Pullam se puso junto a mi codo con la bandeja plateada del correo y me ofreció la carta superior. Mis señas estaban escritas con la letra de Charlotte. Debía de haber deducido que ya habíamos llegado a Duffield. La cogí con el corazón acelerado. ¿Había recibido algo de lord Evan? El sobre me resultó llamativamente grueso y pesado.

—¿Acaba de llegar? —pregunté.

—Sí, milady, con un mensajero —me respondió Pullam.

—¿De quién es? —se interesó Julia.

—De Charlotte. La leeré luego. —La puse encima de la mesa a mi lado, aunque todas las partes de mi ser deseaban rasgarla para ver si había una segunda carta en el interior. Julia la observó con recelo; mi hermana también sabía lo que podía contener.

Uno de los criados trajo la cafetera y me llenó la taza. Bebí un buen sorbo del cálido y oscuro líquido, y saboreé el fuerte sabor amargo.

—Espero que esta mañana se encuentre mejor, lady Augusta —dijo la señorita Woolcroft mientras dejaba de untar mantequilla en una tostada—. Anoche la echamos de menos. Usted siempre aporta una gran alegría a una reunión.

Me lo decía con una gran amabilidad, y aun así... ¿Ese matiz que detecté era insidioso? Quizá estaba vertiendo mis propios sentimientos ambiguos acerca de la muchacha sobre sus inocentes palabras.

—Esta mañana estoy bastante bien, gracias, señorita Woolcroft. Estoy segura de que no fue más que la sorpresa al ver tantas mejoras en Duffield House.

La señorita Woolcroft se metió un trocito de pan en la boca mientras me observaba fijamente. Sospecho que no fue capaz de interpretar mi propio matiz de hostilidad. Duffy, sin embargo, se removió en su asiento. Él lo había detectado, sin duda. Julia miraba su plato y noté cómo me apretaba el pie con el suyo. La miré de reojo.

«No caigas en sus provocaciones».

Para ella era fácil decirlo.

—En efecto, lady Augusta. Los cambios a veces trastornan mucho —terció sir Henry con amabilidad—. ¿Quiere que le corte una porción de pastel de semillas?

—Sí, gracias. —Le pasé mi plato. Así tenía un motivo para mirar la vajilla y no a ninguno de los presentes a la mesa.

Sir Henry cogió el cuchillo y empezó a cortar. Al parecer, aquella mañana la conversación no iba a fluir. Duffy siguió contemplando su plato de carne, la señorita Woolcroft masticó otro cuadradito de pan y Julia sorbió su taza de té. El único sonido fue el rechinar del cuchillo sobre mi plato cuando sir Henry me sirvió la generosa porción de tarta, y acto seguido me lo devolvió.

—Gracias, sir Henry.

—Augusta, creo que les debes una disculpa a sir Henry y a la señorita Woolcroft por tu repugnante número en la capilla —dijo Duffy de pronto. Se irguió en la silla—. Y a mí también, de hecho.

Ah, ahí la tenía: la disculpa pública y humillante. Pero el mero hecho de imaginarme pronunciando aquellas palabras hizo que se me cerrase la garganta por la furia. Debajo de la mesa, Julia me apretó el pie con más fuerza. Bajé la vista hacia el pastel de semillas.

—Gussie —susurró mi hermana. Apretaba los labios: «Hazlo. Sé la mejor persona de los dos».

—¡Augusta! —La voz de Duffy contenía un nuevo tono áspero—. ¿Me has oído? ¡Debes disculparte!

—Lord Duffield, en realidad no es necesario —se apresuró a decir sir Henry.

—Si Duffield dice que la disculpa es necesaria, padre, en ese caso es que lo es —añadió la señorita Woolcroft con suavidad—. Además profanó la casa del Señor con palabras indecentes. —Clavó los ojos azules en mí, mientras claramente esperaba que yo hiciera las paces con Dios y con mi hermano.

—Harriet, no eres quién para exigir una disculpa de lady Augusta. —Sir Henry miraba a su hija con perplejidad.

—Padre, dentro de unos días seré la condesa de Duffield. Estoy convencida de que lady Augusta no desea que nuestra nueva situación de hermanas se vea manchada por los rencores ni por las blasfemias.

Por ese mismo comentario empecé a pensar que nuestra nueva situación de hermanas ya estaba manchada.

A mi lado, Julia se puso rígida.

—Creo que el desafortunado incidente debería permanecer en el olvido. Empecemos de cero todos.

—Esta vez no vas a poder actuar como una persona diplomática —le dijo Duffy—. Siempre intentas suavizar las consecuencias de los arrebatos descontrolados de Augusta.

¿Arrebatos descontrolados? ¿Se refería a mi cólera justificada?

—Esta vez no puedes suavizarlo —prosiguió—. Ha ofendido a mi prometida y a su padre. ¡Augusta, discúlpate!

—Creo que más bien eres tú quien debe disculparse, Duffy —saltó Julia con aspereza—. Sabes muy bien que padre le dio a Leonardo a Augusta, y aun así lo vendiste sin reparos.

—Con que te pones de su parte, como siempre —le largó Duffy—. Nunca te pones de la mía.

—Me pongo de parte de la verdad —le espetó Julia.

Me quedé mirando a mi hermana. Julia casi nunca alzaba la voz, y sobre todo no con Duffy. ¿Por qué de pronto perdía las formas? Me llegó al corazón, pero lo último que quería era crear una brecha entre ella y nuestro hermano. Y, en cierto modo, pese al prosaico escenario que se desarrollaba en una tranquila salita de día, aquel enfrentamiento se me antojó peligroso, como si pudiera llegar a ser irreparable.

—Julia, no pasa nada —dije poniéndole una mano en el brazo. Me giré hacia mi hermano y su prometida, los dos con la cabeza ladeada en gesto reprobador. Tal vez hicieran una mejor pareja de lo que había pensado al principio—. Duffy, señorita Woolcroft, sir Henry, pido excusas por cualquier ofensa que haya causado.

—A mí no me parece demasiado sincera —terció la señorita Woolcroft—. ¿Qué opinas tú, Duffield?

Julia soltó un jadeo.

—¡Harriet! ¿Qué demonios…? —empezó a decir sir Henry.

—Si me disculpan, me voy a retirar —interrumpí la sorpresa de sir Henry. Cogí la carta de Charlotte y me levanté; uno de los criados se dio prisa por acercarse para retirarme la silla.

—No, Gussie, no es preciso que te marches —dijo Julia. Estaba más enardecida de lo que nunca la había visto.

—Yo creo que sí, querida. —Estaba muy a punto de sucumbir a otro «arrebato descontrolado» y a punto también de verter lágrimas de furia. Debía irme: no pensaba darles a Duffy y a la señorita Woolcroft la satisfacción de verme turbada ni de arrastrarme de vuelta a otra discusión.

Asentí hacia mi hermana y sir Henry, y, con solo un breve temblor en las piernas, salí de la estancia.

42

En el recibidor, me recogí las faldas y subí las escaleras principales de dos en dos, como solía hacer cuando era joven, y luego giré hacia el pasillo que daba a la gran galería de la primera planta. El ascenso vigoroso e indecoroso consiguió atenuar una parte de la rabia que me atenazaba los músculos, pero seguía revuelta por tener que reprimir mi rabia. Madame d'Arblay nos había contado que contener las emociones provocaba enfermedades. Si ese era el caso, yo debería estar tumbada de espaldas y medio muerta.

Pensaba que había aceptado al fin los celos de Duffy, pero el ardor de su venganza todavía me asombraba. Y, claramente, la señorita Woolcroft ya se sentía lo bastante segura en su rango inminente como para dar voz a sus propias opiniones. Duffy por fin había encontrado a su aliada para la vida. Era positivo que yo no los necesitase a ambos para mi sustento. De haber sido una solterona sin medios y dependiente de su buena voluntad, cuánta desesperación reinaría en mi existencia. En realidad no me apetecía quedarme allí; sin embargo no podía marcharme. El decoro y las expectativas familiares me exigían quedarme para la boda. Además perturbaría a Julia y la pondría en una situación insostenible.

A partir de ese momento debía retirarme del campo de batalla. Qué idea tan deprimente.

La galería estaba vacía, por supuesto. Abarcaba todo el espacio de los claustros inferiores: un largo pasillo tan ancho como para que por lo menos cupieran dos carruajes, que cuando éramos pequeños nos había proporcionado refugio del mal tiempo y que durante mi juventud había sido un lugar al que podía escapar. La pared exterior estaba formada exclusivamente por ventanas, mientras que la interior estaba decorada con cuadros, la mayoría retratos de antepasados, además de una pintura de Canaletto de extraordinaria calidad del Gran Canal. Las vistas de Venecia casi siempre me invitaban a detenerme y soñar, pues el alejado horizonte de agua resultaba muy prometedor, pero esa mañana tenía una carta que leer. Me dirigí hacia el asiento de la ventana más alejada, que daba a la zona del ala este del antepatio y desde la cual se atisbaba ligeramente el espeso verdor del laberinto de setos. La banqueta de madera siempre había sido mía, un sitio donde leer y pensar y buscarle sentido al mundo.

Me senté en la dura madera y giré la carta para romper el sello, el escudo de armas de los Davenport presionado sobre la cera roja. Lo abrí con el pulgar y desdoblé el sobre. No pude evitar emitir un sollozo de alivio cuando vi el delgado segundo sobre con mi nombre escrito con la letra de lord Evan. Acaricié con los dedos su osada escritura. Pero primero debía leer la carta de Charlotte.

Davenport Hall
15 de septiembre de 1812

Mi querida Augusta:

Aquí tienes una carta que he recibido de parte de un mensajero de quien tú ya sabes, con la instrucción de reenviártela con la mayor brevedad. He calculado que ya debías de encontrarte en Duffield House para la boda, así que es allí donde la he mandado con la esperanza de estar en lo cierto. Cuídate, amiga mía, y ya sabes que estoy dispuesta si en algún momento necesitas mis servicios.

Tu amiga para siempre,

Charlotte, condesa de Davenport

Mi querida Charlotte. Dejé la carta en el asiento y pasé la atención al sobre de lord Evan. Mis dedos temblaban un poco más cuando rompí la oblea que lo sellaba.

La Cabeza del Duque. King's Lynn
12 de septiembre de 1812

Querida lady Augusta:

Espero que al recibir esta carta estés bastante recuperada.

Aunque sé que te advertí que no debías contactarme, creo que ahora mismo necesito tu ayuda urgente; no en mi beneficio, sino en el de mi hermana, Hester. Se encuentra en una situación que amenaza su bienestar y quizá incluso su vida: la acusan de haber atacado a dos hombres y está encarcelada en un manicomio llamado Bothwell House, exclusivo para mujeres de su rango, cerca del pueblo de King's Lynn. Ha surgido una oportunidad que ofrece la posibilidad de sacarla de ese lugar, pero implica que una pareja casada se haga cargo de los puestos de celador y supervisora del manicomio. La primera y la única persona que se me ha ocurrido has sido tú, mi querida apóstata. La labor requiere una personalidad aventurera, coraje e ingenio, y en ti todo esto abunda. La ayuda de tu hermana también será bienvenida, pues sé que juntas sois una fuerza formidable.

Por favor, si crees que podemos hacerlo sin problemas, ven a La Cabeza del Duque de Lynn cuanto antes. Lleva un vestido modesto y usa el nombre de Allen, pues nuestros roles son los de dos personas trabajadoras. Esperaré aquí hasta el 18 de septiembre, pero pasada esa fecha la oportunidad de rescatar a mi hermana habrá desaparecido y tendré que alejarme y buscar otra forma de liberarla de su tormento.

Tu amigo para siempre,

Lord Evan Belford

Levanté los ojos de la carta y miré hacia la vacía extensión de gravilla del patio delantero. Santo Dios, a su hermana la habían encerrado en un manicomio; no se me ocurría nada más espeluznante. Había leído acerca de las condiciones y los regímenes de algunos de esos centros, y las descripciones de la brutalidad empleada me había puesto enferma. ¿De verdad había atacado a dos hombres? Debía de haber circunstancias atenuantes y el castigo no respondía del todo al delito. Seguramente era más una cuestión para los magistrados que para los loqueros. ¿Lord Deele sabía que a su hermana la habían encerrado? Había que asumir que sí, y que no podía o no quería ayudarla. No me extrañaba que lord Evan hubiera arriesgado la vida para regresar a Inglaterra.

Releí la carta en busca de la fecha hasta la cual esperaría. El 18 era al cabo de dos días. El día de la boda. Todo mi ser deseaba responder a su llamada de auxilio, pero le había prometido a mi hermana que ya no volvería a embarcarme en ninguna otra aventura peligrosa. Que ya no volvería a contactar con lord Evan.

Y, sin embargo, él me pedía ayuda a mí. A nosotras. No habría sido una decisión fácil; había repetido en reiteradas ocasiones que no deseaba arrastrarme a mí ni a Julia hacia su vida delictiva. Y mi hermana me había pedido que le prometiera que cortaría lazos con él. Y que cortaría lazos con Gus la apóstata.

Pero lord Evan había respondido a mi llamada de auxilio dos veces. ¿De verdad podría ignorar su súplica?

La imposibilidad de quedarme y de marcharme al mismo tiempo me devolvía a sus palabras. ¿Debía elegir entre mi hermana y mi amor?

Oí pasos en el pasillo que me resultaron tan familiares como mi propio latido.

Era Julia.

Erguí la postura en el asiento de la ventana cuando ella entró en la galería. Me vio y aceleró el paso. No me había percatado en la mesa del desayuno, pero llevaba su vestido matutino de color lavanda. Había regresado a los suaves tonos del luto, pues.

—Aquí estoy —dijo.

—Aquí estás —respondí. Un viejo saludo de cuando éramos pequeñas.

—He ido primero a la biblioteca. Pensaba que quizá te encontrabas en tu lugar preferido, pero has venido hasta aquí, por supuesto. —Cogió la carta de Charlotte, echó un vistazo a la firma y me la devolvió—. En fin, ha sido espantoso —dijo mientras tomaba asiento a mi lado en la banqueta de madera—. La señorita Woolcroft ha tomado el control de la situación, está claro.

—Gracias por salir en mi defensa.

—Siento haber tardado tanto. —Lanzó una mirada a la carta de lord Evan que tenía yo en las manos—. ¿Es de él?

Asentí y se la di.

Conforme Julia la leía, alisé la carta de Charlotte preparándome para lo inevitable. Mi hermana, sin duda, me recordaría la promesa que le había hecho y la importancia de la boda y del deber hacia la familia. Y a pesar de que el corazón me impulsaba a ir a ayudar a lord Evan, debería darle la razón.

Cuando iba por la mitad de la misiva, Julia jadeó y levantó la vista.

—¿Encerrada en un manicomio? ¿Crees de verdad que podría estar loca?

—No lo sé. Aun con todo, lord Evan dice que su bienestar y su vida están siendo amenazados y que alguien debe sacarla de allí.

—No me puedo imaginar lo que debe de estar soportando la pobre.

Asentí en silencio. Mi hermana retomó la lectura. Al llegar a la petición de lord Evan, torció los labios, una mueca de empatía con la que supe que había comprendido mi dilema. Levantó los ojos con el ceño fruncido.

—No pasa nada —dije—. No pienso ir.

—¿Sabes de qué me he dado cuenta durante el desayuno? —Suspiró y dobló la carta.

—¿De que la señorita Woolcroft es una arpía?

—Sí —se rio—, pero también de algo mucho más importante. Me he dado cuenta de que Duffy quiere obligarte a representar su idea de lo que debería ser una mujer de nuestra edad: una mujer que casi nadie ve y que definitivamente nadie escucha. —Se mordió el labio—. Y, para mi vergüenza, me he dado cuenta de que yo he hecho lo mismo. Lo siento, Gus, ¿me podrás perdonar? Cuando terminaste herida, me llevé un gran susto, pero ahora sé que no puedo retenerte. Debes ir junto a lord Evan y ayudar a la pobre lady Hester. Es tu destino ir por el mundo y arreglar lo que ande mal.

—¿Crees que debería ir? —Mi corazón se aceleró ante la idea de ver a lord Evan, un constante repiqueteo de júbilo. Pero la bendición de mi hermana a la misión, por importante que resultara, no cambiaba nada—. ¿Y qué ocurre con la boda? ¿Y qué ocurre con tu salud? No soportaría abatirte más aún. Además, no me puedo ir como si tal cosa; Duffy jamás me lo perdonaría y lo pagaría contigo.

—Deja que yo me encargue de Duffy. Y en cuanto a mi salud, es algo entre Dios y yo. —Irguió la barbilla, consciente de lo que opinaba yo de esa creencia—. No pienso tolerar ningún argumento en contra al respecto.

—¿No vendrás conmigo y nos ayudarás? —A pesar de la emoción, de pronto me sentí abandonada.

—Me quedaré para la boda, ya que por el bien de los buenos modales una de nosotras debe asistir, y luego iré. —Sonrió—. Mi destino, al parecer, es seguir a mi aventurera hermana. Como he hecho siempre desde que éramos pequeñas.

—Con un trabuco —tercié.

—Ese es un añadido reciente —se rio.

La rodeé con el brazo y la apreté contra mí.

—Gracias.

Su brazo me sujetó con fuerza durante unos segundos antes de soltarme a mí y desdoblar la carta de lord Evan.

—Ahora pongámonos a urdir tu huida.

43

Si pretendía llegar a Lynn —o a King's Lynn, como también llamaban al pueblo— a tiempo de encontrarme con lord Evan, tendría que marcharme de Duffield House al día siguiente. Después de debatirlo mucho en nuestro escondrijo, Julia y yo decidimos captar a Tully, a Weatherly y a nuestro cochero John para que ayudasen en mi partida.

Tully estaba encargada de organizar un conjunto apropiado y un arcón para una mujer que iba a convertirse en una trabajadora de un manicomio privado. Weatherly se ocuparía de pedir el landó y John debía estar preparado —con el pretexto de que Julia y yo íbamos a hacer una visita a una vecina— y, nuevamente, cambiar de papel para ser nuestro criado en el verdadero trayecto hasta Ely y la posada donde el coche del correo recogía a sus pasajeros.

Esa noche, después de una cena en la que a la mesa solo estuvimos Julia y yo —Duffy se había marchado para cenar con los Woolcroft en la casa de la viuda—, me encontraba tumbada y despierta para repasar nuestro plan desde todos los puntos de vista. Era imposible pasar por alto el hecho de que dejaría un buen alboroto tras de mí. Abandonar Duffield House y no asistir a la boda de mi único hermano era imperdonable, y no podía evitar sentir culpabilidad por el dolor que iba a provocar. O quizá sería mejor referirse al golpe al orgullo de mi hermano y a su exagerado sentido del decoro. Sea como fuere, no tenía ganas de enfrentarme a él por la mañana, pues era consciente de que iba a dar un paso más allá de los límites de todo lo que Duffy consideraba sagrado.

Resultó que Duffy tampoco se presentó en el desayuno. Quizá era una decisión deliberada, aunque según el informe de Pullam lo habían llamado para mediar en un problema con uno de sus arrendatarios. En cuanto nos lo comunicó, Julia y yo nos apresuramos en levantarnos de la mesa y dirigirnos hacia nuestras respectivas habitaciones: yo para ponerme mi nuevo disfraz, y Julia, la ropa de abrigo. Disponíamos como mucho de una hora para emprender la partida sin que nadie lo advirtiera.

No tardé demasiado en completar mi transformación.

Colgué mi reloj de su cadena, me la coloqué alrededor del cuello, debajo de la camisola, y me giré para observar mi reflejo en el espejo. Tully había remodelado uno de mis viejos vestidos, guardados allí en Duffield House, reduciendo el volumen de la parte trasera de la falda a una proporción más práctica y despojándolo del caro encaje. En el reflejo vi a una mujer alta y elegante con el pelo recogido en una cofia de lino y un vestido ceñido, pero un tanto pasado de moda, con una camisola blanca de algodón que tapaba el amplio escote. Una mujer respetable y fiable que trabajaba duro para ganarse el pan.

«Buenos días, señora Allen».

Reprimí una sonrisa al pensar en ese nombre. Aun así, más allá de la diversión, una multitud de preguntas rebosaban mi mente. ¿Sería capaz de representar mi papel? ¿Podríamos rescatar a lady Hester? ¿Debería contarle a lord Evan que recordaba lo que le había dicho en el pasillo del burdel? Si se lo contaba, ¿qué sucedería si él no sentía lo mismo? Aunque ¿qué ocurriría si sí sentía lo mismo? Y ¿sabríamos hacernos pasar por marido y mujer? ¿Y si en nuestros aposentos solo había una cama? ¿La compartiríamos? ¿Quería yo compartirla con él?

Aparté la mirada del reflejo de mi rostro ruborizado.

—Dispone de otro vestido para trabajar y uno para las mejores ocasiones, milady, así como de un delantal, ropa de cama para una semana, un salto de cama y zapatos de interior. Más prendas resultarían sospechosas —dijo Tully mientras cerraba la tapa de un arcón tachonado. Se parecía a los que usaban los criados para guardar sus pertenencias. Tully lo había encontrado abandonado en el desván; la última posesión de una pobre criada que había muerto por la gripe—. También he añadido el bálsamo para su hombro. Recuerde ponérselo si le empieza a doler.

—Lo haré —respondí, aunque aplicarme un ungüento se me antojaba un pasatiempo un tanto prosaico en una misión de rescate.

—He empaquetado algo de pan y queso en su cesta. —Rozó apenas el asa con la mano—. Y creo que lo mejor será que se lleve mi capa, milady. —Cogió la prenda escarlata y me la entregó—. Es el estilo más adecuado entre nosotros y será coherente en su farsa. La suya es demasiado elegante.

—Buena idea. Gracias. —Sacudí la capa y me la puse por encima de los hombros. La lana roja era gruesa, preparada para repeler la lluvia, y se ataba al cuello con un buen lazo de *grosgrain*. Había visto a muchas mujeres rurales llevar algo parecido, e incluso a unas cuantas hijas de gente pudiente.

—¿Qué debo hacer mientras esté fuera, milady? —me preguntó Tully.

Era una buena pregunta.

—Lo mejor sería que reunieras mis pertenencias de aquí y las preparases para regresar a Londres. Las ordenaremos cuando regrese. Y despídete, Tully. Dudo de que volvamos a Duffield House en el futuro inmediato. En cuanto la boda haya terminado, lady Julia te dará nuevas instrucciones.

—Sí, milady, y buena suerte. —Me hizo una reverencia—. Espero que su reencuentro sea maravill… —Se detuvo y se sonrojó por haber estado a punto de excederse—. Le pido disculpas.

Siempre tan romántica.

—Yo también lo espero. —Le sonreí.

Weatherly apareció para informarme de que el landó y lady Julia me esperaban y para coger mi baúl. Lo seguí y bajé las escaleras con mi cesta, la capa roja de Tully y mi sencillo vestido azul oculto para el trayecto en carruaje debajo de los pliegues voluminosos de mi propia y delicada capa de terciopelo. No podía esconder mi modesto tocado sin adornos, pero no solía llevar muchas flores ni plumas en la cabeza, así que no resultaría extraño a los ojos de nadie.

Weatherly se detuvo a los pies de la escalera y caminó de un lado a otro para comprobar que estuviéramos a solas en la espaciosa entrada del recibidor. Al parecer, así era, pues dijo:

—Milady, ¿me permite que le haga una sugerencia?

—Por supuesto, Weatherly.

—Deje que salga en la función con usted. No como acompañante; fingiríamos ser desconocidos. Nunca ha cogido el correo y no es un lugar para mujeres nobles. Tampoco un pueblo como Lynn. Me gustaría que llegase sana y salva. —Me dedicó una sonrisa burlona—. Por lo menos hasta que la pueda proteger lord Evan.

Por su tono supe que no se refería en absoluto a una protección, pero lo dejé correr.

—Ah, pero es que no soy una mujer noble, Weatherly. Soy la señora Allen, que se dirige a su nuevo puesto como supervisora. Es más importante que permanezcas aquí. Quiero asegurarme de que lady Julia dispone de un aliado, cuando sepan que he desaparecido, y que no corre ningún peligro cuando viaje para encontrarse con nosotros.

—Puedo hacer ambas cosas. Su ausencia podrá ocultarse hasta mañana.

Era cierto, pero si bien mis motivos para preferir la seguridad de Julia eran sinceros, también debía admitir que lo último que quería era que me acompañara mi mayordomo cuando me reencontrase con lord Evan.

—No, iré sola —afirmé.

Julia ya me estaba esperando en el carruaje. Weatherly me ayudó a subir y tomé asiento al lado de mi hermana dejando la cesta a mis pies.

—En fin, ¿qué te parece? —le pregunté, y me separé la capa para mostrarle el conjunto que llevaba debajo—. ¿Ofrezco una imagen creíble?

—Verosímil —asintió Julia—. Adelante —le pidió a nuestro cochero John. El muchacho chasqueó la lengua y, con un movimiento de las riendas, urgió a los dos alazanes a echar a trotar.

Cuando las ruedas del landó retumbaron sobre la gravilla, miré por última vez a Duffield House. Al precioso claustro con arcos, a las elegantes alas este y oeste, y a la alta torre del reloj que era la primera parte de la casa que se veía al avanzar por el camino de entrada. La vista de la almenara siempre había significado que regresaba a casa. Ya no. Era la casa de Duffy y de la nueva condesa, y, después de la boda del día siguiente, dudaba de que a mí me recibieran con los brazos abiertos.

—No será para siempre —dijo Julia al interpretar mi expresión. Pasamos por delante del espeso follaje del laberinto—. Toma, has olvidado una cosa para tu conjunto. —Me pasó un pequeño joyero azul de piel de tiburón en el que se leía el nombre de la firma londinense Rundell and Bridge.

Lo abrí. En el interior vi una alianza de oro irlandés con un corazón coronado entre dos manos. Aquel anillo me resultaba familiar: era el que Robert le había dado a mi hermana como señal de su amor en el momento de comprometerse.

—Ay, Julia. No puedo.

—Debes tener un anillo de boda si vas a ser una esposa, aunque sea de mentira, y los de este tipo a veces se utilizan para los votos.

—¿Estás segura? Sé que para ti es especial.

—Tú eres más especial —me aseguró con firmeza, aunque no dejó de observar el anillo—. Y creo que Robert apoyaría tu decisión de ir a salvar a lady Hester.

Me puse el anillo en el dedo anular izquierdo, el dedo que tenía un vínculo directo con el corazón. O por lo menos eso aseguraban los romanos. De pequeña, nunca había ansiado casarme como algunas de mis amigas. Ni como Julia cuando conoció a Robert. Sin embargo, ver el anillo en mi dedo conjuró el rostro de lord Evan. En realidad me veía casada con él, y también muy feliz; era la unión más imposible que pudiese escoger. Un hombre caído en desgracia, un fugado de la justicia, un ladrón.

—Estás pensando en lord Evan —dijo Julia.

—¿He puesto cara de boba de nuevo?

—Un poco. Supongo que eres consciente de que tan solo han transcurrido tres meses desde que lo conociste y que habéis pasado poca parte de ese tiempo juntos.

—Sí —convine—, pero cuando hemos estado juntos me ha demostrado su valía. ¿Con qué frecuencia otras mujeres ven a sus hombres en la clase de situaciones extremas en que nosotros hemos estado? ¿Con qué frecuencia los ven una y otra vez comportarse con honor y compasión en las peores circunstancias?

Era el turno de Julia de darme la razón.

—Lo amas, es evidente. Pero también es evidente que vuestra relación es imposible. Perdona que sea la voz de la catástrofe, pero es asombroso que haya podido evadir a la justicia.

—Lo sé.

—Ten cuidado con tu corazón, Gus.

Me cogió la mano, en la que llevaba el anillo, y me la apretó fuerte cuando atravesamos las puertas de Duffield House y giramos hacia el camino rumbo a Bedford.

—Robert hizo que bendijeran el anillo, así que también te dará la protección de Dios. —Me lanzó una mirada de reojo—. Que probablemente para ti no tenga ningún significado, pero yo sé que te mantendrá a salvo.

Asentí. Si a ella le proporcionaba tranquilidad mental, tenía suficiente significado para mí.

En el pueblo de Duffield, solo quince minutos después de haber iniciado el trayecto, el tabernero local, el señor Turrbridge, salió de su establecimiento a toda prisa y se puso a un lado del camino para detener el landó. Nuestro cochero John se giró en busca de instrucciones.

—¿Deberíamos parar? —me preguntó Julia.

Asentí. Yo había visto al señor Turrbridge muchas veces en las sesiones jurídicas regionales junto a padre. Aunque era un tipo simpático, no era ni frívolo ni de los que hacían perder el tiempo a los demás. Algo importante debía de haber ocurrido para que nos hiciera señas.

Nos detuvimos a su lado. Inclinó la cabeza y vimos su calva coronilla, pálida y salpicada de pecas.

—Buenos días tengan ustedes, lady Augusta y lady Julia —nos saludó—. Gracias por detenerse.

—Buenos días, señor Turrbridge —le dije—. Lo veo preocupado. ¿Ha sucedido algo?

—No estoy seguro, milady. —Se frotó las manos—. Pero quería advertirles por si acaso… —Irguió los hombros—. Tal vez solamente esté siendo demasiado precavido, pero un hombre, un desconocido, ha venido a hacer preguntas sobre usted y sobre lady Julia. —Su mirada pasó hacia mi hermana y regresó a mí—. Es que no me ha gustado el aspecto que tenía.

Santo Dios. ¿Nos habría seguido el señor Kent, el corredor de Bow Street, hasta allí? Miré a Julia y vi la misma alarma en su semblante.

—¿Era un hombre fornido, bien parecido, de unos seis pies de altura con pelo oscuro? —le preguntó Julia—. ¿Iba bien vestido, como un caballero?

—¿Y tenía la nariz torcida, clara señal de que alguien se la ha partido? —añadí.

El señor Turrbridge asimiló la descripción.

—Era fornido, sin duda, pero con el pelo rubio y patillas rojizas, y no me pareció que su nariz tuviera aspecto de haberse partido. Tampoco iba bien vestido, no.

Volví a mirar hacia Julia. En ese caso, no era el señor Kent. Ni tampoco mi segunda deducción, que me llenaba de más esperanza: lord Evan. Así pues, ¿de quién se trataría?

—¿Dice que ha preguntado por nosotras? —Julia se inclinó hacia delante.

—Quería saber cuándo habían llegado a Duffield y quién iba con ustedes. Demasiado entrometido. No le he contado nada.

—Gracias, señor Turrbridge —dije—. Si aparece de nuevo, a ver si consigue descubrir cómo se llama.

—Lo intentaré, milady. —Inclinó la cabeza otra vez.

—Prosigamos —anunció Julia. Las dos regresamos al asiento.

—No me ha gustado cómo ha sonado —murmuré cuando nos hubimos alejado lo suficiente del señor Turrbridge—. ¿Sería uno de los hombres del señor Kent?

—Podría ser —comentó Julia—. Aunque cerca de la casa nunca he visto a nadie parecido.

—Yo tampoco. Por lo menos disponemos de una descripción

suya. Debemos tener cuidado, sobre todo cuando tú vayas a reunirte con nosotros.

—Tendré cuidado —asintió mi hermana.

Miré hacia Weatherly, sentado en el asiento de los criados detrás de nosotros, y arqueé las cejas: «Ten muchísimo cuidado». El mayordomo también asintió.

44

Cuando llevaba una cuarta parte de mi trayecto a King's Lynn en el coche del correo, lamenté haber rechazado la presencia protectora de Weatherly.

Había logrado asegurarme un asiento en el interior, pero éramos cuatro personas sentadas en un espacio diseñado para solamente tres. Estaba apretada entre la ventana a un lado y un hombre que apestaba a sudor al otro, que insistía, incluso después de haberle pedido yo con firmeza que se moviese, en rozarme el muslo con el suyo mientras a escondidas se agarraba las partes íntimas. Al menos era lo que pensé que hacía; mantuve la vista clavada en cualquier lugar menos en él. Le apreté la pierna con la cesta, con la esperanza de obligarlo a apartarse un poco.

Una mujer de mi edad y de grandes proporciones con una versión de la capa roja de Tully hecha de pelo de ardilla observaba mis esfuerzos. Se encontraba sentada enfrente, entre dos hombres que hablaban en voz alta sobre precios de cerdos, pero había conseguido abrir espacio en el asiento para un paquete. Después de que yo intentase dar un nuevo empujón a mi vecino con la cesta, se inclinó hacia delante sobre el suelo cubierto de paja y dijo por encima del traqueteo de las ruedas y de los aperos:

—No te preocupes, querida. A nuestra edad es un cumplido.

—A mí no me parece cumplido alguno —respondí.

Se quedó mirando al señor Oloroso de nuevo.
—Te entiendo —añadió con sequedad—. ¿Adónde te diriges? ¿Hasta el final del trayecto en Lynn?
—Sí, a reunirme con mi esposo —dije alzando la voz. Quizá si el señor Oloroso sabía que estaba casada, desistía en sus intentos.
—Ah, con tu esposo —repitió tan alto como yo, con una expresión pícara de compinche—. ¿Un hombre fornido, sin duda, para no desentonar con tu altura?
Asentí con energía. El señor Oloroso todavía no había movido el muslo, así que añadí:
—En efecto, será el nuevo celador de Bothwell House, y yo, la nueva supervisora.
Aun mientras lo decía supe que era un error. «Nunca des más información de la necesaria», repetía siempre mi padre; y él debatía en el Parlamento. Le había contado a esa mujer mucho más de lo debido.
Se echó hacia atrás sin rastro alguno de picardía en el rostro. No obstante, el muslo del señor Oloroso se apartó del mío. Le lancé una mirada gélida, a la vez aliviada y molesta por que solo se hubiera visto detenido al hablarle de un esposo celador.
La mujer se me quedó mirando unos instantes, seria, antes de tomar la palabra de nuevo.
—¿Vas a ser la supervisora del manicomio?
—Sí —respondí, concisa. Ya no recibiría más información por mi parte. Sin embargo, ella se inclinó de nuevo, y habló con una nueva urgencia en la voz:
—Disculpa que me entrometa, querida, pero debo decirte que Bothwell House es un mal sitio. Mi esposo y yo llevamos la taberna La Cabeza del Duque en Lynn, y hemos recibido a gente a la que han soltado, y en un caso a una persona que escapó. Ese lugar destroza a los que van allí. Se habla incluso de que ahí las mujeres mueren con demasiada frecuencia. Haríais bien en reconsiderar vuestros planes.
—Gracias, pero está decidido —contesté, y miré por la ventana hacia el campo que íbamos dejando atrás para poner fin a la conversación.

Llegamos a la posada de King's Lynn casi a las dos en punto, según mi reloj de bolsillo. Mientras los caballos y el carruaje traqueteaban por el adoquinado antepatio, vi que lord Evan me esperaba en la entrada principal y no pude evitar esbozar una repentina sonrisa. Una verdadera boba, como diría Julia.

—Ah, tu esposo te está esperando —terció mi colaboradora—. Lo veo por la cara que has puesto. —Ladeó la cabeza cuando el carruaje se detuvo delante de la bella fachada de la posada, pintada de un moderno azul cielo—. Y entiendo por qué sonríes. —Se giró hacia el señor Oloroso—. A usted solo le queda esperar que sea una mujer de naturaleza indulgente.

El hombre la fulminó con la mirada, pero noté cómo se deslizaba un poco más lejos de mí en el asiento.

—King's Lynn —anunció el cochero—. La Cabeza del Duque.

En ese momento, lord Evan me divisó, con una sonrisa tan llena de alivio y afecto que noté cómo mi corazón iniciaba un ritmo frenético.

—Qué alegría que la esperen a una con tanto entusiasmo —dijo mi compañera después de soltar un melancólico suspiro.

Uno de los criados de la posada abrió la puerta del carruaje.

—Por fin —protestó la mujer mientras lo miraba con malicia—. Pensaba que nos iban a dejar en los establos junto a los caballos.

—No hay ningún establo lo bastante grande para usted, señora Cullers —respondió el hombre.

—Eres un caradura impertinente, Billy Pierce —le dijo tranquilamente, y le entregó el paquete—. Ayúdame a bajar, y luego ayuda a esta mujer también.

Billy obedeció y ayudó a bajar a la señora Cullers. Yo le entregué mi arcón de debajo del asiento, cogí la cesta y me acerqué para aceptar la mano que me tendía.

—Permíteme —dijo lord Evan al colocarse junto a la puerta del carruaje.

—¿Usted quién diantres es? —saltó Billy para defender su posición.

—No pasa nada, Billy —lo calmó la señora Cullers—. Es su esposo.

—Ah, por supuesto. —Billy se tocó la frente y se retiró.

Acepté la mano de lord Evan y lo miré a los ojos. Ah, cuánto había echado de menos esos instantes de divertida complicidad.

—Has venido —me dijo al oído solo para mí cuando bajé, con cierta torpeza, sobre el suelo adoquinado.

Aspiré el aire marino, un gran alivio después de haber estado encerrada en la sudorosa cabina. No me soltó la mano cuando nos apartamos para que descendiese el señor Oloroso. Ni siquiera entonces yo se la solté a él. Nos quedamos cogidos de las manos, y fue como si todos los nervios de mi cuerpo estuvieran concentrados en ese contacto.

—Tú me lo has pedido. Por supuesto que he venido —murmuré—. Estábamos en Duffield House para celebrar la boda de mi hermano, que tendrá lugar mañana. —Arqueó las cejas al oír el comentario, pero me encogí de hombros—. Ha vendido mi caballo sin ni siquiera contármelo, y estuvimos a punto de llegar a las manos. Sospecho que no me echarán mucho de menos.

—¿Ha vendido a Leonardo? —Lord Evan estaba perplejo—. Menudo canalla.

Se acordaba del nombre de mi caballo.

—A un vecino que es demasiado grande para montarlo —dije, incapaz de despojar mi voz de amargura—. Mi hermana se queda para el enlace, pero vendrá justo después. Dice que traerá el trabuco.

—Me lo creo —se rio—. ¿Y el corredor de Bow Street? ¿Os siguió hasta Duffield House?

—No. Por lo menos eso creo. Pero otra persona ha estado preguntando por nosotras en el pueblo. —Le di la descripción del hombre—. ¿Sabes de quién se trata?

Lord Evan negó con la cabeza, frunciendo el ceño.

—¿Quizá de otro corredor? O, peor aún, de un cazarrecompensas.

A mí se me había ocurrido la misma posibilidad. Por Dios, lo perseguían dos hombres. ¿Cuántos más? Barrí el patio con la mirada en busca de alguien, por si acaso, pero no había nadie que nos estuviera prestando atención en especial.

—Señora, no olvide el baúl —me llamó Billy, y lo levantó.

Lord Evan le dedicó un asentimiento y, a continuación, se llevó mi mano a los labios y me depositó un suave beso en los dedos enguantados antes de soltarme. Un rubor me calentó las mejillas. ¿Estaba interpretando su papel de devoto esposo o aquel gesto era para mí de verdad?

—Me alegro mucho de que estés aquí, esposa —dijo, y se giró para coger mi equipaje.

—Cielo santo —murmuró la señora Cullers detrás de mí. Al girarme, vi que se abanicaba con dramatismo. Me sonrió y le lanzó una intensa mirada a lord Evan.

—Gracias por la ayuda de antes —le dije—. Soy la señora Allen.

—Yo, la señora Cullers —se presentó, observando con gesto adusto al señor Oloroso, que en esos momentos se apresuraba a marcharse del patio—. ¿Cuándo os vais a Bothwell? ¿Pasaréis la noche aquí? Estoy segura de que os encontraremos una habitación.

Lord Evan me miró a los ojos: «¿Lo sabe?». Apreté los labios con fuerza: «Ha sido un error, disculpa».

—Gracias, pero no —respondió él—. He contratado un carro para que nos lleve de inmediato.

Le sonreí en agradecimiento y asentí para despedirme de la buena mujer mientras lord Evan comenzaba a caminar hacia la posada.

—¿Nos marcharemos ahora a Bothwell House? —le pregunté.

—Más o menos, pero hay alguien a quien debes conocer antes de que nos vayamos. —Miró hacia atrás con expresión alegre—. Ella sabe toda la historia y será mejor que te la cuente de viva voz.

—¿Quién es?

—Dejaré que te lo cuente ella —contestó.

La hora de la cena había llegado a su apogeo en la sala pública de La Cabeza del Duque. Lord Evan me guio entre las mesas abarrotadas, y el olor a asado de carne y a sabroso pudin hizo que me diera un vuelco el estómago. El pan y el queso de Tully me los había comido hacía mucho tiempo. A diferencia de la pensión La Osa Mayor de Cheltenham, donde cené siendo el señor Anderson, unas pocas mujeres respetables estaban sentadas a las mesas con sus compañeros, con vestidos que las identificaban como esposas e hijas casaderas. Lynn era una plaza comercial y un pueblo de pescadores, y curiosamente el lugar de nacimiento de madame d'Arblay, así que podía jactarse de ciertas sensibilidades cosmopolitas.

Nos dirigimos hacia los reservados, que se encontraban en la pared del fondo y proporcionaban cierta intimidad entre el alboroto de camareros y clientes. Una joven, vestida con una pelliza turquesa de calidad y un tocado rural rematado con buen gusto, estaba sentada sola en el último. Levantó la vista cuando nos acercamos; tenía un rostro pálido formado por rasgos delicados y largos, así como una mandíbula que denotaba bastante determinación. A pesar de que se estaba arriesgando al sentarse a solas en un comedor, muy vulnerable al acoso o a que la confundieran con una muchacha de mala fama, la envolvía un aura de serenidad.

—Permite que te presente a la señorita Elizabeth Grant —me dijo lord Evan mientras colocaba mi arcón debajo de la mesa—. Señorita Grant, ella es la señora Allen.

La señorita Grant me saludó con un asentimiento. Unos ojos marrones, muy despiertos, me escrutaron.

—Buenas tardes —dije, y, con toda la elegancia que fui capaz de reunir, me deslicé en el banco opuesto.

Lord Evan se sentó a mi lado, su cuerpo cerca del mío, pero sin tocarnos. Me dio la sensación de que notaba su calor, aunque tal vez era el ardor que me empezaba a recorrer a mí la piel.

—La señorita Grant es amiga de lady Hester, mi hermana —me informó lord Evan haciendo énfasis en la palabra «amiga»—. Hace dos años vivían juntas en Gales cuando mi hermano engañó a Hester para que se encontraran, tras lo cual la encerró en Bothwell House, uno de los pocos manicomios privados que acepta tan solo a mujeres de buena familia. Deele la internó indefinidamente. Lleva allí desde entonces, y la señorita Grant ha estado esperando una oportunidad para librarla del encarcelamiento.

¿Lord Deele había internado a su propia hermana? Debía de ser el motivo por el cual Bertie le había escrito a lord Evan.

—¿La internó por qué razón? —pregunté, aunque tenía una vaga idea después de haber conocido a Deele. Miré hacia lord Evan—. En tu carta me decías que la habían acusado de haber atacado a dos hombres. Pero seguramente no puede ser cierto.

—No, sí que lo es —terció la señorita Grant—. Atacó a lord Deele y a uno de sus criados. Pero estoy convencida de que lo hizo solo para impedir que se la llevaran a la fuerza.

—Mi hermana jamás se habría marchado de buena gana —intervino lord Evan—. Siempre se rebeló contra nuestro hermano, incluso cuando era pequeña.

Y eso habría jugado a favor de Deele. Qué fácil le habría resultado a él, el protector de ella, tildar su violencia de locura y no tanto de desesperación. ¿Quién le llevaría la contraria a un marqués?

—Hester no está loca, señora Allen. Está tan cuerda como usted y como yo —añadió la señorita Grant—. Creo que la internaron porque se negó a casarse con el hombre que le insistía su hermano y porque, en lugar de acatar órdenes, se fugó conmigo. —Me miró con expresión retadora en el rostro—. La amo y ella me ama a mí.

Así pues, Emelia Ellis-Brant había acertado con la primera parte de aquella triste historia: la señorita Grant y lady Hester eran seguidoras de Anne Lister y habían huido juntas. Emelia no sabía, sin embargo, que lord Deele había engañado a su hermana y la había encerrado en un manicomio. La decisión de Hester le habría repugnado como le repugnaba mi querido Bertie, y debía de estar convencido de que su hermana se dirigía directamente al infierno. Aun así me asombraba sobremanera que fuera capaz de abandonar a su hermana cuerda en un manicomio; un hecho vil e imperdonable.

—Debe de amar mucho a lady Hester si ha hecho de centinela aquí durante dos años —dije.

La señorita Grant asintió con brusquedad.

Aquello daba testimonio de su amor, sin duda. ¿Yo podría pasarme dos años a solas sin problemas por el amor que sentía por lord Evan? ¿Era el destino que se extendía ante mí? Lo miré, ensimismada durante unos instantes en los cincelados contornos de su frente, nariz y barbilla, y en cómo cambió su expresión mientras escuchaba a la señorita Grant. Y entonces me di cuenta de que me había saltado una parte de la explicación.

—... Intenté entrar para verla, pero lord Deele ha dado instrucciones para que no la visite nadie más que él mismo o lady Deele. Protesté a voz en grito, pero fue en vano. Y, por supuesto, el propietario del manicomio, un hombre despreciable que responde al nombre de Horace Judd, me conoce de esos encuentros, y por eso está descartada la idea de que yo entre a trabajar en el centro para intentar rescatarla. Antes de que la internaran, Hester me presentó a lord Cholton con la información de que era... como nosotras. Así pues, lo visité y le propuse que te escribiese con la esperanza de que vinieras. He ocupado una cabaña cerca de aquí, en Lynn, para así estar cerca de ella mientras esperaba..., mientras esperábamos. —Bajó la vista hacia la mesa rayada y recorrió una profunda marca con un dedo—. Ni siquiera sé en qué estado se encuentra, ni si acaso... —Se detuvo, incapaz de verbalizar aquel infausto temor. A mi lado, lord Evan se removió en el asiento como si quisiera expulsar de su cabeza la idea de que Hester pudiera estar muerta—. Es la persona más maravillosa del mundo —añadió la señorita Grant—. Llena de vida, de picardía y de ingenio. No soporto pensar que...

—¿Lord Deele o lady Deele han ido a visitarla alguna vez? —le pregunté para intentar alejar la conversación de aquellos lúgubres derroteros.

—No. Ni un día en dos años —respondió.

—Pero ¿no es mayor de edad? —inquirí. Tenía unos conocimientos limitados acerca de las «leyes de los dementes», pero el año anterior había asistido a un sermón del señor Samuel Tuke, un cuáquero que, junto a la misión religiosa de reformar la sociedad, defendía un trato más humano para los locos —en lugar de engrilletarlos e intervenir con violencia—. Estaba convencida de que había dicho que no se podía encerrar a una persona cuerda mayor de edad en contra de su voluntad.

—Nuestro padre alargó su tutela hasta los treinta y cinco. Ahora tiene treinta y está bajo la tutela del actual lord Deele —dijo lord Evan.

«Que deberías ser tú», pensé, pero no lo verbalicé. Sin duda, le dolería muchísimo ser consciente de cómo su propia situación había afectado a la de su hermana.

—Los manicomios privados como Bothwell se rigen por leyes propias —añadió la señorita Grant—. Hay mucha corrupción entre los oficiales que inspeccionan a los internos. Les he escrito a numerosas personas al respecto, pero ¿quién va a hacerle caso a una solterona que no es pariente de la mujer internada? Sobre todo si esa mujer es la hermana de lord Deele, que fue quien la encerró.

Su expresión mostraba tal frustración y temor que me incliné hacia delante y le cogí la mano.

—Ahora estamos aquí. Y pronto sabremos cuáles son las circunstancias.

Bajó la vista hacia nuestras manos —¿cuánto tiempo había pasado desde la última vez que alguien la tocó?— y se aferró a mis dedos.

—Gracias. No tengo palabras para expresar la gratitud que siento por que haya venido.

—Mi hermana también vendrá —le anuncié—. Lady Julia Colebrook. Está al corriente de la situación. Bueno, por lo menos sabe adónde nos dirigimos y qué nos proponemos llevar a cabo. No tenga reparos en presentársele y contárselo todo cuando llegue.

—Lo haré. —La señorita Grant me soltó la mano—. Gracias.

Una silueta se acercó. Era Billy, el criado.

—Señor Allen, Joseph está aquí con el carro —dijo.

—Gracias. —Lord Evan asintió hacia la señorita Grant—. Debemos irnos ya. Te escribiremos en cuanto sepamos cuál es la situación actual.

Bajó su largo cuerpo del asiento y cogió mi baúl, que se puso al hombro. Me recogí las faldas, me deslicé por el banco y, tras darle un último apretón de consuelo a la mano de la señorita Grant, lo seguí entre las mesas.

En la puerta del comedor, una persona que me resultaba familiar se me acercó desde el mostrador de comidas.

—¡Señora Allen, espera! —me gritó. Era la señora Cullers, que llevaba un paquete envuelto en un paño blanco.

Lord Evan ya había salido por la puerta y estaba a medio camino del atestado vestíbulo, pero yo me detuve y le dediqué a la mujer una sonrisa educada.

—Os he preparado un poco de comida para tu esposo y para ti, ya que no disponéis de tiempo de cenar aquí —me dijo.

Acepté el paquete que me tendía. Pesaba bastante.

—Gracias, eres muy amable. ¿Cuánto te debemos...?

—No. Es un regalo, querida. —Se inclinó hacia delante y bajó la voz—. Mi esposo y yo vamos a Bothwell todos los viernes para entregar cerveza y licores. Si algún día necesitáis algo...

—No sé a qué te refieres —dije con cuidado. No me fiaba de tanto interés en nuestras personas.

—No es asunto mío, ya lo sé —negó con la cabeza—, pero... —Miró hacia atrás rumbo a la solitaria silueta de la señorita Grant, que seguía sentada en el reservado—. Una cosa está clara: en un pueblo como este, es difícil guardar secretos. Verás, no quiero decir que esté de acuerdo en el modo en que viven ella y su «amiga» porque no es así, pero tampoco estoy de acuerdo en meter a una mujer que no está loca en un lugar como Bothwell. —Volvió a concentrarse en mí—. Al verte con ella, no hace falta ser un catedrático de Oxford para sumar dos más dos. Solo digo que vamos todos los viernes.

Acto seguido, asintió y me dejó en el medio del abarrotado vestíbulo con el paquete de comida y un inquietante pensamiento: si la señora Cullers había deducido nuestro propósito con tanta facilidad, ¿quién más habría podido atar cabos?

45

Lord Evan había contratado un carruaje de caza, conducido por un anciano llamado Joseph y tirado por un caballo también anciano de nombre Jasper. Nos pusimos en marcha en cuanto lord Evan hizo el pago; guardamos nuestro equipaje en el compartimento cerrado y nos sentamos en el asiento que nos dejaba de espaldas al conductor. En respuesta a la pregunta de lord Evan de cuánto tiempo duraría el trayecto, Joseph gritó por encima del hombro:

—Aproximadamente una hora si Jasper está animado durante todo el camino.

Al parecer, Jasper estuvo muy animado, pues avanzamos a buen ritmo. Los caminos de las afueras de Lynn, sin embargo, se encontraban en pésimas condiciones, y lord Evan y yo fuimos dando brincos una y otra vez sobre el desgastado banco, mientras nos rozábamos los muslos. Me pareció que, a diferencia de mi experiencia en el correo, aquella pierna masculina contra la mía no me ofendía. Más bien lo contrario, de hecho, ya que todos los nervios de mi cuerpo eran completamente conscientes de la larga extensión de muslo que se frotaba contra el mío.

Quería decirle que me acordaba de las palabras que había pronunciado en el burdel, que las había dicho de corazón, pero el traqueteo y bamboleo del viejo carro por el camino era tan ruidoso que cualquier conversación debía desarrollarse a voz en grito, tanto con Joseph como con lord Evan. No era una forma ideal de declarar amor.

Al final, después de varios intentos infructuosos por mantener una charla más trivial, decidimos no hablar. Nos limitamos a comer las generosas porciones de pastel de carne que nos había dado la señora Cullers y a observar los campos que dejábamos atrás; el camino estaba flanqueado por álamos delgados, hierba alta y la llana sucesión de tierras de labranza aprovechadas. Nos rozábamos la pierna y, en un momento dado, su mano cogió la mía sobre el asiento.

—¡Bothwell! —vociferó Joseph por fin.

Los dos nos giramos para observar.

Más adelante, una muralla de ladrillos rojos se extendía junto al camino, de por lo menos seis pies de alto, y se perdía en el horizonte y solo se veía interrumpida por la curva de una entrada. Proseguimos hasta que unas altas puertas de hierro forjado aparecieron ante nosotros, recubiertas de unos pinchos de aspecto bastante afilado, con una casita de celador a uno de los lados.

Joseph se detuvo y se giró en el asiento.

—No los puedo llevar hasta la casa. El señor Judd solo permite la entrada de las provisiones de comida y bebida.

—¿Tendremos que llegar a pie? —preguntó lord Evan.

—Sí.

Al cabo de unos minutos nos encontrábamos en el margen del camino con el equipaje a nuestros pies, viendo cómo Joseph y Jasper se marchaban rumbo a Lynn.

Lord Evan se giró e inspeccionó las puertas.

—Ocurra cuanto ocurra ahora, quiero darte las gracias —dijo—. Hay muy pocas mujeres que aceptarían venir. E incluso que fueran capaces de hacer esto.

Sonrió, pero supe que estaba concentrado ya por completo en la tarea que nos aguardaba. Como debía ser, pues la vida de su hermana dependía de ello. Mi revelación debía esperar.

Llamó al timbre del celador. Aguardamos por lo menos un minuto, y entonces un joven pelirrojo, que seguramente nos había oído llegar con el carro, se presentó arrastrando los pies.

—¿Sí?

—Somos el señor y la señora Allen. El señor Judd nos está esperando —le dijo lord Evan.

—Sí.

El muchacho abrió la pequeña puerta lateral y se retiró para permitirnos entrar. Lord Evan se colocó mi baúl sobre el hombro. Yo cogí su maleta. Algo del interior emitió un fuerte ruido, pero decidí ignorarlo.

—Ya me ocupo yo también —dijo lord Evan.

—No, deja que la lleve. —Aparté su mano con un gesto—. No soy ninguna damisela endeble —añadí con intención. Me estaba tratando como si fuera lady Augusta, no la señora Allen.

Lord Evan asintió. Mensaje recibido.

—Sigan el camino —nos informó el joven, y con un movimiento de la cabeza nos señaló el sendero que se dirigía hacia la casa. Al pasar junto a él percibí un punzante olor a cerveza—. El señor Judd lleva dos días esperándolos, así que su estado de humor es el que cabe esperar —añadió con amabilidad.

El camino era un bonito sendero de tierra con robles a ambos lados en los que tan solo se insinuaba la llegada del otoño, acompañados de prados bien cuidados. Más allá, un destello de ladrillos rojos entre las hojas prometía una casa cuando menos tan grande como el refugio de caza de un caballero.

—Es un lugar bien cuidado —dije mientras me pasaba la maleta a la otra mano. Su peso parecía ir aumentando con el tiempo—. Me sorprende. La señora Cullers me ha dicho que este sitio era espantoso.

—Probablemente sea solo fachada para los visitantes y las llegadas recientes —terció lord Evan—. El plan es encontrar a Hester enseguida y marcharnos.

—¿Por eso llevas una pistola aquí? —Levanté la maleta un poco más entre nosotros.

—He aprendido la lección.

—Debo decir que tu plan es simple hasta el punto de resultar ingenuo —dije arrastrando las palabras.

Sonrió al oírme repetir las palabras que él mismo me dedicó en Thornecrest, como supe que haría.

—Cierto, pero si te digo la verdad no tengo idea del estado en que se encuentra Hester. Tendremos que urdir un plan cuando sepamos en qué situación estamos.

—Más vale que me cuentes qué es lo que hace una supervisora o de lo contrario me descubrirán enseguida.

—Estás a cargo de las pacientes, del personal y de la gestión diaria del manicomio. Como un ama de llaves. Yo soy el celador, así que controlaré las idas y venidas, así como la administración.

Yo había llevado Duffield House y nuestra casa de Londres durante años, así que era probable que fuera capaz de ocuparme de un manicomio.

—¿Cómo has logrado que hubiera vacantes? Seguro que antes habría alguien aquí, ¿no es así?

—La señorita Grant y yo contratamos a un abogado para que escribiese al antiguo celador y a su esposa acerca de una herencia para cuya aceptación debían ir a Londres esta semana. —Sonrió con un destello malévolo en el gesto—. Reunimos dinero para la suma, una cantidad notable, y les mandamos suficiente para pagar el correo también. Y luego le escribí a Judd preguntándole si había alguna vacante, y aquí estamos, a punto de entrar en acción. Por desgracia, sin un plan.

Con la mano que tenía libre señaló hacia Bothwell House, que en esos instantes se alzaba ante nosotros. Los ladrillos rojos que habíamos atisbado entre los árboles se habían convertido en una mansión de dos plantas. Una ventana saledíza extrañamente alta, compuesta por tres hojas de cristal con molduras de piedra, sobresalía de la primera planta por encima del pórtico, soportada por tres enormes ménsulas talladas en forma de pergamino. A ambos lados del espectacular ventanal había tres ventanas con guillotinas dobles tanto en la planta baja como en la primera, y encima de todo un tejado a dos aguas con las ventanas del desván. Qué cantidad de cristal tan extravagante; el impuesto a las ventanas debía de ser exorbitante.

Junto a la casa se alzaba un pequeño edificio anexo, con toda probabilidad los establos originales, con espacio para seis caballos como mucho, pero la alta ventana que lucía estaba enrejada.

La primera señal de que aquella elegante mansión no era en absoluto lo que parecía.

—Ese es nuestro *modus operandi*, ir improvisando a medida que avanzamos —dije con la esperanza de tranquilizarlo. Y, en realidad, de tranquilizarme también a mí—. Ya lo hemos tomado como costumbre.

Se giró para dejar de observar la casa, con expresión seria.

—Esta será la última vez, querida apóstata —dijo con amabilidad—. En cuanto Hester esté a salvo, me marcharé de Inglaterra.

—¿Te marcharás? —Seguí caminando a su lado, pero tuve la sensación de que un abismo se había abierto, y cada paso que daba me acercaba más al borde.

—He vuelto para ayudar a Hester. No estoy seguro aún de cómo vamos a conseguir ponerla a salvo, no si Deele sigue siendo su tutor, pero cuando esté libre y capaz de vivir la vida que desea con la señorita Grant, debo irme. Aunque tuviera un motivo para quedarme —lo dijo mirándome de reojo—, estar en Inglaterra es demasiado peligroso para mí, y demasiado peligroso para cualquiera que esté a mi lado.

Se refería a que era demasiado peligroso que yo estuviera a su lado. Aun así me traía sin cuidado. Lo más importante era lo siguiente: ¿se refería a que yo tal vez fuera una razón para quedarse? ¿Y si le declaraba el amor que sentía por él, como había previsto? ¿Así lograría que se quedase? Era posible, probable, pero entonces terminaría colgado de una soga por mi culpa. No, no, no podía hacerle correr tanto peligro. Debía marcharse.

—¿Adónde te irás? No puedes ir al continente. Hay guerra. —Santo Dios, no iba a alistarse en el ejército, ¿verdad?

—No, no estoy hecho para ser soldado —respondió. ¿Me había parecido ver un destello de decepción en sus bellos ojos porque no le había pedido que se quedara?—. Quizá a Jamaica.

No se iba a la guerra, pues, pero un viaje por mar era igual de peligroso. Me humedecí los labios y conseguí murmurar:

—Un viaje largo.

¿Tal vez podría irme con él? Iniciar una nueva vida juntos. Durante unos segundos nos visualicé a ambos en un lugar más exuberante y cálido, codo con codo, felices. Pero eso significaría dejar a Julia. No podía abandonar a mi hermana. Mi hermana melliza. ¿Tal vez podría acompañarnos? Me había dicho que su destino era seguirme a mí. Pero no, todavía estaba demasiado enferma y yo no podía sacarla a rastras de su hogar y alejarla de su médico, y de todo lo que le inspiraba seguridad y amor, para adentrarla en una vida de peligro y desesperación.

Lord Evan debía partir y yo debía permitírselo; esa vez no porque me lo dijeran los demás, sino por mí misma. Me sentía como si hubiera vivido un centenar de años de calvario, y tan solo habíamos caminado unas pocas yardas hacia el antepatio de la casa.

—¿Lo oyes? —me preguntó lord Evan al detenerse, con el cuerpo tenso.

Me detuve a su lado. Ahora que no sonaba el crujido de la grava bajo nuestros pies, yo también lo oí.

Gemidos. Aquel sonido triste y grave me provocó un escalofrío en la nuca.

En cuanto el lamento se transformó en un aullido estremecedor, una joven apareció por la esquina de la casa y corrió hacia nosotros. Una criada, por su sencillo atuendo de vestido de algodón azul y cofia de lino.

—¿El señor y la señora Allen? —preguntó, y nos hizo una reverencia. Tras vernos asentir, prosiguió con voz acelerada—: El señor Judd me ha pedido que los esperara. Vengan por aquí, por favor. Los llevaré a hablar con él.

—¿Cómo te llamas? —le preguntó lord Evan.

—Tilda, señor Allen. —El vestido era una talla demasiado grande para ella y estaba manchado, pero tenía el rostro limpio y una sonrisa sincera a la que le faltaba un diente—. Soy la encargada de las criadas.

Por costumbre, me giré para subir las escaleras de la puerta principal, con la cabeza aún embargada por la idea de que lord Evan se marcharía. De reojo vi que Tilda movía la cabeza con sorpresa. Por supuesto, la entrada principal no era lugar para la señora Allen. Qué estúpida. Me detuve y tosí antes de corregir mi trayectoria. Un oportuno recordatorio para que me concentrase por completo en la farsa y no en la pena que amenazaba con consumirme.

Tilde nos condujo hacia la esquina de la casa, más allá del establo. Por lo visto, la muchacha no oía los gemidos ni los aullidos que salían del interior del pequeño edificio.

—¿Quién está allí, querida? —pregunté, imitando la forma de hablar de la señora Cullers, que me serviría para mi papel de supervisora.

—Las incurables y las indigentes —me respondió—. Las demás están en la casa.

Lord Evan me miró con la misma terrorífica pregunta que yo en los ojos: ¿Hester estaría allí?

—¿Podemos entrar? —preguntó lord Evan como si tal cosa, pero aferraba mi baúl con tanta fuerza que se le habían emblanquecido los nudillos.

—No tengo las llaves, señor. Además, el señor Judd quiere verlos. Sería una osadía hacerlo esperar.

Lord Evan hizo un gesto para que retomáramos el camino; obviamente, él también había detectado el miedo sincero de la voz de Tilda. Al parecer, la palabra del señor Judd era ley.

Doblamos la esquina de la casa y llegamos a un pequeño patio adoquinado delimitado por tres edificios de ladrillo rojo. Por la puerta del primero vimos a dos mujeres sudorosas que se afanaban en lavar ropa sobre unos abrevaderos humeantes.

—La lavandería —dijo Tilda, sin que fuera del todo necesario—. Y allí están los baños y, detrás, las salas de tratamiento —añadió. Apartó la vista de los edificios más pequeños. El principal, los baños, tenía tanto una puerta normal como una reja de hierro.

Miré hacia atrás cuando nos dirigimos hacia la casa. La única ventana también estaba enrejada. No eran los baños para los trabajadores, pues, sino para las internas. El discurso del señor Tuke describía una práctica que se utilizaba mucho en los manicomios: los baños de agua fría. Horas sentados en agua helada, y a veces la vertían sin cesar sobre la cabeza de los dementes. Él lo había tildado de una práctica cruel e inútil, y abogaba por baños calientes para calmar la mente trastornada. Levanté los hombros para intentar desprenderme de un estremecimiento de temor.

46

Entramos en la casa propiamente dicha y nos encontramos con una bulliciosa cocina. La cocinera, una mujer con los hombros encorvados y un ceño profundamente fruncido, levantó la vista del ave que estaba rellenando. A su lado, dos jóvenes ayudantes de cocina sonrojadas siguieron cortando las patatas y mientras trabajaban nos iban lanzando miradas de reojo.

—Señora Carroll, les presento al señor y a la señora Allen, los nuevos celador y supervisora —anunció Tilda.

La señora Carroll y las dos muchachas hicieron una reverencia.

—Me alegro de que estén aquí al fin —dijo la señora Carroll secándose las manos con el mugriento delantal—. ¿Se llevarán la cena a su salón, como los anteriores? ¿O comerán en la sala de los criados?

—En el salón, por favor —dijo lord Evan.

Supuse que íbamos a ser el equivalente de los encargados de los criados, así que no era sino normal que aprovecháramos el privilegio de cenar en nuestras dependencias. Sinceramente estaba aliviada; menos interacción significaba menos posibilidades de que la farsa terminara descubriéndose.

La señora Carroll nos dirigió un abrupto asentimiento y, acto seguido, me miró fijamente a los ojos.

—Se la ve lo bastante fuerte —exclamó de forma misteriosa. Las dos ayudantes de cocina se removieron e intercambiaron una mirada.

¿Lo bastante fuerte para qué? Pero antes de decidir si la señora Allen formularía tal pregunta, el momento llegó a su fin por el apremio de Tilda.

—El señor Judd los está esperando —le dijo a la cocinera, y nos hizo señas para que prosiguiéramos el camino.

Nos sacó de la cocina en dirección a un pasillo con una tenue iluminación, la que aportaban dos candelas en sendos apliques, y dejamos atrás la vacía sala de los criados hasta llegar a una sencilla escalera de madera para el servicio.

—El despacho y la habitación del señor Judd están justo allí. —Señaló hacia la parte delantera de la casa conforme subíamos las escaleras—. Los aposentos de ustedes se encuentran en el otro extremo de la casa. Podrán dejar sus pertenencias por el camino.

Llegamos a otro pasillo largo y casi en penumbra. Un repentino grito, al parecer procedente de la planta inferior, nos detuvo a lord Evan y a mí. Levantamos la vista. Fue como si se estuviera llevando a cabo un asesinato.

—No es más que la señorita Drummond —nos explicó Tilda—. Siempre está profiriendo gritos.

Nos condujo a la izquierda hacia dos puertas que se alzaban al final del pasillo. Más allá se veía una puerta trasera que estaba abierta y que dejaba entrever un jardín amurallado.

—Es el jardín de las pacientes, al que el señor Judd les permite salir. Aquí tienen su sala y su habitación. La segunda puerta no se abre, es la de su habitación. Un armario la bloquea. —Abrió la primera puerta—. Dejen las cosas aquí y los llevaré hasta el señor Judd.

El salón era una estancia pequeña pero limpia, con las paredes forradas de papel con dibujos de campánulas, dos butacas desgastadas pero de aspecto cómodo justo delante de una chimenea y una mesa circular llena de rayones a la cual se podían sentar cuatro personas un poco apretadas. Otra puerta daba al dormitorio anexo y al evidente hecho de que tan solo contenía una cama marital.

—Los fuegos se prenden a las cinco de la tarde. El agua caliente se dispone a las seis de la mañana, si les va bien, y el desayuno se sirve a las siete. Por lo general, almorzamos a la una y cenamos a las nueve.

—Gracias —dijo lord Evan mientras dejaba mi arcón en el suelo. Yo coloqué su maleta a un lado, sin atreverme a volver a mirar hacia el dormitorio—. ¿Ahora mismo hay muchas mujeres de buena familia aquí? —preguntó en tanto se quitaba el abrigo. La tensión que le teñía la voz era palpable, por lo menos para mí.

—Ah, sí. Tenemos a unas seis. Las demás son mujeres respetables también, y hay unas cuantas pobres del condado.

Miré hacia lord Evan. No era una información lo bastante específica.

Me quité el tocado y lo dejé encima de una funcional mesita lateral.

—¿Alguna mujer de la nobleza? —pregunté, fingiendo poco interés.

—La hermana de un marqués y la hija de un vizconde. Aunque ahora mismo no se lo parecería.

Santo cielo, ¿qué significaba eso?

A mi lado, lord Evan se puso rígido y pasó la atención de Tilda a su maleta. Por el fiero brillo de sus ojos, estaba muy a punto de sacar el arma y abrirse paso hasta encontrar a su hermana. Sin plan, sin saber dónde se encontraba Hester y con la certeza de que los criados lo pararían y retendrían.

Lo agarré el codo y le clavé las uñas. Mi gesto bastó para abstraerlo de su alocada intención. Respiró hondo y se pasó una mano por la cara.

—¿Se encuentra bien, señor Allen? —le preguntó Tilda—. Se ha puesto pálido de pronto.

—Está bien —contesté—. Es que hace bastante que no comemos nada. Ha sido un viaje largo, ¿sabes?

—Le pediré a la señora Carroll que les prepare algo cuando regresen aquí. —Nos hizo una reverencia y echó a caminar por el pasillo, una clara señal de que la siguiéramos para reunirnos con el señor Judd.

Tilda llamó a la puerta del señor Judd.

—Adelante —exclamó una voz ronca.

La muchacha abrió la puerta y se apartó, y una tensa atención sustituyó sus ademanes cordiales.

Seguí a lord Evan y entré en el despacho, y al poco oímos el suave chasquido cuando Tilda cerró la puerta para retirarse.

Lo único que debíamos hacer era convencer al señor Judd de que éramos el señor y la señora Allen, el celador y la supervisora contratados, y hacer valer nuestro derecho de ver a las internas.

Judd estaba sentado a su escritorio, leyendo detenidamente un libro de contabilidad, y no levantó la vista cuando entramos. Ni siquiera pareció reparar en nosotros cuando llegamos delante de su escritorio, como dos niños recalcitrantes.

Lord Evan me miró arqueando una ceja para dar a entender lo mismo que pensaba yo: «Una estratagema para intimidarnos». Sin duda alguna, el señor Judd era un hombre que gozaba detentando el poder.

En comparación con lo que había visto hasta el momento en la casa, aquella estancia era opulenta. Las paredes estaban decoradas con paneles de roble hasta la mitad y luego ornamentadas con un papel precioso a rayas borgoña y crema hasta el techo. La alfombra que notábamos bajo los pies era gruesa y casi nueva, y el escritorio ante el cual nos encontrábamos era un Chesterfield de caoba; yo lo había visto en el novedoso catálogo que el famoso ebanista había creado para lucir sus diseños. La superficie de madera estaba despejada, y encima solo había el libro de contabilidad, una preciosa pluma de plata, un tintero y un arenero; todo colocado en ordenada fila.

Finalmente, Judd se recostó en la silla del escritorio y nos observó ladeando la cabeza. Era mayor de lo que me esperaba, por lo menos sobrepasaba la cincuentena, pero con una vitalidad animal que saltaba a la vista en el constante gesto de acariciarse los dedos con el pulgar y en la mirada atenta, casi depredadora, de sus ojillos rojos. Noté cómo me examinaba de los pies a la cabeza, y luego oí un breve bufido de desdén.

—Vaya, vaya, señor Allen. Pensaba que llegarían hace dos

días —le dijo a lord Evan con una sonrisa insincera que mostraba unos dientes amarillentos.

Por lo visto, sí que éramos dos niños recibiendo una reprimenda.

—Es culpa mía, señor Judd. Me retrasaron en mi viaje —intervine.

Sus ojos se clavaron en mí.

—No estoy hablando con usted, señora Allen. —Giró el cuerpo en la silla hacia lord Evan—. ¿A menudo permite que su esposa hable por usted, señor Allen?

—No, señor. A veces olvida su rango. —Bajó la voz hasta soltar un enojado siseo—. Mantén la boca cerrada, mujer. Nadie quiere oírte hablar.

Aunque sabía que lord Evan estaba interpretando su papel, el eco de las palabras de mi hermano me hizo encorvar los hombros.

—No se les pagará por esos días de retraso —nos aseguró Judd con la barbilla alta en gesto beligerante—. Empezarán a cobrar a partir del día de hoy.

—Sí, señor. —Lord Evan agachó la cabeza.

—Bothwell House se gestiona según mis deseos, y espero que pronto aprendan de qué modo. —Judd dio unos golpecitos al libro con tapas de cuero—. Este es el libro de las internas: ahora mismo contamos con veintidós mujeres. También muestra los regímenes prescritos por el doctor Horby, que se presenta cada dos semanas salvo que haya alguna cuestión urgente.

Los dos nos quedamos observando el libro que sujetaba Judd con sus rollizas manos; allí figuraba la información que ansiábamos conocer.

—Se lo leeré una sola vez, señora Allen —continuó diciendo—. Espero que tenga buena memoria, porque no quiero que me vuelva a molestar con preguntas.

Durante unos segundos me quedé perpleja.

—¿No se me permite leer el libro, señor? —pregunté.

—¿Leerlo? —Resopló—. ¿Me está diciendo que sabe leer?

—Sí, señor. —Un diablillo me impulsó a añadir—: Y sumar.

—¿Cómo es posible que haya adquirido esa formación? —Entornó los ojos.

Una buena pregunta para la cual yo no tenía respuesta. Un rápido castigo a mi arrogancia.

—Mi esposa fue la doncella de una mujer de buena cuna antes de que nos casáramos, señor. —Por suerte para mí, lord Evan pensaba más deprisa.

Me lo quedé mirando, agradecida por que en esos momentos un hombre me defendiese. Reparé en que estaba intentando apartar la vista del libro de contabilidad.

—Bueno, ahora ya no se encuentra en una casa de buena cuna, ¿verdad que no, señora Allen? Más bien al contrario, en un manicomio —dijo con una curiosa risilla que era más propia de una chiquilla que de un hombre adulto. Conseguí sonreír a su triste ocurrencia—. No puedo soportar a las mujeres que se creen por encima de su rango. —Me miró con amargura—. Aquí hay muchas instrucciones médicas. Dudo de que sea capaz de entenderlas por su cuenta.

Otro varón que se adscribía por completo a la famosa filosofía de que las mujeres no teníamos cabeza para la formación, aun cuando delante tuviera pruebas de lo contrario. Asimismo, parecía la clase de hombre que se negaría a todo lo que le sugiriese una mujer por el mero hecho de que procediese de una cabeza femenina. ¿Qué camino sería el mejor para alcanzar el libro? Decidí que el de la docilidad y la servidumbre.

—Está en lo cierto, señor, por supuesto. —Lo dejé correr, haciendo gala de más contención de la que había tenido con Duffy.

El hombre gruñó y le dio la vuelta al libro.

—Se lo dejaré, pues, para que lo lea con atención. Señale las partes que no comprenda. —Cogió un conjunto de por lo menos diez llaves en un largo cordel de cuero y me lo tendió—. Estas llaves le permitirán entrar en las habitaciones de todas las internas y debe llevarlas encima en todo momento. —Miró hacia la puerta y gritó—: ¡Tilda!

La muchacha debía de haber estado esperando junto a la puerta, pues la abrió e hizo una reverencia.

—Acompaña a la señora Allen hasta las internas. Id con Geoffrey. —Se giró hacia mí—. Es uno de los auxiliares. Hay cuatro a su disposición, así como cuatro criadas.

—¿Yo no voy con ellas? —preguntó lord Evan enseguida.

—No sé cuáles eran sus deberes en su último puesto, señor Allen, pero aquí el celador no lidia con las internas. —Judd frunció el ceño—. Mañana nos llegará un envío de bebidas. Lo recibirá conmigo y aprenderá los procedimientos.

Le hice una reverencia a Judd y me arriesgué a lanzar una última mirada a lord Evan.

El mensaje que leí en su rostro era claro: «Encuéntrala».

47

Resultó que un auxiliar era un hombre muy fornido que controlaba a las internas, que las movía por el manicomio y que les entregaba y recogía los suministros en las habitaciones.

Geoffrey parecía ocupar casi toda la amplitud del pasillo. Era tan alto como yo, pero con unos hombros extraordinariamente anchos, un pecho robusto y unas cejas oscuras y espesas sobre unos ojos sin sentido del humor. Su ademán obedecía al resentimiento, y tuve la sensación de que aquellas manos tan grandes y sucias no debían de ser demasiado respetuosas al tocar a una interna. Si a mí me encerrasen en ese lugar, le tendría mucho miedo a Geoffrey.

Sacudiendo una pierna con impaciencia, el auxiliar esperaba en el pasillo junto a Tilda mis instrucciones en tanto yo abría el libro de contabilidad y hojeaba las páginas. Intenté tranquilizar mi propia mano y acompasar mi respiración mientras buscaba el nombre de Hester. Algunas páginas estaban arrancadas, todavía eran visibles los retazos de papel, y unas cuantas estaban tachadas con una fecha de puesta en libertad.

—Me gustaría comenzar con las mujeres nobles —comenté procurando ganar tiempo—. Están encerradas aquí, ¿correcto?

—Las llamamos las «caseras» —dijo Tilda con un asentimiento—. A ellas y a las ricas cuyas familias han pagado para alojarlas en mejores habitaciones.

En el margen superior de las páginas iban apareciendo nombres: Kelly, Barnard, Stamford, Callister. Ah. Ahí la tenía: lady Hester Belford. Estaba allí. Estaba viva.

Recorrí con un dedo el texto escrito con esmero y lo leí a toda prisa. Arrebatos de furia. Violencia. Rechazo a la comida. Mutismo melancólico y par. ¿Qué era «par»? Y los remedios: darle baños fríos, alimentarla a la fuerza, extraerle sangre mediante sanguijuelas, aplicarle terapia con ventosas y algo llamado «abrasar con sosa cáustica». Santo Dios.

—Esta será la primera —dije señalando la página. Por lo menos la voz no me tembló—. Lady Hester.

—Está con lady Roberta —me informó Tilda mientras se dirigía hacia las escaleras del servicio en la parte posterior de la casa.

Geoffrey echó a caminar detrás de mí y experimenté la incómoda sensación de tener a alguien demasiado cerca que me contemplaba la nuca mientras subíamos las escaleras.

Bajé la vista de nuevo hacia la página. «Par»; ¿qué querría decir?

Las escaleras nos llevaron a un largo pasillo que era idéntico al del piso inferior, pero más iluminado gracias a la luz de la tarde que entraba por la gran ventana salediza que había visto desde el exterior. Como mi propia ventana en mirador de Duffield House, aquella también contaba con un asiento que reseguía la curva de la pared. En el aire reinaba un olor a repollo hervido y a orín. Conté por lo menos cuatro puertas, cuya estructura normal habían sustituido por unas robustas puertas de celda con pequeñas mirillas a la altura de los ojos.

Tilda me condujo hacia la parte delantera de la casa.

—Antes ocupaban dormitorios y vestidores —me contó mientras señalaba con una mano un par de celdas que estaban muy cerca—. Pero los separaron para que cupieran más caseras. Pagan más, ¿sabe?

A medida que nos acercábamos a la ventana salediza, vi dos siluetas en el antepatio. El señor Judd y lord Evan estaban discutiendo, al parecer, según daban a entender los gestos agitados de los brazos de Judd dirigidos hacia los establos.

—Esta es la habitación de lady Hester. —Tilda se detuvo en la última puerta a nuestra izquierda.

Yo me había acercado varios pasos a la ventana para ver qué ocurría y me incliné hacia delante, mis rodillas contra el asiento. La parte superior tenía goznes para poder guardar cosas en el interior, como mi banqueta de Duffield House. Un lugar para ocultar alguna herramienta que debiésemos usar para escapar, quizá.

La altura de la primera planta me ofrecía unas buenas vistas sobre la calva coronilla de Judd y el espeso pelo oscuro de lord Evan. Lo que había exasperado a Judd parecía haber terminado, pues condujo a lord Evan hacia delante con un gesto irritado de la mano. Sospeché que lord Evan le había preguntado acerca de las internas de los establos.

—¿Señora Allen? —me interrumpió Tilda. Me giré—. Están todas cerradas —añadió mirándome con expectación.

Ah, las llaves. Encontré el extremo del cordel de cuero que llevaba al cuello y levanté las llaves con un tintineo.

—¿Cuál es? —Se las mostré—. ¿Hay forma de saberlo?

Tilda señaló cuatro llaves de un segundo cordel de cuero inferior.

—Esas son las de aquí. Las otras son las de fuera. Y la larga que está sola es la llave maestra para los grilletes.

Grilletes. Dios bendito.

Después de dos intentos, la tercera llave del grupo de la planta de arriba resultó la correcta. La giré en el cerrojo y abrí la puerta.

El olor fue lo primero que percibí, un abrumante hedor a pis y a heces, como en la habitación cerrada del burdel. No había nada que cubriese la ventana, así que la luz de última hora de la tarde iluminaba dos camas, cada una de ellas con una silueta tumbada de espaldas. La mujer a más distancia de mí levantó la cabeza del colchón, se la habían rapado. ¿Hester?

—Más vale que te quedes fuera —observó Tilda bloqueándole el paso a Geoffrey—. Ya sabes cómo se pone lady Roberta cuando ve a un hombre. —Al ver mi mirada inquisitiva, añadió—: Empieza a gritar.

—A ti no tengo que obedecerte, Tilda Wilson —respondió Geoffrey con la voz tan desagradable como la expresión que tenía en la cara.

—Pero a mí sí —exclamé con firmeza—. Espera fuera. Te llamaré si te necesitamos.

Durante unos segundos pensé que no me haría caso —frunció fuerte los labios con clara rebeldía—, pero me erguí hasta ser la alta lady Augusta. Dio un paso atrás. A veces mi altura y mi rabia apenas disimulada suponían una ventaja.

Tras tomar una última bocanada de aire razonablemente limpio, entré en la habitación con Tilda pisándome los talones. Oí cerrarse la puerta, pero estaba absorta con lo que tenía ante mí. Las dos mujeres se encontraban tumbadas sobre sus propios desechos, con los camisones mugrientos arrugados sobre las partes bajas para que las piernas pálidas, repletas de cicatrices y marcas, estuvieran a la vista. Les habían atado los tobillos, que lucían una piel roja por las laceraciones, a los postes de la cama.

La mujer de la cabeza rapada gimoteó por nuestra presencia; la otra se limitaba a mirar fijamente al techo de tal forma que enseguida comprendí que le ocurría algo. Apreté las manos procurando controlar el horror visceral que me hacía querer salir corriendo de allí. La supervisora de un centro como aquel habría visto escenas parecidas una y otra vez y no querría echarse a llorar por la lástima.

—¿Quién es quién? —pregunté con tono frío y brusco. Era la única manera que pude conseguir para que mis palabras atravesaran el terror que me atenazaba la garganta.

—Esa es lady Roberta. —Tilda señaló a la que estaba despierta—. La otra es lady Hester. No se mueve demasiado.

«Par». Santo Dios, Hester sufría «parálisis». ¿Cómo íbamos a sacarla de allí si no podía caminar?

Primero me acerqué a lady Roberta, pues no pude escapar de la desesperación que emanaba de los ojos oscuros de la mujer.

—Hola, lady Roberta —dije.

Me miró durante unos desconcertantes segundos y, finalmente, se incorporó sobre los codos.

—Hola —respondió con voz ronca. Su conducta no me parecía locura en absoluto.

—Soy la señora Allen, la nueva supervisora. Enseguida la limpiaremos.

Lady Roberta se desplomó sobre su repugnante colchón. Me miró con ojos recelosos mientras me dirigía a la otra cama y me agachaba a su lado.

Lady Hester Belford estaba demacrada. Se le marcaban todos los huesos de la cara, la orgullosa nariz Belford resultaba gigantesca contra las sienes y los pómulos hundidos. Me incliné hacia delante y escuché. Por lo menos su respiración era regular, no detecté ningún estertor peligroso. Le toqué la mano: piel seca y congelada. Ni ella ni lady Roberta tenían nada para taparse y obtener calor o comodidad. Le bajé el camisón mugriento hasta los muslos. En los tobillos tenía un amplio círculo de piel en carne viva alrededor de los grilletes, así como otro círculo de costras más arriba que sugería que antes llevaba los hierros ahí. Le junté los dedos raquíticos y le sujeté la mano.

—Lady Hester —dije—. Lady Hester, ¿puede oírme?

No obtuve respuesta, ni siquiera un aleteo de esos párpados acompañados de espesas pestañas del mismo color marrón oscuro que su pelo rapado. Estaba sumida en una especie de fuga.

Miré hacia Tilda e intenté controlar mi rabia.

—¿Están atadas a la cama en todo momento?

—El señor Judd dice que debe ser así salvo por unas cuantas horas si uno de los auxiliares está libre para vigilarlas. Si se pueden mover, claro, pobres —contestó mientras miraba con pena a lady Hester—. Les cambiamos la ropa de cama y las limpiamos cada dos días.

—Y ¿no disponen de ninguna otra forma de hacer sus necesidades que en la cama? —Era esa crueldad, tal vez, la que me encolerizaba más. Que una mujer hiciera de vientre todos los días y tuviese que yacer encima de las heces—. ¿Todas están en la misma situación?

Tilda se echó hacia atrás al oír mi tono y se llevó las manos al pecho.

—Sí, señora. Las catorce caseras. A excepción de una, eso sí... —Se detuvo.

—¿A excepción de una? ¿De cuál?

La muchacha miró hacia la puerta cerrada y bajó la voz hasta hablar en susurros.

—El señor Judd elige a sus preferidas de vez en cuando. La señorita Tollbrook está en la habitación contigua. A ella la mantenemos limpia, y está atada a una cadena.

—Ya veo. —Noté cómo me entraban arcadas. Pobre señorita Tollbrook—. ¿Y las que ocupan los establos?

—No tienen a nadie que pague su estancia, así que el señor Judd se limita a dejarlas allí. Les dan de comer una vez al día o por lo menos casi todos los días, y Mary y yo intentamos entrar una o dos veces al mes para limpiar, de verdad, pero a él no le gusta que perdamos el tiempo con ellas.

Me apreté los ojos con los dedos mientras aspiraba a comprender ese modo de tratar a otros seres humanos. No, no podía entenderlo, era inconcebible. Sin embargo, tenía la voluntad y el rango de mejorar las cosas. Y, por mera compasión, íbamos a empezar de inmediato. A fin de cuentas era la supervisora del manicomio.

Extraje las llaves y las fui pasando hasta encontrar una más larga y pulida que las demás.

—¿Es la de los grilletes?

Tilda se la quedó mirando y asintió.

—En primer lugar, quiero que se limpien las habitaciones de la casa, que se lave a las mujeres (con agua caliente, no fría) y que se cambien las sábanas.

—¿Hoy? —preguntó Tilda con los ojos muy abiertos.

—Sí, hoy. Y, en segundo lugar, quiero que me lleves hasta los establos.

Me arrodillé junto a los pies de Hester y metí la llave en el cerrojo de los grilletes. Intenté girarla, pero se había atascado; el agujero estaba, sin duda, lleno de sangre y de piel. Después de dos vigorosos intentos cedió con un suave clic. Abrí la cruel mordaza y con amabilidad le liberé los tobillos lacerados.

—Al señor Judd no le va a gustar esto —murmuró Tilda.

El señor Judd tenía suerte de que había sido yo la que había encontrado a Hester y no lord Evan. De lo contrario, tal vez en esos instantes estaría delante del cañón de una pistola. Una justa respuesta a esa crueldad, quizá, pero que no ayudaría a la causa de Hester ni a la del propio lord Evan.

48

Tilda y yo enviamos a las demás criadas y a los auxiliares a hacer las labores de limpieza, sorprendiendo a aquellos que habían anticipado una tarde y noche más tranquila. En cuanto todo estuvo en marcha, Tilda me acompañó hacia los establos; la luz del sol ya incidía baja y alargaba nuestras sombras sobre la gravilla. El reloj de bolsillo me anunció que eran cerca de las cinco de la tarde, así que tan solo disponíamos de una hora más o menos hasta que se pusiera el sol.

—¿Quiénes están ahí? —le pregunté mientras abría el libro de contabilidad—. ¿Cuántas hay?

—Ocho. No sé el nombre de todas —confesó Tilda agachando la cabeza—. Está Penelope. Es la que lleva más tiempo en Bothwell y a veces es un poco violenta. Y Sally la Negra, pobrecita. Y Anne, también, dice que es una «amiga», ya me entiende, de esa sociedad religiosa.

—Una «amiga»... ¿Te refieres a una cuáquera?

—Así es.

¿Cómo había terminado una cuáquera en ese lugar? La Sociedad Religiosa de los Amigos era célebre en particular por ocuparse de sus miembros en apuros, sobre todo después de la triste muerte de la señora Mills en el manicomio de York, hace aproximadamente veinte años.

—Entremos, pues, y veamos quién es quién. —Ya no servía de nada repasar el libro de contabilidad. Lo dejé encima de un barril junto a la puerta del establo y cogí el manojo de llaves.

Tilda me indicó cuál era la correcta.

—Debería echarse hacia atrás —me advirtió cuando metí la llave en la cerradura.

Abrí un lado de las enormes puertas dobles, pero no estaba preparada para lo que había en el interior. Una oleada de aire con olor a amoniaco me golpeó la cara y me sumió en un paroxismo de tos y náuseas. Con los ojos anegados y dolorosamente nublados, me tambaleé hacia atrás.

—Lo mejor es airear un poco el espacio antes de entrar —dijo Tilda.

—Ya no se oyen gemidos como antes —conseguí articular. ¿Estarían todas muertas?

—Cuando abrimos las puertas no gimen. —Tilda se enjugó los ojos humedecidos con la manga del vestido—. Creen que les van a dar de comer y, si a veces forman alboroto, los auxiliares no les entregan la comida.

En el interior, un poco de luz se colaba entre las dos ventanas enrejadas, una enfrente de la otra. Discerní montones de paja junto a cada pared y siluetas hechas un ovillo encima, y en el extremo del fondo un compartimento del establo que se había dejado tal cual. Habían dispuesto en el suelo una sucesión de tablones de madera a fin de formar un camino serpenteante, como en las calles embarradas. Arrastré la puerta un poco más mientras contenía la respiración y vi por qué: en el suelo los excrementos llegaban hasta los tobillos.

No me apetecía en absoluto entrar allí, pero debía hacerlo. Por el bien de esas mujeres. Me recogí las faldas y puse el pie con cautela sobre el primer tablón de madera. Se hundió un poco en esa inmundicia hedionda, pero no se deslizó. Con respiraciones breves, recorrí el camino de madera y me adentré en el frío y tenue edificio.

La primera interna, una mujer negra, estaba semidesnuda, con tan solo un raído albornoz alrededor de las partes íntimas. Cuando mis ojos borrosos se adaptaron a la penumbra, le vi la cara. Santo Dios, era una anciana; la mano con que se tapaba los ojos por el influjo de luz de la puerta estaba arrugada y tenía las uñas como garras. Todo su cuerpo se hallaba cubierto de excrementos de la cabeza a los pies. Al percibir mi atención, se hundió más en el pestilente montón de paja que claramente era su cama, y al mover la pierna sacudió una cadena en la mugre. Seguí la longitud metálica hasta una anilla de la pared del establo.

Miré hacia la siguiente mujer semidesnuda, una mujer blanca todavía mayor, que estaba a unas yardas y también muy sucia. Otra anilla, otra cadena. Todas ellas estaban atadas a la pared.

Me giré y di otros tres pasos tambaleantes, y las maderas se hundieron más por mi celeridad. Conseguí llegar a la entrada del establo antes de devolver. Arrojé vómito y amarga bilis sobre la gravilla. Vomité de nuevo, pues el terror y la lástima y la repulsa me sacudían el cuerpo.

Al final paré; me dolía el pecho por las profundas arcadas y por la furia que me ardía en las entrañas.

—Ay, no, viene el señor Judd —oí decir a Tilda tras de mí.

Me giré y vi que el hombre cruzaba el patio salpicando gravilla con cada paso que daba.

—Señora Allen, ¿qué está haciendo? —gritó, con el rostro hinchado por la rabia—. ¡Esto no lo he autorizado!

Escupí para sacarme todo el vómito de la boca y me erguí para enfrentarme a él. Esa vez no iba a ser una mujer dócil y sumisa. Nada de «sí, señor», «no, señor». Aun así debía andarme con cuidado. Debía sacar a aquellas mujeres de ese espantoso lugar.

—Señor Judd —dije, y crucé una yarda o dos para plantarme en la gravilla delante de él; dio un paso atrás, pues obviamente no estaba acostumbrado a que una mujer tan alta y furiosa se le encarara—, las condiciones de ese establo son deplorables. Hay caballos que están mejor atendidos que esas mujeres. Debería estar avergonzado.

Me fulminó con la mirada, sorprendido por la ofensiva. Aun así llevaba la típica coraza masculina hecha de superioridad proporcionada por Dios y enseguida contraatacó.

—Son pobres y están locas. —Acercó su rostro a un par de dedos del mío—. Son afortunadas por tener una comida y un techo encima de su cabeza.

¿Afortunadas? Durante unos segundos mi cólera emborronó su rostro rojizo y lleno de manchas. Respiré hondo y el aire fresco del atardecer me escoció en la garganta al rojo vivo y en el pecho. Para él aquellas mujeres no eran seres humanos siquiera. A ese hombre no lo moverían la lástima ni la vergüenza. No las experimentaba. Debía encontrar otro camino. Algo que amenazara a su persona y al feudo lucrativo que se había creado para sí mismo.

Una idea descabellada se abrió paso en mi cabeza. La mayoría de los periódicos ya estaban informando de las insalubres condiciones de buena parte de los manicomios y de los abusos delictivos de los trabajadores. Era una apuesta, pero debía arriesgarme.

—Tal vez sí —mascullé entre dientes—, pero resulta que sé que el mes que viene está programada una inspección a las instalaciones de Bothwell House. No por los inspectores locales, sino por los partidarios del movimiento reformista. Si ven el estado actual de este lugar, le quitarán la licencia.

—¿Cómo? —Judd me observaba, dispuesto a descartar aquella posibilidad, pero yo había encontrado un punto débil en su coraza—. ¿Cómo puede saberlo usted?

Unos pasos veloces por la gravilla nos hicieron dar la vuelta. Era lord Evan, que avanzaba a toda prisa hacia nosotros.

—Mi esposa tiene un primo que trabaja para el secretario del condado —dijo al llegar junto a mí. Un frente unido—. Deje que ella se encargue, señor Judd, y no le quitarán la licencia.

—Nos limitaremos a no mostrarles los establos.

—Eso no funcionó en Carter House, de Bristol —tercié, hurgando en los confines de mi memoria para dar con el nombre de un manicomio fallido—. Los inspectores exigieron ver todas las áreas, cerraron el manicomio y encarcelaron al propietario.

La mandíbula de Judd se desplazó. Cuánto lo desagradaba estar en deuda con una mujer.

—¿Es cierto? —le preguntó a lord Evan.

—Lo es, señor.

—Haga lo justo para que superemos la inspección, pues —resolvió Judd levantando la barbilla hacia los establos con desdén—. No quiero gastar ni un penique innecesario con ellas.

Se dio la vuelta y se encaminó hacia las escaleras principales de la casa. Después de lanzarnos una última mirada abrió la puerta y desapareció en el interior con un portazo.

—¿Has encontrado a Hester? —me preguntó lord Evan en voz baja—. No está allí, ¿verdad? —Contemplaba el oscuro y hediondo establo.

—No, está en la casa. Está viva —susurré.

No era toda la verdad, pero dudé de que un hermano cariñoso fuese capaz de no reaccionar a lo que iba a decirle a continuación. Lo cogí del brazo y lo llevé aparte, lejos de Tilda.

—¿Qué ocurre? —preguntó mientras caminábamos—. Algo malo. Lo veo en tu expresión.

—Hester está como ausente. No he podido establecer contacto con ella y hace cierto tiempo que no come nada. Está muy débil.

—¿La han dejado morirse de hambre? —Lord Evan apretó los puños y todo su cuerpo adoptó la pose de combate. Se giró con la intención de abalanzarse sobre la puerta principal de la casa, por la que se había retirado Judd.

—¡No! —Le cogí las manos para obligarlo a bajarlas—. No puedes enfrentarte a él. Todavía no. Demasiadas vidas están en riesgo.

Se me quedó mirando sin verme, ensimismado en su rabia. Me incliné hacia su rostro para ocupar toda su visión.

—¡Lord Evan! Todavía no. Lo mandarás todo al traste. ¡Escúchame!

Vi el cambio en sus ojos, el regreso a la cordura. Cogió una temblorosa bocanada de aire.

—Todavía no —gruñó—. Pero Judd debe pagar por ello. —Miró hacia las ventanas de la fachada—. ¡Tengo que ir a verla ahora mismo!

—No, te ruego que para hacer eso esperes también —le pedí—. Su compañera de habitación, lady Roberta, no soporta la imagen de un hombre. Debemos ir juntos para que pueda calmarla en tu presencia.

Y debíamos ir juntos porque lo que presenciaría iba a destrozarlo. No me imaginaba ver a Julia en esa situación. No podía ir a ver a Hester él solo.

—No pienso esperar ni un minuto más. Han pasado veinte años desde que Hester tuviera a un hermano del que pudiese depender. Es tiempo suficiente.

—Por favor, hazlo por mí —le imploré—. Hazlo por las otras mujeres que están aquí. Iremos a ver a Hester cuanto antes.

Lord Evan cerró los ojos, sin duda embargado por la rabia, la culpa y la razón. Y esa vez no supe qué dirección iba a tomar.

—Esperaré —dijo al fin.

49

Ya había anochecido para cuando hubimos desatado los grilletes de las ocho mujeres del interior de los establos y las hubimos ayudado a salir hacia la hierba que se extendía detrás del edificio. Hablé con la mujer negra a la que llamaban Sally la Negra, que en realidad se llamaba Sally Bright, a la que había internado un miembro del clero después de que ella se resistiese con violencia a sus abusos. Y con la cuáquera, Anne; apenas recordaba cómo había llegado a ese lugar, solo que se había despertado de un ataque de algún tipo y se encontró allí encerrada sin que nadie estuviera dispuesto a escucharla.

Desde encima del pórtico, el señor Judd observaba los procedimientos con los brazos cruzados, un rey que contemplaba su reino. ¿Oía los lamentos de las mujeres, asustadas por el cambio repentino, o los sollozos de dolor cuando se irguieron sobre extremidades que ya no estaban acostumbradas a soportar su peso?

Saqué a la última mujer del establo. Había estado encadenada en el interior de un compartimento, en el fondo mismo, y se aferró a mi brazo con una fuerza alentadora cuando la ayudé a cruzar las resbaladizas tablas de madera hacia el aire fresco y la improvisada zona de baño.

Dejé a la mujer raquítica en la hierba a la espera de que llegase una de las criadas. Como las demás, vestía tan solo un andrajoso albornoz rígido por la suciedad que a duras penas le cubría el huesudo cuerpo. Entre la mugre se veían viejas cicatrices blancas, algunas en forma de círculo perfecto y otras unas líneas rectas largas. Un mapa de infructuosos remedios del manicomio.

—Según mis cálculos, ya deberíamos casi haber acabado —anunció Tilda mientras me pasaba un paño húmedo para que me limpiara las manos y los brazos.

—Sí, esta era la última —dije—. Estaba en el final del establo.

—Es Penelope. —Tilda miró a la mujer que estaba en la hierba—. Tenga cuidado, no lo parece, pero es capaz de asestar buenos puñetazos. Le rompió un diente a Geoffrey, ¿sabe? Mary ya casi ha terminado, podrá encargarse de lavarla.

Levantó una mano para llamar la atención de una de las criadas que estaba sobre la hierba escurriendo un paño encima de un cubo, arrugando la nariz por la repulsa. Ciertamente, el hedor a excrementos seguía siendo intenso. Las mujeres necesitaban un buen baño, sin duda, pero esa sería una labor para el día siguiente.

—Ah, no me ve —rezongó Tilda—. Un momento, voy a buscarla.

Cuando Tilda fue a por Mary, me tomé unos instantes para limpiarme la suciedad y recobrar el aliento. El siguiente desafío era encontrar suficiente espacio en la casa para que las mujeres pudieran dormir. Lord Evan estaba supervisando la recolocación de camas en las habitaciones más grandes, una tarea en la que esperé que invirtiese la energía de su furia.

Me limpié las manos con el paño. La anciana de la hierba me miró, parpadeando los enormes ojos azules en un rostro esquelético enmarcado por una melena lisa. Parecía bastante tranquila, sin amago de violencia en su comportamiento. Dejé de lavarla. En aquel semblante devastado había algo que me resultaba curiosamente familiar.

De pronto sonrió estirando los labios secos y agrietados sobre unos dientes podridos.

—Lady Augusta. —Aunque estaba sentada, se inclinó como para hacer una reverencia—. ¡A fe mía que es usted! Qué encuentro tan triste el de esta noche, ¿no le parece? —Miró hacia las siluetas recortadas de las demás mujeres sobre la hierba y las muchachas de más allá—. ¿Dónde está su hermana? ¿Lady Julia está bailando ya?

Esa voz, fina y susurrada, me transportó veinte años al pasado de los salones de baile de mi juventud. Me quedé mirando a la anciana que tenía ante mí, y sus rasgos marchitos se transformaron en mi mente para formar un rostro más joven. Santo cielo, no podía ser.

—¿Señorita Wardrup? —Me agaché a su lado—. ¿Es usted Penelope Wardrup?

—¿Sí? —Me sonrió de nuevo—. ¿Qué sucede?

Me llevé una mano al pecho, incapaz de coger aire por completo. ¿De veras era Penelope Wardrup, la muchacha a la que habían presentado ante la corte con Julia y conmigo? Todos creíamos que la habían enviado a la India a casarse con un hombre de la Compañía Británica de las Indias Orientales. Pero no, la habían enviado a Bothwell House para encerrarla de por vida. Veinte años enterrada en aquel lugar dejado de la mano de Dios.

—Esta noche no dispongo de demasiados bailes —dijo. Vi sus ojos clavados en Judd, de pie en el pórtico. Se encogió y se apartó—. Tenga cuidado, lady Augusta; es un Paseo Oscuro. —Me cogió el antebrazo con fuerza y buscó mis ojos con los suyos—. Es un Paseo Oscuro. Debe advertir a su hermana también.

Miré hacia el señor Judd. Un Paseo Oscuro, nuestro código adolescente para referirnos a un hombre peligroso. Un hombre que se aprovecharía de cualquier oportunidad. Una descripción acertada.

—Entendido. —Le apreté la mano—. Es un Paseo Oscuro.

—Se llevó a mis bebés —susurró.

¿Bebés? Aquella palabra trepó por mi cabeza. ¿Cómo podría haber tenido hijos? Estaba soltera y encerrada en un manicomio.

—¿A qué se refiere? —Tragué saliva con la boca muy seca—. ¿Ha tenido hijos?

—Dos. —Me apretó el brazo y bajó la voz hasta hablar en siseos—. No lo cuente. No se lo cuente a nadie.

—No lo haré —dije.

—Prométamelo. —Su agarre era fuerte, desesperado—. Prométamelo por Dios.

—Se lo prometo. —Cerré los ojos durante unos segundos e intenté dejar atrás una vida de rígida cortesía, de sermones sobre el juicio, para preguntar lo impreguntable—. ¿Los bebés de quién, señorita Wardrup? ¿Quién era el padre?

—Oliver, pero nadie lo sabe. —Se puso el dedo índice sobre los agrietados labios—. Chis. Él... —Asintió hacia el señor Judd—. Dijo que yo era bonita.

¿Oliver? Pero el señor Judd se llamaba Horace. Ah, acababa de acordarme. Se me revolvió el estómago y noté un nudo por la espeluznante certeza. Oliver era su hermano. El hombre al que había apuñalado.

—¿Oliver, su hermano? —Cogí aire, temblorosa—. ¿Y el señor Judd?

Penelope asintió y volvió a ponerse el dedo sobre los labios.

—¿Sabe dónde están los bebés?

Levantó la cabeza y alzó la barbilla hacia una hilera de siete u ocho robles que delimitaban el terreno del manicomio.

—El primero fue un monstruo, me dijo. Y el segundo también.

—¿Están allí? —Seguí su mirada hacia los árboles.

—Él me los mostró.

Estaban muertos. Descansando en paz. Y enterrados cerca de ella, del establo. Un tormento constante para la pobre mente de aquella mujer.

Miré hacia Judd, de pie en el pórtico. Sí, lo creía capaz de tamaña crueldad. Pero tal vez nada de aquello fuera cierto. Tal vez fueran las alucinaciones de una mente desquiciada.

Miré hacia la mano que me aferraba la muñeca, hacia los ojos azules en los que permanecía cierta luz de la joven que fue, y vi la verdad de la pérdida. No, aquello no era una alucinación.

Una silueta se acercó. Era una de las criadas con un cubo lleno de agua limpia.

—¿La lavo a ella ahora, señora Allen? —me preguntó.

—Sí, por favor. Y se llama señorita Wardrup.

Con cuidado separé los dedos fríos de Penelope de mi brazo y me levanté mirando hacia la hilera de robles. Los suaves tonos morados del crepúsculo se habían oscurecido y transformado en la negrura de la noche. Los árboles se recortaban contra el cielo estrellado, silenciosos e inmóviles. Ya era demasiado tarde para ir en busca de aquella espantosa verdad.

Al día siguiente, pues.

Al día siguiente iría a buscar a los bebés de Penelope.

50

Lord Evan y yo estábamos delante de la habitación de Hester, escuchando los sonidos de la duermevela de la casona. Gritos y murmullos y algún que otro ronquido. Era cerca de la medianoche, una hora después de que al fin hubiéramos puesto a las ocho mujeres en una cama y calmado a las demás internas. Todos los que habían colaborado en rescatar a las mujeres del establo, desde la ayudante de cocina más joven hasta lord Evan y yo misma, estábamos agotados. Aun así, todavía debíamos hacer una última cosa antes de poder ir a descansar.

—Levanta la vela —susurré.

Lord Evan alzó la diminuta mecha del aplique de hierro. Bajo su leve resplandor encontré la cerradura y metí la llave.

—Primero entraré yo y hablaré con lady Roberta. —Lo último que necesitábamos era que la pobre se pusiese a gritar al ver a un hombre y que despertara a toda la casa. Había leído las notas sobre ella en el libro de contabilidad: melancolía. Llevaba un año allí y la lista de «intervenciones médicas» había sido una lectura espantosa.

—Ve rápido —me susurró. Aunque se encontraba a casi un palmo de mí, noté la tensión que le embargaba el cuerpo.

Le arrebaté la vela y le dediqué una sonrisa tranquilizadora. Lo que iba a ver le partiría el corazón y yo no podía hacer nada para evitarlo. Y eso me partía el corazón a mí.

En el interior, la suave luz de la luna convertía las dos camas y a sus moradoras en formas grisáceas. Durante la reorganización de las habitaciones había dejado solas a lady Hester y a lady Roberta a propósito. Por deferencia a su estatus, dije, pero en realidad había sido por aquel preciso instante.

Al entrar y ver la intrusión de la luz de la vela, lady Roberta se incorporó en la cama. Lady Hester, en el primer catre, no se movió, por supuesto, pero vi que sus pobres tobillos ya no se hallaban engrilletados y que las sábanas y su camisón estaban limpios. El orinal en el que yo había insistido tanto se encontraba en el rincón más alejado.

Cuando me aproximé, lady Roberta se sentó encima de las piernas, para observarme.

—Lady Roberta, ¿cómo se encuentra?

—Gracias. —Miró hacia la ropa de cama limpia—. Estoy mucho mejor. Tengo entendido que ha hecho lo mismo para todas las demás mujeres. Incluso para las pobres almas de los establos.

Una respuesta completamente lúcida.

—Sí. —Me senté a los pies de la cama y di una palmada a la sábana limpia—. Como ve, he cumplido con mi palabra. Y he venido a decirle que un hombre va a entrar en la habitación. —Su mano se apretó contra el colchón—. Le doy mi palabra de que no supone ninguna amenaza para usted. Es mi esposo y el hermano de lady Hester. Tan solo desea verla. Yo me quedaré con usted durante todo el tiempo. ¿Cree que será capaz de contener sus miedos?

—Solamente les tengo miedo al señor Judd y a los auxiliares —susurró. Ladeó la cabeza, y la luz de la vela acrecentó las sombras de agotamiento y maltratos de debajo de sus ojos—. Si su esposo es el hermano de lady Hester, señora Allen, sin duda debe de ser de la nobleza y, por lo tanto, usted también.

Sí, totalmente lúcida.

—Es una larga historia —dije—. Por el momento somos el señor y la señora Allen. ¿Puedo dejarlo entrar?

Lady Roberta miró hacia su inmóvil compañera de habitación.

—Es posible que no llegue a superar la traición de su hermano. El modo en que la engañó y la trajo hasta aquí.

—Ese fue lord Deele. Mi esposo es un hermano diferente —me apresuré a añadir. Muy diferente.

—Sí. —Lady Roberta asintió—. Me habló de su otro hermano. Quizá él la pueda ayudar. No siempre ha estado así, ¿sabe? Solo el último mes aproximadamente. Dejó de comer.

Acompañada de la luz de la vela, crucé la habitación hacia la puerta y la abrí, y me aparté para que lord Evan pudiese entrar.

Se quedó unos segundos en el umbral como respuesta a la austera habitación y al débil olor a excrementos que seguía envolviéndola.

—En la primera cama —le susurré, aunque estaba segura de que no necesitó ningún tipo de instrucción.

Lord Evan entró en el cuarto. Asomé la cabeza al pasillo para ver si nuestra presencia había despertado a alguien; no percibí movimiento, tan solo oscuridad y los murmullos de sueños turbulentos. Cerré la puerta.

Cuando me giré, lord Evan se había arrodillado junto a la cama de Hester y le había cogido la mano. Le plantó un beso en la palma inerte.

—Hester —dijo—. Querida, soy Evan. He vuelto.

El rostro de ella permanecía impasible, el único movimiento era el ligero ascenso y descenso de su pecho al respirar. ¿Ya era demasiado tarde?

Lord Evan se inclinó más hacia delante hasta dejar la frente a un dedo de la de ella. Bajo la luz de la vela, los perfiles de ambos eran muy parecidos, con la nariz fuerte de los Belford y una barbilla terca. Levantó la mano de su hermana y se la puso sobre su propio pecho, quizá con la esperanza de que el latido de su corazón llegase al de ella.

—¿Hessie?

Me acerqué a la cama con la vela en la mano. En el otro catre, lady Roberta lo contemplaba todo con la misma intensidad que yo.

—Soy Evan —insistió—. Inténtalo, Hessie. Inténtalo, por favor.

Nada. El rostro de ella seguía paralizado y tan impertérrito como una estatua de mármol.

—Abrácela —intervino lady Roberta mientras ponía los pies en el suelo; las laceraciones de los grilletes eran oscuros anillos sobre sus tobillos. Se irguió, con ciertos temblores, y se acercó hacia mí—. Aquí solo nos tocan con indiferencia o con violencia. Abrácela con cariño.

Lord Evan me miró a los ojos. Asentí. Valía la pena intentarlo.

Se sentó en la cama y, con una ternura infinita, cogió a su hermana con los brazos y se la puso encima del pecho.

—Hemos venido a llevarte a casa, Hester —le dijo lord Evan—. Te llevaremos de vuelta con Elizabeth. Te está esperando. Elizabeth te está esperando.

Toqué el anillo de oro que yo llevaba en el dedo. Julia lo recibió con amor. Y estaba bendecido, como me había asegurado mi hermana. Si abrigar una esperanza descarnada y silenciosa era rezar, pues recé, tanto por lord Evan como por Hester.

Tal vez fue el nombre de su amada o tal vez el abrazo de lord Evan, pero Hester movió los párpados. Abrió los ojos, opacos y desenfocados. Durante unos segundos lo miró a la cara sin verlo. Me incliné hacia delante; ¿acaso estaba demasiado ida ya?

—¿Evan? —dijo con un susurro apenas audible.

—Hester. Gracias a Dios. —La recostó sobre su propio pecho para abrazarla más fuerte. Cuánta alegría envolvía su voz. Cuánto alivio.

Me miró, me buscó para compartir aquel momento, y ese gesto me hizo sonreír casi tanto como la alegría que sentía al ver que Hester volvía en sí.

—Hemos venido a llevarte a casa —le repitió lord Evan.

—Han venido a sacarla de aquí —dijo lady Roberta junto a mí, con voz extrañamente plana.

—Sí.

Me agarró el brazo, y el repentino movimiento me hizo perder el equilibrio hasta casi soltar la vela que sujetaba con la otra mano. La llama titiló y nuestras sombras temblaron sobre las paredes.

—Llévenme con ustedes, por favor —me rogó—. Cuando se marchen, todo regresará a como era antes. Él no nos permite tener visitas. Estamos abandonadas. Por favor, no me dejen aquí.

Su agarre era tan fuerte, tan doloroso, que en un acto reflejo intenté zafarme.

Lady Roberta cayó de rodillas y alzó el rostro con expresión suplicante.

—Se lo ruego, por favor. Puedo ayudar. Haré cuanto sea necesario. Por favor.

Lord Evan se medio levantó como si quisiera intervenir, pero seguía abrazando a Hester. Negué con la cabeza; no detecté amenaza alguna. Además lo que había dicho ella era cierto. Cuando nos fuésemos, toda la crueldad e indignidad regresarían. No había pensado más allá de rectificar lo que tenía en esos instantes ante mí, pero no estábamos rescatando a una mujer de un esposo asesino ni a cuatro muchachas secuestradas en un rapto ilegal. Nos encontrábamos en un manicomio lleno de mujeres encerradas por ley, algunas de ellas durante más de veinte años. No podía rescatar a una y dejar que las demás soportasen las normas de Judd. Pero ¿cómo podía salvarlas a todas? Se me antojaba una misión imposible.

—Lady Roberta, vendrá con nosotros. Levántese, por favor. No es preciso que nos lo suplique.

—¿Vendrá con nosotros? —preguntó lord Evan.

—Creo que es lo justo —respondí.

—Su palabra. —Lady Roberta me miró fijamente, y la esperanza que vi en sus ojos me constriñó el corazón—. Deme su palabra.

—Le doy mi palabra —dije—. Cuando nos marchemos, y será pronto, vendrá con nosotros.

51

De regreso a nuestros aposentos, lord Evan se quedó junto a la mesa de la salita, observando la empanada fría, la salsa y las patatas congeladas que componían los restos de nuestra cena. Tilda nos había llevado la comida entre la recolocación de internas, pero apenas habíamos podido probar bocado.

Partió un trozo de una empanada, se lo quedó mirando y lo devolvió al plato.

—Estoy demasiado cansado para comer —musitó.

—Yo también. —Miré hacia la cama, que se veía desde la puerta. A pesar de la fatiga, noté un inquietante zumbido por el cuerpo—. Necesitamos dormir. El día de mañana promete ser tan difícil como el de hoy.

Lord Evan giró la cabeza y siguió la dirección de mi mirada.

—Quédate la cama. Yo dormiré en el suelo. Estoy acostumbrado.

Una solución excelente y honorable, pero protesté:

—Sin duda, cuando venga la criada a encender el fuego le resultará sospechoso verte en el suelo.

—Habremos tenido una discusión marital —dijo a la ligera.

—Yo no quiero haber tenido una discusión marital. —Negué con la cabeza.

Lord Evan observó de nuevo la cama.

—¿Qué quieres, pues? —Una pregunta muy directa. Y pronunciada con amable intensidad.

Miré hacia aquel rostro que ya era tan querido para mí, hacia la amplitud de sus hombros y la musculosa extensión de su brazo y muslo; observé su elegancia natural y la resistente fuerza construida por el trabajo duro. ¿Qué quería yo? Curiosamente no deseaba el acto carnal, si bien mi cuerpo se había despertado ante aquella posibilidad; no era el momento ni el lugar para iniciar aquello. Los dos estábamos agotados. Pero lo más importante era que él se marcharía, y yo debía proteger mi propio corazón —como me había suplicado Julia—. No, tan solo deseaba la intimidad de tumbarme a su lado en la oscuridad. Oír cómo su respiración se acompasaba a la mía. Algo que recordar.

—Estar juntos, nada más.

—Eso te lo puedo dar. —Sonrió. Me dedicó una inclinación de cabeza, un gesto de honor que entrañaba una promesa tácita. Yo estaba a salvo de él. Pero, de todos modos, eso ya lo sabía.

La habitación era una estancia decorada con austeridad: paredes blancas, una ventana con una fina cortina, la cama y dos toscas mesitas a ambos lados. Encima del cabecero de madera de la cama habían colgado una pequeña cruz. Un complemento irónico, pues era evidente que todos los dioses habían abandonado Bothwell House.

—¿Qué lado de la cama prefieres? —me preguntó lord Evan desde la espalda.

Santo cielo, no tenía la más remota idea. Por lo general dormía en el centro, abierta de brazos y piernas.

Me aclaré la garganta.

—El derecho. —Cuando acechan las dudas, hay que tomar una decisión. Cualquier decisión.

Dejé la vela en la mesita derecha, con precaución para que él no me viese observarlo en tanto se dirigía al otro lado. ¿Había reparado antes en la suavidad y el sigilo con el que caminaba lord Evan? Sin movimientos de más, sin brazos desgarbados, sin traquetear sobre los tablones de madera con los tacones de las botas.

Una gruesa manta de terciopelo remendado cubría la cama. La retiré. Bajo la luz de las velas, las sábanas eran mucho más grises de lo que me habría gustado. Toqué el lino abultado y lo noté áspero y frío.

—Un poco húmeda, creo.

—Durmamos sobre la manta, pues.

Me senté en el basto colchón y me desaté las botas. En el otro lado, lord Evan se afanó con las suyas. Una escena extrañamente doméstica.

Con los pies liberados, me miré el corsé. No, eso significaría quitarme el vestido y la camisola, un par de pasos demasiado lejos. Subí los pies a la cama y, tras darme la vuelta, ahuequé la almohada. Algo debía hacer hasta que me acostumbrase a su presencia.

Lord Evan se quitó el chaleco, lo lanzó con destreza encima de la silla que se encontraba junto a la pared y subió los pies, tapados por las medias, a la cama.

Los dos nos tumbamos al mismo tiempo, y la sincronización me hizo soltar una risa nerviosa.

Lord Evan me miró con una sonrisa. Nuestras manos estaban a pocas pulgadas de distancia. Como si lo hubiéramos acordado en silencio, los dos nos movimos hasta rozarnos los dedos, como había ocurrido en el carro. Solté un suspiro... ¿Cómo era posible que me inundaran al mismo tiempo la felicidad y la agitación? Le lancé una mirada de soslayo, sin ser del todo capaz de mirarlo a los ojos.

—¿Estás cómoda? —me preguntó.

Si «cómoda» significaba que todos los nervios de mi cuerpo estuvieran ardiendo por la sensación de tenerlo a mi lado, entonces sí, estaba cómoda.

—Sé que nuestra intención era venir aquí, encontrar a Hester y marcharnos —dije lentamente—, pero no podía dejar a esas mujeres en ese estado. Debía por lo menos lavarlas. Darles cierta dignidad.

—Lo entiendo. ¿Sabes que Judd no permite ninguna visita con la excusa de que eso interrumpiría la recuperación? Y las abrasiones con sosa cáustica... Santo Dios. He visto mucha brutalidad en la vida, lady Augusta, pero este lugar es... —Negó ligeramente con la cabeza.

—Augusta —le dije.

Lord Evan giró la cabeza sobre la almohada con el ceño fruncido.

—Por favor, llámame Augusta. O incluso tan solo Gus. —Mi corazón latía a una velocidad absurda. Solamente Julia me llamaba Gus. ¿Me consideraría él vulgar por haberle propuesto esa confianza?

—Ah. —Su boca se curvó por la comisura—. En ese caso, tú llámame Evan.

Sonreí. «Evan».

—Como te digo, lo entiendo —prosiguió para volver al asunto que nos ocupaba—, pero quiero sacar a Hester de este lugar mañana mismo. No soporto la idea de que permanezca aquí, encerrada con llave en una habitación. Muy débil y a merced de las intervenciones.

—Es complicado, lo sé, pero ahora tiene esperanza. —Vacilé y me pregunté cómo decir lo siguiente—. No creo que sacarla mañana sea posible, Evan. —Usar su nombre de pila me resultaba tan maravilloso como extraño—. No puede andar por su cuenta y no disponemos de un medio de transporte hasta que Julia llegue aquí.

—Yo la llevaré en brazos —sugirió—. Robaremos un caballo y nos iremos galopando.

—¿Adónde? —Giré la cabeza para mirarlo a los ojos—. Significaría huir contigo, puesto que eres un prófugo, y ella, una mujer que ha escapado de un manicomio. Tu hermana no lo superaría. Hester necesita atención médica minuciosa y descanso. Debemos sacarla de aquí de forma legítima, o que por lo menos tenga apariencia de legitimidad.

Evan miró hacia el techo mientras apretaba los músculos de la mandíbula. Supe que mi razonamiento contravenía todos los sentimientos fraternales de su cuerpo. Un suspiro dio por asimilada la verdad de mis palabras.

—¿Tienes algún plan? —Rodó la cabeza sobre la almohada para mirarme, con el pelo oscuro revuelto, y esbozó una sonrisa burlona—. Por supuesto que tienes un plan.

—Tu hermano ha ordenado que solo él y su esposa puedan visitar a Hester. Dudo mucho de que Judd sepa qué aspecto tiene lady Deele. Le enviaré una nota a Julia y le diré que se presente como lady Deele.

—Podría funcionar —asintió tras sopesar aquella idea—. Como celador, soy yo quien decide quién entra y sale, y en este caso será la entrada de una visita que está permitida. ¿Cuándo llegará a Lynn?

—Pasado mañana. Le mandaré una carta con la señora Cullers, la esposa del tabernero. Vendrá mañana con su esposo para entregar las bebidas.

—¿Podemos confiar en ella?

—No le gusta este lugar y se ofreció a ayudarme si en algún momento la necesitaba. Creo que debemos confiar en ella. ¿Podrás coger algo de papel y tinta para mí?

—Por supuesto. Hay de sobra en el despacho del celador.

Me desplacé hasta ponerme de lado, doblé el codo y apoyé la cabeza sobre la mano. La gravedad de cuanto iba a anunciar a continuación precisaba más rectitud en el mundo.

—¿Me has oído prometerle a lady Roberta que nos iremos con ella?

—Sí. —Evan se recolocó en la cama para imitar mi postura—. Aunque estoy de acuerdo con tu opinión, será difícil.

—No pienso marcharme hasta que haya encontrado el modo de mejorar la situación de todas las mujeres que están aquí.

—¿Acaso es posible lograrlo? —Frunció el ceño.

—No lo sé, pero debo intentarlo. Creo que Judd ha cruzado sin problemas la línea que separa las intervenciones médicas y el asesinato.

Le resumí mi encuentro con Penelope Wardrup.

—Si lo que dice la señorita Wardrup es cierto —concluí—, a Judd podrían destituirlo. El condado no puede permitir que un asesino gestione un manicomio. Al alba me acercaré a los robles y buscaré a sus hijos. ¿Me ayudarás?

—Por supuesto. Ya sabes que siempre te ayudaré.

Me miró con tal intensidad que, durante un alocado segundo, me dio la sensación de que el espacio que nos separaba se había reducido. No veía ni oía nada más que la curva de sus labios y el acelerado ritmo de su respiración. ¿Me había inclinado hacia delante? ¿Lo había hecho él? Acto seguido soltó una exhalación, como si acabara de tomar una decisión.

Parpadeé; el espacio que nos separaba era el mismo. O quizá se había acrecentado.

—Si vamos a excavar en el suelo cuando salga el sol, deberíamos dormir unas cuantas horas —dijo, pero su voz ya no hablaba con la suavidad de antes. Volvió a tumbarse sobre la espalda.

¿Dormir? Yo dudaba de que fuera capaz de conseguirlo. Aun así, si lograba conciliar el sueño, me costaría levantarme después de descansar tan poco. Bajé los pies al suelo y me erguí lo suficiente como para retirar la cortina. Con suerte, la luz del alba nos despertaría.

Soplé la vela y me recosté nuevamente en la cama. Durante uno o dos segundos, en la habitación reinó la oscuridad más absoluta, hasta que mis ojos se adaptaron a la penumbra. La luna creciente arrojaba suficiente luz como para dar forma de sombra grisácea al contorno de la cama y de las mesas, y también perfilaba el rostro plateado de Evan. Ya había cerrado los ojos y respiraba de modo regular. Era un hombre que había aprendido a abrazar el sueño siempre que resultara posible.

Con cuidado, me tumbé y observé el ascenso y descenso de su pecho, el temblor de sus párpados, el efecto de la suavidad del sueño sobre sus rasgos adustos. Grabé en mi memoria cada movimiento y suspiro, la sensación de su sólida calidez tan cerca de mi cuerpo y los ruidos reconfortantes de su respiración junto a la mía, hasta que el sueño también me venció a mí.

52

Para cuando llegamos junto a los robles, el alba casi se había iluminado dando paso a una brumosa mañana. Una capa oscura de hojas cubría el suelo, cuyas intensas tonalidades rojas, doradas y marrones desprendían un suave y ardiente destello bajo los primeros rayos de sol. Los pájaros habían empezado a cantar y moverse deprisa en las hojas superiores, con trinos demasiado alegres para la labor que nos aguardaba.

Me froté las manos, pues los dedos me dolían por el frío aire otoñal. Había descartado los guantes y la capa de Tully por si me entorpecían los movimientos, pero lamenté la decisión.

Evan hundió en el suelo la pala que había encontrado en el cobertizo del jardinero y dio media vuelta para observar la zona. Había tenido el buen juicio de ponerse el abrigo y el sombrero. Lo cierto era que el abrigo de un hombre era mucho más adecuado para desenterrar que la capa de una mujer.

—¿Por dónde empezamos? —preguntó.

—Si fuéramos un hombre sin principios que intenta ocultar un infanticidio, ¿dónde enterraría las pruebas del delito? —pregunté, girándome yo también, con lo cual las hojas secas crujieron bajo mis pies—. No doy con una respuesta.

—Quizá debería comenzar a cavar sin más. Tendremos que regresar antes de que nos traigan el desayuno y reparen en nuestra ausencia —dijo Evan.

Se dice que en la naturaleza las formas rectas no existen. Que esa clase de orden pertenece al reino de los seres humanos. Tal vez fue esa anomalía la que me llamó la atención en el tronco de uno de los árboles más altos, el más alejado de la casa.

Me dirigí hacia el roble y me agaché junto a las raíces, respirando el rico aroma a tierra húmeda por la mañana y rodeada por hojas que crujían bajo mis botas. En la rojiza corteza había una línea vertical que me había atraído. La recorrí con un dedo y vi que en el interior de los trazos del tronco había otra línea horizontal que cerraba la sagrada cruz. Por el color erosionado del grabado, era antiguo.

—Aquí —dije—. Mira.

Evan se me acercó con la pala en las manos.

—Vaya, alguien tuvo la decencia de marcar la ubicación de la tumba —murmuró.

—¿Decencia o culpabilidad? —Volví a acariciar la cicatriz de la madera.

—¿Qué te parece? —Movió la pala y la desplazó por el suelo—. ¿Aquí? ¿O a unos cuantos pasos del tronco?

—Aquí —respondí, y me aparté de la zona escogida.

Evan empezó a cavar con cuidadosas paladas por si encontraba algo pequeño y sagrado. Después de repetir el movimiento cinco veces, vimos el primer destello pálido de huesos.

Penelope había contado la verdad.

Evan dejó de cavar. Los dos nos agachamos junto a la tumba y retiramos la tierra fría y húmeda de alrededor del hueso lanzándola detrás de nosotros.

Una curva y luego la cuenca de un ojo. No era un hueso, sino un cráneo.

—Santo Dios —exclamó Evan mirándome a los ojos—. No es el cráneo de un niño pequeño.

—No, me apuesto lo que quieras a que es de una mujer. —¿Quién era? ¿Una de las páginas arrancadas del libro de contabilidad de Judd? Escruté el bosquecillo decorado por el otoño—. Es probable que no solo haya una. Prueba allí. —Señalé un lugar a varios pies detrás del cráneo.

Dos nuevas paladas extrajeron solo tierra y gusanos gordos. La tercera, sin embargo, nos mostró los huesos diminutos de un niño pequeño. Acurrucado como si sujetase el dedo de una madre. Se me llenaron los ojos de lágrimas. Había nacido solo para morir, sin oportunidad alguna de vivir. ¿Era obra de Judd? ¿O había sido decisión de la naturaleza? Miré hacia Evan. Él también tenía lágrimas en los ojos.

—No somos quiénes para llevar a cabo esta labor —dijo—. Debemos taparlos y esperar a la llegada de un sacerdote. Que descansen en paz.

Me levanté y me sacudí la tierra de las manos mientras Evan rellenaba el espacio y volvía a tapar con cuidado los huesos del bebé. En tanto lloraba, se me había ocurrido una idea. Una idea valiente y desesperada, basada en un mero encuentro, pero que tal vez sirviese para proteger a las mujeres de Bothwell House.

Debía escribir dos cartas, no solo una.

La primera carta se encontraba ya sobre la mesita del salón, junto al tintero y la arena secante, terminada y cerrada con una oblea. Una breve misiva dirigida a lady Julia Colebrook con las instrucciones de nuestro plan para sacar a Hester, así como a lady Roberta, de Bothwell House, además de un párrafo dedicado a mi descubrimiento de la pobre Penelope Wardrup.

La segunda había sido bastante más difícil de escribir, pero por fin la había terminado. Cogí el tarro de arcilla con la arena secante, la vertí sobre mi firma —lady Augusta Colebrook— y sacudí el exceso. Era una pena que no tuviese mi sello para añadir más seriedad a la carta. Una oblea debería bastar.

Doblé la hoja hasta formar un sobre y humedecí el lado engomado de la oblea para presionarla sobre los extremos abiertos. Firmada, sellada y con toda mi esperanza para ayudar a las mujeres de aquel manicomio. Tan solo debía esperar la llegada de la señora Cullers. Los dos planes dependían de su disposición a entregar las cartas en mi nombre.

Cogí mi reloj de bolsillo y eché un vistazo a la hora. Casi las nueve de la mañana. Según Tilda, la hora para empezar las rondas.

Me guardé las dos cartas en el bolsillo delantero de mi delantal y me aparté de la mesa de la salita y de las sobras de nuestro desayuno. Primero debía devolverle los útiles de escritura a Evan en el despacho del celador antes de que alguno de los criados viese que había estado escribiendo. En segundo lugar debía encargarle a Tilda la labor de darle de comer a lady Hester un poco de pan blando mojado en leche. No me fiaba de nadie más para aquella misión. Y, por último, les ordenaría a todos los auxiliares que limpiaran los establos.

Sonreí. Me parecía una justa venganza por haber retenido la comida destinada a las mujeres encerradas allí.

53

A media mañana me encontraba en el almacén anexo a la sala de los criados y recorría con los dedos las montañas de paquetes de papel marrón que había sobre los estantes.

—¿Qué es esto? —le pregunté a Bertha, la criada a cargo de las provisiones.

—La ropa y demás con las que llegaron las mujeres. Las envolvemos y las guardamos aquí hasta que las sueltan o…

—¿Mueren? —terminé su frase.

La muchacha asintió a toda prisa.

—Y luego el señor Judd se las vende al comerciante de ropas.

—¿Es algo que suceda a menudo por aquí? —pregunté como si tal cosa.

—No lo sé. —Bertha se encogió de hombros.

O, más probablemente, tenía demasiado miedo como para responder.

Cogí algunos de los paquetes y leí las etiquetas. El cuarto paquete que vi era el de lady Hester Belford. Pesaba bastante.

Un grito procedente de la parte delantera de la casa me hizo levantar la cabeza de la inspección.

—¿Qué es eso? No es una de las mujeres —dije intentando despojar mi rostro de toda esperanza.

—Deben de ser las bebidas —contestó Bertha con la cabeza ladeada y un asentimiento de aprobación—. Y me alegro, ya que solo nos quedaban dos barriles de cerveza suave.

La señora Cullers había llegado. Por fin. Acaricié el bolsillo del delantal con la mano y noté la reconfortante resistencia del papel.

—Empieza a contar las sábanas —le indiqué a la muchacha mientras me dirigía a la puerta del almacén—. Enseguida vuelvo.

Eché a correr por el tenue pasillo hacia la cocina y el estruendo de cacerolas. Sabía por experiencia —aunque por ser la señora de la casa y no el ama de llaves— que cualquier tipo de alimento se entregaría por el patio trasero.

Entré en la cocina y el hedor de la carne de ternero en ebullición en enormes ollas me revolvió las tripas. Me recordó al mareante olor de las curtidurías de Smithfield. La puerta trasera estaba abierta y el carro de los Cullers, cargado con barriles y cajas, era visible por la abertura. Atisbé la silueta de un hombre bastante bien vestido —supuse que era el señor Cullers— encima del carro y rodando un barril hasta los hombros de Geoffrey. ¿La señora Cullers también estaba allí? No la veía. Todo estaba perdido si no había acudido.

—¡Señora Allen! —exclamó la cocinera por encima del alboroto mientras se secaba las manos con el delantal—. Quiero hablar con usted, por favor.

A regañadientes, me di la vuelta para quedar enfrente de ella. Se había puesto las manos sobre las caderas y había adelantado la barbilla.

—¿Le ha dicho a Tilda que cogiera pan bueno y leche fresca para una de las caseras?

—Sí.

—¿Por qué motivo? Las de arriba ni siquiera lo saborean. Son alimentos del señor Judd y no le gustará que los malgastemos con ellas.

—¿Qué suele servirles a las mujeres para la comida?

—Les servimos una comida a mediodía. —Señaló las cacerolas con carne hirviendo—. La mayoría de las veces son gachas de cebada con un poco de carne, una galleta dura o pan seco. ¿Por qué?

—El pan y la leche eran para lady Hester, que ha salido de una conmoción —dije con sequedad—. No tiene fuerzas suficientes como para masticar esas duras raciones. ¿Usted aprueba su alimentación?

—Yo no soy quién para aprobar nada —terció la señora Carroll—. Es el señor Judd y lo que él opina. Son sus órdenes las que está transgrediendo.

—Pues que acuda a mí para hablarme sobre eso. De momento quiero que esta noche le sirvan lo mismo. Y que cada interna reciba dos comidas al día. Y pan y leche para cenar.

Tras proferir aquella escandalosa petición, me giré y me dirigí hacia la puerta.

—Más vale que el señor Judd le…

Ignoré sus protestas y bajé el escalón que llevaba al patio trasero. Seguro que resultaba lógico que solo una comida al día, y tan escasa, exacerbara una mente trastornada en lugar de curarla. En realidad, tan solo podía recurrir a cuanto me decía la lógica; no era médico de manicomios ni una verdadera supervisora. Asimismo, en breve me marcharía de allí. No esperaba experimentar un sentido de responsabilidad tan alto hacia las enfermas, y francamente era una carga incómoda. El plan había sido llegar, rescatar a Hester y marcharnos de nuevo. Pero ¿qué clase de persona presenciaba la degradación de aquel lugar y le daba la espalda sin más? No la clase de persona que yo deseaba ser.

Afuera, busqué por el patio con el corazón acelerado. Primero vi a Evan leyendo el albarán de la venta junto al carro. Y luego a la señora Cullers con su capa hecha de pelo de ardilla y su sencillo tocado, quien observaba cómo descargaban los barriles con ojo crítico y con un bolso tejido, y espectacularmente horrendo, con forma de fresa en el brazo —era casi tan terrorífico como el de piña que había tejido yo—.

—Señora Cullers —la llamé. La mujer se giró y, al verme, sonrió. Aunque en su expresión afable también percibí un inesperado matiz de urgencia. ¿O acaso estaba proyectando yo mis emociones en ella?

—Señora Allen —me saludó—. Es un placer, querida. ¿Tienes un minuto?

Lo tenía, en efecto. Metí una mano en el bolsillo de mi delantal para volver a comprobar que mis cartas estuviesen allí. Cuando llegué junto a ella, me cogió del brazo y me guio con firmeza lejos del carro y hacia los baños, en tanto el bolsito de fresa se balanceaba histérico por el paso vivo. Miré hacia Evan y lo vi con la misma recelosa sorpresa que sentía yo: «Ocurre algo».

—Tengo entendido que tu esposo y tú estáis causando un buen revuelo aquí —murmuró mientras me llevaba hacia la esquina de los baños para que nadie nos viese.

—¿Quién te lo ha comentado?

—Lester, el muchacho de las puertas. Habéis hecho muchos cambios, según él. Modificaciones que serán la comidilla del pueblo.

—¿Supone un problema?

Miró alrededor, claramente para cerciorarse de que estábamos a solas, y su semblante adquirió cierta seriedad.

—Quizá. Alguien ha empezado a preguntar acerca de un hombre fornido de pelo oscuro con una cicatriz en la mejilla que tal vez responda a los nombres de Hargate o Belford. Me recordó a tu querido Allen. —Movió la cabeza hacia atrás en dirección al carro y a Evan.

—¿Qué aspecto tenía ese alguien? —Me mordí el labio.

—Era un hombre bien vestido. Con nariz torcida y pelo oscuro y rizado muy corto, al estilo de la capital. Dijo que se llamaba...

—Kent —susurré.

—Sí. ¿Lo conoces?

Kent estaba en Lynn. ¿Cómo había conseguido acercarse tanto a nosotros?

—¿Le has contado algo? —La cogí del brazo—. ¿Sabe dónde estamos?

—¿Yo? —Torció los labios y negó con la cabeza—. Yo no sé nada. Y el señor Cullers tampoco. Ni siquiera por la recompensa que nos ofrecía. Pero no somos los únicos del pueblo que vimos a tu esposo en la pensión. Ni que presenciamos tu llegada, de hecho. —Se apartó y me miró de manera inquisitiva—. ¿Hemos tomado con vosotros una decisión equivocada?

—La decisión acertada, créeme. —Negué con la cabeza—. Gracias por avisarnos. —Saqué las dos cartas—. ¿Serías tan amable de hacerme un favor? ¿Por las mujeres del manicomio? Reviste una gran importancia.

—¿Qué quieres que haga? —Miró los sobres que sujetaba con las manos.

—Lady Julia Colebrook llegará a vuestra pensión esta noche o mañana. Por favor, dale esta carta en cuanto aparezca. —Le tendí el sobre.

—¿Una mujer noble? —Leyó el nombre de Julia en el anverso y siguió lentamente las letras con el dedo índice—. Vaya, ¿qué hace la señora Allen, una supervisora, escribiendo cartas con una letra tan pulcra y dirigidas a una dama, nada menos?

—No te lo puedo decir. Lo siento, pero te pido que confíes en mí. Por favor. —Le entregué el segundo sobre—. Este debe salir con el primer correo posible.

La señora Cullers leyó la dirección con los ojos entornados.

—El señor Samuel Tuke, El Retiro, York. —Levantó la vista con el ceño fruncido—. Es el hombre cuáquero, ¿verdad?

—Sí, El Retiro es el manicomio gestionado por los cuáqueros. Envíale la carta cuanto antes, por favor.

—Con que York, ¿eh? Eso le va a costar una buena cantidad a ese tipo. Son sumamente avaros, esos cuáqueros.

—Lo sé, pero si eres de las que rezan, señora Cullers, reza por que el señor Tuke pague el envío y lea mi carta enseguida. —La miré a los ojos para resaltar la importancia de mi última petición—. Y cuando veas a lady Julia háblale también del señor Kent, por favor. ¿Podrás hacerme ese favor? ¿He tomado yo la decisión acertada contigo?

—No —respondió, y durante un espantoso segundo pensé que estaba rechazando mi ruego. Acto seguido soltó una carcajada y me tocó el hombro para disculparse—. Perdona, querida, ha sido una broma. El señor Cullers siempre dice que soy demasiado bromista.

Abrió el cierre del bolsito de fresa y guardó los sobres en el interior.

—No te preocupes, soy la decisión acertada, y me aseguraré de enviar tus cartas.

Después de haber ansiado la llegada de la señora Cullers, me moría por que ella y su esposo se marchasen de allí. Por fin terminaron de descargar las provisiones, el matrimonio se despidió, y su carro comenzó a traquetear por las losas del patio trasero. En cuanto el señor Cullers hizo virar al caballo y al vehículo por la esquina, la señora Cullers miró hacia atrás y levantó el bolso de fresa mientras asentía de modo exagerado. No era una mujer dada a las sutilezas. Miré alrededor por si alguien había reparado en su extraño comportamiento, pero Geoffrey se encaminaba hacia la cocina y, dentro de la cercana lavandería, las mujeres se hallaban inclinadas sobre los baldes humeantes y removían la ropa con palos. Evan y yo estábamos solos en el patio.

—La señora Cullers ha traído malas noticias —le dije en voz baja.

Se giró para mirarme y nos ocultó a ambos de cualquier entrometida de la lavandería.

—Me ha dado esa impresión. Cuéntame.

—El señor Kent está en Lynn. La señora Cullers me lo ha descrito y solamente puede ser él. Sabe también que utilizas el apodo de Hargate.

—Maldición. —Evan se frotó la frente con el dorso de la mano—. Creía que disponía de más tiempo.

—Tienes que irte. ¡Ahora! —le susurré—. Kent no tardará en dirigir sus pasos hacia aquí.

—No. —Negó ligeramente con la cabeza—. Ya lo he meditado y no puedo dejar a Hester.

—No seas estúpido —le siseé—. Si llega aquí, te apresarán.

—Dice la mujer que no va a marcharse hasta que salve a todo el manicomio. —Me lanzó una sonrisa torcida.

—Sí, pero a mí no me persigue un corredor de Bow Street ni hay una recompensa por mi cabeza.

—No pienso dejaros a Hester y a ti solas con el repugnante de Judd. Ese hombre es probablemente un asesino. —Se inclinó hacia delante y apoyó una mano en mi hombro—. Lidiaremos con Kent si se presenta aquí. ¿De acuerdo?

Conocía la terquedad típica de los Belford; no habría manera alguna de convencerlo. Sin embargo, se enfrentaba a la terquedad típica de los Colebrook.

Al otro lado del patio, Tilda salió por la puerta de la cocina.

—Señora Allen, tenemos un problema con las nuevas disposiciones de las habitaciones —me anunció—. Debe venir conmigo, por favor.

—En cuanto veamos a Kent, te marchas. ¿De acuerdo? —susurré.

Me miró a los ojos y vi el regreso de su destello.

—Mujer testaruda. —Me apretó suavemente el brazo: el pacto estaba sellado—. De acuerdo.

54

A veces es el detalle más nimio el que reconstruye la dignidad de una persona. Uñas cortadas, pelo cepillado, ropa limpia. Esa tarde, Tilda, Mary, Bertha y yo nos ocupamos de las internas y les satisficimos esas necesidades. Me pregunté qué pensarían Charlotte o el señor Brummell si me vieran cortando las uñas largas cuales garras de Sally Bright o los nudos apelmazados del cabello de la cuáquera Anne.

Estando en ello, observé el estado de las mujeres. Algunas se hallaban claramente desorientadas, pero un buen grupo de ellas estaban lúcidas y agradecidas hasta las lágrimas por aquellas atenciones y por haberlas liberado de los grilletes. También aproveché la oportunidad de comprobar los nombres del libro de contabilidad por si faltaba alguna de las mujeres de la lista, quizá entregada a la tierra bajo los robles. Todas se encontraban allí, y no me quedaba más que deducir que las páginas arrancadas del libro se debían a las mujeres ausentes.

En dos ocasiones Judd salió como una tromba de su despacho para poner en tela de juicio mis órdenes —la señorita Tollbrook no debía compartir habitación y solo se entregaba una sábana por interna—, pero más allá de eso retomó su habitual indiferencia en lo que respectaba a la gestión diaria del manicomio. Judd era un hombre malvado, pero también un hombre que no quería perder su lucrativo negocio, y el señor y la señora Allen le brindaban el modo de conservarlo.

Para cualquiera que me observara, me aseguré de mostrarme firme con mis supervisiones y tareas, pero lo cierto era que mi mente se debatía entre la esperanza y la desesperación, en tanto repasaba nuestro plan y calculaba el tiempo que debería tardar Julia en llegar a Lynn y mi carta hasta York. Mi hermana debía llegar al día siguiente, pero quizá Duffy le había pedido que se quedase otro día y ella no había podido negarse. O quizá los caminos volvían a ser impracticables. Y era más que posible que el correo perdiese una rueda o que el señor Tuke se negase a costear los gastos del envío. Por encima de todo, no dejaba de prestar atención por si oía el alboroto de otra llegada mucho menos bienvenida. Kent no era estúpido; tarde o temprano se daría cuenta de cuál era la relación entre su presa y el señor y la señora Allen.

Pasé otra noche en vela, esa vez a consecuencia de aquellas mismas preguntas que daban vueltas en mi mente, y no tanto por la proximidad del hombre que dormía a pierna suelta a mi lado. Evan parecía ser capaz de conciliar el sueño en cualquier momento y luego despertarse de pronto totalmente alerta, una habilidad que, según él, había aprendido en la cárcel de las colonias.

Al día siguiente, mis tareas matutinas parecieron alargarse indefinidamente. Y Julia seguía sin llegar. La espera también hizo mella en Evan, aunque me contó durante la comida del mediodía que había encontrado unas enormes incoherencias en los libros de contabilidad en lo referente a las provisiones.

—Judd y sus predecesores han amasado una buena cantidad falsificando las cuentas —dijo cuando Mary nos hubo servido la comida y se hubo marchado de la salita—. Ojalá la señorita Grant y yo no hubiéramos entregado el dinero que ha terminado formando parte de su supuesto patrimonio.

Bajé la vista hacia el muslo de pollo guisado de mi plato. No tenía apetito para comérmelo, ni tampoco para degustar las judías verdes que llenaban la sopera.

—El portero sabe que Julia tal vez llegue, ¿verdad?

Evan hizo una pausa y dejó de cortar el pan para asentir con paciencia, pues a lo largo de la mañana ya le había formulado dos veces la misma pregunta.

—Está todo preparado. Le he dicho a Lester que lady Deele llegará hoy o mañana, y que nadie más puede entrar en el centro. Así tal vez retrasemos a Kent si aparece por aquí.

—¿Funcionará nuestro plan? —Lo miré a los ojos y noté cómo de pronto surgían todos mis miedos—. ¿Lo conseguiremos?

Evan extendió un brazo sobre la mesa. Le cogí la mano en el centro, y entrelazamos los dedos.

—La única garantía es la de que ocurrirá algo, para bien o para mal —respondió con seriedad—. Pero contamos con nuestro ingenio, nuestra valentía, el excelente apoyo de tu hermana y de Weatherly, y —clavó los ojos en la maleta que estaba debajo de la mesa, y percibí de nuevo el brillo que desprendían—, si todo eso fracasa, disponemos de una pistola cargada.

Me reí por la nariz y le solté la mano.

—Un discurso a la altura de los del almirante Nelson. —Aun así me había consolado.

Faltaban pocos minutos para las cinco de la tarde cuando oí las ruedas de un carruaje que crujían por el camino de grava de la entrada. Yo estaba recorriendo el pasillo del primer piso y el ruido me detuvo, y mi corazón se desbocó con un ritmo frenético.

¿Sería Julia?

¿Sería Kent?

Me obligué a caminar, y a no correr, hacia la ventana salediza, y asentí en dirección a Bertha cuando me la crucé al subir ella las escaleras. Apoyé las manos en la fría repisa de piedra de la ventana y me incliné sobre el asiento de madera. Justo debajo vi el maravilloso contorno familiar y los colores azul y amarillo de nuestro carruaje. John estaba sentado donde el conductor con Hades en la larga funda que tenía al lado, y Weatherly, con uniforme de criado, se encontraba frente a la puerta del vehículo. Solté todo el aire y mi alivio empañó la hoja de cristal.

—¿Quién es, señora Allen? —preguntó Bertha, que de pronto estaba a mi lado.

Me encogí.

—Cielo santo, Bertha, me has asustado. —Me aparté de la ventana.

—Disculpe. Es que he oído el carruaje. —Se puso de puntillas para ver mejor el exterior—. ¿Una visita? Creía que el señor Judd dijo que ya no estaban permitidas nuevas visitas.

—Tal vez haya cambiado de opinión. Vamos, vuelve al trabajo. Quienquiera que sea no ha venido a verte a ti.

Le hice señas para que se quitara de la ventana, pero yo me quedé el tiempo suficiente para ver cómo Julia, resplandeciente con un vestido amarillo, sujetaba el brazo de Weatherly y descendía del carruaje.

Entraba en escena la falsa lady Deele.

Por lo menos esperé que fuese esa la persona que acababa de llegar. ¿La señora Cullers le había entregado la carta como me había prometido? ¿Julia estaba al corriente del plan?

Bajé corriendo las escaleras del servicio; la turbación de Judd ante aquella inesperada visita atravesaba incluso las gruesas paredes de la casa. No me cupo duda de haber oído por lo menos tres improperios, uno de ellos especialmente gráfico, que jamás había escuchado. Cuando llegué a los pies de las escaleras y me dirigí hacia el pasillo, la sucesión de obscenidades se transformó en una reprimenda dirigida a la pobre Mary, que se acobardó en el vestíbulo a su lado.

—No te quedes ahí con la boca abierta como si fueras idiota —le espetó Judd. Mary y él estaban bastante lejos de la puerta—. Ve a buscar a la señora Allen.

Detrás de mí, Evan subía los dos últimos escalones del sótano. Nos miramos a los ojos y él me dirigió un leve asentimiento: «Empieza la función».

En efecto. Me limpié las manos sudadas con el delantal y me puse detrás de él cuando se encaminó hacia la puerta delantera.

—Aquí están —dijo Judd al vernos aproximar—. Por la sangre de Cristo, ¿cómo ha podido suceder? Dejé claro que no podía permitirse la entrada de ninguna visita.

Evan agachó la cabeza, la viva imagen de un subalterno divertido.

—No lo sé, señor Judd.

—Usted es el maldito celador. Le hago responsable.

—¿Me van a dejar aquí toda la noche como si fuera un vulgar trapero? —exclamó la voz amortiguada de Julia desde el otro lado de la puerta—. Esta afrenta llegará a los oídos de mi esposo, lord Deele.

—¿Deele? —Judd miró hacia la puerta con expresión desencajada—. ¿Ha dicho Deele?

—Sí, señor Judd —respondí para ayudarlo—. Debe de ser la marquesa de Deele.

Era bastante extraño que una simple supervisora conociera a la nobleza, pero Judd no pareció darse cuenta. Se llevó las manos a la frente durante un segundo. ¿De veras estaba valorando la posibilidad de no abrir la puerta?

—Tal vez habría que dejarla entrar —tercié con mansedumbre.

Judd se giró y bajó la voz hasta hablar entre susurros.

—Líbrense de ella a la mayor brevedad. ¿Ha quedado claro?

Evan y yo asentimos con intensidad. A fin de cuentas era exactamente lo que habíamos planeado.

—Muy bien, abre la maldita puerta —le soltó a Mary.

La muchacha abrió la puerta principal de la casa.

—Por fin —exclamó Julia con frialdad antes de pasar al recibidor. La punta pintada de amarillo de las plumas de avestruz de su tocado se balanceó con la irritada velocidad de su entrada. Miró alrededor con la nariz en alto y ligeramente arrugada con desagrado. Ja, esa expresión me sonaba: mi hermana estaba imitando a la detestable y siempre insatisfecha señora Ellis-Brant.

Sus ojos se dirigieron hacia mí: «¿Es lo que tenías en mente?».

Apreté los labios con fuerza: «Es justamente lo que tenía en mente, queridísima».

—Bienvenida, lady Deele —la saludó Judd mientras se adelantaba y hacía una respetable inclinación de cabeza—. Soy el señor Judd, el propietario de Bothwell House. Disculpe la demora. Entre, por favor.

—¿Judd, ha dicho? —preguntó Julia. Él asintió y abrió la boca para responder, pero ella siguió hablando—: He venido a recoger a mi cuñada, lady Hester Belford. Aquí tiene la carta de mi esposo. —Le hizo un gesto a Weatherly, que cruzó el umbral e inclinó la cabeza antes de entregarle a Judd una carta cerrada con sello rojo—. Tráiganmela de inmediato. Deseo ponerme en camino cuanto antes.

—Milady, no teníamos constancia de su llegada —comentó Judd—. A lady Hester todavía no le ha dado el alta nuestro doc...

—Buen hombre, el marqués de Deele metió a su hermana en este establecimiento y ahora desea llevársela a casa. No hay más que hablar. Lea la carta. Todo le quedará muy claro.

Judd abrió el sello del sobre y desdobló la misiva.

Mi hermana me miró directamente a mí.

—Tú. ¿Qué cargo tienes en este centro?

—Soy la señora Allen, la supervisora, lady Deele. —Me acordé de hacerle una reverencia.

—Muy bien, pues ve a buscar a mi cuñada. —Hizo un gesto dictatorial con la mano.

Al oír sus órdenes, Judd levantó la vista de la carta, con los ojos desorbitados al comprender por completo el estado físico de Hester. Mi primer impulso fue avergonzarlo un poco más. Pero no, cuanto antes subiésemos a Hester, y a lady Roberta, en el carruaje, mejor.

—Últimamente, lady Hester se ha negado a comer y está muy débil, milady —dije—. Habrá que llevarla en brazos.

—Hemos intentado que comiese, milady —se apresuró a asegurarle Judd—. De hecho, estábamos a punto de ponernos en contacto con lord Deele para hablarle de su situación.

—¿Se ha negado a comer? Me lo creo. Es estúpida y obstinada —dijo Julia—. En fin, señora... —Chasqueó la lengua y se volvió hacia mí con las cejas arqueadas por la impaciencia.

—Allen —le recordé mientras intentaba no felicitarla por su perfecta imitación de Emelia Ellis-Brant.

—Eso, tú y ese hombre —señaló a Evan—, que parece bastante fuerte. Traed a lady Hester.

—Por supuesto, milady —murmuré.

—Antes de permitir la salida de lady Hester, debo comentar los detalles económicos de la cuenta definitiva. —Judd volvió a abandonar la lectura de la carta—. ¿Sería tan amable de acompañarme a mi despacho, lady Deele?

Era evidente que no solía tratar con gente de la nobleza, pues ninguna marquesa hablaría de dinero. O sería acaso consciente de su mísera existencia.

Julia me miró —«¿Qué hago?»— y yo asentí levemente. Debíamos mantenerlo ocupado.

—Por supuesto —contestó al final.

Judd movió la barbilla hacia nosotros, la orden de que nos pusiéramos en marcha.

Estuvimos encantados de obedecer.

55

Evan y yo no hablamos hasta que llegamos a la planta superior y estuvimos delante de la habitación de Hester, para que nadie nos oyese.

—Tu hermana debería ser actriz —dijo mientras yo rebuscaba entre las llaves de las estancias—. Ahora viene la parte complicada.

—Tu forma de catalogar las partes complicadas es interesante —terció con sequedad—. ¿Ves el banquito que hay debajo de la ventana salediza? Es donde he guardado las ropas de Hester y de Roberta.

Evan se apresuró a acercarse a la ventana, levantó la tapa del asiento y retiró los dos paquetes envueltos en papel marrón.

Cuando metí la llave en la cerradura, oí el ruido de la gravilla que crujía bajo unas ruedas.

—Santo Dios, ¿qué ocurre? —siseé.

Evan cerró el asiento y miró con cuidado por la repisa de la ventana.

—No es más que John, que está dando la vuelta al carruaje.

—Creía que tal vez era Kent. —Solté el aire para tranquilizarme.

—Si Kent viene aquí, será a caballo, no en carruaje ni en calesa.

—¿Cómo lo sabes?

—Es un antiguo jinete. Recibió una bala en el muslo en el

continente. Va a todas partes a caballo. Incluso cuenta con su propia silla de montar del ejército. —Sonrió ante mi pregunta no verbalizada—. No solo los corredores de Bow Street tienen informadores.

—Hay que conocer al enemigo de uno —murmuré.

Giré la llave y abrí la puerta. En el interior, lady Hester estaba tumbada en la cama, pero se había incorporado sobre un codo. Lady Roberta se encontraba frente a la ventana contemplando el patio. Al oírnos entrar se volvió con el rostro iluminado.

—¿Ha llegado el momento? —preguntó—. ¿Ese carruaje es para nosotras?

—Así es. —Le arrebaté los paquetes a Evan y lo urgí a salir por la puerta. La siguiente parte era exclusiva para las mujeres—. Espera fuera. No tardaremos.

Cerré la puerta.

—Tenga. —Le di a lady Roberta el paquete que había envuelto—. Es uno de mis vestidos y una cofia. Vístase y luego ayúdeme a vestir a lady Hester.

Aun con mi experiencia de haber vestido a Caroline en su débil estado, la gravedad de la flojedad de Hester hizo que fuera diez veces más difícil ponerle la ropa. Noté cómo pasaban los minutos en tanto le quitábamos el camisón y doblábamos sus extremidades inertes para meterlas en la camisola. Todas sus articulaciones estaban a la vista y maniobré sus miembros flácidos para meterlos en la camisola. Lady Roberta y yo logramos atar los cordones lo suficiente como para que la camisola y la combinación le fueran más o menos bien, pero el bonito vestido de muselina con el que entró en el manicomio le iba muy holgado sobre los hombros y tenía el cuello exageradamente bajo.

—La... pelliza... lo... ocultará —consiguió decir Hester, y tuvo que cerrar los ojos unos segundos por el esfuerzo. Ya estaba agotada por el mero hecho de vestirse. Aun así, la idea de escapar le había llenado de cierto color las mejillas y los labios.

—Tiene razón. Si la envolvemos con ella, nadie se dará cuenta —opinó Roberta a toda prisa y con cierto énfasis.

Era evidente que nada iba a interponerse en el camino de su huida. Aunque no estaba tan delgada como Hester, mi vestido seguía yéndole grande sobre el cuerpo malnutrido. Esperé que, con la cofia sobre el pelo rapado, desde detrás pareciera una criada.

Juntas, pasamos los bracitos raquíticos de Hester entre las mangas de la pelliza rosa.

—Mi hermana se está haciendo pasar por lady Deele —le expliqué a Hester cuando le abotoné la parte delantera—. Su hermano la llevará a usted en brazos hasta el carruaje, y mi criado Weatherly la ayudará a subir. Puede fiarse de él.

Hester esbozó un amago de sonrisa.

—Me alegro —cogió aire y resolló— de que no sea... mi verdadera cuñada. Me... odia.

Aquella sensación me resultaba familiar.

—Y ¿qué pasa conmigo? —preguntó lady Roberta—. No puedo bajar las escaleras.

—No, usted vendrá conmigo —la informé—. Saldremos por la puerta trasera y rodearemos la casa hacia el carruaje. Echará a correr y se ocultará en el vehículo hasta que Weatherly haya sacado a lady Hester.

Abrí la puerta unos cuantos dedos y asomé la cabeza. Evan se encontraba en el umbral, con los brazos cruzados y los ojos clavados en el pasillo. Un obstinado centinela. Sin contarlo a él, el pasillo estaba vacío. Miró hacía mí —«¿Preparadas?»— y asentí para hacerle señas y que entrase en la habitación.

—¡Evan! —exclamó Hester, su voz reducida a un susurro entrecortado.

Consiguió tenderle la mano. Evan se la cogió y sonrió a su hermana.

—Querida mía. Ya casi estamos.

Me lanzó una mirada y percibí la angustia que teñía sus ojos. «Está muy débil... ¿Podrá conseguirlo?».

Asentí. Hester tenía la valentía de su hermano.

Reconfortado, se giró hacia lady Roberta e inclinó la cabeza. El gesto cortés le irguió a ella la espalda, y acto seguido hizo una especie de tambaleante reverencia.

—¿Hora de irse? —le dijo Evan a Hester. Tras verla asentir, la levantó en volandas y se colocó la cabeza de ella contra el hombro.

—Recuerde no dedicarle una sonrisa tan encantadora —dije—. Eso nos delataría por completo.

Hester frunció el ceño de inmediato.

—¿Mejor? —susurró.

—Mucho mejor. —Evan sonrió—. Esta es la niña hosca que recuerdo.

Ella soltó un resoplido parecido a una carcajada.

Yo fui la última en salir de la habitación para cerrarla antes de ponernos en marcha. Los cuatro comenzamos a recorrer el pasillo en silencio hacia lo alto de las escaleras principales.

—Buena suerte —le murmuré a Evan.

—Igualmente —susurró él.

Me lo quedé observando durante unos segundos cuando empezó a bajar las escaleras con el frágil cuerpo de Hester a un ritmo descorazonadoramente lento, y después me giré hacia lady Roberta.

—Hacia las escaleras del servicio.

Pasamos por delante del resto de las habitaciones cerradas. Presté atención por si oía a alguna criada o a algún auxiliar en las escaleras traseras, pero solo detecté un himno que cantaba alguien en uno de los dormitorios, así como los gruñidos de otra interna. Lo cierto es que lo apostaba todo a una curiosidad natural; la inhabitual llegada de una visita noble debería haber congregado a un buen número de sirvientes en las escaleras principales o en el pasillo para contemplar el espectáculo, de tal forma que nos dejaba libre el camino hacia la planta baja y el jardín trasero.

En lo alto de las escaleras traseras levanté una mano para detener a lady Roberta. Con precaución, miré por la barandilla. Maldita sea, mi apuesta nos había salido mal. Las dos ayudantes de cocina estaban en los últimos escalones, asomadas a la pared, para ver cuanto ocurría en el pasillo.

«Un momento», le indiqué a lady Roberta con los labios. Asintió y se recostó contra la pared. No iba a esperar demasiado, el impulso de salir corriendo le abría los ojos como platos.

Erguí la espalda y bajé las escaleras. «Entra en escena la supervisora». Al acercarme al descansillo, las dos muchachas oyeron mis pasos y se giraron con el rostro colorado en una viva imagen de la culpabilidad.

—¿Qué estáis haciendo aquí? —les pregunté al llegar al último peldaño—. Volved al trabajo.

—La señora Carroll nos ha dicho que podíamos venir a ver lo que sucede para entretenernos un poco, señora Allen —respondió la más alta tras hacer una reverencia.

Obviamente era mentira; por lo que conocía a la señora Carroll, la cocinera no tenía la más mínima idea de qué significaba entretenerse.

—Me trae sin cuidado lo que haya dicho la señora Carroll. Dejad de bloquear el paso de las escaleras. —Las espanté de allí con las manos.

De mala gana, se giraron y bajaron los peldaños que faltaban hasta el sótano, pisoteando con fuerza los tablones de madera como protesta.

Levanté la vista y vi que lady Roberta asomaba la cabeza por la barandilla desde la planta superior. Le hice señas para que bajara y me tomé varios segundos para contemplar el pasillo. Allí la situación era mucho mejor, pues un decente número del personal restante se había apiñado junto a las escaleras principales: Tilda y Bertha con una mano sobre la boca para contener la risa, Mary rechazando las manos largas de Geoffrey y dos de los otros auxiliares bebían sorbos de una botella marrón compartida.

Lady Roberta se detuvo en el último peldaño.

—¿Por dónde? —susurró.

—Por atrás.

Pasamos por delante de las puertas del salón y del dormitorio que habíamos ocupado Evan y yo. Miré a mi espalda. Tilda reparó un instante en nosotras, pero había vuelto la atención al despacho, donde Julia hablaba con malos modos y preguntaba en alto:

—Por el amor de Dios, ¿dónde está? ¿Por qué están tardando tanto, diantres?

Aceleré el paso y apremié a lady Roberta a dirigirse hacia la puerta trasera y hacia el descuidado jardín amurallado de las internas.

Afuera, el aire se había enfriado. Por encima de nosotras se habían reunido unas nubes más oscuras, que bloqueaban el sol vespertino de otoño; se avecinaba lluvia. Lady Roberta se detuvo unos segundos en el camino de piedra y echó la cabeza atrás con los ojos cerrados para aspirar el olor a hierba y a rosas blancas que florecían por última vez. El sendero se bifurcaba más adelante: a la derecha, hacia una pequeña fuente sin agua, y a la izquierda, hacia la puerta de hierro que daba a uno de los lados de la casa y a los jardines más extensos.

—Lady Roberta, por aquí. Debemos darnos prisa —le indiqué.

Abrió los ojos, ya no era una esclava.

—Hace meses que no gozo del aire fresco. Es maravilloso. —Miró atrás—. Detesto este lugar. Lo detesto.

—En ese caso, marchémonos —dije.

Le agarré la mano, más para cerciorarme de que me seguía que por una sensación de compañerismo, y juntas corrimos hacia la puerta. Estaba cerrada, por supuesto. Busqué mis llaves y encontré la vieja de hierro que encajaba en la cerradura. El cerrojo estaba oxidado y duro, pero al final cedió. Abrí la puerta y me encogí al oír el chirrido que producían los goznes. Miré atrás, pero nadie se había acercado hasta allí para investigar.

Salimos al camino lateral que discurría por el lado de la casa. Delante de nosotras, una hilera de olmos de tronco grueso había arrojado montones de hojas doradas que hacían las veces de una alfombra de guineas, y la tierra se alzaba tras ellos con un césped que nadie había cortado. Y amarrado a uno de los árboles se encontraba un caballo negro. Tenía las patas grisáceas por el polvo del camino y la funda del arma, atada a la silla de montar del ejército, estaba inquietantemente vacía.

Kent.

56

Me apoyé contra la pared de ladrillos y arrastré a lady Roberta junto a mí. El camino que se extendía ante nosotras estaba vacío. Y hacia atrás también. Observé la fila de árboles y el césped más allá. No detecté movimiento. Santo Dios, ¿estaría Kent ya en la casa?

—¿De quién es ese caballo? —siseó lady Roberta.

—De Kent. Un corredor de Bow Street. Está persiguiendo a lord Evan.

¿Qué debíamos hacer? ¡¿Qué debíamos hacer?! Tenía la mente en blanco.

—¿Cómo está tan segura? ¿Conoce su caballo? —preguntó lady Roberta.

No, no lo conocía. No le faltaba razón. Había asumido que se trataba de él.

—Quédese aquí —le dije.

—¿Qué va a hacer?

—Voy a ver si se trata de Kent.

—En ese caso, yo voy con usted.

—No. Debe quedarse aquí.

—No pienso hacerlo. —Me agarró el antebrazo mientras apretaba la mandíbula—. No puede dejarme aquí.

Yo era su forma de salir del manicomio y no tenía intención alguna de perderme de vista. De acuerdo. No había tiempo que malgastar en discusiones.

Avanzamos pegadas a la pared de ladrillos de la casa, agachadas para esquivar las ventanas. Detrás de mí, la respiración de lady Roberta se aceleró por un esfuerzo al que no estaba acostumbrada. Sin embargo, no podíamos detenernos. Evan se hallaba en peligro.

Llegamos a la esquina de la casa. Levanté una mano en gesto de advertencia. Lady Roberta se quedó detrás de mí, resollando.

Asomé la cabeza.

Nuestro carruaje se encontraba delante de los establos, pero John el cochero no se hallaba en su asiento ni atendiendo a los caballos. Además, el primero de los alazanes estaba atado a la baranda delante del edificio. Una decisión sospechosa. Por lo demás, el antepatio se encontraba vacío.

Me eché hacia atrás. O bien John se había quedado al otro lado del carruaje o bien había abandonado a sus caballos, algo que jamás haría. Salvo que lo obligaran.

Hurgué en mi memoria: ¿Kent había visto alguna vez nuestro carruaje? Maldita sea, estaba convencida de que había comentado haberlo visto cuando llegamos a casa desde Cheltenham. Y un corredor tan atento como Kent recordaría aquellos detalles. Sabía que estábamos allí.

Fruncí el ceño. Algo parecía fuera de lugar. Pero ¿qué era? Eché un nuevo vistazo desde la esquina. Ah, junto al abrevadero de los caballos vi la forma de un trabuco con el cañón metido en el agua para inutilizarlo. Kent debía de haber sorprendido a John, le había arrebatado a Hades y lo había obligado a entrar.

—¿Y bien? —susurró lady Roberta.

—Mi conjetura es que Kent está dentro.

—¿Qué va a hacer usted?

Apenas podía pensar por encima del rugido de miedo que sonaba en mi cabeza; si Kent arrestaba a Evan, un fugado de la justicia y bandolero, lo mandaría a las galeras. Durante un segundo me dio la sensación de que perdía el contacto con el suelo. Daba vueltas, muda y sin aliento, en la espiral de mi propio terror.

—¡Señora Allen!

Era lady Roberta, con el rostro a pocos dedos del mío. Jadeé y me apreté contra la pared de la casa. Los ladrillos fríos y sólidos me anclaron de nuevo al mundo. Debía sacar a Evan de allí. Debía detener a Kent.

Pero ¿cómo?

Quizá con una distracción. ¿Con el carruaje y los caballos? No, los necesitábamos.

—Señora Allen, ¿debería subir al carruaje? —me preguntó lady Roberta.

Miré hacia su rostro decidido, todas las fibras de su cuerpo dispuestas a huir. Había muchas mujeres esperando huir. Esperando alcanzar la libertad. Una idea se abrió paso. Una idea loca, pero la situación requería la locura de una mujer.

Le cogí la mano y tiré de ella hacia la puerta del jardín.

—Vamos a entrar en la casa.

—No. —Intentó zafarse de mí—. ¿Qué está haciendo? No puedo volver a entrar. No puedo.

—Es la única forma de que nosotros, y usted, podamos salir de aquí. —La obligué a dar otro paso, pero tiró de mi mano, y aun pesando poco consiguió detenerme—. ¿No lo entiende?

Estaba paralizada, mostrándome los dientes, preparada para liberarse de mí.

¿Qué estaba haciendo yo? Le solté la mano. No podía forzarla a regresar a la casa; en su vida ya la habían forzado demasiadas veces.

—Por favor, lady Roberta, necesito su ayuda.

Miró hacia atrás, hacia el patio y su huida. Y luego hacia el caballo, apostado junto a los árboles, con las orejas levantadas al oír nuestros susurros.

—No puede robar el caballo de un corredor —le dije—. La mandarían a las galeras. Además no llegaría demasiado lejos. Ayúdeme y la sacaré de aquí. Le he dado mi palabra.

Se giró de nuevo hacia mí y soltó una temblorosa exhalación.

—¿Qué necesita que haga?

Abrí la puerta trasera y observé el pasillo. Las personas congregadas en las escaleras principales se habían desplazado por el corredor para así estar más cerca de la puerta del despacho y ver mejor el drama que se desarrollaba en la casa. Oí la voz de Julia, pero no capté sus palabras. Sí me llegó su tono, sin embargo, y era de alarma.

Y luego oí otra voz. Autoritaria, inflexible; la voz de Kent.

Reprimí el impulso de echar a correr por el pasillo, de proteger a mi hermana, de enfrentarme a Kent, de salvar a Evan.

Todavía no. Apreté con más fuerza la llave de nuestros aposentos y le hice señas a lady Roberta para que me siguiera.

Caminamos a toda prisa por el pasillo hacia la puerta de la salita. La abrí y le di las llaves a lady Roberta.

—Son estas —susurré, y le mostré las del segundo llavero.

Asintió y se llevó las llaves al pecho para evitar cualquier tintineo. Volví a mirar hacia los entrometidos sirvientes. Todos nos daban la espalda y, por la tensión que les agarrotaba el cuerpo y por sus jadeos, supe que el drama se estaba desplegando en el despacho de Judd.

—Váyase —le murmuré.

Vi cómo se dirigía a las escaleras del servicio. Ya no me quedaba nada más que hacer que esperar que esa mujer siguiera mis instrucciones.

Me metí en la salita y cerré la puerta. Me agaché junto a la mesa lateral y extraje la maleta de Evan, que estaba guardada debajo. En el interior, almacenada con cuidado y con el cañón hacia abajo, se encontraba la pistola cargada. La saqué y con la otra mano hurgué en el fondo de la maleta en busca del cuerno de pólvora de cuero. Mis dedos dieron con una pequeña forma protuberante. «Lo tengo».

Con el pulgar retiré la tapa del compartimento de la pistola y luego abrí el cuerno plateado. Contenía muchísimo polvo negro. Lo aboqué encima del orificio plateado del arma, y me tembló tanto la mano que una buena cantidad de polvo se escurrió y cayó sobre la moqueta. Un sombrío arrebato de miedo.

Procuré estabilizar mi mano. Un nuevo movimiento y el compartimento se llenó. Un gesto con el pulgar devolvió la tapa a su posición inicial. Arma cargada del todo.

¿De verdad podría dispararle a Kent?

Mi atención se clavó en la cama hecha que se veía desde la puerta de la salita. Durante un vívido y doloroso segundo me vi de nuevo tumbada con Evan; su mano cálida rozaba la mía, su rostro bañado de luz plateada y dormido, con la respiración acompasada a la mía.

Me erguí del todo y reajusté la mano con que agarraba la empuñadura de la pistola. Solo me cabía esperar que la estructura del cañón estuviera lo suficientemente engrasada y que el polvo que había vertido en el interior del arma estuviese lo bastante seco como para efectuar el disparo.

57

Abrí la puerta y me asomé con precaución. Nadie se había alejado del despacho; todos seguían atentos junto a la puerta abierta. Avancé por el pasillo escuchando por si oía algún indicio de movimiento en el piso de arriba. Todavía nada. ¿Lady Roberta habría perdido el coraje?

Me quedé observando al pequeño grupo de personas que me separaban del despacho. Las criadas y tres de los auxiliares. Mi personal. Pero dos días no eran suficiente tiempo como para construir lealtades; no podía fiarme de que fueran a quedarse callados mientras me aproximaba.

Y de ahí que echase a caminar por el pasillo a un ritmo normal, con el arma al costado. No había necesidad de asustarlos antes de tiempo.

Tilda fue la primera en fijarse en mí. Se encontraba en la retaguardia del grupo y debió de haberme visto por la visión periférica. Se giró y, durante unos segundos, lució una expresión de culpabilidad por que la hubiese pillado husmeando, hasta que su mirada bajó hasta la pistola que sujetaba con una mano. Me llevé un dedo a los labios. Asintió, si bien le dio un codazo a Bertha, quien vio el arma y jadeó, en cierto modo con dramatismo, sin duda disfrutando de aquella emocionante situación. Las dos se apartaron y me permitieron pasar.

Un golpecito en el brazo del primer auxiliar —su nombre y el de su compañero todavía no se habían asentado en mi memoria— llamó su atención. Sobresaltado, se retiró a un lado y se llevó a su amigo. Solo Geoffrey se alzaba ya entre Kent y yo. Un buen golpe con el hombro le hizo perder el equilibrio lo suficiente como para que me permitiese cruzar la puerta del despacho.

Tardé un intenso segundo en orientarme. Cerca de la ventana, Kent mantenía su pistola a solo unos pocos dedos de la cabeza de Evan. Paralizado, Evan seguía con Hester en los brazos, tan plantado sobre el suelo por el peso pluma de ella como si lo hubieran engrilletado. Su hermana se aferraba a él con los ojos clavados en la pistola que apuntaba a su cabeza.

Al otro lado del escritorio, Julia, John —al que habían aprisionado— y Weatherly observaban la escena, todos ellos en distintos grados de furia, inmovilidad y sorpresa. Y, por último, Judd, situado entre Kent y mi hermana, todavía con una pormenorizada factura en las manos.

Mis ojos se dirigieron hacia Julia y comprendieron su súplica: «No, Gus, ¡no lo hagas!». Demasiado tarde. Levanté la pistola y dirigí el cañón hacia Kent. El lugar no me ofrecía un tiro limpio, pero bastaría.

—Suéltelo —exclamé.

—Lady Augusta. Estábamos esperando a que apareciera —respondió Kent con calma.

—No lo comprendo —gimoteaba Judd junto a él—. ¿Lady Augusta?

Kent soltó un suspiro de irritación. Era evidente que ya se lo había intentado explicar.

—Señor Judd, la mujer que asegura ser lady Deele es, de hecho, lady Julia Colebrook. El hombre que sujeta a la muchacha no es el señor Allen, sino lord Evan Belford, un hombre en busca y captura. Y la mujer que acaba de llegar es la hermana de lady Julia, lady Augusta Colebrook. Todos están involucrados en el mismo plan, que es de locos... —Se aclaró la garganta y se permitió esbozar una sonrisa torcida—. Discúlpenme, ha sido una broma muy mala. Un plan en el que no estoy especialmente interesado.

—Suelte a lord Evan —insistí afianzando los pies en el suelo.

—No —negó Kent.

—Le voy a disparar —dije, y creo que lo dije de verdad.
—Gus, baja la pistola —intervino Evan con una clara advertencia en la voz—. Por el amor de Dios, no dispares a un corredor.
—¿Gus? —repitió Julia antes de lanzarme una mirada—. ¿Cuándo ha ocurrido eso?
—No tengo reparo alguno en disparar a lord Evan —aseguró Kent. En efecto, había ladeado la pistola—. A la Corona le traerá sin cuidado si lo llevo vivo o muerto. Y como mi cañón está a solo dos dedos de su cabeza, seguramente acabará muerto. Baje el arma.
—Lord Evan no mató a Sanderson en el duelo de hace veinte años. —Fulminé a Kent con la mirada—. Estoy convencida de ello.
—No me importa. —Kent se encogió ligeramente de hombros—. Ahora lo buscan por fugarse, por ser un bandolero y por robar un caballo.
—Y por fraude —añadió Judd—. Dijeron que eran el señor y la señora Allen.
—Veo que por fin aterriza, señor Judd —le espetó Kent con sequedad.
—Gus, ¡baja el arma! Por favor —me pidió Evan—. No puedo permitir que Hester o tú terminéis heridas por mi culpa.
—A la de tres, lady Augusta, y dispararé —dijo Kent—. Una.
Noté cómo me temblaba la mano. ¿Debía creerlo?
—Por la sangre de Cristo, Kent, por lo menos permíteme dejar a mi hermana en el suelo —le suplicó Evan.
—Dos.
Vi que el brazo de Kent se preparaba para el disparo.
Evan cerró los ojos. Hester profirió un gemido gutural y aterrado.
Maldición.
—¡La bajo! —dije, y dejé de apuntarlo—. Mire, la dejo en el suelo. —Me agaché y dejé el arma encima de la moqueta.
Detrás de mí se alzó un colectivo suspiro de alivio, o quizá de pesar, por parte de los mirones.
Un ruido del piso de arriba llamó la atención de todos, quienes miramos hacia el techo durante un segundo. ¿Eran pasos?
—¿Qué ha sido eso? —quiso saber Kent.

—Ha sonado arriba. —Judd frunció el ceño—. Donde están las mujeres.

—¿Qué mujeres?

El ruido fue ganando volumen. Por lo visto se movía por el pasillo superior.

—Las mujeres a las que el señor Judd ha maltratado y matado —dije mientras me levantaba.

La conmoción del piso de arriba había descendido hasta el pasillo de la planta baja, con gritos y aullidos que se unieron al sonido de veloces pasos que bajaban las escaleras y corrían sobre la moqueta.

—¡Debería arrestar a Judd, no a lord Evan! —Alcé la voz—. Hemos encontrado cadáveres allí. —Señalé hacia los robles.

Kent, que no dejaba de apuntar a Evan con el arma, se movió para mirar hacia la puerta. Tenía un agudo sentido para detectar problemas inminentes.

—¿Ha matado a mujeres? ¿Tienen pruebas?

—No dice más que sandeces —aseveró Judd con vehemencia—. Es una estafadora. Una mentirosa...

—Hemos encontrado los esqueletos de mujeres y de bebés enterrados en tumbas improvisadas —interrumpí la retahíla balbuceante con que Judd lo negaba todo—. Y las mujeres se lo pueden decir: ¡sus hombres y él han abusado de ellas de las peores maneras!

Después de todo, lady Roberta había calculado bien el momento. De pronto el pasillo y la puerta se llenaron de mujeres en camisón; los criados que protestaban se vieron apartados por la gran cantidad de internas. Lady Roberta fue la primera en entrar, llevando de la mano a una asustadísima señorita Tollbrook. A continuación, una resuelta Anne, la cuáquera, que ayudaba a Penelope Wardrup, cuyas facciones arrugadas estaban fruncidas por la intensa furia que sentía.

—¡Está diciendo la verdad! —gritó lady Roberta por encima del alboroto de la emancipación—. Judd ha abusado de muchas de las mujeres del centro. Y los auxiliares también.

—Cierto —jadeó la señorita Tollbrook, temblando a ojos vista—. Es cierto.

—Mis bebés —siseó Penelope, que clavó la mirada en Judd. Lo señaló con un dedo raquítico, y fue como una llameante espada de justicia—. Él mató a mis bebés. ¡Apártate de lady Julia, desalmado!

La mujer cogió mi pistola del suelo, la agarró con ambas manos y apuntó hacia Judd, pero el arma pesaba demasiado. El cañón se balanceó entre Judd y Kent sin parar.

—¡Penelope, no! —chilló Julia.

El arma se disparó en el momento en que Judd se precipitaba detrás de Kent.

El estallido me retumbó en los oídos, y el humo de la pólvora llenó la estancia. Aspiré una bocanada de aire acre y tosí, con la visión emborronada por las lágrimas. Alguien estaba herido. Oí el impacto de la bala al penetrar la carne y el de un cuerpo al desplomarse en el suelo.

—¡Santa María, madre de Dios! —Era la voz de Kent.

Desesperada, intenté ver entre el humo y las lágrimas. Evan se encontraba junto a la pared, con Hester en brazos contra el pecho. Gracias a Dios, no había sido él.

Judd estaba donde Kent se había encontrado un minuto antes, mirando a Penelope con los ojos desorbitados por la sorpresa.

En cuanto a Kent… Miré hacia abajo. Estaba en el suelo, de costado, gimoteando de dolor y aferrándose el brazo con una mano ensangrentada.

Cielo santo, Penelope había disparado al corredor.

Antes de que yo pudiera reaccionar, Penelope se abalanzó sobre Kent. No, hacia el arma de él, que había quedado en el suelo.

—¡Deténganla! —gritó Judd—. ¡Intenta matarme!

Salté para interceptar a Penelope, pero no lo logré y caí sobre el escritorio, cuya esquina se me clavó en la cadera. La explosión de dolor me hizo doblarme durante unos instantes.

Judd se lanzó sobre Julia y rodeó el escritorio. Se estampó contra Weatherly y lo empujó contra John, que con las manos atadas no pudo mantener el equilibrio. Los dos se desplomaron contra la librería en tanto Judd corría delante de mí hacia los sirvientes.

—¡Apartaos de mi camino! —aulló abriéndose paso con puñetazos y codazos entre la multitud de internas y personal del manicomio.

Penelope se había puesto en pie con el arma de Kent en las manos. Corrió hacia la puerta, y las mujeres se apartaron para que ella y la pistola pudieran perseguir a Judd.

La seguí hasta el pasillo con un solo pensamiento invadiéndome la mente: si lo mataba, la colgarían.

Más adelante, Judd ya iba por la mitad de las escaleras principales. Penelope lo seguía varios peldaños por detrás, y su puntería oscilaba sin parar.

—¡Penelope! —grité—. No lo mate. ¡Tendrá justicia! ¡Se lo prometo!

Miró hacia atrás, pero no dejó de subir las escaleras, impulsada por una energía maniaca que ardía en sus ojos y en los dientes que mostraba.

Judd se acercaba al descansillo y se agarró a la barandilla. Para cuando yo llegué a los pies de las escaleras y miré hacia arriba, él ya se encontraba en la primera planta, con Penelope pisándole los talones. La mujer se abalanzó sobre él, pero falló y cayó en el pasillo, impidiéndole a Judd el paso hacia las escaleras del servicio.

Les di más poder a mis piernas y subí los escalones de dos en dos hasta precipitarme sobre el rellano. Al llegar me aferré a la barandilla tallada, boqueando en busca de aire, con ardor en el pecho.

Bajé la vista. Evan estaba a medio camino de las escaleras. Tilda, lady Roberta y otras personas habían llegado a los pies.

—¡Gus, espera! —gritaba Evan.

No había tiempo que perder. Judd ya corría hacia la ventana salediza, perseguido de cerca por Penelope. ¿Qué estaba haciendo? Esa ventana era un callejón sin salida. ¿Acaso pretendía encerrarse en una habitación? La mayoría de las puertas estaban abiertas gracias a lady Roberta.

Tras coger aire, corrí tras Penelope.

Judd llegó al final del pasillo. Aferró el pomo de la celda de lady Roberta y tiró. No la movió. Era una de las pocas que seguían cerradas. Por supuesto, allí no había nadie a quien liberar.

Estampó el hombro contra la puerta.

—¡No! —aulló. Dio media vuelta y miró de frente a Penelope—. ¡Tú, detente! Ahora mismo. ¡Detente!

Penelope no se detuvo.

Judd se echó hacia atrás y rozó el banquito con las espinillas. Penelope seguía avanzando, implacable, mientras lo apuntaba con la pistola. Él se subió al asiento de madera y extendió las manos hacia delante como si así pudiera protegerse el cuerpo.

—¡Deténgala! —me suplicó—. ¡Deténgala!

—¡Penelope, no! —grité.

Disparó, y el culatazo la obligó a dar un paso atrás. Me agaché al oír la explosión. El cristal se hizo añicos y el pasillo se llenó de humo. Solté un jadeo y mi garganta volvió a llenarse de aire acre. Entre las columnas de humo, vi que Judd seguía en pie sobre el banco, con la ventana destrozada tras de sí. La bala debía de haber fallado por un solo dedo.

—¡Ja! —Judd soltó una exclamación de victoria—. Has fallado, ramera vieja e inútil.

Penelope soltó el arma y miró hacia mí. Entre los últimos retazos de humo, sus ojos se clavaron en los míos, un segundo espantoso que resumía veinte años de infierno.

—¡No! —chillé.

Pero Penelope ya había echado a correr. Se precipitó sobre Judd, con los brazos extendidos hacia él, y el impulso de ella los lanzó a ambos contra los restos afilados del cristal de la ventana.

58

Oí el golpe sordo del impacto, el relincho de los asustados caballos y el crujido y chasquido de los arreos. Supe a qué se debía ese ruido: despavoridos, los caballos intentaban tirar de los arneses.

Evan corrió hacia mí, me cogió por los hombros y me recostó contra su pecho.

—¿Herida? ¿Estás herida?

—No —conseguí decir.

Lady Roberta y Tilda se dirigieron a la ventana y se agacharon junto al cristal roto. Las dos miraron hacia el exterior. Lady Roberta se dio la vuelta, con los ojos cerrados y desviando la cabeza. Tilda se retiró más lentamente con las manos sobre la boca.

Mal asunto, pues. La última y frágil esperanza de que Penelope hubiera sobrevivido se derrumbó.

Oí la voz de John, que gritaba a sus animales para tranquilizarlos con palabras que solo los palafreneros conocían. Los chasquidos y crujidos de los aperos se detuvieron.

—Debo ir a verlo —le dije a Evan.

—¿Estás segura? —Me cogió la mano, cuya firme calidez fue un consuelo.

Asentí con la cabeza. No había logrado salvar a Penelope, pero por lo menos debía ser testigo de lo ocurrido.

Lady Roberta y Tilda nos dejaron pasar. Respiré hondo y me incliné por encima de la banqueta. Abajo, Judd y Penelope estaban tumbados sobre la gravilla a varias yardas de distancia, con las extremidades dobladas y oscuros charcos junto a sus cabezas. Weatherly estaba arrodillado junto a ellos. Levantó la mirada, nos vio y negó con la cabeza.

Me aparté de la ventana con la garganta en carne viva por el humo y cerrada por la culpabilidad y la pena.

En cuanto el espanto inicial quedó atrás, lord Evan tomó las riendas en aquel caos. Le ordenó a Weatherly que cubriera los cuerpos con sábanas, les dijo a las criadas y al último auxiliar —por lo visto, los otros tres habían salido huyendo— que metieran con amabilidad a las internas en sus respectivas habitaciones y le pidió a la señora Carroll que retomara los preparativos para la cena, con raciones extras. Algo en lo que todos pudieron concentrarse para no obcecarse con los trágicos acontecimientos. Solamente Bertha y una de las ayudantes de la cocina permanecieron en el pasillo. Había llegado el momento de dejar de temblar y de adoptar mi papel como supervisora del centro.

—¿No tenéis nada que hacer? —les pregunté. Por lo menos conseguí hablar con voz firme—. El señor Allen os dará tareas si no tenéis nada que hacer.

—Estoy seguro de que a la señora Carroll le iría bien un poco de ayuda —asintió Evan.

Las muchachas hicieron una reverencia y corrieron por el pasillo.

De repente, la voz de mi hermana se alzó en el despacho.

—¡No sea estúpido y deje que lord Evan lo ayude! Tiene conocimientos médicos. ¿Acaso quiere perder el brazo?

—No me gustaría —respondió la voz de Kent, que obviamente intentaba imprimir un forzoso tono alegre en su tono, conteniendo el dolor—. Pero no me parece factible que lord Evan quiera ayudarme, ¿no cree?

—¡Mi hermano no es de los que huyen! —saltó Hester, con una vehemencia que le dio algo de fuerza a su fina voz.

—Permítame que disienta, lady Hester —dijo Kent—. Estoy seguro de que a estas alturas ya estará en el siguiente condado.

—Creo que es la señal de que me toca intervenir —me susurró Evan al oído, inclinado sobre mí.

Sonreí, pero lo cierto era que deseé que hubiera aprovechado la oportunidad para escapar. A partir de ese momento quedarse era muchísimo más peligroso para él. Sobre todo si la siguiente parte del plan tomaba los derroteros que yo esperaba.

—Mi hermana ha ganado la apuesta —exclamó Evan cuando entramos en el despacho—. Sigo aquí.

Ambos nos quedamos observando a Julia, arrodillada en el suelo con la cabeza de Kent en el regazo, apretando con una mano el dobladillo de su vestido amarillo contra el brazo de él; la tela se había empapado de sangre. No era una imagen que hubiese esperado ver. Weatherly se encontraba detrás de ella, sin duda velando por la seguridad de mi hermana —aunque Kent no parecía capaz de hacer nada más que estar tumbado en el suelo, sangrando—.

—¿Lo ve? —dijo lady Hester, pero la fuerza vehemente de su voz había desaparecido. Se sentó en la silla de Judd y los acontecimientos del día le arrebataron el color; lady Roberta, atenta e igual de pálida, estaba a su lado. Debían marcharse pronto mientras todavía tuvieran la oportunidad.

—Pues es un estúpido —dijo Kent resollando. Intentó levantar la cabeza—. Lord Evan Belford, queda detenido por…

—Estese quieto, señor Kent —lo reprendió Julia, e interrumpió la perorata volviendo a ponérselo sobre el regazo—. Lord Evan, me temo que el señor Kent ha perdido mucha sangre. Debes ayudarlo.

—¿Lo dices de verdad? —le preguntó Evan—. ¿Por qué iba a ayudarlo? Pretende colgarme.

—No quiero su ayuda —insistió Kent.

—Lo que usted quiera ahora mismo no viene al caso —dijo Julia, y lo observó con seriedad. Él la fulminó con la mirada, pero se rindió. Mi hermana levantó la vista hacia lord Evan y alzó la barbilla en un claro gesto de reprimenda—. Creía que eras mejor persona. No decepciones la fe que tiene tu hermana en ti. ¡Ni la de mi propia hermana!

Cuando Julia echaba mano de ese tono de voz, supe que era inevitable que tarde o temprano tanto lord Evan como el señor Kent acataran sus órdenes. Los dos protestaron un poco, pero al final hubo agua, toallas y vendas, un cuchillo sobre el fuego y brandi que verter.

Los dos estuvieron de muy mal humor durante toda la operación —Kent durante el tiempo en que estuvo consciente—. Evan le extrajo la bala, mojó la herida con el brandi y dobló y ató con fuerza el brazo para que dejara de sangrar.

Mientras Evan se limpiaba la sangre de las manos con un cubo de agua, el señor Kent recobró la consciencia al fin.

—Ya está hecho —le anunció Julia, arrodillada junto a él. Le ofreció un sorbo de brandi—. Lord Evan le ha extraído la bala y también la tela de la camisa, que según él podría llegar a infectar la herida. El hueso está roto, pero es una fractura limpia.

—Gracias —dijo Kent, todavía un poco mareado.

—No me lo agradezca a mí —insistió Julia—. Agradézcaselo a lord Evan, pues ha sido él quien sin duda alguna le ha salvado el brazo y probablemente la vida.

Y fue entonces cuando presencié, una vez más, la indudable maestría de mi hermana. Había acorralado al señor Kent a una deuda de vida. O cuando menos a una deuda de brazo.

—Gracias, lord Evan —gruñó Kent—. Le debo una.

Le lancé una mirada de admiración a Julia: «Bien hecho».

Mi hermana inclinó la cabeza para aceptar la felicitación.

Comenzaba la parte más difícil. Para mí, por lo menos.

—Si ese es el caso, señor Kent, entonces dejará que lord Evan le coja prestado el caballo.

—¿El caballo? —repitió él.

Lord Evan, que lo comprendió al instante, negó con la cabeza.

—No pienso marcharme.

—Debes irte. —Le agarré la mano y le transmití mi súplica—. Ahora que puedes. —Me giré para sumar a Julia y a Hester al ruego—. Ahora que podéis. Julia, debes llevar a lady Hester y a lady Roberta a Londres de inmediato. Espero que el magistrado local llegue esta misma noche con el señor Samuel

Tuke, que ojalá acepte hacerse cargo de este manicomio. Sería una calamidad que siguierais aquí.

—No pienso dejarte sola —terció Evan. Noté cómo me apretaba los dedos con los suyos. Aquello era lo más complicado de toda la aventura: enviarlo al extranjero. Tal vez para siempre.

—El señor Kent estará aquí conmigo —dije.

—Ah, ¿sí? —Kent, que intentó incorporarse, soltó un resoplido de sorpresa.

—Con ese brazo no puede montar a caballo. Nos quedaremos aquí para ser testigos de los delitos del señor Judd, un maltratador y un asesino.

—¿Qué sucede con los delitos de lord Evan Belford, fugado de la justicia y bandolero? —terció Kent.

—Estoy segura de que prefiere concentrarse en el desalmado asesino al que ha detenido y no tanto en el hombre al que ha permitido huir. —Julia le dio una palmada en el brazo sano—. Además acaba de decir que le debe a lord Evan una deuda de honor.

—Pero… —Kent miró a mi hermana con los ojos entornados—. Es usted diabólica. —Aunque no se lo dijo como insulto—. Si me quedo, la deuda quedará saldada por completo.

—Si ese es su deseo, que así sea —contestó mi hermana con seriedad, lo cual no hizo sino descolocar más aún al corredor.

—Y también me devolverás el caballo, Belford —añadió con contundencia—. Se llama César.

—No me extraña nada —le espetó Evan con brusquedad. Sin embargo, inclinó la cabeza—. Recuperarás el caballo en buen estado.

—Vete ya, Evan —lo apremié—. Vete, como me dijiste que harías. Vete lo más lejos que puedas. Si te quedas aquí, todo habrá sido en vano.

Se llevó mi mano a los labios y me besó los dedos. Le acaricié la barbilla y lo acerqué hacia mí, y me puse de puntillas para estar a su altura. Era un descaro, lo sabía, pero me traía sin cuidado. Nos rozamos los labios, primero con indecisión y suavidad, embargados por la verdad que no nos habíamos atrevido a verbalizar, y luego con más ardor, o quizá más desesperación. Nuestro primer beso y, quizá, el último.

—Conque así es como termina todo —oí que decía Kent.

Me aparté y miré hacia los ojos atormentados de Evan. Irradiaban lo mismo que sentía yo.

En efecto, así era como terminaba todo, y así sería para siempre.

59

Grosvenor Square, Londres
Una semana más tarde

Cerré el periódico *The Times* y lo doblé, y acto seguido miré hacia nuestra nueva vista de Grosvenor Square. Gracias a Dios, no se informaba de ninguna nueva detención. Ni había ningún nuevo artículo sobre Jamaica. Día tras día, hojeaba las páginas. En primer lugar, para asegurarme de que a Evan no lo habían arrestado, y en segundo, en busca de novedades de Jamaica. Supe que esa última esperanza era absurda; tan solo había transcurrido una semana de lo acontecido en Bothwell House, y era probable que Evan ni siquiera hubiera podido hacerse todavía con un pasaje a las Indias Occidentales. De hecho, tardaría meses en llegar a Jamaica. Aun así, leer textos sobre su destino me ayudaba a atenuar durante uno o dos segundos el pesado dolor que me atenazaba el corazón. Era un vínculo con él, si bien endeble y distante.

La puerta del salón se abrió y entró Julia, con un precioso vestido rojizo y una sonrisa en el rostro.

—Creo que hoy Hester será capaz de sentarse un rato —me anunció.

Lanzó una mirada apreciativa a la disposición de las butacas y el sofá, justo delante de la negra chimenea de mármol: sin duda, todavía no era de su agrado. La colocación de los muebles en nuestra nueva casa era un proyecto en curso. Uno que no parecía a punto de finalizar en un futuro inmediato.

—Elizabeth está muy contenta. Traerlas aquí fue la mejor decisión —añadió.

—En efecto. La cocinera está en su salsa preparando caldos y jaleas para la convaleciente.

Y también, pensé, para Julia. La aventura en el manicomio y la distracción de cuidar de Hester había menguado su melancolía, pero supe que la fatiga y el dolor seguían poblando sus días.

La decisión de proponerles a Hester y a su... —todavía no habíamos decidido cómo llamar a la señorita Elizabeth Grant—, a su *chère amie* que se quedaran con nosotras había sido la última que habíamos tomado antes de que Julia se marchase de Bothwell House. Había sido difícil verla partir, aunque no tanto como ver a Evan salir a caballo por las puertas, lejos de mí y rumbo a una nueva vida en un nuevo lugar muy remoto. Pero no dispuse de tiempo para abatirme. El señor Tuke y el magistrado local llegaron a última hora de esa misma tarde, una agradable y veloz respuesta a mi carta, y una que también nos permitió al señor Kent y a mí disponer del tiempo suficiente para hablar del grueso de nuestra denuncia. Si bien yo creía que la muerte de Penelope había sido culpa mía, el señor Kent dejó claro que yo no debía mencionarlo, sino limitarme a enumerar la perfidia de Judd. Y fue así como, cuando llegaron los dos hombres, les informamos de la espantosa verdad de Bothwell House.

Como había esperado yo, el señor Tuke se ofreció al instante a ocuparse de la institución. Acto seguido, el señor Kent mantuvo una conversación con el magistrado en privado. No supe de qué hablaron, pero al final se dictaminó que las muertes de Penelope y de Judd habían sido un asesinato y un suicidio respectivamente.

A pesar de las protestas del señor Kent y de mi hermana, yo supe que le había fallado a Penelope. Todas las noches, cuando cerraba los ojos, veía la última mirada que me lanzó antes de echar a correr hacia Judd. Julia decía que yo no podía salvar a todo el mundo y que debía pensar en todas las mujeres de Bothwell House que gozarían de cierta dignidad y comodidad gracias a mí. Cierto, pero eran nuestros fracasos los que nos perseguían, ¿verdad? Y sin contar con la gracia de un dios, debía hallar mi propio camino hacia el perdón. Por lo menos fui capaz de salvar a lady Roberta. Había encontrado refugio con una tía en Escocia y nos había escrito para invitarnos a visitarla cuando gustásemos.

—Creo que debemos cambiar de lugar el sofá y las butacas —dijo Julia—. ¿Qué opinas?

No fue necesario que opinase porque alguien llamó a la puerta, tras lo cual entró Weatherly con la bandeja de plata.

—Tienen una visita abajo, señoras —nos dijo con un extraño tono en la voz. Le acercó la bandeja a Julia.

—Es pronto para una visita. —Cogió la tarjeta y leyó el nombre, y al instante su labio superior se apretó contra el inferior para contener una sonrisa—. Sí, estamos en casa.

—¿Les llevo unas galletas de almendras? —sugirió Weatherly inclinando la cabeza.

Julia asintió y, tras una nueva inclinación, Weatherly se retiró.

Dejé el periódico en la mesita auxiliar e intenté recordar a algún visitante a quien le gustaran en especial las galletas de almendras de nuestra cocinera.

—¿De quién se trata? —pregunté.

Mi hermana, que se estaba alisando el vestido, levantó la vista.

—Del señor Kent.

—¿De veras? —No había esperado volver a ver al corredor de Bow Street. Miré a Julia, que había pasado de alisarse el vestido a observar su propio reflejo en el espejo que estaba sobre la repisa de la chimenea—. ¿Qué puede querer?

—No tengo la más remota idea —respondió mientras se recolocaba un mechón rebelde.

La puerta se abrió de nuevo.

—El señor Kent, señoras —anunció Weatherly con tan solo una leve inflexión en la voz. Nuestro mayordomo aprobaba la visita.

Me levanté para recibir a nuestro inesperado visitante. Me di cuenta de que la inclinación que hizo al cruzar la puerta iba más dirigida a Julia que a mí. Todavía llevaba el brazo en cabestrillo, pero no se había quitado el abrigo con que se cubría los hombros, un modelo de buen corte con una buena sucesión de capas, así que la visita iba a ser corta. Un golpe, sin duda, para mi hermana.

—Señor Kent, adelante, por favor —lo saludó Julia mientras le señalaba con elegancia las butacas mal colocadas. No pude evitar fijarme en que mi hermana se había situado justo debajo del retrato de Lawrence.

—Gracias, pero no puedo quedarme mucho tiempo —respondió—. He venido a informarles de que se ha cerrado el caso del asesinato de Judd y el triste fallecimiento de la señorita Wardrup.

—Ya nos había llegado la noticia —dije—. Sospecho que se lo debemos en gran medida a usted.

—En absoluto —objetó—. Tal vez también les interese saber que he recuperado a César. Lord Evan es un hombre de palabra.

—Sí —asentí—. Lo sé. —Me humedecí los labios. Había algo que deseaba preguntarle, una cuestión que resultaba un tanto extraña e infrecuente en una visita matutina—. Dígame, señor Kent: ¿habría disparado a lord Evan si yo no hubiera bajado el arma?

Ladeó la cabeza y frunció los labios hacia un lado.

—Creo que estaba más preparado para disparar a lord Evan de lo que usted estaba preparada para dispararme a mí —terció.

Entre nosotros se hizo el silencio. El señor Kent y Julia se miraron a los ojos.

—¿Está seguro de que no tiene un rato para una taza de té? —le preguntó ella al fin.

—No, de verdad que debo irme. Sin embargo, hay una última cosa que me gustaría decirles, y que servirá para poner fin a mi deuda para con lord Evan. Ha llegado a mis oídos que un cazarrecompensas lo está buscando. Un hombre a quien, incluso en mis círculos, se le considera despiadado. Sugiero que, si lord Evan todavía no se ha ido del país, lo haga de inmediato.

—Ya se ha marchado —le aseguré con voz ronca. El mero hecho de pronunciar aquellas palabras me provocaba dolor en la garganta.

Kent asintió con expresión empática en el rostro.

—Eso me llena tanto de felicidad como de tristeza, lady Augusta.

Al final resultó que el señor Kent me caía bastante bien.

—¿El cazarrecompensas al que se refiere es un tipo rubio con patillas rojizas? —le preguntó Julia—. De ser así, ya nos hemos cruzado con él. —Me lanzó una mirada: «El hombre anónimo que preguntó por nosotras en Duffield».

—Esa descripción encaja con él —dijo Kent—. Se llama Mulholland, y aquellos a los que persigue es más probable que aparezcan muertos que vivos. —Se aclaró la garganta—. Bueno, como ya he dicho, esto pone fin a mi obligación para con lord Evan. Me despido de ustedes. Dudo de que volvamos a vernos.

Inclinó la cabeza y, tras mirar a Julia por última vez, se marchó. Las dos nos pusimos en pie y nos quedamos escuchando cómo sus pasos bajaban por las escaleras.

—Así que se acabó —dije cuando se cerró la puerta principal de nuestra casa.

—En absoluto —terció Julia—. Volverá.

—¿Qué te hace pensar eso?

—Que esta vez no tenía ninguna necesidad de venir. —Me sonrió.

Al cabo de una hora me encontraba en la cocina con la cocinera, hablando de las provisiones que debíamos pedir para la convaleciente, cuando Thomas apareció en la puerta que daba al patio de la estancia.

—Milady —dijo.

—Esa gorra, muchacho —lo reprendió la cocinera.

—Lo siento, milady. —Thomas se quitó la gorra y agachó la cabeza—. John pregunta si podría ir a las caballerizas.

—¿Ocurre algo? No me digas que Perseo no mejora.

Nuestro caballo principal se había lastimado la pata derecha cuando los animales se habían asustado en el manicomio, y John le estaba aplicando toda clase de cataplasmas.

—¿Está satisfecha con lo que hemos decidido para los menús? —Me giré hacia la cocinera.

—Sí, milady. Pero más vale que John no piense que puede volver a cogerme leche fresca y romero para la pata del caballo.

—Se lo comunicaré —dije, siguiendo a Thomas hacia el patio.

Una de las numerosas razones por las cuales Julia y yo habíamos decidido comprar una casa en Grosvenor Square había sido la cercanía con las caballerizas, construidas justo detrás de la mansión. Thomas y yo recorrimos el estrecho y adoquinado callejón que daba al camino que conducía a nuestros establos y cochera. En cuanto subimos la breve cuesta, las caballerizas y John aparecieron ante nosotros. Nuestro conductor se encontraba delante de la hilera de compartimentos y sujetaba las riendas de un caballo castaño. No, no era cualquier castaño. Santo Dios, estaba sujetando a Leonardo.

Me recogí las faldas y eché a correr por el camino.

—¿De dónde ha salido, John? —Me lancé hacia el hombro de Leonardo, aspiré su olor terroso a caballo y le acaricié el lomo con una mano—. ¿Está bien? Parece hallarse en buenas condiciones.

Como si quisiera asentir, Leonardo puso el morro sobre mi mano y buscó con los suaves labios la pieza de manzana que merecía.

—Lo he examinado y está a las mil maravillas —respondió John—. Un poco cansado de más, si acaso. El muchacho que lo ha traído me ha pedido que le diera esto. —Me entregó un sobre sellado con una oblea.

Aquella letra me resultaba familiar, por supuesto. Dios bendito, ¿Evan habría robado a Leonardo para devolvérmelo?

Rompí la oblea y desdoblé las páginas.

24 de septiembre de 1812
Mi querida G.:

> No te asustes, no he robado a Leonardo. Encontrarás sus documentos en el sobre.
>
> Ahora debo pedirte que me disculpes, querida apóstata, pues soy incapaz de abandonar Inglaterra rumbo a climas más cálidos y a la seguridad que me ofrece la distancia. Hay demasiadas cosas que me retienen aquí. Sé que es peligroso que me quede,

pero no puedo abandonar a Hester hasta que deje de hallarse bajo la tutela de nuestro hermano y hasta que su seguridad y su felicidad no estén garantizadas. Como tú, no puedo abandonar a mi hermana. Y tampoco te puedo abandonar a ti, mi amor. Siempre he mantenido que no debías indagar en las circunstancias del duelo de hace veinte años. ¿De qué iba a servir? Sin embargo, ahora te pido que indagues a la mayor brevedad. Debo conseguir limpiar mi nombre para proteger a Hester y, si me lo permites, para estar a tu lado y compensártelo mientras pasamos la vida juntos.

Tuyo de principio a fin,

E.

Doblé las páginas. ¿Peligroso quedarse? Era una auténtica locura, sobre todo ahora que Mulholland lo estaba buscando. Aun así, detrás de aquel miedo sentía una alegría tan intensa que me temblaban las manos. Volvería a ver a Evan. No sabía cuándo, pero volveríamos a estar juntos.

—¿Se encuentra bien, milady? —me preguntó John con el ceño fruncido.

Sonreí, notando el sabor salado de las lágrimas, y acaricié la nariz de Leonardo.

—Tenlo preparado con la silla de montar dentro de una hora. Y dile a Thomas que iré a caballo hasta Piccadilly. Quiero entregar una carta.

—Por supuesto, milady.

Una hora debería darme el tiempo suficiente para ponerme el vestido de montar y escribir una invitación para que el coronel Drysan nos hiciera una visita.

Y al día siguiente, por la mañana, mientras tomábamos el té y degustábamos las galletas de la cocinera, le pediría al coronel que viajase mentalmente veinte años al pasado y me relatase su visión del duelo que había provocado la muerte de su amigo Sanderson y que había arruinado la vida y el buen nombre del hombre del que estaba enamorada.

Nota de la autora

Llevo fascinada con la época de la Regencia inglesa desde que con doce años mi madre me regaló mi primera novela de Georgette Heyer. Con esa edad, mi fascinación la despertaban los bailes centelleantes, los vestidos de seda y el elegante protocolo. Sin embargo, cuando me fui haciendo mayor y estudié Historia, descubrí lo emocionante e importante que fue el periodo de la verdadera Regencia, de 1811 a 1820, en términos de turbulencia social y política: un regente en el trono, un primer ministro asesinado y los luditas rompiendo los telares a comienzos de la Revolución industrial, por citar algunas de esas agitaciones. Para mí, la Regencia es como los años sesenta del siglo XX (pero sin The Beatles). A medida que me he hecho mayor, también me he dado cuenta de que muy pocas de las protagonistas de los libros ambientados en esa época que leía superaban los veintiocho años. Y así fue como nacieron las damas maleducadas: mayores, quizá más sabias y dispuestas a participar en el mundo social y político que las rodeaba con una buena dosis de actitud de la mediana edad.

Me he esforzado, tanto como mis dotes de investigación me han permitido, por retratar a las damas maleducadas y su mundo con la mayor autenticidad histórica posible. A continuación hay un poco más de información de los personajes históricos y las situaciones reales que aparecen en la novela.

Fanny Burney, también llamada madame d'Arblay, fue una famosa autora, diarista y dramaturga de la época georgiana, el mismo periodo en el que escribió Jane Austen. La novela con la que debutó, *Evelina*, fue un gran éxito, y durante su larga vida alcanzó una fama notable. Nos dejó con una extensa colección de diarios y cartas que nos dan la fascinante imagen de la vida de una escritora de los siglos XVIII y XIX, así como de la corte georgiana durante su cargo como guardiana de las túnicas de la reina Carlota. Burney fue una de las primeras mujeres en escribir acerca de la experiencia de una mastectomía, en su caso llevada a cabo sin anestesia. La descripción que proporciona de su cáncer de mama y de su operación en *El Club de las Damas Maleducadas* está extraída de la carta que le mandó a su hermana Esther, escrita seis meses después de la operación. Es un documento extraordinario, y los detalles de la operación real que aparecen en mi novela son fieles a como los cuenta ella. Sin embargo, por motivos dramáticos, he reordenado algunas partes y parafraseado otras para que sean más adecuadas al público actual. La transcripción entera de la carta se puede encontrar en la página web de la Biblioteca Británica.

Los atroces secuestros y violaciones de jóvenes muchachas para obtener la «cura de la virgen» ocurrieron durante los siglos XVIII y XIX, y es probable que empezaran mucho antes, con referencias que se remontan ya al Renacimiento. Cuando investigué este inquietante delito, descubrí que, para mi terror, sigue ocurriendo hoy en día. Por lo visto, en ciertos aspectos la humanidad no ha avanzado demasiado en lo que se refiere a la ignorancia, la superstición y los delitos contra las mujeres y los niños y las niñas.

He basado las condiciones y los tratamientos terribles hacia las mujeres de Bothwell House en los informes del infame psiquiátrico de York y del hospital Bedlam recogidos en el maravilloso libro *Bedlam* de Paul Chambers. Aunque York y Bedlam eran dos hospitales públicos, una gran cantidad de manicomios privados, como los llamaban, eran gestionados como negocios lucrativos por parte de personas que a menudo no tenían experiencia ni interés en tratar a gente con enfermedades mentales. En esta época, a principios del siglo XIX, las enfermedades mentales seguían viéndose como algo que podía extraerse de una persona a base de golpes, quemaduras o sanguijuelas, y muchos de los «tratamientos» eran poco más que una tortura. La historia de las mujeres de los establos está basada en un espantoso caso de trece ancianas encerradas todas las noches en una pequeña celda del psiquiátrico de York durante años, sin comodidades ni un lugar donde dormir, y que jamás se limpiaba. La acumulación de heces fue tal que las rejillas de ventilación terminaron tapiadas. Después de que las ocultasen repetidamente a los inspectores, los tenaces reformistas las encontraron más o menos desnudas y cubiertas de la cabeza a los pies por sus propios desechos.

Samuel Tuke es un personaje histórico real, y su libro *Description of the Retreat*, escrito en 1813, ofrece la oportunidad de ver desde dentro el comienzo del movimiento reformista de los psiquiátricos. Su padre y él fundaron El Retiro, un psiquiátrico que al principio era para cuáqueros y que se convirtió en un modelo de un trato más amable y humano hacia las personas que vivían con enfermedades mentales.

Agradecimientos

En el ámbito personal: como siempre, gracias a Ron, mi maravilloso marido, por su apoyo infalible y sus cenas de pollo asado, igual de infalibles. Gracias también a mi querida amiga Karen McKenzie y a mis padres, Doug y Charmaine Goodman. Mi perro, Buckley, es más un estorbo que una ayuda —¿cuántas veces al día necesitas salir de casa de verdad?—, pero, a pesar de sus exigencias caninas, lo adoro y adoro la compañía que me hace en mi despacho.

En el ámbito profesional: gracias a mi brillante agente, Jill Grinberg, y a su equipo, que siempre me cubren las espaldas y que se enamoraron de lady Gus y de lady Julia desde el minuto uno. Gracias también a la encantadora Kate Seaver —he disfrutado mucho nuestras sesiones de edición— y al equipo de Berkley, incluidas Rita Frangie (la talentosa diseñadora de cubiertas), Sveta Dorosheva (que creó la preciosa ilustración de la cubierta), Eileen G. Chetti (una correctora extraordinaria) y Lisa David e Isabella Pilotta Gois (correctoras de pruebas).

Dos de las historias de las damas maleducadas formaron parte de mi tesis doctoral, así que quiero dar un gracias enorme a mi equipo asesor, la profesora Kim Wilkins y la doctora Bernardette Cochrane; por fin me puedo llamar doctora Al.

También estoy en deuda con Nicola O'Shea, que es la primera y fiable editora de mi trabajo, y con mi amiga Lindy Cameron, que me pidió una historia de aventuras «espectaculares».

Este libro lo he escrito en las tierras del pueblo bunurong, y quiero reconocerlos como los legítimos propietarios de la zona. También me gustaría rendir homenaje a sus ancianos, del pasado y del presente, así como a los ancianos aborígenes de otras comunidades.